SV

Isabel Allende

Ein unvergänglicher Sommer

Roman

Aus dem Spanischen von
Svenja Becker

Suhrkamp Verlag

Die Originalausgabe erschien 2017 unter dem Titel
Más allá del invierno bei Plaza & Janés, Barcelona.

Erste Auflage 2018

Druck: GGP Media GmbH
Printed in Germany
ISBN 978-3-518-42830-6

Für Roger Cukras, wegen der unverhofften Liebe

Au milieu de l'hiver, j'apprenais enfin
qu'il y avait en moi un été invincible.

Mitten im Winter erfuhr ich endlich,
dass in mir ein unvergänglicher Sommer ist.

Albert Camus,
»Retour à Tipasa« (1952)

Lucía

Brooklyn

Ende Dezember 2015 ließ der Winter noch immer auf sich warten. Weihnachten kam mit seiner Überdosis Glöckchenklang, und die Leute trugen weiter T-Shirts und Sandalen, freuten sich über die Verwirrung der Jahreszeiten oder fürchteten die Klimaerwärmung, während hinter den Fensterscheiben künstliche, mit funkelndem Raureif bestäubte Bäume aufgestellt wurden, die unter Eichhörnchen und Vögeln Verwirrung stifteten. Drei Wochen nach Neujahr, als schon niemand mehr an eine kalendarische Verspätung glaubte, kam die Natur plötzlich zu sich, schüttelte ihre herbstliche Schläfrigkeit ab und ließ den ärgsten Schneesturm seit Menschengedenken über der Stadt niedergehen.

In einer Souterrainwohnung in Prospect Heights, einem Kellerloch aus Zement und Backstein mit einem Schneeberg vor dem Eingang, verfluchte Lucía Maraz die Kälte. Sie besaß das stoische Wesen der Menschen ihrer Heimat: An Erdbeben, an Überschwemmungen, an gelegentliche Riesenwellen und politische Erdrutsche war sie gewöhnt; geschah über geraume Zeit kein Unglück, wurde sie unruhig. Dennoch erwischte sie dieser nach Brooklyn verirrte sibirische Winter auf dem falschen Fuß. In Chile schneite es nur in den Anden und ganz unten im Süden, in Feuerland, wo der Kontinent in Inseln ausperlt, die antarktischen Winde einem den Frost in die Knochen treiben und das Leben hart ist. Lucía stammte aus Santiago, zu Unrecht gepriesen für sein lindes

Klima, obwohl die Winter nasskalt, die Sommer trocken und sengend heiß sind. Die Stadt liegt zwischen violetten Bergen, die manchmal am Morgen weiß bemützt sind; dann strahlt das reinste Licht der Welt von den gleißenden Gipfeln wider. Sehr selten fällt über der Stadt ein trauriges, bleiches Puder, das wie Asche aussieht und die Stadtlandschaft nicht aufzuhellen vermag, ehe es zu brauner Matsche verkommt. Weiß ist Schnee nur in der Ferne.

In ihrem Bau in Brooklyn, der einen Meter unter Straßenniveau lag und sich schlecht heizen ließ, war der Schnee ein Albtraum. Die Eisblumen an den kleinen Fenstern machten das einfallende Licht noch schummriger, und die nackten Glühbirnen an der Decke sorgten kaum für Abhilfe. Die Wohnung verfügte nur über das Nötigste, eine wilde Mischung aus mehrfach weitergegebenen, abgewohnten Möbelstücken und ein paar Gerätschaften für die Küche. Ihr Eigentümer, Richard Bowmaster, hatte weder einen Sinn für Dekoration noch für Behaglichkeit.

Das Unwetter begann am Freitag mit dichtem Schneefall und heftigen Böen, die durch die fast menschenleeren Straßen fegten. Die Bäume bogen sich, und der jähe Frost tötete die Vögel, die in der trügerischen Milde des vergangenen Monats vergessen hatten, nach Süden zu ziehen oder sich ein warmes Plätzchen zu sichern. Die Stadtreinigung sollte hinterher säckeweise erfrorene Spatzen fortschaffen. Die mysteriösen Papageien auf dem Friedhof von Brooklyn überlebten den Schneesturm hingegen, wie man drei Tage später feststellen konnte, als sie wieder zwischen den Gräbern herumpickten. Schon seit Donnerstag hatten die Reporter im Fernsehen mit ernsten Mienen und Grabesstimmen, die sonst Berichten über Terroranschläge in fernen Ländern vorbehalten waren, vor dem nahenden Unwetter gewarnt und katastrophale

Zustände für das Wochenende vorhergesagt. Für New York wurde der Notstand ausgerufen, und der Dekan der Fakultät, an der Lucía arbeitete, traf die entsprechenden Vorkehrungen und wies alle an, den Unterricht ausfallen zu lassen. Für Lucía wäre es ohnehin ein waghalsiges Unterfangen gewesen, sich nach Manhattan durchzuschlagen.

Den unverhofft freien Tag nutzte sie, um eine Totenerweckungssuppe zu kochen, dieses gehaltvolle chilenische Gericht, das einem Unglücklichen das Gemüt und einem Kranken den Körper stärkt. In ihren zurückliegenden vier Monaten in den USA hatte sie sich in der Cafeteria der Universität ernährt und wenig Lust verspürt zu kochen, außer in den seltenen Fällen, wenn sie von Heimweh befallen wurde oder Freunde zum Essen kamen. Für die Suppe bereitete sie jetzt eine kräftige, gut gewürzte Brühe aus angebratenem Fleisch und Zwiebeln, garte getrennt davon Gemüse, Kartoffeln und Kürbis und gab zu guter Letzt Reis dazu. Sie brauchte sämtliche verfügbaren Töpfe, und die kleine Kellerküche sah schließlich aus wie nach einem Luftangriff, aber das Ergebnis war es wert und verscheuchte das Gefühl von Einsamkeit, das sie befallen hatte, als das Schneegestöber draußen losging. Die Einsamkeit, dieser heimtückische, ungebetene Gast, wurde in den hintersten Winkel ihres Bewusstseins verbannt.

Als am Abend der Wind draußen brüllte, den Schnee um die Häuser trieb und aufdringlich durch die Ritzen pfiff, beschlich Lucía die Urangst ihrer Kindertage. Sie wusste, sie war sicher in ihrer Höhle; ihre Furcht vor der Naturgewalt war haltlos, es gab keinen Grund, Richard damit zu belästigen, außer dass er der Einzige war, an den sie sich unter den gegebenen Umständen wenden konnte, weil er in der Wohnung über ihr wohnte. Um neun gab sie dem Drang nach, eine menschliche Stimme zu hören, und rief ihn an.

»Was machst du so?«, sagte sie und gab sich Mühe, ihre Anspannung zu kaschieren.

»Ich spiele Klavier. Ist es zu laut?«

»Ich höre dein Klavier hier unten nicht, bei dem Weltuntergangsgetöse draußen. Ist das normal hier in Brooklyn?«

»Im Winter ist das Wetter manchmal schlecht, Lucía.«

»Ich habe Angst.«

»Wovor?«

»Einfach Angst, nichts Konkretes. Ich vermute, es wäre blöd, dich zu bitten, dass du kurz runterkommst und mir Gesellschaft leistest. Ich habe eine dicke chilenische Suppe gekocht.«

»Vegetarisch?«

»Nein. Ach, nicht so wichtig. Gute Nacht, Richard.«

»Gute Nacht.«

Sie genehmigte sich einen Pisco und schob den Kopf unters Kissen. Sie schlief schlecht, erwachte immer wieder aus demselben Traumsplitter, in dem sie in einem joghurtsauren, zähen Etwas Schiffbruch erlitten hatte.

Am Samstag war der Sturm auf seinem wütenden Weg weiter Richtung Atlantik gezogen, aber in Brooklyn war es noch immer trüb und kalt und schneite, und Lucía wollte das Haus nicht verlassen, denn auch wenn die Räumdienste bei Tagesanbruch mit der Arbeit begonnen hatten, war in vielen Straßen noch kein Durchkommen. Sie würde jede Menge Zeit haben, um zu lesen und ihre Seminare für die nächste Woche vorzubereiten. In den Nachrichten sah sie, dass der Sturm weiter Verwüstungen anrichtete. Sie freute sich auf die Ruhe, einen guten Roman, Erholung. Irgendwann würde sich jemand finden, der den Schnee vor ihrer Tür räumte. Die Jugendlichen aus dem Viertel würden gewiss bald von Haus zu Haus ihre Dienste anbieten, um sich ein paar Dollar zu verdienen. Sie beglückwünschte sich zu ihrem Dasein in diesem Kellerloch in Prospect Heights, wo sie tun und lassen konnte, was sie wollte. So schlecht war es hier gar nicht.

Am Nachmittag war sie das Eingesperrtsein ein wenig leid, gab Marcelo, dem Chihuahua, etwas von der Suppe ab und kuschelte sich dann mit ihm unter einem Berg von Decken auf die knubbelige Matratze eines Beistellbetts, um mehrere Folgen einer Krimiserie zu schauen. In der Wohnung war es frostig, und sie musste Wollmütze und Handschuhe anziehen.

In den ersten Wochen, als sie mit sich haderte, weil sie Chile verlassen hatte, wo sie wenigstens auf Spanisch lustig sein konnte, tröstete sie der Gedanke, dass alles sich wandelt. Das Unglück von heute ist morgen kalter Kaffee. Tatsächlich waren ihre Zweifel rasch verflogen: Die Arbeit gefiel ihr, sie hatte Marcelo, lernte Leute an der Universität und im Viertel kennen, überall waren die Menschen freundlich, und wenn man dreimal ins selbe Café ging, wurde man schon begrüßt, als gehörte man zur Familie. Die angebliche Kühle der Yankees war ein chilenischer Mythos. Die einzige irgendwie kühle Person, mit der sie zu tun hatte, war Richard Bowmaster, ihr Vermieter. Ach, zum Teufel mit ihm.

Richard hatte den braunen Sandsteinbau, der aussah wie Hunderte andere in Brooklyn, für wenig Geld von seinem besten Freund gekauft, einem Argentinier, der ein Vermögen geerbt hatte und von einem Tag auf den anderen in seine Heimat zurückgekehrt war. Wenige Jahre später war dasselbe Haus etwas heruntergekommener, aber über drei Millionen Dollar wert, weil massenhaft junge Leute, die ihr Geld in

Manhattan verdienten, die malerischen Bruchbuden kauften und herrichteten und die Preise in skandalöse Höhen trieben. Früher war das Viertel von Verbrechern, Drogen und Gangs beherrscht worden, und nachts hatte sich niemand auf die Straße gewagt; aber in der Zeit, als Richard herzog, gehörte die Gegend schon, trotz der Müllcontainer, der Baumgerippe und Gerümpelhaufen in den Höfen, zu den begehrtesten des Landes. Lucía hatte Richard im Scherz vorgeschlagen, sich von diesem Relikt mit seinen knarzenden Treppen und quietschenden Türen zu trennen und seinen Lebensabend auf einer Insel in der Karibik zu genießen, aber Richard war ein Mensch von finsterem Gemüt, dessen melancholischem Naturell das Haus mit seinen Zumutungen und der Unbehaglichkeit entgegenkam, mit seinen fünf riesigen, leeren Schlafzimmern, den drei unbenutzten Bädern, dem verrammelten Dachboden und einem Erdgeschoss, in dem die Decken so hoch waren, dass man, um eine Glühbirne zu wechseln, eine Teleskopleiter brauchte.

Richard Bowmaster war Lucías Chef an der New York University, wo sie für sechs Monate als Gastdozentin lehrte. Was nach dem Semester sein würde, war offen; sie würde eine andere Arbeit und eine andere Wohnung brauchen, in der sie leben konnte, bis sie entschieden hätte, wie ihre Zukunft längerfristig aussehen sollte. Irgendwann würde sie nach Chile zurückgehen und ihre Tage dort beschließen, aber bis dahin war noch reichlich Zeit, und seit ihre Tochter Daniela in Miami Meeresbiologie studierte, offenbar verliebt war und dortbleiben wollte, zog nichts sie zurück in die Heimat. Sie hatte vor, die Jahre, ehe die Gebrechlichkeit sie ereilte, nach Kräften zu nutzen. Sie wollte im Ausland leben, wo die Herausforderungen des Alltags ihrem Kopf etwas zu tun gaben und ihr Herz einigermaßen unbehelligt blieb, denn in Chile lastete das Bekannte auf ihr, der Trott und die Begrenztheit. Dort fühlte sie sich dazu verdammt, eine alte, einsame Frau zu sein, heimgesucht von bösen, sinnlosen Erinnerungen, während sich anderswo Überraschungen und neue Möglichkeiten auftun konnten.

Die Stelle am Zentrum für Lateinamerika- und Karibikstudien hatte sie angenommen, um für eine Weile Abstand zu gewinnen und etwas näher bei Daniela zu sein. Außerdem, das musste sie zugeben, hatte Richard sie gereizt. Sie hatte eine Enttäuschung hinter sich und gedacht, Richard könnte ihr dabei helfen, sich Julián endgültig aus dem Kopf zu schlagen, die einzige nicht spurlos vergangene Liebe seit ihrer Scheidung 2010. In den letzten Jahren hatte sie feststellen können, wie spärlich das Angebot für eine Frau in ihrem Alter war. Gelegentlich ein Abenteuer, das nicht der Rede wert war, sonst nichts, bis Richard sich gemeldet hatte; sie kannte ihn schon seit über zehn Jahren, noch aus ihrer verheirateten Zeit, und hatte ihn damals bereits anziehend gefunden, ohne dass sie hätte sagen können, warum. Charakterlich war er das Gegenteil von ihr, und außer ihrer akademischen Tätigkeit hatten sie wenig gemeinsam. Früher waren sie sich gelegentlich bei Tagungen begegnet, hatten sich stundenlang über ihre Arbeit unterhalten und regelmäßig miteinander korrespondiert, ohne dass er ihr je Avancen gemacht hätte. Lucía hatte einmal eine Andeutung gewagt, was ungewöhnlich für sie war, weil sie nicht über die Nonchalance koketter Frauen verfügte. Richards Nachdenklichkeit und seine Scheu waren ein starkes Lockmittel gewesen, um nach New York zu kommen. Sie stellte sich vor, dass ein Mann wie er Tiefgang besaß, dass er ernsthaft war und edelmütig, man belohnt würde, wenn es einem gelang, die Hürden zu nehmen, die er auf dem Weg zu jeder Form von Nähe auftürmte.

Mit ihren zweiundsechzig Jahren hing Lucía noch immer Jungmädchenfantasien nach, gegen die war kein Kraut gewachsen. Sie hatte Falten am Hals, trockene Haut und schlaffe Arme, ihre Knie machten ihr zu schaffen, und sie hatte mit ansehen müssen, wie ihre Taille verschwand, weil sie nicht die Selbstdisziplin aufbrachte, sich in einem Sportstudio zu schinden. Ihre Brüste waren noch jung, aber es waren nicht ihre. Sie vermied es, sich nackt zu betrachten, fühlte sich bekleidet erheblich wohler, wusste, welche Farben und Schnitte ihr standen, und blieb strikt dabei. Sie konnte sich in zwanzig Minuten von Kopf bis Fuß neu einkleiden und ließ sich dabei selbst aus Neugier nicht ablenken. Der Spiegel war, genau wie die Fotografie, ein schonungsloser Gegner, weil in der Erstarrung jeder Makel ungemildert hervortrat. Wenn überhaupt, dann fand sie sich in der Bewegung attraktiv. Sie war gelenkig und besaß eine gewisse Anmut, unverdient, denn sie hatte nie etwas dafür getan, war esslustig und träge wie eine Odaliske und hätte, wäre es auf Erden gerecht zugegangen, fettleibig sein müssen. Ihre Vorfahren, arme kroatische Bauern, die schufteten und wahrscheinlich nie satt wurden, hatten ihr einen gesegneten Stoffwechsel vererbt. Wie eine sowjetische Gefängniswärterin, hatte ihre Tochter lachend gesagt, als sie das Foto in ihrem Reisepass sah, aber niemand bekam sie je so zu Gesicht: Ihre Mimik war lebhaft, und sie verstand es, sich zu schminken.

Alles in allem war sie zufrieden mit ihrer Erscheinung und hatte sich mit dem unvermeidlichen Verfall arrangiert. Ihr Körper alterte, aber die Jugendliche, die sie einmal gewesen war, blieb in ihrem Innern davon unberührt. Die Greisin, die sie einmal sein würde, konnte sie sich hingegen nicht vorstellen. Ihr Verlangen, das Leben auszukosten, wuchs beständig, während ihre Zukunft schrumpfte, und dazu gehörte für sie nicht zuletzt die vage, von der Wirklichkeit und ihrem Mangel an Möglichkeiten hintertriebene Hoffnung, sich neu zu verlieben. Sie sehnte sich nach Sex, Romantik und Liebe. Ersteren konnte sie ab und zu bekommen, die Romantik war dabei Glückssache, und die Liebe ein Geschenk des Himmels, das ihr wahrscheinlich nicht mehr zuteilwerden würde, wie sie gegenüber ihrer Tochter mehrfach eingeräumt hatte.

Lucía bedauerte, dass sie die Geschichte mit Julián beendet hatte, aber bereut hatte sie es nie. Sie wünschte sich Stabilität, während er mit seinen siebzig Jahren noch immer von einem Flirt in den nächsten unterwegs war, als sammelte er Trophäen. Auch wenn ihre Tochter ihr die Vorteile der freien Liebe schmackhaft machen wollte, kam für Lucía ein Zusammensein mit jemand, der sich nach anderen Frauen umsah, nicht in Frage. »Was willst du denn, Mama? Heiraten?«, hatte sich Daniela lustig gemacht, als sie von ihrer Trennung erfuhr. Nein, das nicht, aber sie wollte bei der Liebe lieben, weil sie das körperlich erregte und seelisch beruhigte. Sie wollte bei der Liebe jemand haben, der dasselbe empfand wie sie. Sie wollte sich angenommen fühlen, ohne etwas verbergen oder vorgaukeln zu müssen, und in den anderen ebenso tief hineinschauen und ihn annehmen. Sie wollte einen, mit dem sie den Sonntagvormittag zeitunglesend im Bett verbringen, im Kino Händchen halten, herumalbern und Gedanken austauschen konnte. Die Begeisterung für flüchtige Abenteuer lag hinter ihr.

Sie hatte sich an ihren Raum, ihre Stille, ihr Alleinsein gewöhnt; wahrscheinlich würde sie sich schwertun, ihr Bett zu teilen, ihr Bad und den Kleiderschrank, und kein Mann könnte je alle ihre Bedürfnisse befriedigen. In jungen Jahren hatte sie geglaubt, ohne einen Partner sei sie unvollständig und etwas Entscheidendes würde ihr fehlen. Inzwischen war sie dankbar für die Überfülle ihres Daseins. Dennoch hatte sie kurz, bloß aus Neugier, daran gedacht, sich bei einem Internetportal auf Partnersuche zu begeben. Aber Daniela hätte das von Miami aus spitzgekriegt. Außerdem wusste sie nicht, wie sie sich einigermaßen attraktiv darstellen sollte, ohne zu lügen. Den anderen ging es bestimmt genauso: Keiner sagte die Wahrheit.

Männer in ihrem Alter wünschten sich Frauen, die zwanzig oder dreißig Jahre jünger waren als sie. Das war verständlich, sie hätte auch lieber einen jungen Adonis als einen alten Tattergreis gehabt. Daniela hielt es für Verschwendung, dass sie heterosexuell war, es gebe doch jede Menge großartige Singlefrauen, tiefgründig, körperlich und emotional bestens erhalten und erheblich interessanter als die meisten verwitweten oder geschiedenen Männer zwischen sechzig und siebzig, die auf dem Markt waren. Lucía sah ein, dass sie in dieser Hinsicht eingeschränkt war, aber es schien ihr zu spät, um daran noch etwas zu ändern. Seit ihrer Scheidung hatte sie ein paar kurze intime Begegnungen gehabt, mit dem einen oder anderen Freund nach ein paar Drinks in einem Club oder mit Reise- oder Partybekanntschaften, nichts davon der Rede wert, aber es hatte ihr geholfen, die Scham zu überwinden, sich unter einem männlichen Blick auszuziehen. Die Narben an ihrem Brustkorb waren deutlich sichtbar, und ihre Brüste wie junge Zwillinge von Gazellen wirkten losgelöst von ihrem übrigen Körper; sie verhöhnten die sie umgebende Anatomie.

Ihre Vorstellung, Richard zu verführen, die ihr so reizvoll erschienen war, als sie das Jobangebot bekam, hatte sich innerhalb der ersten Woche in seiner Souterrainwohnung in Luft aufgelöst. Das relativ enge Beisammensein mit den häufigen, unausweichlichen Begegnungen bei der Arbeit, auf dem Nachhauseweg, in der U-Bahn, vor der Haustür, hatte sie einander nicht nähergebracht, sondern sie voneinander entfernt. Die Kameradschaft der internationalen Tagungen und die Herzlichkeit ihres Mailaustauschs hatten der Näheprüfung nicht standgehalten. Nein, mit Richard Bowmaster und ihr würde bestimmt nichts laufen; ein Jammer, denn er war dieser ruhige, verlässliche Typ Mann, mit dem sich zu langweilen ihr nichts ausgemacht hätte. Außerdem war sie nur ein Jahr und acht Monate älter als er, unerheblich, wie sie bei jeder sich bietenden Gelegenheit anmerkte, obwohl sie sich eingestehen musste, dass sie im Vergleich mit ihm schlecht wegkam. Sie fühlte sich schwerfällig, wurde wegen einer Verkürzung ihrer Wirbelsäule immer kleiner und konnte das nicht mehr mit hochhackigen Schuhen ausgleichen, weil sie mit denen auf die Nase fiel. Gleichzeitig wuchsen die Leute ringsum in den Himmel. Ihre Studenten wirkten mit jedem Jahr größer, hoch aufgeschossen und teilnahmslos wie Giraffen. Sie war es leid, von unten die Nasenhaare ihrer Mitmenschen zu betrachten. Richard hingegen trug seine Jahre mit dem leicht verlotterten Charme des Professors, der ganz von den Fragen seines Fachs in Anspruch genommen ist.

Genau wie Lucía ihn ihrer Tochter beschrieben hatte, war Richard Bowmaster mittelgroß, besaß ausreichend viele Haare und gute Zähne, und seine Augenfarbe changierte, je nachdem, wie das Licht auf seine Brille fiel oder es seinem Magengeschwür ging, zwischen Grau und Grün. Er lächelte selten ohne triftigen Grund, aber die beständigen Grübchen in seinen Wangen und das verstrubbelte Haar gaben ihm etwas Jugendliches, obwohl er beim Gehen zu Boden starrte, immerzu Bücher mit sich herumtrug und ihn die Sorgen offenbar niederdrückten. Worin die bestanden, konnte Lucía sich nicht vorstellen, denn er schien gesund zu sein, befand sich auf dem Gipfel seiner akademischen Laufbahn und würde nach seiner Emeritierung einen komfortablen Lebensabend haben. Seine einzige wirtschaftliche Belastung war sein Vater, Joseph Bowmaster, der fünfzehn Gehminuten entfernt in einem Altersheim lebte, von Richard täglich angerufen und zweimal wöchentlich besucht wurde. Der Mann war inzwischen sechsundneunzig und saß im Rollstuhl, hatte aber so viel Herz und Verstand wie kein Zweiter; er vertrieb sich die Zeit damit, Briefe mit guten Ratschlägen an Barack Obama zu schreiben.

Lucía vermutete hinter Richards schroffer Fassade ein stilles Depot von Menschenfreundlichkeit und diskreter Hilfsbereitschaft, denn nebenher half er bei der Essensausgabe einer Wohlfahrtsorganisation und kümmerte sich ehrenamtlich um die Mönchssittiche auf dem Friedhof. Dieser Charakterzug verdankte sich vermutlich dem beharrlichen Vorbild seines Vaters; Joseph hätte seinem Sohn ein Leben ohne Einsatz für eine gute Sache nicht durchgehen lassen. Zu Beginn hatte Lucía sich Richard genauer angesehen und nach einem Ansatzpunkt gesucht, um seine Freundschaft zu gewinnen, weil sie sich aber weder für Armenspeisung noch für Papageien egal welcher Art erwärmen konnte, war ihnen nur die gemeinsame Arbeit geblieben, und sie fand keinen Zugang zu seinem sonstigen Leben. Richards Gleichmut ihr gegenüber kränkte sie nicht, für die Flirtversuche der anderen Frauen im Kollegenkreis oder der Studentinnen, die ihm schöne Augen machten, schien er ebenso wenig empfänglich. Sein Einsiedlertum gab ihr Rätsel auf, welche Geheimnisse mochten sich dahinter verbergen und wie hatte er sechs

Jahrzehnte, gut geschützt von seinem Gürteltierpanzer, ohne nennenswerte Herausforderungen überstehen können?

Sie hingegen blickte mit Stolz auf die Erschütterungen in ihrer Vergangenheit und wünschte sich für die Zukunft ein bewegtes Leben. Dem Glück misstraute sie aus Prinzip, sie fand es leicht kitschig. Einigermaßen zufrieden zu sein reichte ihr aus. Richard hatte lange in Brasilien gelebt und war mit einer sinnlichen jungen Frau verheiratet gewesen, dem Foto nach zu urteilen, das Lucía von ihr gesehen hatte, aber offenbar hatte nichts von der Freizügigkeit des Landes oder dieser Frau auf ihn abgefärbt. Trotzdem kam Richard überall gut an. Lucía hatte ihn ihrer Tochter gegenüber als leichtblütig bezeichnet, was man in Chile über Leute sagt, die augenscheinlich ohne Grund und ohne sich zu bemühen bei allen beliebt sind. »Er ist seltsam, Daniela. Stell dir vor, er lebt allein mit vier Katzen. Und Marcelo wird er auch noch nehmen müssen, wenn ich gehe, davon weiß er bloß noch nichts.« Sie hatte sich das reiflich überlegt. Zwar würde es ihr das Herz brechen, aber sie konnte einen greisen Chihuahua unmöglich um die Welt mitnehmen.

Richard

Brooklyn

Wenn er am Abend nach Hause kam, mit dem Rad, sofern das Wetter es erlaubte, oder sonst mit der U-Bahn, versorgte Richard Bowmaster zunächst seine vier wenig anhänglichen Katzen, die er aus dem Tierheim geholt hatte, um die Mäuse loszuwerden. Das war eine vernünftige Maßnahme gewesen, frei von Sentimentalitäten, aber unweigerlich waren die Katzen ihm zu Gefährten geworden. Als er sie bekam, waren sie kastriert und geimpft, trugen einen Chip unter der Haut, damit man sie identifizieren konnte, falls sie verlorengingen, und hatten Namen. Aber der Einfachheit halber hatte er sie auf Portugiesisch durchnummeriert: Um, Dois, Três und Quarto. Richard gab ihnen Futter und reinigte das Katzenklo, dann hörte er Nachrichten, während er am großen Tisch in der Küche, an dem sein häusliches Leben weitgehend stattfand, sein Abendessen zubereitete. Nach dem Essen setzte er sich eine Weile ans Klavier, mal weil es ihm Freude bereitete, mal aus Selbstdisziplin.

Theoretisch war in seiner Wohnung ein jedes Ding an seinem Platz, und es gab auch einen Platz für jedes Ding, praktisch jedoch vermehrten sich die Papierstapel, die Zeitschriften und Bücher wie weiße Mäuse in einem Albtraum. Am Morgen waren sie stets zahlreicher als noch am Abend zuvor, und manchmal fielen ihm Aufsätze oder einzelne lose Blätter in die Hände, die er nie zuvor gesehen hatte und bei denen ihm schleierhaft blieb, wie sie in seine Wohnung gelangt waren. Nach dem Klavierspielen las er, bereitete seine Lehrveranstaltungen vor, korrigierte Arbeiten und schrieb Aufsätze zu politischen Fragen. Seine akademische Karriere verdankte er mehr seiner kontinuierlichen Forschungsarbeit und den Veröffentlichungen als einer Neigung zum Unterrichten; entsprechend unerklärlich war ihm die Hochachtung, die ihm seine Studenten selbst nach ihrem Abschluss noch entgegenbrachten. Sein Computer stand in der Küche, der Drucker in einem Raum im zweiten Obergeschoss, der ausschließlich einen Tisch mit diesem Gerät darauf beherbergte. Zum Glück lebte er allein und musste die eigenwillige Anordnung seiner Büroausstattung vor niemandem rechtfertigen, denn dass er die steile Treppe zu Trainingszwecken hinauf- und hinabstieg, hätte wohl kaum jemand verstanden. Außerdem überlegte er es sich dadurch zweimal, ehe er etwas ausdruckte, was ihm aus Respekt vor den Bäumen, die der Papierherstellung geopfert wurden, angebracht schien.

Wenn er nachts keinen Schlaf fand und das Klavier sich nicht betören ließ, weil die Tasten ein Eigenleben führten, frönte er einer heimlichen Schwäche, lernte Gedichte auswendig und schrieb auch selbst welche. Dafür brauchte er sehr wenig Papier: Er schrieb sie von Hand in karierte Schulhefte. Er hatte schon etliche Hefte mit unvollendeten Gedichten gefüllt und besaß daneben zwei luxuriöse Notizbücher mit Ledereinband, in die er seine besten Verse übertrug, in der Absicht, ihnen eines Tages den letzten Schliff zu geben, was er nie tat. Wenn er sich vorstellte, sie noch einmal zu lesen, bekam er Bauchgrimmen. Er hatte Japanisch gelernt, um Haikus im Original zu lesen, sein Leseverstehen war gut, aber es zu sprechen wäre ihm vermessen erschienen. Seine Mehrsprachigkeit durfte er sich dennoch zugutehalten. Portugiesisch hatte er als Kind von seiner Familie mütterlicherseits gelernt und später mit Anita perfektioniert. Etwas Französisch hatte er der Liebe wegen gelernt und Spanisch, weil er es beruflich brauchte. Seine erste Liebe, mit neunzehn, galt einer acht Jahre älteren Französin, er lernte sie in einer Bar in New York kennen und folgte ihr nach Paris. Die Leidenschaft kühlte rasch ab, aber sie wohnten doch lange genug zusammen in einer Mansarde im Quartier Latin, dass er Grundkenntnisse auf dem Gebiet der fleischlichen Liebe und im Französischen erwarb, das er mit wüstem Akzent sprach. Sein Spanisch stammte weitgehend aus Büchern. In New York gab es jede Menge Hispanics, die seine am Berlitz Institut orientierte Aussprache allerdings selten verstanden. Und er konnte kaum folgen, sobald es über die Bestellung von Essen im Restaurant hinausging. So gut wie alle Kellner im Land sprachen offenbar spanisch.

Am Samstag war der Sturm bei Tagesanbruch abgeflaut und hatte Brooklyn unter Schnee begraben zurückgelassen. Richard erwachte mit dem schalen Nachgeschmack davon, dass er Lucía am Vorabend gekränkt hatte, als er ihre Ängste so kühl beiseiteschob. Er wäre gern bei ihr gewesen, während draußen Wind und Schnee ums Haus peitschten. Warum dann diese schroffe Abfuhr? Weil er fürchtete, der Liebe in die Falle zu gehen, eine Falle, der er seit fünfundzwanzig Jahren auswich. Warum er das tat, stellte er nicht in Frage, es lag auf der Hand: Das war die ihm auferlegte Buße. Über die Jahre hatte er sich in seinem mönchischen Dasein eingerichtet und in der inneren Stille von einem, der allein lebt und allein schläft. Nach dem Telefonat mit Lucía verspürte er kurz den Impuls, mit einer Thermoskanne Tee an der Tür zum Souterrain zu klingeln und ihr Gesellschaft zu leisten. Dass sich eine Frau, die schon einiges durchgestanden hatte und unverwundbar schien, auf so kindliche Weise fürchtete, machte ihn neugierig. Er hätte diese Bresche in Lucías Bollwerk gern genutzt, aber etwas daran kam ihm bedrohlich vor, als könnte er mit diesem Schritt in Treibsand geraten. Auch jetzt spürte er noch die Gefahr. Er kannte das. Manchmal packte ihn aus dem Nichts die Angst, dagegen halfen seine grünen Pillen. Gegen das Gefühl, dass er unaufhaltsam hinabsank auf den eiskalten Grund des Meeres und niemand da war, der nach seiner Hand fasste und ihn zurück an die Oberfläche zog. Seine bösen Vorahnungen hatten in Brasilien begonnen, unter dem Einfluss von Anita, die immer empfänglich war für Fingerzeige aus dem Jenseits. Früher hatten sie ihn häufiger überfallen, aber er hatte gelernt, damit umzugehen, weil sie sich kaum je bewahrheiteten.

Über Radio und Fernsehen wurden die Leute aufgefordert, zu Hause zu bleiben, bis die Straßen geräumt wären. Manhattan war noch weitgehend lahmgelegt, die Geschäfte waren geschlossen, aber die ersten U-Bahnen und Busse fuhren bereits wieder. Einige Nachbarstaaten hatte es härter getroffen, dort waren Häuser zerstört, Bäume entwurzelt, ganze Ortschaften vom Verkehr abgeschnitten und ohne Gas und Strom. Innerhalb weniger Stunden waren die Bewohner um zwei Jahrhunderte zurückgeworfen worden. Brooklyn war noch glimpflich davongekommen.

Richard ging hinaus, um sein Auto, das auf der gegenüberliegenden Straßenseite stand, vom Schnee zu befreien, ehe der festfror und er kratzen musste. Danach fütterte er die Katzen, frühstückte wie jeden Tag Haferflocken mit Mandelmilch und Obst und setzte sich an den Computer, um an seinem Artikel über die wirtschaftliche und politische Krise in Brasilien weiterzuarbeiten, die wegen der bevorstehenden Olympischen Spiele in den Fokus der internationalen Aufmerksamkeit rückte. Außerdem musste er die Abschlussarbeit eines Studenten durchsehen, aber das verschob er auf später. Er hatte den ganzen Tag vor sich.

Gegen drei fiel ihm auf, dass einer der Kater fehlte. Wenn er zu Hause war, blieben die Tiere zumeist in der Nähe. Ihr Verhältnis war von gegenseitiger Gleichgültigkeit geprägt, außer mit Dois, dem einzigen Weibchen, das jede Gelegenheit nutzte, um auf seinen Schoß zu springen, und gestreichelt werden wollte. Die drei Kater waren sich selbst genug und hatten von Beginn an verstanden, dass sie keine Kuscheltiere waren, sondern zur Mäusejagd da. Er sah Um und Quarto unruhig durch die Küche streichen, konnte aber Três nirgends entdecken. Dois lag auf dem Tisch neben dem Bildschirm – einer ihrer Lieblingsplätze.

Richard ging auf der Suche nach dem Vermissten durchs Haus und pfiff nach ihm. Er fand ihn im ersten Stock, ausgestreckt auf dem Boden, mit rosa Schaum vorm Maul. »Komm schon, Três, was ist denn? Steh auf, mein Junge.« Richard schaffte es, den Kater hinzustellen, und der machte ein paar taumelnde Schritte, bevor er wieder umkippte. An mehreren Stellen sah Richard Spuren von Erbrochenem, das kam schon mal vor, manchmal konnten die Katzen die Mäuseknochen nicht verdauen. Er trug Três hinunter in die Küche und versuchte vergeblich, ihn zum Wassertrinken zu bewegen, als dem Kater plötzlich die Beine steif wurden und er krampfte. Da begriff Richard, dass es eine Vergiftung sein musste. Eilig sah er die Reinigungsmittel durch, die im Haus waren, alle sicher verstaut. Erst beim zweiten Durchgang fand er unter der Geschirrspülmaschine eine umgekippte Dose Frostschutzmittel, das Três offenbar aufgeleckt hatte, denn es gab Pfotenspuren neben der Pfütze. Er war sich sicher, dass er die Dose und die Schranktür sorgfältig verschlossen hatte, ihm war unbegreiflich, wie es zu dem Unfall kommen konnte, aber das spielte jetzt auch keine Rolle. Er musste den Kater retten, das Zeug konnte ihn umbringen.

Alle waren angehalten, ihr Auto nur im Notfall zu benutzen, aber genau darum handelte es sich hier. Richard suchte im Internet nach der nächstgelegenen offenen Tierarztpraxis, stellte fest, dass er sie sogar kannte, wickelte den Kater in eine Decke und trug ihn zum Auto. Bloß gut, dass er es schon am Morgen vom Schnee befreit hatte, das hätte ihn nur aufgehalten, und nicht auszudenken, wenn das Unglück gestern während des Schneesturms passiert wäre, er hätte zu Hause festgesessen. Brooklyn war zu einer Polarstadt geworden, weiß auf weiß, alle Kanten vom Schnee gerundet, die Straßen leer und sonderbar friedlich, als würde die Natur gähnen. »Stirb bloß nicht, Três, bitte. Du bist doch ein proletarischer Kater, du hast Eingeweide aus Stahl, denen kann so ein bisschen Frostschutzmittel nichts anhaben, komm schon«, redete Richard dem Kater gut zu, während er entsetzlich langsam über den Schnee kroch und dachte, dass jede Minute, die er bei dieser Fahrt vergeudete, eine weniger Lebenszeit für den Kater war. »Nur die Ruhe, mein Freund, halt durch. Schneller geht es nicht, wenn wir hier wegrutschen und uns festfahren, sind wir geliefert, wir sind gleich da. Schneller kann ich nicht fahren, tut mir leid …«

Normalerweise hätte er für die Strecke zwanzig Minuten gebraucht, benötigte jetzt aber doppelt so lang, und als er endlich bei der Praxis ankam, hatte es wieder zu schneien begonnen, und Três krampfte erneut und sabberte rosafarbene Bläschen. Eine effiziente Ärztin, sparsam in ihren Worten und Gesten, zeigte keine Zuversicht angesichts der Katze und keine Sympathie für den Besitzer, der durch seine Verantwortungslosigkeit den Unfall verschuldet hatte, wie sie leise zu ihrer Assistentin sagte, aber doch laut genug, dass Richard es mitbekam. In einem anderen Moment hätte er auf ihre Bemerkung scharf reagiert, doch gerade löste sie eine Woge schlimmer Erinnerungen in ihm aus. Beschämt blieb er stumm. Schon einmal hatte seine Verantwortungslosigkeit fatale Folgen gehabt. Seither war er so auf Sicherheit bedacht und traf so viele Vorkehrungen, dass er sich manchmal fühlte, als schliche er auf Zehenspitzen durchs Leben. Die Tierärztin erklärte ihm, sie könne wenig tun. Die Untersuchungen von Blut und Urin würden zeigen, ob die Nieren nachhaltig geschädigt waren, was dem Tier große Qualen verursachen würde, die man ihm dann besser ersparte. Der Kater müsse dableiben. In zwei Tagen wüssten sie mehr, aber er solle sich auf das Schlimmste gefasst machen. Richard nickte, den Tränen nah. Das Herz war ihm eng, als er sich von Três verabschiedete und den harten Blick der Ärztin im Nacken spürte – eine Anklage und eine Strafe.

Die junge Frau an der Anmeldung, die karottenrotes Haar und einen Ring in der Nase hatte, erbarmte sich, als sie sah, wie zittrig er ihr die Kreditkarte für die Anzahlung über den Tresen schob. Sie versicherte ihm, sein Kätzchen sei hier bei ihnen gut aufgehoben, und deutete auf den Kaffeeautomaten. Die winzige Freundlichkeit löste in Richard ein übertriebenes Gefühl von Dankbarkeit aus, und er schluchzte unwillkürlich auf. Hätte man ihn gefragt, was er für seine vier Katzen empfand, er hätte geantwortet, dass er seinen Pflichten nachkam, sie fütterte und ihr Katzenklo säuberte. Ein verbindliches Miteinander, mehr nicht, außer mit Dois, die nach Zuwendung verlangte. Er hätte nie gedacht, dass die drei mürrischen Kater einmal so etwas wie Mitglieder einer Familie sein würden, die er nicht hatte. Unter dem mitfühlenden Blick der Sprechstundenhilfe setzte er sich auf einen

Stuhl im Wartezimmer, trank einen verwässerten, bitteren Kaffee, nahm zwei grüne Pillen für seine Nerven und eine rosafarbene gegen das Sodbrennen und wartete ab, bis er sich wieder im Griff hatte. Er musste nach Hause zurück.

Die Autoscheinwerfer beleuchteten menschenleere, trostlose Straßen. Richard fuhr langsam, spähte angestrengt durch den Halbkreis, den die Scheibenwischer von den Schneekristallen befreiten. Diese Straßen gehörten zu einer unbekannten Stadt, die Zeit war angehalten, die Heizung summte, die Scheibenwischer klickten hektisch, und kurz glaubte er, er habe sich verfahren, obwohl er den Weg doch vorhin erst genommen hatte. Ihm war, als schwebte das Auto durch wattiges Weiß und er wäre das einzige menschliche Wesen auf einem verlassenen Planeten. Er fing an, mit sich selbst zu reden, sein Kopf war voller Geräusche und unseliger Gedanken an das unvermeidliche Grauen der Welt im Allgemeinen und das seines Lebens im Besonderen. Wie lange würde er noch leben und wie? Wer lange genug lebte, bekam Prostatakrebs. Wer noch länger lebte, dessen Gehirn zerfiel. Er hatte das Alter der Schreckhaftigkeit erreicht, zu reisen lockte ihn nicht mehr, er klebte an der Bequemlichkeit daheim, mied das Unvorhersehbare, hatte Angst, sich nicht zurechtzufinden oder krank zu werden oder zu sterben, und dass seine Leiche erst nach vierzehn Tagen entdeckt würde, wenn die Katzen schon große Teile davon gefressen hätten. Die Vorstellung, dass man ihn in einer Pfütze stinkender Eingeweide fand, schreckte ihn so sehr, dass er mit seiner Nachbarin, einer älteren Witwe mit eisernem Temperament und wachsweichem Herzen, vereinbart hatte, ihr jeden Abend eine Textnachricht zu schicken. Wenn sie zwei Tage keine erhielte, sollte sie nachschauen, dafür hatte sie einen Schlüssel zu seiner Wohnung. Seine Nachricht bestand aus zwei Wörtern: »Lebe noch.« Sie war nicht verpflichtet zu antworten, litt aber unter derselben Furcht und schickte immer drei Wörter zurück: »Mist, ich auch.« Das Erschreckendste am Tod war die Aussicht auf Unendlichkeit. Tot für immer, wie entsetzlich.

Richard befürchtete, die Panikwolke könnte sich über ihm zusammenbrauen. Wenn das geschah, tastete er nach seinem Puls und fand ihn nicht oder fand ihn rasend. Zwei Panikattacken hatte er erlebt, die einem Herzanfall so sehr ähnelten, dass er deswegen im Krankenhaus gewesen war, aber in den letzten Jahren hatte sich das, dank der grünen Pillen und weil er gelernt hatte, was zu tun war, nicht wiederholt. Bei den ersten Anzeichen stellte er sich die Wolke über seinem Kopf bildlich vor und dazu starke Sonnenstrahlen, die sie durchdrangen wie bei einer Marienerscheinung. Mit dieser Vorstellung und ein paar Atemübungen konnte er die Wolke auflösen. Diesmal brauchte er den Trick jedoch gar nicht, sondern überließ sich einfach der Neuartigkeit seiner Lage. Er sah sich aus der Ferne, als würde er in dem eigenen Film nicht die Hauptrolle spielen, sondern wäre nur Zuschauer.

Seit Jahren besaß er über alles in seinem Leben die perfekte Kontrolle, keine Überraschungen, keine Aufregung, aber ganz vergessen hatte er den Reiz der wenigen Abenteuer früherer Zeiten nicht, etwa seine kopflose Liebe zu Anita. Er musste über seine Anspannung schmunzeln, bei schlechtem Wetter einige Blocks weit durch Brooklyn zu fahren war nicht gerade abenteuerlich. Jäh wurde ihm bewusst, wie klein und eingeschränkt sein Dasein inzwischen war, und da bekam er es mit einer handfesten Angst zu tun, weil er so viele Jahre in sich selbst verkrochen vergeudet hatte, weil die Zeit so schnell verging, das Alter greifbar nah kam, der Tod. Seine Brille beschlug von Schweiß oder Tränen, er riss sie von der

Nase und wollte sie am Ärmel abwischen. Es dunkelte schon, die Sicht war miserabel. Die linke Hand am Lenkrad, versuchte er mit der Rechten die Brille wieder aufzusetzen, aber die Handschuhe behinderten ihn, sie fiel ihm aus den Fingern und landete zwischen seinen Füßen. Er fluchte.

Kurz war er abgelenkt, tastete im Fußraum nach seiner Brille, da bremste vor ihm ein weißes, im Schnee kaum zu sehendes Auto an einer Kreuzung. Richard fuhr auf. Der Zusammenstoß traf ihn so unerwartet und hart, dass ihm kurz schwarz vor den Augen wurde. Gleich darauf kam er wieder zu sich, sein Herz raste, er schwitzte, sein Gesicht glühte, das Hemd klebte ihm am Rücken, aber zugleich überkam ihn dasselbe Gefühl wie eben, als steckte er nicht in der eigenen Haut. Er spürte das körperliche Unbehagen, sein Geist schaute aber von einer anderen Ebene aus zu, losgelöst von dem, was hier geschah. Der Typ in dem Film stieß weitere Flüche aus, während er als Zuschauer von einer höheren Warte aus das Geschehen kühl einschätzte, unbeteiligt. Der Zusammenstoß war harmlos, das stand außer Frage. Beide Autos waren sehr langsam gefahren. Er musste seine Brille finden, aussteigen und sich mit dem anderen Fahrer höflich verständigen. Schließlich gab es Versicherungen.

Beim Aussteigen rutschte er auf dem vereisten Asphalt weg, und er wäre rücklings hingefallen, hätte er nicht die Tür zu fassen bekommen. Er begriff, dass er den Unfall auch durch Bremsen nicht verhindert hätte, denn er wäre sicher noch ein paar Meter gerutscht, ehe er gestanden hätte. So hatte er das Fahrzeug, einen Lexus CS, am Heck erwischt und ein Stück nach vorn geschoben. Ohne die Füße vom Boden zu heben, kämpfte sich Richard gegen den Wind das kurze Stück auf den Lexus-Fahrer zu, der ebenfalls ausgestiegen war. Im ersten Moment dachte er, dass diese Person zu jung war, um schon den Führerschein zu haben, aber dann erkannte er, dass es sich um eine sehr zierliche junge Frau handelte. Sie trug eine Hose, schwarze Gummistiefel und einen viel zu großen Anorak. Ihr Kopf verschwand unter der Kapuze.

»Das war meine Schuld. Verzeihen Sie, ich habe Sie nicht gesehen. Meine Versicherung übernimmt das«, sagte er.

Die junge Frau warf einen schnellen Blick auf das kaputte Rücklicht und den eingedellten, einen Spaltbreit klaffenden Kofferraum. Vergeblich versuchte sie, ihn zu schließen, während Richard das mit der Versicherung wiederholte.

»Wir können auch die Polizei rufen, wenn Sie möchten, aber es wird nicht nötig sein. Hier, meine Karte, Sie können mich jederzeit erreichen.«

Sie schien ihn nicht zu hören. Sichtlich aufgewühlt, hieb sie weiter mit den Fäusten auf den Kofferraumdeckel, bis sie einsah, dass er nicht einrastete; dann hastete sie, gegen die Böen kämpfend, zurück zu ihrer Fahrertür, gefolgt von Richard, der weiter darauf drängte, ihr seine Karte zu geben. Sie stieg in den Wagen, ohne ihn auch nur anzusehen, und er warf ihr die Karte noch eben in den Schoß, ehe sie aufs Gas trat und gleichzeitig die Tür zuzog. Beim Anfahren erwischte sie Richard am Arm und stieß ihn um. Im nächsten Moment war das Auto um die Ecke gebogen und verschwunden. Mühsam rappelte Richard sich auf und rieb sich den schmerzenden Arm. Heute ging wirklich alles schief, jetzt fehlte bloß noch, dass der Kater starb.

Lucía, Richard, Evelyn

Brooklyn

Um diese Uhrzeit lag Richard normalerweise schon mit der schnurrenden Dois an seiner Seite im Bett und zählte Schäfchen, damit er morgens um fünf aufstehen und ins Sportstudio gehen konnte, aber die unseligen Vorkommnisse des Tages hatten ihn so gründlich aus der Bahn geworfen, dass er sich auf eine schlaflose Nacht gefasst machte und zur Einstimmung irgendwelchen Blödsinn im Fernsehen schaute. Er wollte auf andere Gedanken kommen. Gerade war die unvermeidliche Sexszene dran, und er musste mit ansehen, wie der Regisseur mit dem Drehbuch und die Darsteller mit der überzuckerten Erotik kämpften, die wohl erregend sein sollte, aber bloß die Handlung ausbremste. »Jetzt macht schon hin«, fauchte Richard den Fernseher an und dachte wehmütig an die Zeiten zurück, als das Kino den Geschlechtsakt andeutete, indem sich diskret eine Tür schloss, ein Licht gelöscht wurde oder eine Zigarette einsam im Aschenbecher verglomm. Die Türklingel riss ihn aus seinen Gedanken. Er sah auf die Uhr: zwanzig vor zehn. Nicht mal die Zeugen Jehovas, die seit ein paar Wochen im Viertel missionierten, würden sich trauen, um diese Zeit noch zu stören. Befremdet ging er zur Tür, ließ das Licht im Flur ausgeschaltet und versuchte, durch das Glas am Eingang etwas zu erkennen, sah aber nur einen Schemen in der Dunkelheit. Er wollte schon kehrtmachen, als ein zweites Klingeln ihn erschreckte. Unwillkürlich drückte er auf den Lichtschalter und öffnete die Tür.

Im schummrigen Licht, die schwarze Nacht im Rücken, stand die junge Frau mit dem Anorak. Richard erkannte sie sofort. Mit ihrem gesenkten Kopf, den hochgezogenen Schultern, dem von der Kapuze verborgenen Gesicht sah sie noch winziger aus als vor ein paar Stunden auf der Straße. Richard nuschelte ein »Ja, bitte?«, und als Antwort hielt sie ihm die Karte hin, auf der sein Name stand, seine Position an der Uni, seine Büro- und seine Privatadresse. Eine endlose Minute stand er da mit der Karte in der Hand und wusste nicht, was er tun sollte. Erst als er den schneekalten Wind spürte, der durch die geöffnete Tür wehte, kam er zu sich, trat einen Schritt zur Seite und bat die Frau mit einer Handbewegung herein. Er schloss die Tür hinter ihr und sah sie wieder fragend an.

»Sie hätten doch nicht herkommen müssen. Das mit der Versicherung lässt sich telefonisch klären.«

Sie antwortete nicht, stand da im Flur, ohne ihn anzusehen, wie ein sturer Besucher aus dem Jenseits. Richard wiederholte das mit der Versicherung, aber sie rührte sich nicht.

»Sprechen Sie Englisch?«, fragte er schließlich.

Weiter Schweigen, sekundenlang. Richard fragte dasselbe noch einmal auf Spanisch, weil die Statur der Frau nahelegte, dass sie aus Mittelamerika kam, aber sie hätte auch aus Südostasien sein können. Sie antwortete mit einem unverständlichen Murmeln, das sich anhörte wie ein stetiges Wassertropfen. Weil er auf diese Weise offensichtlich nicht weiterkam, bat Richard sie schließlich in die Küche, wo das Licht besser war und sie sich vielleicht würden verständlich machen können. Sie kam hinter ihm her, sah dabei den Boden an und blieb exakt in seiner Spur, als balancierte sie auf einem nur locker gespannten Seil. In der Küche schob Richard seine Unterlagen beiseite und bot ihr einen der Hocker an.

»Es tut mir sehr leid, dass ich Ihr Auto beschädigt habe. Ich hoffe, Sie haben sich nicht wehgetan«, sagte er.

Als keine Reaktion kam, wiederholte er das Gesagte radebrechend auf Spanisch. Sie schüttelte den Kopf. Richard mühte sich noch eine Weile erfolglos weiter herauszufinden, was sie um diese Uhrzeit bei ihm wollte. Die Delle an ihrem Auto konnte unmöglich der Grund dafür sein, dass sie derart verschreckt war, womöglich war sie vor etwas oder vor jemand auf der Flucht.

»Wie heißen Sie denn?«

Mühsam, über jede Silbe stolpernd, brachte sie ihren Namen heraus: Evelyn Ortega. Richard fühlte sich von der Situation überfordert. Er brauchte dringend Unterstützung, um diese ungebetene Besucherin wieder loszuwerden. Stunden später, als er das Geschehen noch einmal Revue passieren ließ, sollte er sich darüber wundern, dass er ausgerechnet die Chilenin in seiner Souterrainwohnung angerufen hatte. In all der Zeit, die sie einander jetzt kannten, hatte sie zwar ihre fachlichen Fähigkeiten bewiesen, aber es gab keinen Grund, davon auszugehen, dass sie mit einem so ungewöhnlichen Zwischenfall umzugehen wüsste.

Gegen zehn wurde Lucía von einem Anruf überrascht. Um diese Zeit rief sonst nur ihre Tochter an, aber es war Richard, der sie bat, eilig zu ihm hochzukommen. Nachdem sie den ganzen Tag vor Kälte gebibbert hatte, war es Lucía jetzt endlich im Bett warm geworden, und sie dachte nicht daran, ihr Nest zu verlassen, nur weil der Mann nach ihr verlangte, der sie dazu verdammt hatte, in einem Iglu zu hausen, und der noch am Abend zuvor ihre Bitte um Gesellschaft abgelehnt hatte. Die Souterrainwohnung besaß keinen direkten Zugang zum Rest des Hauses, sie würde sich anziehen, sich einen

Weg durch den Schnee vor ihrer Tür graben und zwölf glatte Stufen bis zu seiner Wohnungstür hinaufgehen müssen. So viel Aufwand war Richard nicht wert.

In der Woche zuvor hatte sie sich mit ihm angelegt, weil das Wasser im Hundenapf am Morgen von einer Eisschicht überzogen gewesen war, aber nicht einmal dieses Beweisstück hatte ihn dazu bewogen, die Heizung hochzudrehen. Er hatte ihr bloß eine Heizdecke geliehen, die jahrzehntelang nicht benutzt worden war, und als sie das Ding einschaltete, hatte es puff gemacht, und die Sicherung war rausgesprungen. Die Kälte war Lucías jüngste Beschwerde. Vorher hatte es andere gegeben. Nachts hörte man eine Mäusearmee im Mauerwerk, was laut ihrem Vermieter gar nicht sein konnte, weil die Katzen alle auffraßen. Was sie höre, seien die rostigen Rohre und die knarzenden Dielen.

»Entschuldige die späte Störung, aber ich brauche dich hier dringend, Lucía, ich habe wirklich ein Problem«, sagte Richard am Telefon.

»Was für ein Problem? Blutest du? Andernfalls musst du warten bis morgen.«

»Eine hysterische lateinamerikanische Person ist in meine Wohnung eingedrungen, und ich weiß nicht, was ich mit ihr anstellen soll. Vielleicht kannst du ihr helfen. Ich verstehe sie so gut wie nicht.«

»Okay, dann nimm eine Schaufel und grab mich frei«, sagte sie, jetzt doch neugierig geworden.

Kurz darauf rettete Richard, verpackt wie ein Eskimo, seine Mieterin und Marcelo aus dem Keller und brachte sie in seine Wohnung, wo es kaum wärmer war. Über seinen Geiz beim Heizen murrend, folgte Lucía ihm in die Küche, die sie von früheren Stippvisiten kannte. Kurz nach ihrer Ankunft in Brooklyn hatte sie sich bei ihm eingeladen und ihm ein vegetarisches Abendessen gekocht, weil sie hoffte, dadurch ihren Kontakt zu vertiefen, aber Richard hatte sich als harter Brocken erwiesen. Lucía hielt vegetarische Ernährung für einen Spleen von Leuten, die immer genug zu essen gehabt hatten, gab sich für dieses Menü aber wirklich Mühe. Richard aß kommentarlos zwei Teller davon, bedankte sich lasch und erwiderte die Geste nie. Damals hatte Lucía gesehen, wie spartanisch er lebte. Ein paar wenige schlichte Möbel, teilweise in fragwürdigem Zustand, und dazwischen ein prächtig glänzender schwarzer Konzertflügel. Mittwochs und samstags hörte sie abends in ihrem Keller Fetzen der Hauskonzerte, die Richard zusammen mit drei anderen Musikern zum Vergnügen spielte. Was sie davon mitbekam, fand sie ansprechend, sie besaß aber kein gutes Ohr, und ihre musikalische Bildung war bescheiden. Über Monate hatte sie darauf gewartet, dass Richard sie einlud, um dem Quartett zu lauschen, doch das war nie geschehen.

Richard schlief im kleinsten Raum des Hauses, einer nackten Gefängniszelle mit Fensterloch, und nutzte das Wohnzimmer im Erdgeschoss als Lager für bedrucktes Papier. Die Küche, in der sich ebenfalls die Bücher stapelten, war an der Spüle zu erkennen und an einem eigensinnigen Gasherd, der sich zuweilen ohne menschliches Zutun einschaltete und nicht zu reparieren war, weil es keine Ersatzteile mehr gab.

Die Person, von der Richard gesprochen hatte, war eine Zwergin. Sie saß mit baumelnden Füßen auf einem Hocker an dem großen, schweren Holztisch, der als Arbeitsplatz und Esstisch diente, vergraben in einen neongelben Anorak, die Kapuze tief im Gesicht, die Füße in Feuerwehrstiefeln. Anzeichen von Hysterie konnte Lucía nicht erkennen, sie wirkte im Gegenteil eher wie betäubt. Sie zeigte keine Regung, als Lucía zu ihr trat, um ihr die Hand zu geben, dabei weiter Marcelo festhielt und die Katzen beobachtete, die den Hund aus nächster Nähe mit gesträubten Nackenhaaren anfunkelten.

»Ich bin Lucía Maraz, aus Chile, die Mieterin von unten«, stellte sie sich vor.

Aus dem gelben Anorak schob sich eine zittrige Kinderhand weich in Lucías Rechte.

»Sie heißt Evelyn Ortega«, meldete sich Richard, weil die Angesprochene den Mund nicht auftat.

»Freut mich«, sagte Lucía.

Wieder sekundenlang Stille, bis Richard sich nervös räusperte und erklärte:

»Ich bin ihr von hinten aufs Auto gefahren, als ich vom Tierarzt kam. Einer meiner Kater hat sich mit Frostschutzmittel vergiftet. Mir kommt sie völlig verschreckt vor. Kannst du mit ihr reden? Du verstehst sie bestimmt.«

»Warum das?«

»Du bist doch eine Frau, oder? Und du sprichst ihre Sprache besser als ich.«

Lucía wandte sich auf Spanisch an die Besucherin und fragte, woher sie komme und was passiert sei. Die junge Frau erwachte aus ihrem schockartigen Zustand, streifte die Kapuze ab, blickte aber weiter zu Boden. Sie war keine Zwergin, sondern nur sehr klein und schmal, ihr Gesicht so zart wie die Hände, ihre Haut von einem hellen Holzton und das schwarze Haar im Nacken zusammengefasst. Lucía vermutete, dass sie indianische Wurzeln besaß, vielleicht eine Maya war, auch wenn deren charakteristische Merkmale, die Adlernase, die markanten Wangenknochen und die Mandelaugen, bei ihr nicht sehr ausgeprägt waren. Richard sagte sehr laut, sie könne Lucía vertrauen, weil er offenbar davon ausging, dass Ausländer Englisch verstanden, wenn man sie anschrie. In diesem Fall funktionierte es, und mit dünnem Stimmchen sagte die junge Frau, sie stamme aus Guatemala. Sie stotterte so sehr, dass man ihr kaum folgen konnte. Bis sie am Ende des Satzes anlangte, hatte man den Anfang bereits vergessen.

Lucía verstand schließlich so viel, dass Evelyn das Auto ihrer Arbeitgeberin, einer gewissen Cheryl Leroy, genommen hatte, ohne vorher zu fragen, weil Mrs Leroy gerade Mittagsschlaf hielt. Nach dem Auffahrunfall hatte sie nicht mehr nach Hause fahren können, ohne zu sagen, was sie getan hatte. Vor Mrs Leroy fürchtete sie sich nicht, wohl aber vor deren Mann, Frank Leroy, der ein böser Mensch und gefährlich war. Sie war ziellos herumgefahren, hatte versucht, eine Lösung zu finden, konnte aber keinen klaren Gedanken fassen. Der Kofferraum war eingedellt und schloss nicht mehr richtig, zweimal war er während der Fahrt aufgesprungen, und sie hatte anhalten und ihn mit dem Gürtel ihres Anoraks festbinden müssen. Den ganzen Abend hatte sie so zugebracht, hatte an verschiedenen Stellen der Stadt angehalten, war aber nie lange geblieben, weil sie fürchtete, jemand würde auf sie aufmerksam oder sie würde einschneien. Bei einem ihrer Zwischenstopps hatte sie Richards Visitenkarte gesehen, und in ihrer Verzweiflung war sie dann zu ihm gefahren.

Während Evelyn weiter auf ihrem Hocker in der Küche saß, nahm Richard Lucía kurz zur Seite und raunte ihr zu, die junge Frau sei offenbar geistig zurückgeblieben oder auf Drogen.

»Wie kommst du denn darauf?«, fragte Lucía, ebenfalls flüsternd.

»Sie kriegt doch keinen geraden Satz raus.«

»Aber merkst du denn nicht, dass sie nur stottert?«

»Bist du sicher?«

»Ja, natürlich! Außerdem ist sie völlig verschüchtert, das arme Ding.«

»Was können wir denn für sie tun?«

»Es ist schon sehr spät, heute können wir nichts mehr unternehmen. Was hältst du davon, wenn sie heute Nacht hierbleibt, und morgen begleiten wir sie zu ihren Arbeitgebern und erklären ihnen das mit dem Unfall. Deine Versicherung übernimmt die Reparatur. Sie müssen sich nicht aufregen.«

»Außer darüber, dass sie ungefragt das Auto genommen hat. Bestimmt wird sie gefeuert.«

»Das sehen wir morgen. Erst einmal müssen wir sie beruhigen.«

Durch die Fragen, die Lucía der jungen Frau stellte, bekamen sie ein paar Einblicke in ihr Leben bei den Leroys. Evelyn hatte keine festen Arbeitszeiten, theoretisch arbeitete sie täglich von neun bis fünf, tatsächlich verbrachte sie aber den ganzen Tag mit dem Kind, um das sie sich kümmerte, und schlief auch in seinem Zimmer, um da zu sein, wenn sie gebraucht wurde. Das heißt, sie erledigte die Früh-, Spät- und Nachtschicht. Dafür bekam sie weit weniger Geld, als ihr nach Lucías und Richards Einschätzung zustand. Für die beiden klang das nach Zwangsarbeit oder nach gesetzeswidriger Ausbeutung einer Hausangestellten, aber das spielte für Evelyn keine Rolle. Sie hatte ein Dach über dem Kopf, das war das Wichtigste, sagte sie. Mrs Leroy behandelte sie sehr gut, und Mr Leroy gab ihr nur hin und wieder Anweisungen und beachtete sie ansonsten nicht. Für seine Frau und seinen Sohn hatte er auch nichts übrig. Er war gewalttätig, und alle im Haus, vor allem seine Frau, fürchteten sich vor ihm. Wenn er hörte, dass sie das Auto genommen hatte …

»Beruhig dich erst einmal«, sagte Lucía zu ihr, »es passiert dir nichts.«

»Du kannst heute Nacht hierbleiben«, ergänzte Richard. »Das ist alles halb so wild. Wir helfen dir.«

»Jetzt könnten wir einen Drink vertragen. Hast du was da, Richard? Vielleicht ein Bier?«

»Du weißt doch, dass ich nicht trinke.«

»Aber Gras wirst du doch haben. Das würde uns guttun. Evelyn ist fix und fertig, und ich bin durchgefroren.«

Richard begriff, dass es nicht der richtige Zeitpunkt war, sich zu zieren, und holte eine Blechdose mit Schokoladenkeksen aus dem Eisschrank. Wegen seines Magengeschwürs und der Kopfschmerzen hatte er vor ein paar Jahren eine Berechtigung bekommen, mit der er Cannabis zu medizinischen Zwecken erwerben konnte. Sie teilten einen Keks durch drei in der Hoffnung, dass sich Evelyns Stimmung dadurch bessern würde. Lucía schien es angebracht, ihr zu erklären, was das für ein Keks war, aber sie hatte ihn sich schon vertrauensvoll in den Mund geschoben und keine weiteren Fragen.

»Du musst hungrig sein, Evelyn. Bei der ganzen Aufregung hast du sicher nichts zu Abend gegessen. Wir brauchen was Warmes im Bauch.« Lucía öffnete den Kühlschrank. »Du hast ja gar nichts da, Richard!«

»Samstags erledige ich den Einkauf für die Woche, aber heute bin ich nicht dazu gekommen, wegen des Schnees und des Katers.«

Lucía dachte an die Reste der Suppe in ihrer Wohnung, konnte sich aber nicht aufraffen, noch einmal nach draußen zu gehen, in die Katakomben hinabzusteigen und den Topf über die glatte Treppe nach oben zu balancieren. Mit dem wenigen, was sie in Richards Küche fand, bereitete sie glutenfreie Toasts und große Tassen laktosefreien Milchkaffee zu, während der Hausherr vor sich hin murmelnd im Raum auf und ab ging und Evelyn mit zwanghafter Hingabe Marcelos Rücken kraulte.

Eine Dreiviertelstunde später dösten die drei in einem behaglichen Nebel vor dem lodernden Kamin. Richard saß mit dem Rücken an der Wand auf dem Boden, und Lucía hatte es sich auf einer Decke bequem gemacht und den Kopf auf seine Beine gelegt. Unter gewöhnlichen Umständen wäre eine solche Vertraulichkeit undenkbar gewesen, Richard lud nicht zu körperlicher Kontaktaufnahme ein, schon gar nicht mit seinen Oberschenkeln. Für Lucía war es seit Monaten die erste Gelegenheit, den Geruch und die Wärme eines Mannes zu spüren, das raue Gewebe einer Jeans an ihrer Wange, das weiche einer alten Kaschmirjacke in Reichweite. Lieber hätte sie mit Richard in einem Bett gelegen, aber mit einem Seufzen verbot sie sich diese Vorstellung und fand sich damit ab, ihn angezogen zu genießen, während sie die verschwindend geringen Chancen erwog, mit ihm auf den verschlungenen Pfaden der Sinnlichkeit doch noch voranzukommen. Mir schwirrt ein wenig der Kopf, dachte sie, das muss an dem Keks liegen. Evelyn hockte rittlings auf dem einzigen vorhandenen Sitzkissen wie ein winziger Jockey und hielt Marcelo auf dem Schoß. Bei ihr hatte das Cannabis eine gegenteilige Wirkung. Während Richard und Lucía mit halb geschlossenen Augen dalagen und gegen den Schlaf kämpften, erzählte Evelyn ihnen aufgedreht, stotternd und sich überschlagend von den tragischen Ereignissen ihres Lebens. Dabei zeigte sich, dass sie mehr Englisch sprach als zunächst vermutet, sie vergaß es nur, wenn sie sehr angespannt war. Unerwartet flüssig sprach sie Spanglish, diese Mischung aus Spanisch und Englisch, die für viele Hispanics in den USA zur Alltagssprache geworden ist.

Draußen fiel sanft der Schnee auf den weißen Lexus. In

den kommenden drei Tagen, während der Sturm es müde wurde, über das Land zu fegen, und endlich über dem Ozean erlahmte, sollten die Leben von Lucía Maraz, Richard Bowmaster und Evelyn Ortega unwiderruflich miteinander verwoben werden.

Evelyn

Guatemala

Grün, eine Welt aus Grün, Moskitosirren, Papageiengeschrei, Wispern von Schilf im Wind, klebriger Duft reifer Früchte, würziges Holzfeuer und gerösteter Kaffee, feuchte Hitze auf der Haut und in Träumen, so hatte Evelyn Ortega ihr Heimatdorf in Erinnerung, das kleine Monja Blanca del Valle. Die leuchtend bunten Mauern, die Trachten der Bewohner, die Blüten und Vögel, ein Farbenrausch, bunt wie ein Regenbogen, bunter sogar. Und überall, immer, ihre Großmutter, ihre Mamita, die allgegenwärtige Concepción Montoya, die anständigste, tüchtigste und katholischste aller Frauen, wie Pater Benito sagte, der doch alles wusste, denn er war Jesuit und Baske, und ein stolzer dazu, wie er mit dem Schalk seiner Heimat anfügte, den hier niemand verstand. Pater Benito hatte die halbe Welt und ganz Guatemala gesehen, und er kannte das Leben der Bauern, weil er mitten unter ihnen lebte. Er hätte es gegen kein anderes tauschen wollen. Er liebte seine Gemeinde, seine große Sippe, wie er sie nannte. Guatemala sei das schönste Land der Erde, sagte er, der Garten Eden, verwöhnt von Gott und von den Menschen geschunden, und Monja Blanca del Valle sein liebstes Dorf, das nicht von ungefähr so heiße wie das Wahrzeichen des Landes, eine Orchidee, so weiß und rein wie keine zweite.

Der Priester war in den achtziger Jahren Zeuge der Massaker an der indianischen Bevölkerung geworden, der systematischen Folter, er hatte Massengräber gesehen, niedergebrannte Dörfer, wo nicht einmal das Vieh mit dem Leben davonkam. Er hatte erlebt, wie Soldaten mit rußgeschwärzten Gesichtern, weil sie nicht erkannt werden wollten, jede Auflehnung im Keim erstickten, jeden Funken Hoffnung von Menschen, die genauso arm waren wie sie selbst, nur damit alles so bliebe, wie es schon immer gewesen war. Doch anstatt zu verhärten, wurde ihm das Herz davon weich. Die grauenvollen Bilder der Vergangenheit überblendete er mit dem großartigen Schauspiel des Landes, das er liebte, mit seiner grenzenlosen Vielfalt an Pflanzen und Vögeln, seiner Landschaft, ihren Seen, Wäldern und Bergen, seinem unberührten Himmel. Die Leute akzeptierten ihn als einen der Ihren, weil er das ja auch war. Es hieß, sein Leben verdanke er der Virgen de la Asunción, der Schutzheiligen des Landes, nur sie könne ihn gerettet haben, schließlich, so ging das Gerücht, habe er Guerrilleros Unterschlupf geboten, und man hatte ihn von der Kanzel herab über die Landreform sprechen hören. Anderen war für weit weniger die Zunge aus dem Mund geschnitten, waren die Augen ausgestochen worden. Die Missgünstigen, die es immer gab, knurrten, von der Jungfrau könne die Rede nicht sein, der Priester arbeite bestimmt für die CIA, stehe unter dem Schutz der Narcos oder sei ein Spitzel des Militärs, aber niemand wagte, das anzudeuten, wenn er in der Nähe war, denn trotz seiner fakirhaft dürren Erscheinung konnte er einem mit einem Faustschlag die Nase zertrümmern. Niemand besaß mehr moralisches Gewicht als dieser Baske mit dem harten, fremden Akzent. Wenn er in Concepción Montoya eine Heilige sah, dann musste das einen Grund haben, dachte Evelyn, auch wenn ihr die Großmutter durch das gemeinsame Leben, Arbeiten und Schlafen auf engstem Raum eher menschlich als göttlich vorkam.

Nachdem Evelyns Mutter Miriam in den Norden gegangen war, kümmerte sich die tapfere Concepción um sie und ihre beiden älteren Brüder. Ihren Vater hatte Evelyn nie kennengelernt, er war kurz nach ihrer Geburt auf der Suche nach Arbeit ausgewandert. Jahrelang hörten sie nichts von ihm, bis das Gerücht sie erreichte, er lebe in Kalifornien mit einer neuen Familie, aber eine Bestätigung hatten sie nie bekommen. Evelyn war sechs Jahre alt, als ihre Mutter, ohne Lebewohl zu sagen, verschwand. Sie stahl sich eines Morgens in aller Frühe davon, weil sie es nicht übers Herz brachte, ihre Kinder ein letztes Mal in die Arme zu schließen. Das wäre über ihre Kräfte gegangen. So erklärte es die Großmutter den Kindern, wenn sie nachfragten, und auch, dass sie dem Opfer der Mutter ihr täglich Brot verdankten, die Möglichkeit, zur Schule zu gehen, und die Päckchen mit Spielsachen, Nike-Turnschuhen und Süßigkeiten aus Chicago.

Den Tag, an dem Miriam fortgegangen war, hatten sie in dem Coca-Cola-Kalender von 1998 angestrichen, der, mittlerweile vergilbt, an einer Wand in Concepcións Hütte hing. Die beiden Söhne, Gregorio, der zehn, und Andrés, der acht gewesen war, gaben es mit den Jahren auf, sich ihre Mutter zurückzuwünschen, und begnügten sich mit den Postkarten und der kracksenden Stimme, die sich zu Weihnachten und an ihren Geburtstagen am Telefon der Poststelle dafür entschuldigte, dass sie wieder einmal ihr Versprechen brach und nicht zu Besuch kam. Evelyn glaubte weiterhin fest daran, dass ihre Mutter eines Tages mit Geld zurückkäme, um der Mamita ein richtiges Haus zu bauen. Für alle drei Kinder war die Mutter zu einer Traumvorstellung geworden, aber am meisten für Evelyn, die sich kaum noch an ihr Aussehen und ihre Stimme erinnerte und sie sich umso lebhafter ausmalte. Miriam schickte Fotos, veränderte sich mit den Jahren jedoch immer mehr, wurde dick, färbte sich gelbe Strähnen ins Haar, rasierte sich die Augenbrauen und malte sich neue weiter oben auf die Stirn, mit denen sie aussah, als wäre sie unentwegt überrascht oder erschrocken.

Die Ortega-Kinder waren nicht die einzigen ohne Mutter und Vater, zwei von drei Kindern in ihrer Schule ging es genauso. Früher hatten nur die Männer auf der Suche nach Arbeit das Land verlassen, doch in den letzten Jahren gingen auch die Frauen fort. Pater Benito sagte, die Auswanderer würden jedes Jahr viele Millionen Dollar nach Hause an ihre Familien schicken und damit ungewollt die Regierung stützen und dazu beitragen, dass die Reichen keinen Finger rühren mussten. Von den Jugendlichen machten nur wenige die Schule fertig, die Jungs gingen fort, um Arbeit zu suchen, wurden drogenabhängig oder schlossen sich einer Gang an, die Mädchen wurden schwanger, gingen arbeiten, und nicht wenige landeten in der Prostitution. Die Schule war schlecht ausgestattet, und wären die Evangelikalen nicht gewesen, die in einem unlauteren Wettbewerb mit Pater Benito standen, weil sie Geld aus dem Ausland erhielten, hätte es den Kindern sogar an Heften und Stiften gefehlt.

Oft saß Pater Benito in der einzigen Kneipe im Dorf vor einem Bier, an dem er sich den ganzen Abend festhielt, und sprach mit den anderen Gästen über die gnadenlose Unterdrückung der indianischen Bevölkerung, die dreißig Jahre gewährt und den Boden für das aktuelle Elend bereitet hatte. »Alle muss man bestechen, von den höchsten Politikern bis hinunter zum letzten Dorfpolizisten, zu schweigen von den Diebstählen und Morden«, zeterte er mit seinem Hang zur Übertreibung. Immer gab es dann jemand, der fragte, wieso er nicht zurückging in sein Land, wenn es ihm in Guatemala nicht gefiel. »Was redest du denn, du Rindvieh? Wie oft soll ich es noch sagen? Das hier ist mein Land.«

Mit vierzehn ging Evelyns ältester Bruder Gregorio endgültig nicht mehr zur Schule. Er hing mit anderen Jungs auf der Straße herum, alle mit glasigem Blick und vernebeltem Kopf, weil sie schnüffelten, was sie kriegen konnten, Klebstoff, Benzin, Lösungsmittel, er klaute, prügelte sich und belästigte die Mädchen. Wenn ihm das langweilig wurde, stellte er sich an die Straße und ließ sich von irgendeinem LKW in Ortschaften mitnehmen, wo niemand ihn kannte, und kam dann mit Geld heim, von dem keiner wusste, woher es stammte. Wenn Concepción ihn zu fassen bekam, schlug sie ihn, was er über sich ergehen ließ, weil er sie noch brauchte, um satt zu werden. Mehrmals wurde er bei Drogenkontrollen von der Polizei aufgegriffen, sie prügelten ihn windelweich und steckten ihn bei Wasser und Brot in eine Zelle, bis Pater Benito wieder einmal seine Runde machte und ihn herausholte. Der Priester war ein unverbesserlicher Optimist und glaubte entgegen jedem Augenschein, der Mensch sei fähig, sich zum Besseren zu wandeln. Die Polizisten übergaben ihm den eingeschüchterten, blaugeschlagenen und verlausten Jungen mit einem letzten Tritt in den Hintern. Der Baske schob ihn unter Beschimpfungen in seinen Pick-up und fuhr mit ihm zur einzigen Tacobude im Dorf, damit er sich sattessen konnte, während er ihm mit jesuitischem Ingrimm ein fürchterliches Leben und einen frühen Tod prophezeite, sollte er sein liederliches Verhalten nicht ändern.

Weder die Hiebe der Großmutter noch das Gefängnis oder die Standpauken des Priesters waren Gregorio eine Warnung. Er ließ sich weiter treiben. Die Nachbarn, die ihn von klein auf kannten, schnitten ihn. War er restlos abgebrannt, schlich er mit hängendem Kopf zu seiner Großmutter und tat unterwürfig, damit er etwas von den Bohnen mit Chili und Mais bekam, die es bei ihr jeden Tag gab. Concepción besaß mehr

Menschenverstand als Pater Benito und ließ es bald sein, ihrem Enkel Tugenden zu predigen, die für ihn unerreichbar waren: Für die Schule war der Junge nicht klug genug und um einen Beruf zu lernen, zu faul; für einen wie ihn gab es nirgendwo ehrliche Arbeit. Sie musste Miriam wissen lassen, dass ihr Sohn nicht mehr zur Schule ging, brachte es aber nicht über sich, ihr die ganze Wahrheit zu sagen, denn aus der Ferne konnte die Mutter sowieso nicht viel tun. Zusammen mit ihren anderen beiden Enkelkindern, mit Andrés und Evelyn, betete Concepción jeden Abend auf Knien dafür, dass Gregorio am Leben bliebe, bis er achtzehn wäre und zum Militär müsste. Sie verabscheute die Armee von Herzen, aber vielleicht würde die Einberufung ihren Enkel zurück auf die rechte Bahn bringen.

Gregorio Ortega sollte nichts mehr davon haben, dass seine Großmutter für ihn betete und in der Kirche Kerzen anzündete. Als nur noch wenige Monate bis zu seiner Einberufung fehlten, schaffte er es, dass die MS-13, besser bekannt als Mara Salvatrucha, die grausamste aller Gangs, ihn als Mitglied aufnahm. Er musste seinen Eid mit Blut besiegeln: dass er seinen Kameraden die Treue halten würde, noch vor seiner Familie, den Frauen, den Drogen oder dem Geld. Er überstand die harsche Aufnahmeprüfung, eine Schlägerei, bei der mehrere Bandenmitglieder über ihn herfielen, um zu sehen, wie viel er aushalten konnte. Nach dem Aufnahmeritual war er mehr tot als lebendig, er verlor mehrere Zähne und pisste zwei Wochen lang Blut, aber als er wieder auf den Beinen war, durfte er sich sein erstes Gang-Tattoo stechen. Mit der Zeit, hoffte er, würde er genug Gelegenheit haben, sich Respekt zu verschaffen, und wie die hartgesottenen Gangmitglieder überall am Körper und im Gesicht Tätowierungen tragen. Er hatte gehört, dass in Pelican Bay, einem Gefängnis in Kalifornien, ein Mann aus El Salvador erblindet war, weil er sich das Weiß der Augen hatte tätowieren lassen.

In den knapp dreißig Jahren seit ihrer Gründung hatten die Maras, von Los Angeles kommend, ihre Tentakel über den Rest der USA, Mexiko und Mittelamerika ausgestreckt, zählten inzwischen über siebzigtausend Mitglieder und hatten sich durch Morde, Schutzgelderpressung, Entführungen und den Handel mit Waffen, Drogen und Menschen einen so bestialischen Ruf erworben, dass sie von anderen Gangs für die Drecksarbeit angeheuert wurden. In Mittelamerika, wo sie weniger verfolgt wurden als in den USA oder in Mexiko, markierten die einzelnen Gruppen ihr Territorium mit bis zur Unkenntlichkeit verstümmelten Leichen. Niemand wagte sich an die Täter heran, weder die Polizei noch das Militär. In der Nachbarschaft wusste man, dass der älteste Enkelsohn von Concepción Montoya sich der Mara angeschlossen hatte, aber gesprochen wurde darüber nur hinter geschlossenen Türen, um nicht ins Visier der Gang zu geraten. Der unglücklichen Großmutter und ihren beiden anderen Enkeln ging man vorsorglich aus dem Weg, man wollte bloß keinen Ärger. Seit den harten Zeiten der Unterdrückung war die Angst zur Gewohnheit geworden, und es fiel schwer, sich ein Leben ohne sie vorzustellen. Die MS-13 war die nächste Plage, die nächste Strafe dafür, dass man lebte und also sündig war, der nächste Grund, auf der Hut zu sein. Concepción begegnete der Ablehnung erhobenen Hauptes und tat, als merkte sie nicht, wie alle verstummten, wenn sie durch die Straßen ging oder samstags auf dem Markt ihre Tamales verkaufte und die gebrauchte Kleidung, die Miriam aus Chicago schickte. Bald verließ Gregorio die Gegend, eine Zeitlang sah man ihn nicht mehr, und der Schrecken, den er im Dorf verbreitet hatte, verflüchtigte sich. Es gab andere, drängendere Probleme. Concepción verbot den Kindern, ihren älteren Bruder zu erwähnen. »Man darf das Unglück nicht heraufbeschwören«, warnte sie die beiden.

Als Gregorio nach einem Jahr zum ersten Mal wieder nach Hause kam, hatte er zwei Goldzähne im Mund, den Kopf kahlrasiert, um seinen Hals war Stacheldraht tätowiert, auf den Fingerknöcheln prangten Zahlen, Buchstaben und Totenköpfe. Er schien ein paar Zentimeter größer geworden zu sein, und wo zuvor Knochen und zarte Kinderhaut gewesen waren, hatte er jetzt Muskeln und Narben. Er hatte in der Mara eine Familie gefunden und einen Lebensinhalt, musste nicht betteln und konnte sich nehmen, was er wollte: Geld, Drogen, Alkohol, Waffen, Frauen, alles in Reichweite. Er erinnerte sich kaum noch an die Zeit, als er ein Nichts gewesen war. Polternd betrat er die Hütte seiner Großmutter und rief lauthals, dass er da war. Er fand sie zusammen mit Evelyn beim Entkörnen der Maiskolben, während Andrés, der noch immer viel zu klein war für sein Alter, am anderen Ende des einzigen Tischs Schularbeiten machte.

Andrés sprang auf, der Mund stand ihm offen vor Schreck und Bewunderung für seinen großen Bruder. Gregorio gab ihm zur Begrüßung einen Schubs, trieb ihn mit angedeuteten Boxschlägen in eine Ecke und ließ ihn dabei die Tätowierungen auf seinen geballten Fäusten bewundern. Dann trat er zu Evelyn, um sie in die Arme zu schließen, stockte jedoch, noch bevor er sie berührt hatte. Bei der Mara hatte er gelernt, Frauen mit Argwohn und Verachtung zu behandeln, aber seine Schwester war eine Ausnahme. Sie war nicht wie die anderen Chicas, sie war gut und rein und außerdem noch ein Kind, ganz flach und schmal. Er dachte daran, welche Gefahren auf sie lauerten, nur weil sie als Frau geboren war, und war stolz darauf, dass er sie beschützen konnte. Niemand würde es wagen, ihr etwas anzutun, dafür würden die Mara und er selbst schon sorgen.

Die Großmutter fand schließlich ihre Stimme wieder und fragte, was er wollte. Gregorio sah sie abschätzig an und erwiderte nach einer zu langen Pause, er sei gekommen, um sie um ihren Segen zu bitten. »Gott segne ihn mir«, murmelte die alte Frau den Segen, den sie jeden Abend vor dem Zubettgehen über ihren Enkelsohn sprach, und fügte leise hinzu: »Und Gott vergebe ihn mir.«

Der Junge zog ein Bündel Geldscheine aus der Tasche seiner Hose, die abrutschgefährdet über seinem Schambein hing, und hielt es der Großmutter stolz hin: sein erster Beitrag zum Einkommen der Familie. Aber Concepción wollte das Geld nicht nehmen und bat ihn, nicht wieder herzukommen, weil er ein schlechtes Vorbild für seine Geschwister sei. »Scheiß undankbare Alte!«, schrie Gregorio sie an und warf die Scheine auf den Boden. Verwünschungen und Drohungen ausstoßend, zog er ab, und es sollten Monate vergehen, ehe seine Familie ihn wiedersah. Bei den seltenen Gelegenheiten, wenn er ins Dorf kam, wartete er hinter einer Hausecke verborgen auf seine Geschwister, von derselben Unsicherheit befallen, die ihn als Kind geplagt hatte. Erst bei der Mara hatte er gelernt, sich nichts anmerken zu lassen, dort war alles Angeberei und Machogehabe. Er passte Andrés und Evelyn in der Horde von Kindern ab, die aus der Schule kamen, und zog sie in einen dunklen Winkel, wo er ihnen Geld zusteckte und sie ausfragte, ob sie etwas von ihrer Mutter gehört hätten. Gefühle waren in der Gang verpönt, Empfindungen gehörten abgetötet, die Familie war eine Fessel, nichts als Ballast, genau wie Erinnerungen und Sehnsüchte, ein Mann zu sein war alles, und Männer weinten nicht, beklagten sich nicht, liebten nicht, kamen alleine klar. Mut war alles, was zählte, Ehre wurde mit Blut verteidigt, Respekt mit Blut verdient. Aber zu seinem Bedauern hing Gregorio weiter an seinen Geschwistern wegen der Jahre, in denen sie zusammen aufgewachsen waren. Er versprach Evelyn ein rauschendes Fest zu ihrem fünfzehnten Geburtstag und schenkte Andrés ein Fahrrad. Wochenlang versteckte der Kleine es vor seiner Großmutter, bis die Wind davon bekam und ihn zwang, ihr alles zu beichten. Sie haute ihm rechts und links eine runter, weil er Geschenke von einem Mitglied der Mara annahm, und wenn das tausendmal sein Bruder war, und verkaufte das Rad tags darauf auf dem Markt.

Aus der Mischung von Furcht und Verehrung, die Andrés und Evelyn für Gregorio empfanden, wurde lähmende Schüchternheit, sobald er vor ihnen stand. Die Ketten mit den Kreuzen um seinen Hals, die grüne Pilotenbrille, die Armeestiefel, die Tätowierungen, die wie eine Krankheit über seine Haut wucherten, sein Ruf als Schläger, sein verrücktes Leben, seine Gleichgültigkeit gegenüber Schmerz und Tod, seine Geheimnisse und Verbrechen, alles machte sie stumm. Wenn sie über den großen Bruder sprachen, dann leise tuschelnd, fern von den Ohren der Großmutter.

Die fürchtete, Andrés werde in seine Fußstapfen treten, aber der Junge war zu klug, zu vorsichtig und zu wenig gewalttätig, um sich von der Mara locken zu lassen. Sein Traum sah anders aus, er wollte in den Norden gehen und es zu etwas bringen. Er würde in den USA gutes Geld verdienen, dabei leben wie ein Bettler und sparen, damit er Evelyn und seine Großmutter eines Tages nachholen konnte. Er würde ihnen ein gutes Leben ermöglichen. Sie würden mit einem zuverlässigen Schlepper kommen, der ihnen Pässe mit den nötigen Visa besorgte und die Nachweise, dass sie gegen

Hepatitis und Typhus geimpft waren, die von den Gringos manchmal verlangt wurden. Zusammen mit seiner Mutter würden alle in einem Haus aus Zement wohnen, in dem es Wasser gäbe und Strom. Aber zuerst musste er dort hin. Die Reise durch Mexiko zu Fuß oder auf den Dächern der Güterzüge war eine Feuerprobe, man bekam es mit Leuten zu tun, die mit Macheten über einen herfielen, mit Polizisten und ihren Hunden. Wer vom Zug stürzte, konnte die Beine verlieren oder das Leben, und wer es über die Grenze in die USA schaffte, der verdurstete vielleicht in der Wüste oder wurde von den Farmern erschossen, die auf die Einwanderer Jagd machten wie auf Hasen. Das erzählten die Jungs, die diese Reise schon unternommen hatten und im »Bus der Tränen« wieder abgeschoben worden waren, abgezehrt ankamen, in zerrissenen Sachen und erschöpft, aber nicht besiegt. Nach ein paar Tagen waren sie wieder auf den Beinen und brachen erneut auf. Andrés kannte einen, der es achtmal versucht hatte und sich schon für das nächste Mal bereit machte, aber ihm selbst fehlte dazu der Mut. Er wollte lieber warten, denn seine Mutter hatte ihm versprochen, dass sie ihm einen Schlepper besorgen würde, sobald er mit der Schule fertig wäre und bevor man ihn zum Militär einzog.

Die Großmutter hörte schon nicht mehr zu, wenn Andrés wieder von seinen Plänen anfing, aber Evelyn ließ sich alles haarklein beschreiben, obwohl sie gar nicht anderswo leben wollte. Sie kannte nur das Dorf und die Hütte der Großmutter. An ihre Mutter dachte sie nach wie vor, hoffte aber nicht mehr ständig auf ihre Postkarten oder die seltenen Anrufe. Zum Träumen fehlte ihr die Zeit. Sie stand bei Tagesanbruch auf, um ihrer Großmutter zur Hand zu gehen, holte Wasser am Brunnen, befeuchtete den Lehmboden, damit er nicht staubte, schichtete Brennholz in den Küchenherd, wärmte die schwarzen Bohnen, wenn vom Vortag noch welche übrig waren, backte Maistortillas, briet Scheiben von Kochbananen an, die im Hof wuchsen, und brühte für ihre Großmutter und Andrés gezuckerten Kaffee auf. Außerdem mussten die Hühner und das Schwein gefüttert werden, und die seit dem Vorabend eingeweichte Wäsche musste auf die Leine. Andrés beteiligte sich an alldem nicht, es war Frauensache. Er ging vor seiner Schwester in die Schule, um mit ein paar Freunden dort Fußball zu spielen.

Evelyn und ihre Großmutter brauchten keine Worte in ihrem Reigen wiederkehrender Handgriffe und Arbeiten im Haus. Freitags fingen sie um drei in der Früh an, die Füllung für die Tamales zuzubereiten, und am Samstag wurde der Teig in Bananenblätter eingeschlagen und gekocht und dann zum Verkaufen auf den Markt gebracht. Wie jeder, der dort ein noch so armseliges Geschäft betrieb, musste Concepción an die Gangs, die in der Gegend ungehindert das Sagen hatten, Schutzgeld bezahlen, und manchmal hielt auch die Polizei die Hand auf. Die Beträge waren wegen ihrer spärlichen Einnahmen gering, wurden aber unter Drohungen eingetrieben, und wenn sie nicht bezahlte, warfen sie ihr die Tamales in den Dreck und schlugen sie ins Gesicht. Nach Abzug ihrer Ausgaben für die Zutaten und das Schutzgeld blieb ihr so wenig, dass sie ihre Enkelkinder kaum davon satt bekam. Ohne das, was Miriam schickte, hätten sie betteln gehen müssen. An Sonn- und Feiertagen hatten sie manchmal Glück und durften für Pater Benito die Kirche kehren und den Blumenschmuck herrichten. Die frommen Frauen aus dem Dorf steckten Evelyn Süßigkeiten zu. »Ach, was ist sie hübsch geworden, unsere kleine Evelyn. Versteck sie nur gut, Doña Concepción, sonst kommt noch ein Gottloser und richtet sie dir zugrunde«, sagten sie.

Am zweiten Freitag im Februar fand man am frühen Morgen die Leiche von Gregorio Ortega festgenagelt an der Brücke über dem Fluss, mit getrocknetem Blut und Exkrementen verschmiert und mit einem Pappschild um den Hals, auf dem die berüchtigten Initialen MS prangten. Die Schmeißfliegen hatten ihr ekelhaftes Werk schon begonnen, als die ersten Schaulustigen und drei Uniformierte der Nationalpolizei vor Ort eintrafen. In den kommenden Stunden begann der Leichnam zu stinken, und gegen Mittag wurden die Leute von Hitze, Verwesungsgestank und Angst vertrieben. Bei der Brücke blieben nur noch die Polizisten in Erwartung weiterer Befehle, ein gelangweilter Pressefotograf, der aus einem Nachbardorf geschickt worden war, um über »die Bluttat« zu berichten, obwohl sie keine Neuigkeit darstellte, und Concepción Montoya mit ihren Enkelkindern Andrés und Evelyn, alle drei stumm und reglos.

»Schaffen Sie die Kinder hier weg, das ist kein Anblick für die beiden«, befahl ihr der Polizist, der das Kommando zu haben schien.

Aber Concepción stand festgewurzelt da wie ein alter Baum. Sie hatte schon Grausamkeiten wie diese gesehen, ihr Vater und zwei ihrer Brüder waren im Krieg bei lebendigem Leib verbrannt, sie hatte geglaubt, keine menschliche Widerwärtigkeit könne sie mehr überraschen, aber als eine Nachbarin zu ihr gelaufen kam und sagte, was sie an der Brücke gesehen hatte, da fiel ihr die Pfanne aus den Händen, und der Teig für die Tamales verteilte sich über dem Boden. Schon lange hatte sie darauf gewartet, dass ihr ältester Enkel im Gefängnis landete oder totgeschlagen würde, aber ein Ende wie dieses hätte sie niemals für möglich gehalten.

»Jetzt verschwinden Sie endlich, bevor mir der Kragen platzt.« Der Polizist versetzte Concepción einen Stoß.

Schließlich erwachten Andrés und Evelyn aus ihrer Starre, nahmen die Großmutter an den Armen, lösten ihre Beine vom Boden und brachten sie strauchelnd fort. Concepción war schlagartig eine alte Frau geworden, zog die Füße nach und ging gebeugt wie eine Greisin. Zu Boden starrend, wiegte sie den Kopf und wiederholte immerzu: »Gott segne ihn und verzeihe ihn mir, Gott segne ihn und verzeihe ihn mir.«

Pater Benito wurde die traurige Aufgabe zuteil, Gregorios Mutter anzurufen, um ihr vom Unglück ihres Sohnes zu berichten und am Telefon Trost zu spenden. Miriam schluchzte, konnte nicht begreifen, was passiert war. Concepción hatte dem Priester eingeschärft, ihr keine Einzelheiten zu nennen, deshalb sagte er, es habe sich um einen Unfall gehandelt, der irgendetwas mit Bandenkriminalität zu tun hatte, Gregorio sei einer der vielen Zufallstoten, die es täglich gab, ein Opfer mehr der entfesselten Gewalt. Sie müsse sich nicht auf den Weg machen, sagte er, zur Beerdigung könne sie es doch nicht mehr rechtzeitig schaffen, aber man benötige Geld für den Sarg, einen Platz auf dem Friedhof und anderes mehr; er werde sich darum kümmern, dass ihr Sohn christlich beigesetzt werde, und Messen für sein Seelenheil lesen. Er verschwieg Miriam auch, dass der Leichnam in einem sechzig Kilometer entfernten Depot eingelagert war und die Familie ihn erst nach Abschluss der polizeilichen Ermittlung begraben durfte, was Monate dauern konnte, sofern man nicht etwas unter der Hand springen ließ, was die Autopsie vergessen machte. Dazu wurde ein Teil des Geldes benötigt. Auch um diese unschöne Angelegenheit würde er sich kümmern.

Auf der Rückseite des Pappschilds um Gregorios Hals mit den Initialen der Mara Salvatrucha war zu lesen, dass auf diese Weise Verräter und ihre Familien sterben. Niemand sollte je erfahren, worin Gregorio Ortegas Verrat bestanden hatte. Sein Tod war eine Warnung an Mitglieder der Bande, die vielleicht Zweifel an ihrem Treueeid hegten, eine Verhöhnung der Nationalpolizei, die sich brüstete, die Bandenkriminalität unter Kontrolle zu haben, und eine Drohung an die Bevölkerung. Pater Benito erfuhr durch einen Polizisten von der Botschaft auf dem Schild und sah es als seine Pflicht an, Concepción vor der Gefahr zu warnen, in der ihre Familie schwebte. »Und was sollen wir tun, Pater, was?«, sagte sie dazu. Sie entschied, dass Andrés Evelyn auf dem Weg zur Schule und nach Hause begleiten sollte und dass die beiden nicht die Abkürzung durch die Bananenplantage nehmen sollten, sondern die Straße, auch wenn sie dann zwanzig Minuten länger brauchten. Aber Andrés musste der Anweisung nie Folge leisten, denn seine Schwester weigerte sich, weiter zur Schule zu gehen.

Zu diesem Zeitpunkt war bereits offenkundig, dass der Anblick ihres Bruders an der Brücke Evelyns Gedanken und ihre Zunge blockiert hatte. In ein paar Monaten würde sie fünfzehn werden, sie hatte erste weibliche Kurven bekommen und langsam begonnen, ihre Schüchternheit zu überwinden. Vor dem Mord an Gregorio traute sie sich, im Unterricht etwas zu sagen, konnte die Hits aus dem Radio mitsingen und traf sich mit anderen Mädchen auf der Plaza, wo sie verstohlen nach den Jungs schielten. Aber nach diesem grauenhaften Freitag verlor sie den Appetit und die Fähigkeit, flüssig Silbe an Silbe zu reihen; sie stotterte so schlimm, dass selbst ihre Großmutter bei aller Liebe die Geduld nicht aufbrachte, dem, was sie sagen wollte, zu folgen.

Lucía

Chile

Für Lucía Maraz waren ihre Mutter Lena und ihr Bruder Enrique die beiden Pfeiler ihrer Kindheit und Jugend, ehe der Militärputsch ihr den Bruder nahm. Ihr Vater war bei einem Verkehrsunfall ums Leben gekommen, als Lucía noch sehr klein war, und auch wenn es war, als habe es ihn nie gegeben, zog die Vorstellung von einem Vater wie ein Nebel durch das Dasein der Kinder. In einer ihrer wenigen Erinnerungen an ihn – so verschwommen, dass es vielleicht gar keine Erinnerungen waren, sondern Szenen, die ihr Bruder heraufbeschworen hatte – saß Lucía im Zoo auf den Schultern ihres Vaters und hielt sich mit beiden Händen an seinem Kopf mit den kräftigen schwarzen Haaren fest, während sie zwischen den Affenkäfigen hindurchgingen. In einer anderen, nicht weniger vagen Erinnerung ritt sie auf einem Karusselleinhorn, und er stand neben ihr und hielt sie an der Taille fest. Ihre Mutter oder ihr Bruder tauchten in keiner der beiden Szenen auf.

Lena Maraz, die diesen Mann mit siebzehn kennengelernt und seitdem mit unumstößlicher Hingabe geliebt hatte, konnte ihn nach der erschütternden Nachricht von seinem Tod nur wenige Stunden beweinen, ehe sie feststellen musste, dass sie die Person, die sie gerade in einem öffentlichen Krankenhaus identifiziert hatte, wo man ihr den Leichnam, von einem Laken bedeckt, auf einem Metalltisch liegend, gezeigt hatte, nicht kannte und ihre Ehe ein einziger Betrug gewesen war. Derselbe Beamte von der Straßenwacht, der ihr die Todesnachricht hatte überbringen müssen, kam kurz darauf noch einmal in Begleitung eines Ermittlungsbeamten, um ihr Fragen zu stellen, die in Anbetracht der Umstände herzlos schienen und mit dem Unfall nichts zu tun hatten. Die Polizisten mussten ihre Mitteilung zwei Mal wiederholen, ehe Lena begriff, was sie ihr sagen wollten. Ihr Ehemann war Bigamist gewesen. Hundertsechzig Kilometer entfernt gab es in einer Stadt in der Provinz eine Frau, die sich, genauso betrogen wie sie selbst, für die rechtmäßige Ehefrau und Mutter seines einzigen Sohnes gehalten hatte. Gedeckt von seiner Arbeit als Handelsvertreter, die lange Abwesenheiten rechtfertigte, hatte ihr Mann über Jahre ein Doppelleben geführt. Da die Ehe mit Lena zuerst geschlossen worden war, hatte die zweite rechtlich keinen Bestand, aber der Sohn war anerkannt worden und trug den Namen des Vaters.

Lenas Trauer verwandelte sich in einen Sturm aus Empörung und nachträglicher Eifersucht, monatelang durchforstete sie ihre Vergangenheit, suchte nach Lügen und Auslassungen, deutete jede verdächtige Aktion um, jedes falsche Wort, jedes gebrochene Versprechen, zweifelte selbst an der Art, wie sie miteinander geschlafen hatten. Um etwas über die andere Frau herauszufinden, fuhr sie in deren Stadt und spionierte ihr nach und sah nichts als eine gewöhnliche junge Frau, schlecht gekleidet und mit Brille, alles andere als die fantastische Konkubine, die sie sich ausgemalt hatte. Lena beobachtete sie aus der Ferne und folgte ihr auf der Straße, sprach sie aber nicht an. Als die Frau Wochen später bei ihr anrief und sich mit ihr treffen wollte, um über ihre Lage zu sprechen, da sie doch beide dasselbe durchgemacht und ihre Kinder denselben Vater hätten, fiel Lena ihr harsch ins Wort. Nichts hätten sie gemeinsam, sagte sie, die Sünden dieses

Subjekts seien ganz allein seine Sache und sicher büße er dafür im Vorhof der Hölle.

Der Groll fraß sie bei lebendigem Leib, bis ihr irgendwann klar wurde, dass ihr Mann sie aus dem Grab heraus weiter verletzte und ihr Zorn verheerender für sie war als sein Verrat. Da ergriff sie eine drakonische Maßnahme: In einem Befreiungsschlag entfernte sie den untreuen Ehemann aus ihrem Leben, zerstörte alle Fotos, die sie von ihm besaß, gab alles weg, was ihm gehört hatte, brach den Kontakt zu ihren gemeinsamen Freunden ab und zu seiner Familie, behielt allerdings seinen Namen, weil ihre Kinder so hießen.

Enrique und Lucía bekamen eine wortkarge Erklärung: Papa war bei einem Unfall gestorben, aber das Leben ging weiter, und es war nicht zuträglich, an jemand zu denken, der nicht mehr da war. Man musste ein neues Kapitel aufschlagen, und wenn sie ihn in ihre Gebete einschlossen, damit seine Seele Frieden fand, so war das genug. Zwei Schwarzweißfotos, die ihr Bruder vor der Mutter gerettet hatte, waren alles, was Lucía besaß, um sich vorzustellen, wie ihr Vater ausgesehen hatte. Darauf war er ein großgewachsener, schlanker Mann mit durchdringendem Blick und Pomade im Haar. Auf einem der Fotos war er jung und trug die Uniform der Marine, bei der er studiert und eine Weile als Tontechniker gearbeitet hatte, und auf dem anderen sah man ihn Jahre später an der Seite von Lena und mit dem wenige Monate alten Enrique auf dem Arm. Geboren war er in Dalmatien, als Kind zusammen mit den Eltern nach Chile gekommen, genau wie Lena und viele Hundert andere Kroaten, die als Jugoslawen ins Land kamen und sich im Norden niederließen. Lena hatte er auf einem Folklorefest kennengelernt, und dass sie so viel Geschichte teilten, nährte ihre Illusion von Liebe, obwohl sie grundverschieden waren. Lena war ernst, konservativ und fromm; er war fröhlich, leichtlebig und ungeniert. Sie stellte die Regeln nicht in Frage, war tüchtig und sparsam; er liebte den Müßiggang und war ein Verschwender.

Lucía wuchs auf, ohne etwas über ihren Vater zu wissen, er war bei ihnen zu Hause tabu. Lena hatte nie verboten, ihn zu erwähnen, aber wenn man es tat, bekam sie schmale Lippen und zog die Brauen zusammen. Die Kinder lernten, ihre Neugier zu zügeln. Sehr selten ließ Lena selbst etwas über ihn fallen, doch in den letzten Wochen ihres Lebens konnte sie endlich über ihn sprechen und beantwortete Lucías Fragen. »Von mir hast du das Verantwortungsbewusstsein und die Stärke. Deinem Vater darfst du dafür danken, dass er dir das freundliche Wesen und die rasche Auffassungsgabe vererbt hat und keinen seiner zahlreichen Fehler«, sagte sie.

Die Abwesenheit des Vaters war für Lucía als Kind so, als gäbe es im Haus einen Raum, hinter dessen fest verschlossener Tür sich irgendwelche Geheimnisse verbargen. Was, wenn sie die Tür öffnete? Wen würde sie dort finden? Einerlei, wie aufmerksam sie den Mann auf den Fotos betrachtete, sie verband nichts mit ihm, er war ein Fremder. Wenn sie nach ihrer Familie gefragt wurde, sagte sie immer als Erstes mit trauriger Miene, dass ihr Vater nicht mehr lebte. Das weckte Mitleid – das arme Kind war Halbwaise –, und niemand fragte weiter. Im Stillen beneidete sie Adela, ihre beste Freundin, einziges Kind von getrennt lebenden Eltern und von ihrem Vater verwöhnt wie eine Prinzessin. Er war Arzt, Spezialist für Organtransplantation, reiste ständig in die USA und brachte ihr Puppen mit, die Englisch redeten, und rote Lackschuhe wie die von Dorothy in *Der Zauberer von Oz*. Er war immer liebevoll und lustig, ging mit Adela und Lucía in den Teesalon des Hotels Crillón, wo sie von Sahne gekrönte

Eisbecher aßen, und in den Zoo, um die Seehunde zu sehen, und in den Stadtpark zum Ponyreiten, aber die Ausflüge und die Spielsachen waren gar nicht so wichtig. Am tollsten war es für Lucía, wenn er sie in der Öffentlichkeit an die Hand nahm und sie so tun konnte, als wäre sie Adelas Schwester und sie würden sich diesen Bilderbuchpapa teilen. Mit der Inbrunst einer Novizin betete sie dafür, dass dieser perfekte Mann ihre Mutter heiratete und damit zu ihrem Stiefvater würde, aber der Himmel überhörte ihr Flehen wie so oft.

Lucías Mutter war damals eine schöne, junge Frau mit eckigen Schultern, langem Hals und einem herausfordernden Blick aus spinatgrünen Augen, der Adelas Vater niemals den Hof zu machen gewagt hätte. Ihre strengen Kostüme mit den Männerjacketts und die steifen Blusen kaschierten ihre verführerischen Kurven nicht, aber ihr Auftreten sorgte für Respekt und Abstand. Sie hätte mehr als einen Verehrer haben können, hielt indes mit hochherrschaftlicher Arroganz an ihrer Witwenschaft fest. Die Lügen ihres Ehemanns hatten einen nicht auszurottenden Argwohn gegen das männliche Geschlecht in ihr gesät.

Enrique Maraz, drei Jahre älter als seine Schwester, hielt ein paar geschönte oder erfundene Erinnerungen an seinen Vater lebendig, von denen er Lucía flüsternd erzählte, doch mit den Jahren flaute seine Wehmut ab. Adelas Vater mit seinen Gringogeschenken und Eisbechern im Hotel Crillón interessierte ihn nicht. Er hätte nur gern einen eigenen Vater gehabt, der zu ihm passte, dem er ähnlich sehen konnte, wenn er älter wäre, den er beim Blick in den Spiegel wiedererkannte, wenn es Zeit wäre, sich zum ersten Mal zu rasieren, einen, der ihm beibrachte, was man als Mann wissen muss. Seine Mutter betonte, er sei der Mann im Haus und damit verantwortlich für sie und seine Schwester, Aufgabe der Männer sei es, zu beschützen und sich zu kümmern. Einmal wagte er zu fragen, wie er das ohne Vater lernen sollte, und sie entgegnete kühl, er solle improvisieren, sein Vater hätte, selbst wenn er noch lebte, als Vorbild sowieso nicht getaugt. Von ihm hätte er nichts lernen können.

Die Geschwister waren genauso unterschiedlich, wie es ihre Eltern gewesen waren. Während sich Lucía in den Labyrinthen einer überhitzten Fantasie und unstillbaren Neugier verlor und in Tränen zerfloss über das menschliche Elend und das Leid der Tiere, war Enrique ein wandelndes Gehirn. Schon als Kind legte er den Eifer des Bekehrten an den Tag, was zunächst für Amüsement, später für Ermüdung sorgte. Der kleine Herr Siebengescheit war nicht auszuhalten mit seiner Besserwisserei und seinem Missionierungstick. In seiner Zeit als Pfadfinder war er jahrelang in der Uniform mit den kurzen Hosen unterwegs und versuchte jeden, der das Pech hatte, seinen Weg zu kreuzen, von den Vorteilen von Disziplin und Frischluft zu überzeugen. Später übertrug er sein pathologisches Sendungsbewusstsein auf die Philosophie von Gurdjieff, auf die Befreiungstheologie und die Bewusstseinserweiterung durch LSD, bis er seine endgültige Berufung bei Karl Marx fand.

Enriques Brandreden verdarben seiner Mutter die Laune, für die es der Linken bloß um Krawall ging, und erreichten seine Schwester nicht, die sich als frivoles Schulmädchen mehr für Rockstars und für Jungs interessierte, mit denen man einen Tag lang gehen konnte. Enrique ahmte mit seinem gestutzten Bart, den langen Haaren und der Baskenmütze Che Guevara nach, der einige Jahre zuvor in Bolivien im Guerrillakampf gefallen war. Er hatte seine Schriften gelesen und zitierte ihn ständig, ob es nun passte oder nicht, was seine Mutter rasend machte und seine Schwester in dümmliche Bewunderung versetzte.

Lucía beendete gerade die Mittelstufe, als Enrique sich Ende der sechziger Jahre den Unterstützern des sozialistischen Präsidentschaftskandidaten Salvador Allende anschloss, in dem viele den personifizierten Teufel sahen. Laut Enrique war zur Rettung der Menschheit die Zerschlagung des Kapitalismus unabdingbar und dazu eine Revolution nötig, die keinen Stein auf dem anderen ließ. Wahlen waren folglich ein Witz, aber da nun die einmalige Chance bestand, dass ein Marxist gewählt wurde, musste man sie nutzen. Die anderen Kandidaten versprachen Reformen im Rahmen des Althergebrachten, während das Programm der Linken radikal war. Die Rechte malte in ihrer Kampagne ein Horrorszenario an die Wand, wonach aus Chile ein zweites Kuba würde, die Sowjets die chilenischen Kinder rauben und einer Gehirnwäsche unterziehen würden, Kirchen zerstört, Nonnen geschändet und Priester abgeschlachtet würden, die Linke den rechtmäßigen Eigentümern ihr Land wegnehmen und jedes Privateigentum abschaffen würden, so dass noch der ärmste Bauer seine Hühner verlöre und als Sklave in einem Gulag in Sibirien landete.

Trotz der Angstmacherei entschied sich das Land 1970 für die Parteien der Linken, die sich, mit Salvador Allende an der Spitze, zur Unidad Popular zusammengeschlossen hatten. Diejenigen, die von jeher die Macht gehabt hatten, waren genauso entsetzt wie die USA, die bei den Wahlen in Chile Fidel Castro und seine Revolution auf Kuba im Sinn hatten. Am meisten überrascht vom Ausgang der Wahl war wohl Allende selbst, der zuvor schon dreimal als Kandidat angetreten war und bereits gescherzt hatte, auf seinem Grabstein werde dereinst stehen: »Hier ruht der künftige Präsident Chiles.«

Kaum weniger überrascht war Enrique Maraz, der von einem Tag auf den anderen nichts mehr hatte, gegen das er sich auflehnen konnte. Das sollte sich jedoch rasch ändern, sobald die Anfangseuphorie verflogen war.

Dass mit Salvador Allende erstmals ein Marxist eine demokratische Wahl gewonnen hatte, ließ die Welt aufhorchen und insbesondere die Central Intelligence Agency der USA. Weil die Parteien, die ihn unterstützten, den unterschiedlichsten politischen Strömungen angehörten und seine Gegner Sperrfeuer gaben, erwies sich das Regieren für Allende bald als unlösbare Aufgabe. Ein Sturm brach los, der drei Jahre anhielt und die Gesellschaft in ihren Fundamenten erschütterte. Niemand blieb davon unbeeindruckt.

Für Enrique waren echte Revolutionen so wie auf Kuba, und Allendes Reformen dienten lediglich dazu, den unerlässlichen Umbruch zu vertagen. Seine ultralinke Partei sabotierte die Regierung genauso eifrig wie die Rechte. Kurz nach der Wahl brach Enrique sein Studium ab und zog bei seiner Mutter aus, ohne eine Adresse zu hinterlassen. Sporadisch kam er zu Überraschungsbesuchen oder rief an, war immer in Eile, sagte jedoch nie, was er tat. Er trug weiterhin Bart und lange Haare, verzichtete aber auf Baskenmütze und Kampfstiefel und wirkte nachdenklicher. Er zog nicht mehr mit in Stein gemeißelten Sätzen gegen die Bourgeoisie, die Kirche und den amerikanischen Imperialismus zu Felde; er hatte gelernt, höflich den steinzeitlichen Ansichten seiner Mutter und dem Nonsens seiner Schwester zu lauschen, wie er das nannte.

Lucía hatte ein Che-Guevara-Poster in ihrem Zimmer, weil ihr Bruder es ihr geschenkt hatte, der Guerrillero sexy war und ihre Mutter sich darüber aufregte, die ihn für einen Verbrecher hielt. Außerdem besaß sie mehrere Platten von Víctor Jara. Sie kannte seine Protestlieder und einige Parolen der »marxistisch-leninistischen Speerspitze der Arbeiterklasse und der Entrechteten Chiles«, wie Enriques Partei sich nannte. Sie ging bei den Großdemonstrationen zur Unterstützung der Regierung mit, skandierte, bis sie heiser war, dass das vereinte Volk niemals besiegt werde, und schloss sich eine Woche später zusammen mit ihren Freundinnen nicht minder begeistert den ebenso großen Märschen gegen dieselbe Regierung an, die sie wenige Tage zuvor noch verteidigt hatte. Die Sache interessierte sie weit weniger als der Spaß, auf der Straße herumzuschreien. Ihrem Weltbild mangele es an Kohärenz, warf Enrique ihr einmal vor, als er sie von weitem in einer Demonstration der Regierungsgegner entdeckte. Es war die Zeit der Miniröcke, der Plateauschuhe und schwarz geschminkten Augen, was Lucía übernahm, und die der Hippies, nachgeahmt von einigen wenigen chilenischen Jugendlichen, die als bekiffte Blumenkinder zum Rhythmus ihrer Tamburine in den Parks tanzten und Liebe machten wie in London oder Kalifornien. So weit kam es bei Lucía nicht, denn ihre Mutter hätte ihr den Umgang mit diesen weltentrückten Spinnern, wie sie das nannte, niemals durchgehen lassen.

Weil die Politik zum einzigen Thema im Land geworden war und in Familien und Freundschaften zu heftigen Verwerfungen führte, verhängte Lena in ihrem Haus ein Schweigegebot, wie sie das schon in Bezug auf ihren Ehemann getan hatte. Für Lucía, die sich mitten in der Phase jugendlicher Auflehnung befand, war es ein Leichtes, ihre Mutter auf die Palme zu bringen, sie musste Allende nur erwähnen. Lena kam abends spät nach Hause, erschöpft von der Arbeit, dem Gedränge im Bus, den ewigen Staus wegen irgendwelcher Streiks oder Demonstrationen und dem endlosen Anstehen nach einem mageren Hühnchen oder ihren überlebensnotwendigen Zigaretten, raffte sich dann aber noch auf, zusammen mit ihren Nachbarinnen auf Töpfe zu schlagen als eine anonyme Form des Protests gegen die Mangelwirtschaft im Besonderen und den Sozialismus im Allgemeinen. Das Lärmen begann mit ein paar einsamen Topfschlägen in einem Hinterhof, denen sich rasch andere anschlossen, bis sich ein ohrenbetäubender Krach über die Wohngegenden der Mittel- und Oberschicht legte, als wäre der Weltuntergang nah. Währenddessen lümmelte Lenas Tochter vor dem Fernseher oder gackerte mit ihren Freundinnen am Telefon und ließ dazu in voller Lautstärke ihre Lieblingsmusik laufen. Dieses gedankenlose Mädchen mit dem Frauenkörper und den kindlichen Vorstellungen machte Lena Sorgen, aber noch größere Sorgen machte ihr Enrique. Sie fürchtete, ihr Sohn könne einer dieser Hitzköpfe sein, für die Gewalt ein Weg an die Macht war.

Die Krise wurde unhaltbar, das Land war tief gespalten. Bauern besetzten Ländereien und bildeten Agrargenossenschaften, Banken und Industrieunternehmen wurden enteignet, die Kupferminen im Norden, von jeher in der Hand nordamerikanischer Firmen, wurden verstaatlicht, überall kam es zu Versorgungsengpässen, in den Krankenhäusern fehlte es an Spritzen und Verbandsmaterial, an Ersatzteilen für Geräte, an Milch für die Neugeborenen. Hinzu kam ein allgemeines Gefühl von Paranoia. Die Unternehmer sabotierten die Wirtschaft, wichtige Produkte verschwanden vom Markt, und im Gegenzug schlossen sich die Arbeiter zu Komitees zusammen, setzten ihre Chefs an die Luft und übernahmen die Produktion. Auf den Straßen sah man Grüppchen von Arbeitern um Feuer herumstehen und die Büros und Geschäfte vor rechtsgerichteten Banden schützen, während auf dem Land Tag und Nacht Wachen patrouillierten, um die früheren Eigentümer fernzuhalten. Auf beiden Seiten gab es bewaffnete Schlägertrupps. Trotz des bürgerkriegsähnlichen Klimas erhöhte die Linke bei den Parlamentswahlen im März ihren Stimmenanteil. Da wurde der Opposition, die seit drei Jahren im Untergrund agierte, schließlich klar, dass die Regierung durch Sabotage allein nicht zu stürzen war. Man musste zu den Waffen greifen.

Am 11. September 1973 erhob sich das Militär gegen die Regierung. Am Morgen hörten Lena und Lucía tieffliegende Hubschrauber und Geschwader von Kampfjets, sahen vor dem Fenster Panzer und Militärfahrzeuge in den fast menschenleeren Straßen. Im Fernsehen funktionierte kein einziger Kanal, gesendet wurde bloß ein starres Testbild. Über Radio hörten sie die Proklamation des Militärs, ohne zu begreifen, was das bedeuten sollte, bis Stunden später das staatliche Fernsehen den Sendebetrieb wiederaufnahm und auf dem Bildschirm vier Generäle in Kampfmontur erschienen, vor der chilenischen Fahne das Ende des Kommunismus im über alles geliebten Vaterland verkündeten und Anordnungen verlasen, denen die Bevölkerung Folge zu leisten hatte.

Das Kriegsrecht wurde ausgerufen, der Kongress auf unbefristete Zeit beurlaubt, die Bürgerrechte so lange ausgesetzt, bis die ruhmreichen Streitkräfte der rechtmäßigen Ordnung und den Werten der christlich-abendländischen Kultur wieder Geltung verschafft hätten. Die Generäle erklärten, Salvador Allende habe einen Massenmord ohnegleichen an Tausenden und Abertausenden von Anhängern der Opposition geplant, sie aber seien dem zuvorgekommen und hätten es verhindert. »Und was passiert jetzt?«, fragte Lucía beunruhigt. Die Begeisterung ihrer Mutter, die zur Feier der Ereignisse eine Flasche Sekt geköpft hatte, schien ihr ein schlechtes Omen: Das konnte nur heißen, dass ihr Bruder Enrique irgendwo der Verzweiflung nah war. »Nichts, mein Kind, hierzulande respektiert das Militär die Verfassung, bald wird es Wahlen geben«, antwortete Lena, ohne zu ahnen, dass bis dahin über sechzehn Jahre vergehen sollten.

Mutter und Tochter blieben zwei Tage in der Wohnung, bis die Ausgangssperre aufgehoben wurde und sie kurz rauskonnten, um einzukaufen. Die Schlangen vor den Lebensmittelgeschäften waren verschwunden, und es gab bergeweise Huhn, das Lena nicht kaufte, weil es ihr überteuert schien, aber sie deckte sich mit mehreren Stangen Zigaretten ein. »Wo waren die Hühner bis gestern?«, fragte Lucía. »In Allendes Privatkeller«, sagte die Mutter.

Sie erfuhren, dass der Präsident die Bombardierung des Regierungspalasts, die bis zur Erschöpfung im Fernsehen wiederholt worden war, nicht überlebt hatte, und sie hörten Gerüchte, dass im Río Mapocho Tote durch die Stadt gespült wurden, auf großen Scheiterhaufen verbotene Bücher brannten und viele tausend Verdächtige, zusammengepfercht auf Militärlastern, in eilig eingerichtete Gefangenenlager gebracht wurden, ins Nationalstadion etwa, wo noch wenige Tage zuvor Fußball gespielt worden war. Die Nachbarn im Viertel waren alle ähnlich euphorisch wie Lena, aber Lucía hatte Angst. Ein Gesprächsfetzen, den sie im Vorbeigehen aufgeschnappt hatte, hallte in ihr nach wie eine persönlich auf ihren Bruder gemünzte Drohung: »Ab ins Konzentrationslager mit den Scheißkommunisten, und wer was dagegen sagt, wird erschossen, genau wie die das mit uns vorhatten.«

Als sich die Nachricht herumsprach, die Leiche von Víctor Jara sei, zur Abschreckung, mit verstümmelten Händen in einem Armenviertel auf die Straße geworfen worden, weinte Lucía stundenlang haltlos. »Das sind nur Gerüchte, Kind,

Übertreibungen. Sonst fällt denen nichts mehr ein, wie sie die Streitkräfte in Verruf bringen können, die das Land aus den Klauen der Kommunisten gerettet haben«, sagte Lena. Und: »Wie kannst du glauben, dass so etwas in Chile passiert?« Das Fernsehen zeigte Zeichentrickfilme und Militärkapellen, im Land herrschte Ruhe. Erste Zweifel kamen Lena, als sie den Namen ihres Sohnes auf einer der Schwarzen Listen entdeckte, mit denen die darin Genannten aufgefordert wurden, sich bei der nächsten Polizeikaserne zu melden.

Drei Wochen später stellten mehrere bewaffnete Männer in Zivil, die sich nicht ausweisen mussten, Lenas Wohnung auf den Kopf, weil sie nach ihren beiden Kindern suchten, nach Enrique wegen Mitgliedschaft in der Guerrilla und nach Lucía wegen Sympathisantentums. Lena hatte seit vielen Monaten nichts von ihrem Sohn gehört, und selbst wenn sie etwas gewusst hätte, hätte sie es diesen Männern nicht gesagt. Lucía war wegen der Ausgangssperre über Nacht bei einer Freundin geblieben, und ihre Mutter war geistesgegenwärtig und standhaft genug, sich von den Drohungen und Ohrfeigen der Männer nicht einschüchtern zu lassen. Erstaunlich ruhig erklärte sie ihnen, ihr Sohn habe schon lange den Kontakt zur Familie abgebrochen und sie wisse nichts von ihm und ihre Tochter befinde sich auf einer Urlaubsreise in Buenos Aires. Die Männer gingen, drohten jedoch, wiederzukommen und sie mitzunehmen, falls ihre Kinder nicht bald auftauchten.

Lena vermutete, dass ihr Telefon abgehört wurde, und wartete, bis um fünf Uhr morgens die Ausgangssperre aufgehoben wurde, um Lucía bei ihrer Freundin vorzuwarnen. Danach ging sie zum Kardinal, der ein enger Freund ihrer Familie gewesen war, ehe er die Himmelsleiter zum Vatikan erklommen hatte. Sie hatte noch nie um etwas bitten müssen, aber für Stolz war jetzt keine Zeit. Von der Lage und den vielen Bittstellern überfordert, besaß der Kardinal dennoch die Güte, sie zu empfangen und für ihre Tochter Asyl in der venezolanischen Botschaft zu erwirken. Er riet Lena, ebenfalls zu gehen, ehe die politische Polizei ihre Drohung wahrmachte. »Ich bleibe hier, Eminenz. Ich gehe nirgendwo hin, solange ich nicht weiß, was mit meinem Sohn ist«, sagte sie. »Wenn Sie ihn finden, kommen Sie zu mir, Lena, der Junge wird Hilfe brauchen.«

Richard

Brooklyn

Richard Bowmaster verbrachte diese Januarnacht zum Sonntag im Sitzen an die Wand gelehnt, mit eingeschlafenen Beinen, weil Lucías Kopf schwer auf ihnen lag, zeitweise wach, dann wieder träumend und benebelt von dem Space Cookie. Er konnte sich nicht erinnern, wann er zum letzten Mal so froh gewesen war. Weil die Qualität der Haschkekse erheblich schwankte, war schwer abzuschätzen, wie viel man für die gewünschte Wirkung essen sollte, ohne sich völlig außer Gefecht zu setzen. Beim Rauchen war das einfacher, aber davon bekam er Asthma. Die letzte Charge war sehr stark gewesen, er hätte die Stücke noch kleiner schneiden müssen. Das Gras half ihm, sich nach einem anstrengenden Arbeitstag zu entspannen oder die Gespenster zu vertreiben, sofern sie von der üblen Sorte waren. Nicht dass er an Gespenster geglaubt hätte, er war ja ein denkender Mensch. Bloß erschienen sie ihm trotzdem. In Anitas Welt, die er über Jahre geteilt hatte, waren Leben und Tod unauflöslich ineinander verflochten, und wohlwollende wie böswillige Geister fanden sich überall. Er hatte eingesehen, dass er Alkoholiker war, und trank deshalb schon seit Jahren nicht mehr, aber er glaubte nicht, dass er darüber hinaus nach etwas süchtig oder von etwas abhängig war, es sei denn vom Fahrradfahren. Das bisschen Gras, das er konsumierte, fiel jedenfalls nicht unter diese Kategorie. Hätte der Keks am Abend nicht so heftig gewirkt, er wäre aufgestanden und ins Bett gegangen, sobald das Feuer im Kamin erloschen war, anstatt auf dem Boden sitzend zu schlafen und derart steifbeinig und willensgeschwächt zu erwachen.

Angelockt von seiner matten Verteidigung, hatten ihm in der Nacht zwischen Wachen und Träumen seine Dämonen zugesetzt. Vor Jahren hatte er versucht, sie in einer gepanzerten Kammer seines Bewusstseins wegzusperren, das aber wieder aufgegeben, weil mit ihnen auch die Engel verschwanden. Danach lernte er, seine Erinnerungen zu hegen, selbst die schmerzlichsten, denn ohne sie wäre es gewesen, als hätte er nie geliebt, wäre nie jung, nie Vater gewesen. Wenn der Preis dafür weiteres Leiden war, dann würde er ihn entrichten. Manchmal gewannen die Dämonen den Kampf gegen die Engel, dann bezahlte er mit Kopfschmerzen, die ihn tagelang lahmlegten. Die Fehler, die er begangen hatte, waren eine schwere Bürde, die er allein getragen hatte bis zu diesem Winter 2016, als die Umstände ihm das Herz unausweichlich öffneten. Das begann bereits in dieser ersten Nacht, während er da am Boden sitzend zwischen zwei Frauen und einem komischen kleinen Hund seine Vergangenheit heraufbeschwor und Brooklyn draußen schlief.

Wenn er seinen Computer einschaltete, erschien ein Foto von Anita und Bibi, die ihn, je nach seiner Tagesverfassung, anklagten oder anstrahlten. Das Foto war keine Erinnerungsstütze, die brauchte er nicht. Wäre seine Erinnerung je verblasst, hätten Anita und Bibi sie in der zeitlosen Sphäre der Träume aufgefrischt. War ein Traum besonders lebhaft, blieb er manchmal auf Richards Haut haften, und er verbrachte den ganzen Tag mit einem Fuß in der wachen Welt, mit dem anderen auf dem unsicheren Grund eines Katastrophentraums. Ehe er abends das Licht löschte, rief er sich Anita und Bibi vor Augen in der Hoffnung, ihnen zu begegnen.

Ihm war klar, dass die Traumbilder aus ihm selbst kamen; sein Geist konnte ihn mit Albträumen quälen, ihn aber auch beschenken, nur hatte er noch keinen Weg gefunden, verlässlich die tröstenden Träume hervorzurufen.

Seine Trauer hatte mit der Zeit ihre Farbe und Stofflichkeit verändert. Erst war sie rot und stechend gewesen, dann wurde sie grau, grob und kratzig wie Sackleinen. Er hatte sich an diesen dumpfen Schmerz gewöhnt, ihn unter seine Alltagsbeschwerden eingereiht wie sein Magengeschwür. Die Schuld hingegen war immer dieselbe geblieben, kalt und hart wie Glas, unnachgiebig. Sein Freund Horacio, stets geneigt, das Gute hochzujubeln und das Schlechte kleinzureden, hatte ihm einmal vorgeworfen, in sein Unglück verliebt zu sein: »Pfeif auf dein Über-Ich, Mann. Dass du ständig alles, was du getan hast oder tust, zerpflückst und dich dafür geißelst, ist pervers, völlige Selbstüberschätzung. Du nimmst dich zu wichtig. Du solltest dir endlich verzeihen, das haben Anita und Bibi auch getan.«

Lucía Maraz hatte einmal im Scherz zu ihm gesagt, er werde noch als ängstlicher, hypochondrischer Zausel enden. »Bin ich schon«, hatte er geantwortet und dabei versucht, ihren spöttischen Ton aufzugreifen, aber getroffen hatte es ihn doch, denn ernsthaft widersprechen ließ sich dem nicht. Das war auf einem dieser schrecklichen Stehempfänge des Fachbereichs gewesen, man verabschiedete eine Kollegin in den Ruhestand. Mit einem Glas Wein für sie und einem Glas Mineralwasser für sich selbst war er zu Lucía gegangen. Sie war von den Anwesenden die Einzige, mit der er sich unterhalten wollte. Sie hatte recht, er lebte in ständiger Sorge. Er aß Unmengen von Vitaminpräparaten, weil er dachte, wenn seine Gesundheit versagte, dann würde alles zum Teufel gehen und, was er sich aufgebaut hatte, würde in sich zusammenfallen. Er hatte eine Alarmanlage installieren lassen, weil in Brooklyn angeblich, wie eigentlich überall, am helllichten Tag eingebrochen wurde, und die Passwörter, mit denen er seinen Computer und sein Handy vor Hackerangriffen schützte, waren so kompliziert, dass er sie zuweilen selbst vergaß. Er besaß eine Auto-, eine Kranken-, eine Lebensversicherung … bloß gegen seine quälenden Erinnerungen war er nicht versichert, und sie suchten ihn heim, wenn er von seinen gewohnten Abläufen abwich und etwas durcheinandergeriet. Seinen Studenten predigte er Ordnung als Kunst der vernunftbegabten Kreatur, ein immerwährendes Ringen gegen die Fliehkräfte, denn von Natur aus strebe alles nach Ausdehnung, Vermehrung und Chaos. Das sehe man ja schon am Verhalten der Menschen, der Unersättlichkeit der Natur und der Komplexität des Universums. Um zumindest einen Anschein von Ordnung zu wahren, ließ er sich nie gehen und hielt sein Leben mit militärischer Präzision unter Kontrolle. Er führte Listen und einen strengen Terminkalender, bei deren Anblick Lucía sehr gelacht hatte. Das Dumme am gemeinsamen Arbeiten war, dass sie alles mitbekam.

»Wie stellst du dir dein Alter vor?«, hatte Lucía ihn gefragt.

»Ich bin ja schon mittendrin.«

»Nein, zehn Jahre fehlen dir locker noch.«

»Ich hoffe, ich lebe nicht zu lang, das wäre schlimm. Am besten stirbt man kerngesund, sagen wir mit fünfundsiebzig, wenn Körper und Kopf noch tun, was sie sollen.«

»Guter Plan«, sagte Lucía fröhlich.

Richard meinte das ernst. Bis er fünfundsiebzig wäre, müsste er eine brauchbare Methode gefunden haben, um abzutreten. Dann würde er nach New Orleans fahren und sich, umweht von Musik, im French Quarter unter die Leute mischen. Seine letzten Tage würde er zusammen mit ein paar großartigen Schwarzen verbringen, die ihn aus Nächstenliebe als Keyboarder in ihre Band aufnahmen, er würde sich im Sound von Trompete und Saxophon verlieren und vom Groove des Schlagzeugs mitziehen lassen. Und wenn das zu viel verlangt wäre, dann würde er eben klammheimlich aus der Welt verschwinden, in einer alten Bar unter einem eiernden Ventilator sitzen, sich von schwermütigen Jazzmelodien trösten lassen und exotische Cocktails trinken, ohne sich Gedanken um die Folgen zu machen, denn er hätte die tödliche Pille ja in der Tasche. Es wäre sein letzter Abend, da konnte er gut ein paar Drinks nehmen.

»Fehlt dir nicht manchmal eine Gefährtin, Richard? In deinem Bett, beispielsweise?«, fragte Lucía mit einem Augenzwinkern.

»Kein bisschen.«

Warum hätte er ihr von Susan erzählen sollen. Dieses Verhältnis war weder für ihn noch für Susan wichtig. Für Susan war er sicher nur einer von mehreren Liebhabern, die ihr dabei halfen, eine unglückliche Ehe zu ertragen, die nach seinem Dafürhalten schon vor Jahren hätte beendet werden müssen. Das Thema umschifften sie beide, Susan sprach es nicht an, und er fragte nicht nach. Sie waren Kollegen, gute Kameraden, verbunden durch eine erotische Freundschaft und geistige Interessen. Ihre Beziehung war unkompliziert, sie trafen sich jeden zweiten Donnerstag im Monat im Hotel, immer im selben, weil Susans Leben genauso durchgeplant war wie seins. Ein Abend im Monat genügte ihnen, jeder lebte sein Leben.

Noch vor drei Monaten hätte sich bei der Vorstellung, auf einem Empfang vor einer Frau zu stehen, ein Gespräch in Gang zu bringen und das Terrain für den nächsten Schritt zu sondieren, Richards Magengeschwür gemeldet, aber seit Lucía in seine Souterrainwohnung gezogen war, unterhielt er sich in Gedanken mit ihr. Er fragte sich, wieso ausgerechnet mit ihr, wo es andere Frauen gab, die erreichbarer waren, seine Nachbarin etwa hatte ihm schon vorgeschlagen, es einmal miteinander zu versuchen, sie wohnten doch so nah zusammen, und sie versorgte manchmal seine Katzen. Seine vorgestellten Gespräche mit Lucía konnte er sich nur so erklären, dass ihm die Einsamkeit langsam zu schaffen machte, noch so ein Alterssymptom, dachte er. Schon dieses erbärmliche Geräusch, wenn die Gabel in einem menschenleeren Haus über einen Teller schabt. Alleine essen, alleine schlafen, alleine sterben. Eine Gefährtin zu haben, wie Lucía das nannte, wie wäre das wohl? Für sie kochen, abends auf sie warten, Hand in Hand mit ihr gehen, im Schlaf den Arm um sie legen, ihr seine Gedanken offenbaren, Gedichte für sie schreiben … Jemand wie Lucía. Sie war eine reife Frau, sturmerprobt, klug, fröhlich, durch Leid erfahren geworden, aber nicht ans Leid gekettet wie er, und außerdem sah sie gut aus. Allerdings war sie vorlaut und herrisch. Eine Frau wie sie nahm viel Raum ein, da konnte er sich gleich einen Harem zulegen, zu viel Aufwand, das war eine sehr schlechte Idee. Er musste schmunzeln bei dem Gedanken, wie er sich überhaupt einbilden konnte, sie würde etwas von ihm wollen. Sie hatte nie irgendein Interesse gezeigt, außer als sie einmal für ihn gekocht hatte, aber das war kurz nach ihrem Einzug gewesen, und er war damals sehr zurückhaltend oder mit den Gedanken woanders. Wie ein Idiot hatte er sich benommen, dachte er und wünschte, er könnte noch mal neu anfangen mit ihr.

In professioneller Hinsicht war Lucía ein Glücksgriff. Eine Woche nach ihrer Ankunft in New York hatte er sie gebeten, einen Vortragsabend zu bestreiten. Sie mussten in einen größeren Raum umziehen, weil sich mehr Hörer als erwartet dazu anmeldeten. Thema des Abends war die Rolle der CIA in Lateinamerika, wo der Geheimdienst dazu beigetragen hatte, demokratische Regierungen zu stürzen und durch totalitäre Regime zu ersetzen, die kein US-Amerikaner bei sich daheim toleriert hätte. Nachdem er Lucía Maraz vorgestellt hatte, nahm er im Publikum Platz und lauschte ihrem Vortrag, den sie, ohne in ihr Skript zu schauen, auf Englisch hielt, mit ihrem leichten chilenischen Einschlag, den er sympathisch fand. Als sie geendet hatte, fragte ein Kollege als Erstes nach dem chilenischen Wirtschaftswunder während der Diktatur; aus seiner Fragestellung ging klar hervor, dass er die Repression damit rechtfertigen wollte. Richard sträubten sich die Nackenhaare, und er konnte nur schwer an sich halten, aber Lucía kam ohne seinen Beistand aus. Sie entgegnete, das angebliche Wunder sei eine Mogelpackung, die Wirtschaftsstatistiken hätten weder die ökonomische Ungleichverteilung noch die Armut berücksichtigt.

Eine Gastprofessorin von der University of California sprach die Gewalt in Guatemala, Honduras und El Salvador an und die vielen tausend Kinder, die auf der Flucht oder auf der Suche nach ihren Eltern allein über die Grenze kamen, und schlug vor, das Sanctuary Movement der achtziger Jahre wiederzubeleben. Richard nahm das Mikrofon und erklärte für diejenigen, die womöglich noch nie davon gehört hatten, dass sich Anfang der Achtziger über fünfhundert Kirchengemeinden zusammen mit Anwälten, Studenten und anderen Aktivisten für die Flüchtlinge eingesetzt hatten, die unter der Reagan-Regierung wie Kriminelle behandelt und abgeschoben wurden. Lucía fragte nach, ob jemand im Saal die Bewegung damals unterstützt hatte, und vier Hände gingen in die Höhe. Richard war zu der Zeit in Brasilien gewesen, aber sein Vater hatte sich stark engagiert und war deswegen sogar zweimal in Haft gewesen. Das waren die Heldengeschichten im Leben des alten Joseph Bowmaster.

Die Veranstaltung hatte zwei Stunden gedauert und war so lehrreich und anregend gewesen, dass Lucía am Ende stehende Ovationen bekam. Richard war beeindruckt von ihrer Redegewandtheit, und außerdem fand er sie attraktiv in ihrem schwarzen Kleid, mit ihrer Halskette aus Silber und den bunten Haarsträhnen. Sie hatte die Wangenknochen und das Temperament eines Tataren. Er erinnerte sich noch an sie mit langem rotbraunen Haar und engen Hosen, aber das war Jahre her. Doch auch wenn sie sich verändert hatte, sie sah immer noch gut aus, und er hätte ihr das gern gesagt, fürchtete jedoch, falsch verstanden zu werden. Jedenfalls beglückwünschte er sich, dass er sie in seine Abteilung eingeladen hatte. Er wusste, sie hatte schwierige Jahre hinter sich, eine Krankheit, eine Scheidung und wer weiß was noch. Er hatte sie gefragt, ob sie für ein Semester chilenische Politik bei ihm lehren würde, für sie vielleicht gut, um auf andere Gedanken zu kommen, aber vor allem gut für seine Studenten. Deren Unkenntnis war zuweilen erschreckend, manche Erstsemester wussten nicht, wo Chile überhaupt lag, und womöglich hätten sie auch ihr eigenes Land nicht auf der Weltkarte gefunden: Sie hielten die USA für die Welt.

Er hätte Lucía gern länger dabehalten, aber die Mittel dafür aufzutreiben würde schwierig sein; die universitären Mühlen waren ähnlich behäbig wie die im Vatikan. Zusammen mit dem Vertrag über ihre Lehrtätigkeit hatte er Lucía die Souterrainwohnung in seinem Haus angeboten, die gerade frei war. Er hatte geglaubt, sie würde sich freuen über die begehrte Wohnung mitten in Brooklyn, mit bester Verkehrsanbindung und zu einem moderaten Preis, aber bei der Ankunft hatte sie ihre Enttäuschung kaum verhohlen. Was für eine schwierige Person, hatte Richard damals gedacht. Der Anfang war ihnen etwas verunglückt, aber seitdem ging es aufwärts.

Er fand, dass er sich ihr gegenüber großzügig und verständnisvoll verhielt, er ertrug sogar den Hund, der angeblich nur vorübergehend bleiben sollte, aber schon seit über zwei Monaten da war. Haustiere waren im Mietvertrag ausdrücklich verboten, trotzdem hatte er so getan, als wäre nichts, dabei bellte dieser Chihuahua wie ein Schäferhund und machte dem Briefträger und den Nachbarn Angst. Er kannte sich mit Hunden nicht aus, aber dass mit Marcelo etwas nicht stimmte, war nicht zu übersehen, schließlich quollen ihm die Krötenaugen aus den zu kleinen Höhlen, und die Zunge hing ihm aus dem Maul, weil ihm etliche Zähne fehlten. Das Cape mit dem Schottenmuster, das er trug, machte es auch nicht besser. Lucía behauptete, er habe eines Abends todkrank und ohne Halsband mit einer Anschrift auf ihrer Fußmatte gekauert. Wer wäre denn so herzlos, ihn wegzuschicken, hatte sie zu Richard gesagt und ihn dabei bittend angesehen. Damals waren ihm zum ersten Mal ihre Augen aufgefallen, dunkel wie Oliven, umrahmt von dichten Wimpern und feinen Lachfältchen, orientalische Augen. Aber darauf kam es nicht an. Was spielte es für eine Rolle, wie sie aussah? Als er das Haus kaufte, hatte er sich Abstand zu seinen Mietern verordnet, um seine Privatsphäre zu schützen, und er hatte nicht vor, bei Lucía eine Ausnahme zu machen.

An diesem winterlichen Sonntagmorgen erwachte Richard als Erster. Sechs Uhr in der Früh, noch stockdunkel draußen. Nachdem er über Stunden vom Traum ins Wachen und zurück gedriftet war, hatte er am Ende doch wie betäubt geschlafen. Vom Feuer war nur ein schwacher Rest Glut übrig und das Haus in eine kühle Gruft verwandelt. Sein Rücken schmerzte, und sein Nacken war steif. Ein paar Jahre zuvor hatte er beim Zelten mit Horacio die Nächte noch im Schlafsack auf der nackten Erde verbracht, aber für so etwas war er inzwischen zu alt. Lucía dagegen hatte sich an seiner Seite zusammengerollt und schlief friedlich, wie auf Daunen gebettet. Evelyn lag, in ihren Anorak gekuschelt, mit Marcelo auf dem Bauch auf dem dicken Kissen und schnarchte leise. Richard brauchte einen Moment, bis ihm wieder einfiel, wer sie war und was sie hergeführt hatte: das Auto, der Unfall, der Schnee. Als Evelyn von ihrem Leben erzählte, hatte er erneut diese moralische Entrüstung empfunden, die ihn früher dazu gebracht hatte, sich für die Einwanderer starkzumachen, und die seinen Vater bis heute umtrieb. Er selbst hatte sein Engagement eingestellt und sich in seine akademische Welt zurückgezogen, fernab von der harten Realität der Armen Lateinamerikas. Evelyn wurde von ihren Brotgebern garantiert ausgebeutet und möglicherweise misshandelt. Deshalb hatte sie solche Angst.

Richard schob Lucía etwas unsanft beiseite, um seine Beine und seine Gedanken von ihr zu befreien, schüttelte sich wie ein nasser Hund und stand mühsam auf. Sein Mund war trocken, er hatte einen Durst wie ein Wüstenwanderer. Der Keks war eine schlechte Idee gewesen, dachte er, nur deswegen war es zu diesen Vertraulichkeiten gekommen, zu dem, was Evelyn erzählt hatte und auch Lucía, und was hatte er eigentlich preisgegeben? Er glaubte nicht, dass er ihnen Näheres über seine Vergangenheit erzählt hatte, das tat er nie, aber Anita musste er erwähnt haben, denn Lucía hatte angemerkt, er vermisse seine Frau ja nach all den Jahren noch immer. »Mich hat nie jemand auf diese Weise geliebt,

Richard«, hatte sie sagt. »Für mich ist die Liebe immer halbgar geblieben.«

Richard überlegte, dass es noch zu früh war, um mit seinem Vater zu telefonieren, auch wenn der bei Tagesanbruch wach wurde und ungeduldig auf seinen Anruf wartete. Sonntags aßen sie immer zusammen zu Mittag, in einem Lokal, das Joseph aussuchte, denn wäre es nach Richard gegangen, dann hätten sie stets im selben gegessen. Diesmal habe ich ihm jedenfalls etwas zu berichten, dachte Richard. Sein Vater würde sich für Evelyn Ortega interessieren, schließlich kannte er sich mit den Nöten von Einwanderern und Flüchtlingen aus.

Joseph Bowmaster, schon hochbetagt, aber geistig noch rege, war früher Schauspieler gewesen. Geboren war er in Deutschland, Sohn einer jüdischen Familie, deren lange Geschichte als Kunsthändler und Antiquare sich bis in die Renaissance zurückverfolgen ließ. Hochgebildete und kultivierte Leute, die das über die Generationen angehäufte Vermögen jedoch im Ersten Weltkrieg verloren. Als die Gewalt gegen Juden Ende der dreißiger Jahre zunahm, schickten sie ihren Jungen nach Paris, wo er die Malerei der Impressionisten studieren, vor allem jedoch vor den Nazis in Sicherheit sein sollte, während sie selbst ihre illegale Einwanderung nach Palästina vorbereiteten, das damals unter britischer Verwaltung stand. Aus Rücksicht auf die arabische Bevölkerung beschränkten die Briten den jüdischen Zuzug, aber die Verzweifelten waren nicht aufzuhalten.

Joseph blieb in Frankreich, studierte jedoch nicht wie vorgesehen Kunstgeschichte, sondern ging ans Theater. Er besaß ein natürliches Talent für die Bühne und für Sprachen, beherrschte neben Deutsch auch Französisch und lernte das Englische so umfassend, dass er vom breitesten Cockney bis zur reinsten BBC-Intonation die unterschiedlichsten Sprecher nachahmen konnte. Als die Nazis 1940 in Frankreich einmarschierten und Paris besetzten, gelang ihm die Flucht nach Spanien und von dort weiter nach Lissabon. Er sollte sich ein Leben lang an die Menschen erinnern, die ihm unter großen Gefahren bei seiner Odyssee halfen. Richard wuchs mit den Geschichten seines Vaters aus dem Krieg auf, verbunden mit der klaren Botschaft, dass es eine moralische Pflicht sei, den Verfolgten zu helfen. Kaum war er alt genug, reiste sein Vater mit ihm nach Frankreich, wo sie zwei Familien besuchten, die ihn vor den Deutschen versteckt hatten, und nach Spanien, um denen zu danken, die ihm geholfen hatten, sich bis nach Portugal durchzuschlagen.

1940 war Lissabon zur letzten Zuflucht für Abertausende europäischer Juden geworden, die auf Einreisepapiere für die Vereinigten Staaten, für Südamerika oder Palästina warteten. Joseph fand in der Alfama, einem Gewirr aus Gassen und geheimnisvollen alten Häusern, ein Zimmer in einer Pension, wo es nach Orangen und Jasmin duftete. Dort verliebte er sich in Cloé, die Tochter seiner Wirtin, die drei Jahre älter war als er, tagsüber auf dem Postamt arbeitete und abends Fado sang. Sie war eine schwarzhaarige Schönheit mit tragischem Blick, wie gemacht für die schwermütigen Lieder ihres Repertoires. Joseph wagte es nicht, seinen Eltern von ihr zu berichten, weil sie keine Jüdin war, bis er mit ihr erst nach London, wo sie zwei Jahre blieben, und dann weiter nach New York auswandern konnte. In Europa wütete mittlerweile der Krieg, und Josephs Eltern, die ein ärmliches Auskommen in Palästina gefunden hatten, erhoben keine Einwände gegen die zukünftige Schwiegertochter. Ob sie Jüdin war oder nicht, es zählte doch nur, dass ihr Sohn dem Massenmord entkommen war, den die Deutschen begingen.

In New York änderte Joseph seinen Nachnamen in Bowmaster, damit er waschecht englisch klang, und konnte mit seinem antrainierten Aristokratenakzent vierzig Jahre hindurch Shakespeare spielen. Cloé hingegen lernte die Sprache nie fehlerfrei und hatte keinen Erfolg mit dem wehmütigen Fado aus ihrer Heimat, doch anstatt im Selbstmitleid der gescheiterten Künstlerin zu verharren, wurde sie Modeschneiderin und die Ernährerin der Familie, weil das, was Joseph vom Theater heimbrachte, nie ausreichte, um bis zum Monatsende über die Runden zu kommen. Die Frau mit dem divenhaften Auftreten, die Joseph in Lissabon kennengelernt hatte, erwies sich als ungeahnt pragmatisch und zupackend. Außerdem war sie unerschütterlich in ihrer Zuneigung und widmete ihr Leben ihrer Liebe zu ihrem Mann und zu ihrem einzigen Sohn, Richard, der als kleiner Prinz in einer bescheidenen Mietwohnung in der Bronx aufwuchs, vor der Welt behütet durch die Liebe seiner Eltern. Bei der Erinnerung an seine glückliche Kindheit sollte Richard sich später oft fragen, wieso er dem, was man ihm als Kind beigebracht hatte, so wenig gerecht geworden war, wieso er dem Beispiel seiner Eltern nicht gefolgt war und als Ehemann und Vater versagt hatte.

Der heranwachsende Richard sah fast so gut aus wie sein Vater, war aber nicht so groß wie er und besaß nicht sein sprudelndes Bühnentemperament; er kam eher nach seiner melancholischen Mutter. Seine Eltern waren mit ihrer jeweiligen Arbeit beschäftigt, liebten ihn, ohne ihn zu ersticken, und behandelten ihn mit der Sorglosigkeit, die damals üblich war, bevor Kinder zu Projekten wurden. Richard kam das entgegen, denn man ließ ihn mit seinen Büchern in Ruhe, und niemand verlangte viel von ihm, solange er gute Noten, gute Manieren und gute Ansichten hatte. Er verbrachte mehr

Zeit mit seinem Vater als mit seiner Mutter, weil Joseph häufiger frei hatte, während Cloé als Teilhaberin einer Modeschneiderei oft bis in die Nacht hinein nähte. Joseph nahm seinen Sohn mit auf seine Hilfsspaziergänge, wie Cloé das nannte. Sie brachten Lebensmittel und Kleidung, die man in Kirchen und Synagogen sammelte, zu bedürftigen Familien in der Bronx, zu Juden wie zu Christen. »Wer Hilfe braucht, den fragt man nicht, wer er ist oder woher er kommt, Richard. Im Unglück sind wir alle gleich«, sagte Joseph mehr als einmal zu seinem Sohn. Zwanzig Jahre später sollte er das noch immer tatkräftig bestätigen, als er sich auf den Straßen New Yorks der Polizei entgegenstellte, um Einwanderer ohne Papiere zu schützen.

Bei Lucías Anblick überkam Richard eine plötzliche Zärtlichkeit. Sie schlief noch dort auf dem Boden und sah in ihrer Traumverlorenheit verletzlich und jung aus. Diese Frau, die alt genug war, um Großmutter zu sein, erinnerte ihn an die schlafende Anita mit Anfang zwanzig. Für einen Moment war er versucht, sich hinunterzubeugen, ihr Gesicht in die Hände zu nehmen und sie zu küssen, doch befremdet von diesem verräterischen Impuls, rief er sich umgehend zur Ordnung.

»Auf, auf, Zeit, wach zu werden!«, rief er und klatschte in die Hände.

Lucía öffnete die Augen und brauchte ebenfalls einen kurzen Moment, bis sie wusste, wo sie war.

»Wie spät ist es?«, fragte sie.

»Zeit, den Tag zu beginnen.«

»Es ist doch noch dunkel! Erst Kaffee. Ohne Koffein kann ich nicht denken. Hier ist es kalt wie am Nordpol, Richard. Dreh die Heizung an, ich bitte dich, es ist schon mal jemand aus Geiz erfroren. Wo ist das Badezimmer?«

»Nimm das im ersten Stock.«

Lucía erhob sich in mehreren Etappen: erst auf Knie und Ellbogen, danach auf alle viere, dann mit den Händen auf dem Boden den Hintern in die Luft, wie sie das beim Yoga gelernt hatte, und schließlich richtete sie sich auf.

»Früher konnte ich Rumpfbeugen. Jetzt kriege ich schon Krämpfe, wenn ich mich strecke. Das Alter ist ein Mist«, murmelte sie auf dem Weg zur Treppe.

Offenbar bin ich nicht der Einzige, der aufs Greisentum zugeht, dachte Richard nicht ohne Genugtuung. Er setzte Kaffee auf und fütterte die Katzen, während Evelyn und Marcelo sich streckten und räkelten, als hätten sie den lieben langen Tag zu verplempern. Richard unterdrückte sein Bedürfnis, der jungen Frau Beine zu machen, bestimmt war sie erschöpft.

Das Bad im ersten Stock, sauber und offenbar unbenutzt, war groß und altmodisch, mit einer Wanne auf Löwenfüßen und goldenen Armaturen. Im Spiegel erblickte Lucía eine unbekannte Frau mit verquollenen Augen, gerötetem Gesicht und weiß-rosa Haaren, die aussahen wie eine Clownsperücke. Ursprünglich waren die Strähnen rotebeeterot gewesen, aber sie bleichten immer mehr aus. Sie duschte rasch, trocknete sich, weil sie kein Handtuch fand, mit ihrem Unterhemd ab, und kämmte sich mit den Fingern. Sie brauchte ihre Zahnbürste und ihre Schminksachen. »Du kannst nicht mehr ohne Wimperntusche und Lippenstift durch die Welt gehen«, sagte sie zu der Frau im Spiegel. Sie hatte ihre Eitelkeit immer gepflegt wie eine Tugend, außer in den Monaten der Chemotherapie, als sie sich gehenließ, bis Daniela sie zwang, ins Leben zurückzukehren. Jeden Morgen nahm sie sich die Zeit, sich zurechtzumachen, selbst wenn sie zu Hause bleiben und niemanden sehen würde. Sie bereitete sich auf den

Tag vor, trug Make-up auf, wählte ihre Kleidung wie jemand, der eine Rüstung anlegt: Auf diese Weise konnte sie der Welt sicher gegenübertreten. Ihr gefielen die kleinen Pinsel, die Lotionen, Farben, Puder, Stoffe, Gewebe. Das war ihre Zeit des ungezwungenen Sinnierens. Ohne Schminke, Computer, Handy und Hund konnte sie nicht sein. Den Computer brauchte sie zum Arbeiten, das Handy, um Kontakt zur Welt zu halten, vor allem zu Daniela, und das Bedürfnis, mit einem Tier zu leben, stammte aus der Zeit, als sie allein in Vancouver wohnte, und war in ihren Ehejahren mit Carlos nicht verschwunden. Ihre Hündin Olivia war an Altersschwäche gestorben, als bei ihr gerade der Krebs zuschlug. Damals kam alles auf einmal: der Tod ihrer Mutter, ihre Scheidung, die Krankheit und der Verlust ihrer treuen Gefährtin Olivia. Marcelo hatte der Himmel geschickt, er war der perfekte Vertraute, sie redete mit ihm, und er brachte sie zum Lachen mit seiner Zahnraffel und dem fragenden Blick seiner Lurchaugen. An diesem Chihuahua, der die Mäuse und die Gespenster verbellte, lebte sie die unbändige Zärtlichkeit aus, die in ihr war und die sie ihrer Tochter nicht zumuten konnte, weil sie darunter erstickt wäre.

Lucía und Richard

Brooklyn

Zehn Minuten später fand Lucía Richard in der Küche am Toaster, die Kaffeekanne war voll, und auf dem Tisch standen drei große Becher. Evelyn kam mit dem zitternden Hund im Arm aus dem Hof zurück und stürzte sich auf den Kaffee und die Toasts, die Richard ihr hinstellte. Wie sie da mit vollem Mund auf dem Hocker herumrutschte, sah sie so hungrig und so jung aus, dass Richard das Herz weich wurde. Wie alt mochte sie sein? Bestimmt älter, als sie aussah. Vielleicht im selben Alter wie seine Bibi.

»Wir bringen dich dann nach Hause, Evelyn«, sagte Lucía, als Evelyn ihren Kaffee ausgetrunken hatte.

»Nein! Nein!« Sie sprang auf, warf dabei den Hocker um, und Marcelo plumpste auf den Boden.

»Diese Beule am Auto ist doch kaum der Rede wert, Evelyn. Du musst keine Angst haben. Ich erkläre deinem Arbeitgeber, was passiert ist.«

»Aber der Unfall ist nicht alles«, brachte Evelyn, bleich geworden, heraus.

»Was denn noch?«, fragte Richard.

»Komm schon, Evelyn«, drängte Lucía, »wovor hast du solche Angst?«

Und da sagte ihnen die junge Frau, zitternd und über die Silben stolpernd, sie habe eine Leiche im Kofferraum. Sie musste das zweimal wiederholen, ehe Lucía es kapierte. Richard brauchte noch länger. Er traute seinen Ohren nicht, ihn schauderte bei dem, was Evelyn da von sich gab. Wenn er das richtig verstanden hatte, dann gab es nur zwei Möglichkeiten: Entweder war die Frau komplett wahnsinnig, oder es lag tatsächlich eine Leiche im Lexus.

»Eine Leiche, sagst du?«

Evelyn nickte, hielt den Kopf gesenkt.

»Das kann doch nicht sein. Was für eine Leiche?«

»Richard! Sei nicht albern. Eine menschliche natürlich«, sagte Lucía völlig überrumpelt und riss sich zusammen, um nicht hysterisch loszulachen.

»Wie ist sie dort hingekommen?« Richard konnte es noch immer nicht glauben.

»Ich weiß nicht …«

»Hast du jemand überfahren?«

»Nein.«

Bei der Vorstellung, sie könnten es tatsächlich mit einem namenlosen Toten zu tun haben, begann Richard sich mit beiden Händen die allergischen Pusteln zu kratzen, die in Momenten großer Anspannung auf seinen Armen und seiner Brust sprossen. Als Mann der starren Abläufe und Gewohnheiten war er gegen Störungen schlecht gewappnet. Mit seinem steten und besonnenen Trott war es vorbei, nur wusste er das noch nicht.

»Wir müssen die Polizei verständigen«, entschied er und griff nach seinem Handy.

Evelyn schrie auf und begann haltlos zu schluchzen, aus Gründen, die für Lucía auf der Hand lagen, für Richard aber weniger, obwohl er eigentlich genug wusste über die ständige Unsicherheit, in der die meisten Einwanderer aus Lateinamerika lebten.

»Ich nehme an, du hast keine Papiere«, sagte Lucía. »Wir können die Polizei nicht verständigen, Richard, das würde sie schwer in Bedrängnis bringen. Sie hat ohne Erlaubnis das Auto genommen. Man kann ihr einen Diebstahl und einen Mord anhängen. Du weißt doch, wie die Polizei sich auf die Illegalen einschießt. Die Kette reißt beim schwächsten Glied.«

»Was für eine Kette?«

»Das ist eine Metapher, Richard.«

»Wie ist dieser Mensch gestorben? Wer ist das?«, beharrte Richard.

Evelyn erklärte ihnen, sie habe die Leiche nicht angefasst. Vor der Apotheke, zu der sie gefahren war, um Windeln zu kaufen, hatte sie mit einer Hand die Heckklappe geöffnet, mit der anderen versucht, den Packen Windeln in den Kofferraum zu schieben, dabei jedoch gemerkt, dass dort kein Platz war. Etwas war darin in einen Teppich eingeschlagen, und als sie ihn anhob, sah sie die zusammengekrümmte Leiche. Vor Schreck taumelte sie rückwärts, landete auf ihrem Hintern, verkniff sich den Aufschrei, rappelte sich hastig wieder hoch und schlug die Heckklappe zu. Sie warf die Windeln auf die Rückbank und schloss sich die nächsten zwanzig, vielleicht dreißig Minuten im Wagen ein, bis sie sich so weit beruhigt hatte, dass sie nach Hause fahren konnte. Mit etwas Glück war ihre Abwesenheit unbemerkt geblieben und niemand würde erfahren, dass sie das Auto genommen hatte, aber nachdem Richard sie gerammt hatte, das Heck eingedellt war und die Klappe nicht mehr schloss, war daran nicht mehr zu denken.

»Wir wissen also noch nicht einmal, ob die Person wirklich tot ist. Vielleicht ist sie nur bewusstlos«, sagte Richard und wischte sich mit einem Geschirrtuch den Schweiß von der Stirn.

»Unwahrscheinlich, mittlerweile wäre sie an Unterkühlung gestorben, aber das kann man herausfinden«, sagte Lucía.

»Himmel, nein! Du willst doch wohl nicht, dass wir hier auf der Straße …«

»Hast du einen besseren Vorschlag? Draußen ist niemand. Es ist früh, es ist noch dunkel, und es ist Sonntag. Wer sollte uns da sehen?«

»Auf gar keinen Fall. Nicht mit mir.«

»Na schön, leih mir eine Taschenlampe. Evelyn und ich schauen nach.«

Evelyns Schluchzen wurde bei diesem Vorschlag um einige Dezibel lauter. Betroffen von dem, was die junge Frau in den letzten Stunden durchgemacht hatte, nahm Lucía sie in die Arme.

»Ich habe mit der ganzen Sache nichts zu tun! Meine Versicherung erstattet den Schaden am Auto, mehr kann ich nicht machen. Nimm's mir nicht übel, Evelyn, aber du musst gehen«, sagte Richard.

»Du willst sie rauswerfen, Richard? Spinnst du? Du weißt doch, was das heißt, wenn man keine Papiere hat!«

»Ja, Lucía, das weiß ich. Wüsste ich es nicht durch meine Arbeit, dann durch meinen Vater, die alte Gebetsmühle.« Richard gab sich geschlagen. »Was wissen wir über die Kleine?«

»Dass sie Hilfe braucht«, sagte Lucía. Und an Evelyn gewandt: »Hast du Familie hier?«

Eisiges Schweigen. Evelyn dachte nicht daran, ihre Mutter in Chicago zu erwähnen und deren Leben auch noch zu ruinieren. Richard kratzte sich weiter beim Gedanken an das ganze Schlamassel: Polizei, Ermittlungen, Presse, seine Reputation hinüber. Und dazu in seinem Innern die Stimme seines Vaters, der ihn an seine Pflicht gemahnte, den Verfolgten zu helfen. »Ich wäre gar nicht hier und du wärst nie geboren, hätten mich nicht ein paar Aufrechte vor den Nazis versteckt.« Wie oft hatte er das von ihm gehört?

»Wir müssen wissen, ob diese Person noch lebt, wir haben keine Zeit zu verlieren«, sagte Lucía.

Sie nahm den Autoschlüssel, den Evelyn auf dem Küchentisch hatte liegen lassen, drückte ihr den Chihuahua in den Arm, um ihn vor den Katzen zu schützen, zog Mütze und Handschuhe an und bat noch einmal um eine Taschenlampe.

»Du kannst da nicht allein hin, Lucía. Ach, Mist, ich komme mit«, stöhnte Richard. »Die Heckklappe ist bestimmt festgefroren, wir müssen sie enteisen.«

Richard und Lucía füllten einen großen Topf mit heißem Wasser und Essig und schafften ihn zu zweit, sich mit einer Hand am Geländer festklammernd, über die glatte Treppe nach unten. Lucía spürte den Frost auf ihren Kontaktlinsen, als hätte sie Glassplitter in den Augen. Richard war früher oft im Winter zum Fischen an die vereisten Seen im Norden gefahren und wusste mit extremer Kälte umzugehen, aber in Brooklyn war sie auch für ihn etwas Neues. Das Licht der Straßenlampen malte grellgelbe Kreise in den Schnee, und der Wind kam in Böen, flaute jäh ab, als wäre ihm die Puste ausgegangen, und trieb gleich darauf den Schnee wieder in Wirbeln vor sich her. In den Pausen herrschte eine bedrohliche Geräuschlosigkeit, die vollkommene Stille. Entlang der Straße standen mehr oder weniger eingeschneite Autos, darunter Evelyns weißer Lexus, der kaum zu erkennen war. Er parkte nicht direkt vor dem Haus, wie Richard befürchtet hatte, sondern ein paar Meter weiter, was sich aber fast gleich blieb. Um diese Zeit war niemand draußen. Die Räumfahrzeuge hatten am Tag zuvor mit der Arbeit begonnen, und auf den Gehwegen häufte sich der Schnee.

Wie Evelyn gesagt hatte, war die Heckklappe mit einem gelben Gürtel festgebunden. Wegen der Handschuhe hatten sie Mühe, den Knoten zu lösen, aber Richard wollte auf keinen Fall Fingerabdrücke hinterlassen. Endlich schafften sie es und unter der Klappe kam etwas Unförmiges zum Vorschein, bedeckt von einem Teppich, der fleckig war wie von eingetrocknetem Blut. Sie schlugen ihn zurück, darunter lag eine Frau in Sportsachen, ihr Gesicht war von den Armen verborgen. Sie sah nicht aus wie ein Mensch, lag merkwürdig verkrümmt da, wie eine verrenkte Puppe, und das bisschen Haut, das zu sehen war, schimmerte malvenfarben. Die Frau war tot, keine Frage. Minutenlang betrachteten sie die Leiche, konnten sich nicht erklären, was geschehen war, sahen kein Blut an ihr, hätten sie umdrehen müssen, um sie weiter zu untersuchen. Sie war kalt und hart wie ein Betonklotz. Sosehr Lucía auch zerrte und schob, sie ließ sich nicht bewegen, und Richard, der die Taschenlampe hielt, war vor Anspannung den Tränen nah.

»Ich glaube, sie ist gestern gestorben«, sagte Lucía.

»Warum das?«

»Rigor mortis. Die Muskeln erstarren ungefähr acht Stunden nach dem Tod, und das hält etwa sechsunddreißig Stunden an.«

»Dann kann es auch vorgestern Nacht passiert sein.«

»Stimmt. Oder sogar noch früher, bei der Kälte. Wer auch immer die Frau in den Kofferraum gelegt hat, der hatte das einkalkuliert. Vielleicht konnte er die Leiche wegen des Schneesturms nicht loswerden. Aber eilig hatte er es offenbar nicht.«

»Vielleicht ist die Totenstarre ja schon vorbei und der Körper einfach gefroren.«

»Ein Mensch ist doch kein Hühnchen, Richard, es dauert Tage in der Tiefkühlung, bis eine Leiche vollständig gefriert. Ich würde sagen, sie ist zwischen vorgestern Abend und gestern gestorben.«

»Woher weißt du das alles?«

»Frage nicht.« Lucía klang entschieden.

»Jedenfalls ist das die Aufgabe von Gerichtsmedizin und Polizei, nicht unsere«, sagte Richard.

Als hätte er sie heraufbeschworen, tauchten in diesem Moment die Scheinwerfer eines Wagens auf, der langsam in die Straße einbog. Sie schafften es noch eben, die Heckklappe hinunterzudrücken, die aber ein gutes Stück klaffte, bevor der Streifenwagen neben ihnen zum Stehen kam. Ein Polizist steckte den Kopf aus dem Beifahrerfenster.

»Alles in Ordnung?«, fragte er.

»Alles bestens, Officer«, sagte Lucía.

»Was tun Sie hier draußen um diese Zeit?«

»Die Windeln für meine Mutter holen, wir hatten sie im Auto vergessen.« Lucía hob ein riesiges Paket vom Rücksitz.

»Einen schönen Tag noch, Officer«, ergänzte Richard und hörte sich irgendwie flötend an dabei.

Sie warteten, bis die Streife weg war, banden die Heckklappe wieder fest, stiegen mit dem Paket Windeln und dem leeren Topf über die vereiste Treppe zurück ins Haus und hofften dabei inständig, dass die Streife nicht noch einmal wiederkäme, um sich den Lexus genauer anzusehen.

Sie fanden Evelyn, Marcelo und die Katzen genauso vor, wie sie sie verlassen hatten. Lucía fragte Evelyn wegen der Windeln, und die erklärte, dass der kleine Frankie an Zerebralparese litt und sie brauchte.

»Wie alt ist er denn?«

»Dreizehn.«

»Und da braucht er diese riesigen Erwachsenenwindeln?«

Errötend und drucksend brachte Evelyn heraus, der Junge sei sehr entwickelt für sein Alter und die Windeln müssten

Platz lassen, weil ihm manchmal schon sein Vögelchen … Lucía übersetzte das für Richard: Erektion.

»Ich habe ihn gestern einfach allein gelassen, bestimmt ist er außer sich. Wer gibt ihm sein Insulin?«, flüsterte Evelyn.

»Er braucht Insulin?«

»Wenn wir Mrs Leroy anrufen könnten … Frankie darf nicht so lange allein sein.«

»Telefonieren ist riskant«, sagte Richard.

»Ich rufe mit meinem Handy an, die Nummer ist unterdrückt«, sagte Lucía.

Sie hörten es zweimal klingeln, dann meldete sich eine aufgeregte Stimme, fast schreiend. Lucía beendete das Gespräch sofort, und Evelyn atmete auf. Das Telefon zu dieser Nummer stand in Frankies Zimmer. Wenn seine Mutter dort war, dann war er in guten Händen.

»Komm schon, Evelyn, du musst doch irgendeine Vorstellung davon haben, wie die Leiche dieser Frau in den Kofferraum gekommen ist«, sagte Richard.

»Ich weiß es nicht. Der Lexus gehört Mr Leroy.«

»Bestimmt sucht er ihn.«

»Er ist in Florida. Morgen kommt er wieder, glaube ich.«

»Meinst du denn, er hat was damit zu tun?«

»Ja.«

»Das heißt, du hältst es für möglich, dass er die Frau umgebracht hat«, hakte Richard nach.

»Wenn Mr Leroy böse wird, dann ist er wie ein, dann …« Evelyn begann wieder zu weinen.

»Bitte, Richard, sie muss sich erst beruhigen«, sprang Lucía ihr bei.

»Ist dir klar, dass wir nicht mehr zur Polizei gehen können, Lucía? Wie sollen wir erklären, dass wir die Streife belogen haben?«

»Jetzt vergiss die Polizei mal für einen Moment, bitte.«

»Ich hätte dich nicht anrufen sollen. Wenn ich gewusst hätte, dass dieses Mädchen eine Leiche durch die Gegend kutschiert, hätte ich gleich die Polizei geholt«, sagte Richard, eher nachdenklich als aufgebracht, und goss Lucía Kaffee nach. »Milch?«

»Nein danke, schwarz.«

»Was ist das bloß für ein Schlamassel!«

»Im Leben geschehen Überraschungen, Richard.«

»Nicht in meinem.«

»Ja, das hatte ich schon vermutet. Aber wie du siehst, gibt das Leben keine Ruhe, über kurz oder lang holt es uns ein.«

»Die Kleine muss mit ihrer Leiche woandershin.«

»Sag du es ihr.« Lucía deutete auf Evelyn, die lautlos weinte.

»Was willst du jetzt tun?«, wandte sich Richard an sie.

Evelyn zog die Schultern hoch und flüsterte eine Entschuldigung, weil sie den beiden zur Last fiel.

»Irgendwas musst du doch tun ...« Sehr überzeugt klang Richard nicht.

Lucía nahm ihn an einem Ärmel und zog ihn hinüber zum Flügel, weg von Evelyn.

»Als Erstes müssen wir die Beweise loswerden«, sagte sie leise. »Das hat Vorrang.«

»Wie meinst du das?«

»Das Auto und die Leiche müssen verschwinden.«

»Bist du wahnsinnig!«

»Du hängst da mit drin, Richard.«

»Ich?«

»Ja, von dem Augenblick an, als du Evelyn die Tür geöffnet und mich angerufen hast. Wir müssen überlegen, wo wir die Leiche lassen.«

»Du machst Witze. Das ist doch vollkommener Irrsinn.«

»Hör zu, Richard, Evelyn kann nicht zurück zu ihren Arbeitgebern, und sie kann nicht zur Polizei gehen. Meinst du sie soll mit einer Leiche herumfahren, in einem Auto, das ihr nicht gehört? Für wie lange?«

»Das lässt sich doch bestimmt aufklären.«

»Von der Polizei? Nie und nimmer.«

»Bringen wir das Auto ans andere Ende der Stadt und fertig.«

»Man würde es sofort finden, Richard. Evelyn braucht Zeit, um sich aus der Schusslinie zu bringen. Du siehst doch selbst, wie verängstigt sie ist. Sie weiß mehr, als sie uns sagt. Vermutlich hat sie allen Grund, sich vor diesem Leroy zu fürchten. Sie geht davon aus, dass er die Frau umgebracht hat und jetzt hinter ihr her ist. Er weiß, sie hat den Lexus genommen, er wird sie nicht entkommen lassen.«

»Wenn das stimmt, dann sind wir auch in Gefahr.«

»Niemand kann wissen, dass Evelyn bei uns ist. Lass uns das Auto von hier wegbringen.«

»Das macht uns zu Komplizen!«

»Die sind wir längst, aber wenn wir es geschickt anstellen, erfährt niemand davon. Es gibt keine Verbindung zu uns, auch keine über Evelyn. Der Schnee ist ein Segen, und wir sollten ihn nutzen. Wir müssen heute noch los.«

»Wohin?«

»Woher soll ich das wissen, Richard! Lass dir was einfallen. Wir sollten in die Kälte fahren, damit die Leiche nicht zu stinken anfängt.«

Sie kehrten an den Küchentisch zurück, tranken Kaffee und erwogen verschiedene Möglichkeiten, ohne dass Evelyn, die scheu zu ihnen herübersah, sich daran beteiligte. Sie hatte sich die Tränen getrocknet, war aber wieder in eine stumme Duldsamkeit verfallen wie jemand, der nie die Entscheidungsgewalt über das eigene Leben hatte. Lucía war der Meinung, je weiter sie fahren würden, desto größer wären ihre Chancen, heil aus der Sache herauszukommen.

»Einmal habe ich die Niagarafälle besucht, und an der kanadischen Grenze musste ich keinen Ausweis zeigen, mein Auto wurde auch nicht kontrolliert.«

»Das muss mindestens fünfzehn Jahre her sein. Inzwischen wollen sie deinen Pass sehen.«

»Wir könnten kurz über die grüne Grenze fahren und das Auto im Wald abstellen, es gibt jede Menge Wald dort.«

»In Kanada können sie das Auto auch identifizieren, Lucía, Kanada ist nicht Bangladesch.«

»Wo du's gerade sagst: Wir müssen das Opfer identifizieren. Wir können sie nicht einfach irgendwo abladen, wir müssen zumindest wissen, wer sie ist.«

»Warum das denn?« Richard sah sie verständnislos an.

»Aus Respekt. Wir müssen noch mal in den Kofferraum schauen, und besser machen wir das sofort, ehe Leute auf der Straße sind«, entschied Lucía.

Sie brachten Evelyn mit sanfter Gewalt nach draußen und mussten sie schieben, damit sie sich dem Auto näherte.

»Kennst du sie?«, fragte Richard, als er den Gürtel gelöst hatte, und leuchtete mit der Taschenlampe in den Kofferraum, obwohl es schon hell wurde.

Er musste die Frage dreimal wiederholen, ehe die junge Frau es wagte, die Augen zu öffnen. Sie zitterte, wieder gepackt von dieser Urangst, die sie damals an der Brücke in ihrem Dorf überfallen hatte, dann acht Jahre im Dunkel lauerte und sie jetzt mit ungeminderter Wucht erfasste, als hinge ihr Bruder Gregorio hier, in dieser Straße, in diesem Augenblick, bleich und blutüberströmt.

»Bitte, Evelyn, streng dich an. Wir müssen wissen, wer die Frau ist«, sagte Lucía.

»Miss Kathryn. Kathryn Brown …«

Evelyn

Guatemala

Am 22. März desselben Jahres 2008, Karsamstag, fünf Wochen nach dem Tod von Gregorio Ortega, kamen seine Geschwister an die Reihe. Die Rächer nutzten aus, dass Großmutter Concepción in die Kirche gegangen war, um den Blumenschmuck für die Ostermesse vorzubereiten, und überfielen am helllichten Tag ihre Hütte. Sie kamen zu viert, unverkennbar wegen ihrer Tätowierungen und der Unverfrorenheit, mit der sie auf zwei knatternden Motorrädern durch Monja Blanca del Valle rasten, was in einem Dorf, in dem die Menschen zu Fuß oder mit dem Fahrrad unterwegs waren, nicht unbemerkt bleiben konnte. Für achtzehn Minuten verschwanden sie in der Hütte, länger brauchten sie nicht. Möglich, dass die Nachbarn etwas mitbekamen, aber niemand eilte zu Hilfe, und später wollte keiner etwas gesehen haben. Dass sie ausgerechnet in der Karwoche zuschlugen, in der heiligen Zeit des Fastens und der Buße, galt noch Jahre später als die unverzeihlichste Sünde.

Concepción Montoya machte sich gegen ein Uhr mittags auf den Heimweg, die Sonne brannte, und selbst die Papageien in den Baumkronen waren verstummt. Sie wunderte sich nicht über die Stille und die Leere auf den Straßen, wer keine Siesta hielt, der war damit beschäftigt, sich auf die Prozession des Auferstandenen Herrn vorzubereiten und auf das Hochamt, das Pater Benito am nächsten Tag halten würde, im lila Messgewand mit weißem Gürtel, nicht in der abgewetzten

Jeans und der fadenscheinigen Stola mit den Stickereien aus Chichicastenango, in denen er sonst das ganze Jahr über den Gottesdienst bestritt. Geblendet vom Sonnenlicht draußen, brauchte Concepción einen Moment, bis ihre Augen sich auf das Dämmerlicht in der Hütte eingestellt hatten und sie Andrés, zusammengekauert wie einen schlafenden Hund, bei der Tür liegen sah. »Aber, was ist denn mit dir, mein Junge«, schaffte sie noch zu sagen, dann sah sie die Spur, die den Lehmboden dunkel färbte, und den Schnitt an seiner Kehle. Ein heiserer Schrei stieg in ihr auf, zerriss sie von innen. Sie ging in die Knie, rief nach ihm: »Andrés, Andresito«, und gleich darauf durchzuckte sie der Gedanke an Evelyn. Das Mädchen lag am anderen Ende des Raumes, ihr schmaler Leib entblößt, Blut im Gesicht, Blut auf ihren Beinen, Blut auf ihrem zerrissenen Baumwollkleid. Die alte Frau schleppte sich zu ihr, flehte zu Gott, wimmerte, er möge ihr nicht auch sie noch nehmen, möge Erbarmen haben. Sie fasste ihre Enkelin an den Schultern, schüttelte sie und sah, dass ihr Arm in einem unmöglichen Winkel herabhing, suchte irgendein Lebenszeichen an ihr, und als sie keines fand, taumelte sie zur Tür und rief mit tierhaften Schreien die Jungfrau an.

Eine Nachbarin war als Erste bei ihr, und dann kamen weitere Frauen. Zu zweit hielten sie Concepción fest, die von Sinnen war, andere sahen nach, dass für Andrés jede Hilfe zu spät kam, dass Evelyn aber noch atmete. Sie schickten einen Jungen auf dem Fahrrad zur Polizeistation und versuchten, Evelyn ins Leben zurückzuholen, ohne sie anzuheben, wegen des verdrehten Arms und weil sie aus dem Mund und zwischen den Beinen blutete.

Pater Benito war in seinem Pick-up schneller zur Stelle als die Polizei. Er fand die Hütte voller Menschen, alle redeten durcheinander und versuchten zu helfen, wo sie konnten. Andrés lag auf dem Tisch aufgebahrt, man hatte ihm ein Kissen unter den Kopf geschoben und einen Schal um den Schnitt an seinem Hals gebunden, ein paar Frauen wuschen ihn mit feuchten Tüchern, andere suchten nach einem Hemd, um ihn präsentabel zu kleiden, während wieder andere Evelyn kühlende Umschläge machten und sich mühten, Concepción zu trösten. Der Priester begriff, dass hier keine Spuren mehr zu sichern waren, diese wohlmeinenden Leute waren überall herumgelaufen, hatten alles angefasst, aber im Grunde spielte das auch keine Rolle, die Polizei unternahm sowieso nichts. Wegen dieser armen Familie würde von staatlicher Seite wahrscheinlich niemand einen Finger rühren. Die Leute in der Hütte wichen voller Respekt und Hoffnung zur Seite, als könnten die himmlischen Mächte, die er vertrat, das Geschehene ungeschehen machen. Ihm genügte ein Blick, um zu wissen, wie es um Evelyn stand. Er band eine Schlinge um ihren Arm, ließ eine Matratze auf die Ladefläche seines Pick-ups legen und bat ein paar Frauen, eine Decke unter dem Körper des Mädchens hindurchzuziehen. Zu viert hoben sie Evelyn damit hoch und betteten sie auf die Matratze. Er wies Concepción an, ihn zu begleiten, und sagte den anderen, sie sollten dableiben und auf die Polizei warten, falls sie denn käme.

Zusammen mit zwei Nachbarinnen fuhren Concepción und der Priester in die elf Kilometer entfernte Klinik der Evangelikalen, wo immer ein oder zwei Ärzte Dienst taten, weil sie für etliche Dörfer im Umkreis die einzige medizinische Versorgung darstellte. Bekannt als ein Schrecken der Landstraße, fuhr der Priester dieses eine Mal in seinem Leben vorsichtig, weil Evelyn bei jedem Schlagloch und in jeder Kurve aufstöhnte. Vom Pick-up in die Klinik trugen sie die Verletzte auf der Decke wie in einer Hängematte und legten sie dort auf eine Untersuchungsliege. Eine Ärztin empfing sie, Nuria Castell, die Katalanin war und Agnostikerin, wie Pater Benito später herausfand. Von evangelikal keine Spur. Die Schlinge war von Evelyns rechtem Arm gerutscht, den Blutergüssen nach zu urteilen, waren wahrscheinlich mehrere Rippen gebrochen, nach dem Röntgen wüssten sie mehr, sagte die Ärztin. Auch ins Gesicht war Evelyn geschlagen worden, und möglicherweise hatte sie eine Gehirnerschütterung. Sie war bei Bewusstsein und konnte die Augen öffnen, murmelte jedoch Unverständliches, erkannte ihre Großmutter nicht und begriff nicht, wo sie sich befand.

»Was ist passiert?«, fragte die Ärztin.

»Sie wurde zu Hause überfallen. Ich glaube, sie hat gesehen, wie ihr Bruder umgebracht wurde«, sagte Pater Benito.

»Gut möglich, dass ihr Bruder mit ansehen musste, was sie mit ihr machten, bevor man ihn umgebracht hat.«

»Herrgott!« Der Priester hieb mit der Faust gegen die Wand.

»Geben Sie Acht auf mein Krankenhaus, das ist alles wackelig hier, und wir haben gerade erst gestrichen. Ich sehe mir das Mädchen jetzt an, dann wissen wir, was sie an inneren Verletzungen hat.« Nuria Castell seufzte resigniert, sie hatte schon zu viel gesehen.

Pater Benito rief Miriam an. Diesmal musste er ihr die ungeschminkte Wahrheit sagen und bat sie, Geld für die Beisetzung ihres zweiten Sohnes zu schicken und für einen Schlepper, der Evelyn in den Norden brachte. Das Mädchen schwebte in Lebensgefahr, die Mara würde um jeden Preis verhindern, dass sie die Angreifer identifizierte. In Tränen aufgelöst und außerstande zu begreifen, was geschehen war, erklärte Miriam, sie habe für Gregorios Beerdigung schon einiges von dem ausgegeben, was sie gespart hatte, damit

Andrés wie versprochen nach seinem Schulabschluss zu ihr kommen konnte. Davon war kaum noch etwas übrig, aber sie würde für ihre Tochter so viel Geld leihen, wie sie konnte.

Einige Tage blieb Evelyn im Krankenhaus, bis sie Fruchtsäfte und Maisbrei zu sich nehmen und mit Mühe ein paar Schritte gehen konnte. Ihre Großmutter kehrte unterdessen nach Hause zurück, um Andrés zu beerdigen. Pater Benito wurde auf der Polizeistation vorstellig und machte dort Gebrauch von seinem polternden spanischen Befehlston, um eine Kopie des Untersuchungsberichts zum Fall Ortega zu bekommen, mit Unterschrift und amtlichem Stempel. Nuria Castell bat er um eine Kopie des medizinischen Befunds, der vielleicht irgendwann von Nutzen sein konnte. In diesen Tagen trafen sich die katalanische Ärztin und der baskische Jesuit mehrfach, stritten ausgiebig über himmlische Fragen, ohne zu einer Einigung zu gelangen, stellten aber fest, dass sie auf menschlichem Gebiet dieselben Prinzipien teilten. »Ein Jammer, dass du Priester bist, Benito. So gutaussehend und im Zölibat, was für eine Verschwendung«, scherzte die Ärztin bei einer Tasse Kaffee.

Die Mara hatte ihre Rachedrohung wahrgemacht. Gregorios Verrat musste schwerwiegend gewesen sein, wenn er solche Folgen zeitigte, dachte der Priester, oder vielleicht war er auch nur im falschen Moment feige gewesen oder hatte jemand beleidigt. Pater Benito wusste es nicht, die Codes dieser Welt waren ihm fremd.

»Was sind das nur für Monster«, brach es bei einer Begegnung mit der Ärztin aus ihm heraus.

»Die Gangkids sind doch nicht von Geburt an pervers, Benito, das waren mal unschuldige Kinder, aber sie sind im Elend aufgewachsen, ohne Regeln, ohne Vorbilder, denen sie nacheifern konnten. Hast du die bettelnden Kinder gesehen? Die am Straßenrand Stecknadeln und Wasserflaschen verkaufen? Die im Müll wühlen und im Freien bei den Ratten schlafen?«

»Natürlich, Nuria. Es gibt nichts, was ich in diesem Land nicht gesehen hätte.«

»In der Bande bekommen sie wenigstens genug zu essen.«

»Die Gewalt ist das Ergebnis eines andauernden Kriegs gegen die Armen. Zweihunderttausend ermordete Indios, fünfzigtausend Verschwundene, anderthalb Millionen, die man von ihrem Land vertrieben hat. Guatemala ist klein, stell dir vor, wie viel Prozent der Gesamtbevölkerung das sind. Du bist noch jung, Nuria, du hast das alles nicht erlebt.«

»Unterschätz mich nicht. Ich weiß, wovon du sprichst.«

»Die Streitkräfte sind hier über Leute hergefallen, die sich in nichts von ihnen unterschieden, dieselbe Hautfarbe, dieselbe Gesellschaftsschicht, dasselbe Elend. Ja, sie haben Befehle befolgt, aber sie waren aufgeputscht von etwas, das süchtiger macht als jede Droge: Macht gepaart mit Straflosigkeit.«

»Du und ich haben Glück gehabt, Benito, uns hat man diese Mixtur nie angeboten. Wenn du Macht hättest und sie straflos ausleben könntest, würdest du die Täter genauso leiden lassen, wie ihre Opfer leiden mussten?«

»Gut möglich.«

»Und dabei bist du Priester, dein Gott gebietet dir zu vergeben.«

»Die andere Wange hinzuhalten fand ich schon immer bescheuert, das führt doch nur dazu, dass man eine weitere Ohrfeige kassiert.«

»Wenn selbst jemand wie du Rachegelüste hegt, was sollen dann die Normalsterblichen sagen? Ich würde Evelyns Vergewaltiger ohne Betäubung kastrieren.«

»Meine Frömmigkeit versagt ständig, Nuria. Wahrscheinlich weil ich ein ungehobelter Baske bin wie mein Vater selig. Wäre ich in Luxemburg geboren, dann würde ich mich vielleicht nicht so aufregen.«

»Ein paar mehr Zornige wie du würden der Welt guttun, Benito.«

Es war ein alter Zorn. Der Priester rang seit Jahren mit ihm, weil er glaubte, in seinem Alter und nach allem, was er erlebt und gesehen hatte, sei es Zeit, seinen Frieden mit der Wirklichkeit zu machen. Aber das Alter hatte ihn weder weiser noch milder gestimmt, sondern nur noch aufsässiger. Diese Aufsässigkeit hatte er in jungen Jahren gegen die Regierung empfunden, gegen das Militär, die Amerikaner, die Reichen von eh und je, und jetzt empfand er sie gegen die Polizei und die korrupten Politiker, die Drogenbosse, Menschenhändler, kriminellen Banden und all die anderen, die an den widerwärtigen Zuständen schuld waren. Seit sechsunddreißig Jahren war er jetzt in Mittelamerika, mit zwei Unterbrechungen, einmal, als man ihn für ein Jahr in den Kongo strafversetzt hatte, und später musste er für ein paar Monate zur inneren Einkehr in die Extremadura, wo ihm der Hochmut ausgetrieben und seine Gier nach Gerechtigkeit gezähmt werden sollte, nachdem er 1982 inhaftiert worden war. Er hatte der Kirche in Honduras, El Salvador und Guatemala gedient, in der Weltgegend, wo es die meisten Gewalttaten außerhalb von Kriegsgebieten gab, und in all den Jahren hatte er nicht gelernt, mit der Ungerechtigkeit und Ungleichheit zu leben.

»Muss schwierig sein als Priester, wenn man so ist wie du«, sagte Nuria lächelnd.

»Die Pflicht zum Gehorsam wiegt manchmal Tonnen, aber an meinem Glauben oder meiner Berufung habe ich nie gezweifelt.«

»Und das Keuschheitsgelübde? Bist du je verliebt gewesen?«

»Ständig, aber mit Gottes Hilfe vergeht es immer rasch wieder, versuch also nicht, mich zu verführen.«

Nachdem sie Andrés neben seinem Bruder begraben hatte, kehrte Concepción zu ihrer Enkelin ins Krankenhaus zurück. Pater Benito brachte die beiden zu einem befreundeten Ehepaar in Sololá, wo sie in Sicherheit sein würden und Evelyn sich erholen konnte, bis er einen vertrauenswürdigen Schlepper für ihre Reise in die USA gefunden hätte. Evelyn trug ihren Arm in einer Schlinge, und für ihre Rippen war jeder Atemzug eine Qual. Sie hatte seit Gregorios Tod stark abgenommen, von ihren ersten weiblichen Rundungen war nichts geblieben, sie war dünn und zerbrechlich, ein Windstoß konnte sie davontragen. Darüber, was an diesem unseligen Karsamstag geschehen war, hatte sie nichts gesagt. Sie hatte überhaupt nicht gesprochen, seit sie auf der Ladefläche des Pick-ups wieder zu sich gekommen war. Man konnte hoffen, dass sie nicht mit angesehen hatte, wie ihrem Bruder die Kehle durchgeschnitten wurde, dass sie da bereits bewusstlos gewesen war. Dr. Castell hatte untersagt, dem Mädchen Fragen zu stellen; Evelyn sei traumatisiert und brauche Ruhe und Zeit, um wieder zu Kräften zu kommen.

Ehe sie sich verabschiedeten, deutete Concepción Montoya der Ärztin gegenüber an, ihre Enkelin könne geschwängert worden sein, wie es ihr selbst als junger Frau ergangen war, als die Soldaten sie überfielen. Miriam war das Kind aus dieser Vergewaltigung. Die Ärztin schloss sich mit Concepción in einer der Toiletten ein und sagte ihr im Vertrauen, sie müsse sich keine Sorgen machen, Evelyn habe eine Pille bekommen, eine aus den USA, um Schwangerschaften zu verhindern. In Guatemala war das verboten, aber niemand würde etwas davon erfahren. »Ich sage Ihnen das, damit Sie nicht denken, Sie müssten irgendein Hausmittel anwenden, das Mädchen hat schon genug gelitten.«

Wenn Evelyn zuvor gestottert hatte, so redete sie nach der Vergewaltigung einfach gar nicht mehr. Stundenlang lag sie nur da und interessierte sich auch nicht für das, was es im Haus von Pater Benitos Freunden alles gab, fließendes Wasser, elektrisches Licht, zwei Toiletten, Telefon und in Evelyns Zimmer sogar einen Fernseher.

Concepción ahnte, dass die Weisheit der Ärzte gegen Evelyns Krankheit der Wörter nichts ausrichten würde, und entschloss sich zu handeln, ehe dieses Übel im Innern ihrer Enkelin Wurzeln schlug. Sobald Evelyn sich auf den Beinen halten konnte und nicht mehr jedes Atemholen als Stich in der Brust spürte, meldete sie sich bei ihren freundlichen Gastgebern ab und brach mit Evelyn zu einer mehrstündigen, holprigen Reise in einem Kleinbus nach Petén auf, zu Felicitas, einer Schamanin, Heilerin und Hüterin der Maya-Tradition. Die Frau war weithin bekannt, aus der Hauptstadt und sogar aus Honduras und Belize suchten die Menschen ihren Rat bei Krankheit oder wichtigen Lebensentscheidungen. Sie war im Fernsehen gewesen, und man hatte behauptet, sie sei einhundertzwölf Jahre alt und damit der älteste Mensch der Welt. Felicitas hatte dem nicht widersprochen, besaß aber noch fast alle ihre Zähne, und das Haar fiel ihr in zwei dicken Zöpfen über den Rücken; das waren zu viele Zähne und zu viele Haare für jemand derart Betagten.

Die Heilerin war leicht zu finden, jedermann kannte sie. Sie schien nicht überrascht, die beiden zu sehen, war es gewohnt, Seelen zu empfangen, wie sie ihre Besucher nannte, und bat sie freundlich herein. Für Felicitas waren das Holz der Hüttenwände, der gestampfte Boden und das Stroh auf dem Dach atmende und denkende Wesen wie alles, was lebte. Wenn sie in schwierigen Fällen nicht weiterkam, sprach sie mit ihnen, fragte um Rat und bekam in Träumen Antwort. Ihre Hütte war rund und bestand nur aus einem einzigen Raum, in dem sich ihr Leben abspielte und wo sie ihre Behandlungen und Zeremonien durchführte. Eine gewebte Decke hing als Sichtschutz vor der schmalen, grob gezimmerten Pritsche, auf der sie schlief. Die Schamanin schlug über den Neuankömmlingen das Kreuz, lud sie ein, auf dem Boden Platz zu nehmen, servierte Concepción einen bitteren Kaffee und Evelyn einen Aufguss aus Minze. Sie nahm den gerechten Lohn für ihre Dienste entgegen und verwahrte die Scheine, ohne nachzuzählen, in einer Blechdose.

Großmutter und Enkelin tranken in respektvollem Schweigen und warteten geduldig, während Felicitas zur Gießkanne griff und die Kräuter in den Töpfen versorgte, die im Schatten aufgereiht standen, den Hühnern, die überall herumliefen, Maiskörner hinstreute und auf dem Feuer im Hof einen Topf mit Bohnen aufsetzte. Als die vordringlichsten Aufgaben erledigt waren, breitete die alte Frau ein in leuchtenden Farben gewebtes Tuch auf dem Boden aus und gruppierte darauf in festgelegter Ordnung die Gegenstände ihres Altars: Kerzen, Büschel mit duftenden Kräutern, Steine, Muscheln, Kultgegenstände der Maya und christliche Heiligenbilder. Sie entzündete einige Salbeistängel und reinigte mit dem Rauch das Innere der Hütte, schritt, Beschwörungen in einer alten Sprache murmelnd, im Kreis, um die übelwollenden Geister zu vertreiben. Danach setzte sie sich ihren Gästen gegenüber und fragte, was sie hergeführt hatte. Concepción schilderte die Sprachschwierigkeiten, die ihre Enkelin befallen hatten.

Die Pupillen der Heilerin, die zwischen den faltigen Lidern

schimmerten, ruhten lange auf Evelyns Gesicht. »Schließ die Augen, und sag mir, was du siehst«, forderte sie Evelyn auf. Evelyn schloss die Augen, doch sie fand keine Stimme, um die Szene an der Brücke zu beschreiben und ihre Angst vor den tätowierten Männern, die Andrés gepackt hielten, sie schlugen, sie über den Boden schleiften. Sie mühte sich, aber die Laute verkeilten sich in ihrer Kehle; wie eine Ertrinkende presste sie nur ein Blubbern hervor. Concepción wollte ihr beispringen und berichten, was ihrer Familie widerfahren war, aber die Heilerin unterbrach sie. Sie erklärte ihnen, sie bündele die heilenden Kräfte des Universums, das sei eine Gabe, die sie bei der Geburt empfangen und ein Leben lang auch im Austausch mit anderen Schamanen entwickelt habe. Dafür sei sie weit gereist, mit dem Flugzeug, zu den Seminolen nach Florida und den Inuit nach Kanada und noch zu anderen. Ihre größte Erkenntnis verdanke sie jedoch einer heiligen Pflanze aus den Wäldern am Amazonas, die das Tor zur Welt der Geister aufstoße. In einer Tonschale, die mit Symbolen aus präkolumbianischer Zeit bemalt war, entzündete Felicitas heilige Kräuter und blies ihrer Patientin den Rauch ins Gesicht, danach gab sie ihr einen widerlichen Sud zu trinken, den Evelyn nur mit großer Überwindung schlucken konnte.

Die Wirkung des Gebräus ließ nicht lange auf sich warten, Evelyn konnte bald nicht mehr aufrecht sitzen, sank zur Seite, mit dem Kopf in den Schoß ihrer Großmutter. Ihr Skelett verlor jede Festigkeit, ihr Körper löste sich auf wie Salz in einem irisierenden Meer, um sie her wirbelten grellbunte Strudel, sonnenblumengelb, obsidianschwarz, smaragdgrün. Der ekelhafte Geschmack des Suds stieg ihr in den Mund, und in heftigen Krämpfen erbrach sie sich in eine Plastikschüssel, die Felicitas ihr hinschob. Schließlich ebbte die Übelkeit ab, und zitternd legte Evelyn ihren Kopf zurück in den Schoß ihrer Großmutter. Schnell wechselten die Bilder vor ihren Augen, sie sah ihre Mutter, wie sie gewesen war, ehe sie fortging, dann Szenen aus ihrer Kindheit, das Baden im Fluss mit ihren Spielkameraden, sie als Fünfjährige auf den Schultern ihres ältesten Bruders, ein Jaguar mit zwei Jungen tauchte auf, wieder ihre Mutter und ein Mann, den sie nicht kannte, ihr Vater vielleicht. Und plötzlich stand sie vor der Brücke, an der ihr Bruder hing. Sie schrie vor Entsetzen. Sie war allein mit Gregorio. Die Erde, die einen heißen Dampf ausschwitzte, ein Rauschen in den Bananenstauden, riesige Schmeißfliegen, schwarze Vögel, in der Luft stehend, versteinert am Himmel, monströse, fleischfressende Blumen auf dem rostroten Wasser des Flusses, und ihr Bruder gekreuzigt. Evelyn schrie immer weiter, schrie und versuchte fortzukommen, sich zu verstecken, aber sie konnte sich nicht rühren, war zu Stein geworden. In der Ferne hörte sie ein beschwörendes Murmeln, und ihr war, als werde sie gewiegt und geschaukelt. Lange Zeit ging das so, bis sie endlich ruhiger wurde und es wagte, den Blick zu heben, und da sah sie, dass Gregorio nicht mehr dort hing wie ein Schlachtvieh, dass er auf der Brücke stand, unversehrt, ohne Tätowierungen, so wie er gewesen war, bevor er die Unschuld verlor. Und neben ihm stand Andrés, auch er unverletzt, er rief nach ihr und hob leicht die Hand zum Abschied. Sie schickte einen Kuss zu den beiden hinauf, und ihre Brüder lächelten, ehe sie langsam vor dem purpurroten Himmel verschwammen und schließlich verschwunden waren. Die Zeit krümmte sich, verwirrte sich, sie wusste nicht mehr, was zuvor, was danach gewesen war oder ob Minuten, ob Stunden verstrichen. Sie überließ sich ganz der Übermacht der Droge, und damit wich ihre Angst. Die Jaguarmutter kehrte zurück mit ihren

Jungen, und sie wagte es, ihr mit der Hand über den Rücken zu streichen, ihr Fell war hart und roch nach Sümpfen. Eine Weile begleitete die große gelbe Katze sie, streifte durch andere Bilder, verschwand wieder daraus, musterte sie aus ihren bernsteinfarbenen Augen, wies ihr den Weg, wenn sie sich in Labyrinthe verirrte, schirmte sie ab, wenn bösartige Wesen sie bedrängten.

Aufgewühlt und mit schmerzenden Gliedern kehrte Evelyn Stunden später aus der Welt der Geister zurück, fand sich zugedeckt auf einer Pritsche liegend, ohne zu wissen, wo sie war. Blinzelnd erkannte sie irgendwann, dass ihre Großmutter neben ihr saß und den Rosenkranz betete, und eine zweite Frau, an die sie sich nicht erinnerte, bis sie ihren Namen sagte, Felicitas, und es ihr wieder einfiel. »Sag mir, was du gesehen hast, Kind«, forderte Felicitas sie auf. Evelyn versuchte mit aller Kraft, ihre Stimme zu finden und Wörter zu formen, aber sie war schrecklich müde und brachte nur stotternd »Bruder« und »Jaguar« heraus. »War es ein Weibchen?«, fragte die Heilerin. Evelyn nickte. »Meine Macht ist eine weibliche Macht«, sagte Felicitas, »die Macht des Lebens. Die Alten besaßen sie, Frauen und Männer. In den Männern liegt sie heute im Schlaf, deshalb ist Krieg. Aber die Macht wird aufwachen; dann breitet das Gute sich aus auf der Erde, der Große Geist wird herrschen, es wird Frieden sein, und die Zeit der Untaten ist vorbei. Das sage nicht ich allein. Das sagen alle alten weisen Männer und Frauen der eingeborenen Völker, bei denen ich war. Auch du besitzt die weibliche Macht. Deshalb hat die Jaguarmutter dich besucht. Denk daran. Und vergiss nicht, dass deine Brüder bei den Geistern sind und nicht leiden.«

Erschöpft fiel Evelyn in einen todesgleichen, traumlosen Schlaf, erwachte einige Stunden später erfrischt, erinnerte sich lebhaft an das, was geschehen war, und hatte Hunger. Gierig aß sie die Bohnen und die Tortillas, die ihr die Heilerin gab, und als sie sich bedankte, kam ihre Stimme stockend, aber vernehmlich. »Was du hast, mein Kind, ist keine Krankheit des Körpers, sondern der Seele. Vielleicht heilt sie von selbst, vielleicht heilt sie für eine Weile, und dann kommt es wieder, denn es ist ein hartnäckiges Leiden, und vielleicht heilt sie nie. Wir werden sehen«, sagte Felicitas. Zum Abschied schenkte sie Evelyn ein Bildchen der Jungfrau Maria, das Papst Johannes Paul II. bei seinem Besuch in Guatemala gesegnet hatte, und ein kleines Steinamulett mit dem wilden Antlitz der Jaguar-Göttin Ixchel. »Du wirst leiden müssen, Kind, aber zwei gute Kräfte beschützen dich. Die eine ist die heilige Jaguarmutter der Mayas und die andere die heilige Mutter der Christen. Rufe sie, und sie stehen dir bei.«

In der Grenzregion zwischen Guatemala und Mexiko, wo Handel und Schmuggel blühten, verdienten Tausende von Männern, Frauen und Kindern ihren Lebensunterhalt am Rand der Legalität, aber einen Schlepper zu finden, dem man vertrauen konnte, erwies sich als schwierig. Einige kassierten die Hälfte des Geldes und ließen die Leute dann irgendwo in Mexiko sitzen, oder sie beförderten sie unter unmenschlichen Bedingungen. Manchmal verriet erst der Gestank, dass in einem Container Dutzende Menschen erstickt oder in der Hitze zugrunde gegangen waren. Mädchen waren besonders gefährdet: Viele wurden vergewaltigt oder an Zuhälter und Bordelle verkauft. Wieder war es Nuria Castell, die Pater Benito eine helfende Hand reichte. Sie nannte ihm eine diskrete Vermittlerin, die bei den Evangelikalen einen guten Leumund besaß.

Die Frau führte eine Bäckerei und betrieb den Menschenschmuggel als Nebenerwerb. Sie warb damit, dass keiner ihrer Kunden je Opfer von Menschenhandel geworden war, nie jemand unterwegs entführt oder ermordet, vom Zug gestürzt oder gestoßen worden war. Sie konnte in einem grundsätzlich riskanten Geschäft eine gewisse Sicherheit bieten, traf alle Vorkehrungen, die in ihrer Macht standen, und anempfahl alles Weitere Gott, damit er seine demütigen Diener vom Himmel aus behütete. Sie nahm den üblichen Tarif, mit dem der Schlepper seine Ausgaben und das Risiko abdeckte, und strich daneben ihre eigene Kommission ein. Über Handy hielt sie ständig Kontakt zu den Schleppern, verfolgte ihre Route und wusste stets, wo ihre Kunden sich befanden. Laut Nuria war ihr noch nie jemand abhandengekommen.

Pater Benito suchte sie auf und fand eine Frau in den Fünfzigern, stark geschminkt und mit Gold überall: an den Ohren, am Hals, an den Handgelenken, im Mund. Er bat in Gottes Namen um eine Ermäßigung, appellierte an ihr gutes Christenherz, aber die Frau vermied es, Glauben und Geschäft zu vermischen, und zeigte sich unnachgiebig: Er musste den Vorschuss für den Schlepper und ihre vollständige Kommission bezahlen. Der Rest wurde bei den Verwandten in den Vereinigten Staaten eingetrieben oder verblieb als Schuld beim Kunden, auf die selbstverständlich Zinsen anfielen. »Woher soll ich so viel Geld nehmen, gute Frau?«, wandte der Jesuit ein. »Halt aus dem Klingelbeutel in Ihrer Gemeinde, Pater«, schlug sie spöttisch vor. Aber so weit musste er nicht gehen, denn was Miriam geschickt hatte, deckte die Kosten von Andrés' Beerdigung, die Kommission der Vermittlerin und dreißig Prozent dessen, was der Schlepper bekam. Über den Rest wurde ihm ein Schuldschein ausgestellt, der fällig würde, sobald Evelyn ankam. Diese Schulden waren Ehrensache, niemand weigerte sich, sie zu bezahlen.

Der Schlepper, den die Bäckerin für Evelyn auswählte, war ein gewisser Berto Cabrera, ein zweiunddreißigjähriger Mexikaner mit Schnauzbart und Bierbauch, der das Geschäft seit über einem Jahrzehnt betrieb. Er hatte diese Reise Dutzende Male mit Hunderten von Migranten unternommen, und war, sobald es um Menschen ging, ein Ehrenmann, auch wenn seine moralischen Maßstäbe bei anderem Schmuggelgut verhandelbar waren. »Meine Arbeit ist schlecht angesehen, aber was ich tue, ist ein Werk der Nächstenliebe. Ich kümmere mich um die Leute, bei mir fahren sie nicht in Viehtransportern oder auf Zugdächern«, erklärte er dem Priester.

Zu Evelyns Gruppe gehörten vier Männer, die im Norden Arbeit suchen wollten, und eine Frau mit einem zwei Monate alten Säugling, deren Verlobter in Los Angeles auf sie wartete. Das Kind würde hinderlich sein unterwegs, aber die Mutter flehte so sehr, dass die Vermittlerin schließlich nachgab. Alle trafen sich im Hinterzimmer der Bäckerei, bekamen falsche Papiere und wurden über den Reiseverlauf unterrichtet. Von nun an sollten sie nur noch ihren neuen Namen benutzen, es war besser, wenn ihre Mitreisenden nicht wussten, wie sie tatsächlich hießen. Evelyn hielt den Kopf gesenkt und wagte nicht, jemanden anzusehen, aber die Frau mit dem Säugling kam zu ihr und stellte sich vor: »Ich heiße jetzt María Inés Portillo. Und du?« Evelyn zeigte ihr den Ausweis. Ihr neuer Name war Pilar Saravia.

Sobald sie Guatemala verlassen hätten, würden sie Mexikaner sein, dann gab es kein Zurück, und sie hatten den Anweisungen des Schleppers unbedingt zu folgen. Evelyn wäre Schülerin in einer von Nonnen geführten Gehörlosenschule in Durango. Die anderen lernten die mexikanische Nationalhymne und ein paar Ausdrücke, die in Mexiko gebräuchlich waren und in Guatemala nicht. Das sollte ihnen helfen, falls die Einwanderungsbehörde sie befragte. Der Schlepper schärfte ihnen ein, nicht die in Guatemala übliche Anredeform zu benutzen, sondern alle Autoritätspersonen und jeden, der eine Uniform trug, aus Vorsicht und Respekt zu siezen und ansonsten jedermann mit Du anzusprechen. Als Gehörlose würde Evelyn den Mund nicht aufmachen müssen, und sollte eine Amtsperson sie etwas fragen, würde Berto eine Bescheinigung ihrer angeblichen Schule vorlegen. Für die Reise sollten sie ihre guten Sachen und feste Schuhe anziehen, keine Schlappen, damit sie weniger auffielen. Die Frauen würden am besten Hosen tragen, aber nicht diese zerfetzten Jeans, die gerade in Mode waren. Sie würden Turnschuhe, Unterwäsche und eine warme Jacke brauchen. Mehr sollten sie in ihrer Umhängetasche oder ihrem Rucksack nicht mitnehmen. »In der Wüste müsst ihr laufen. Gepäck ist da nur hinderlich. Was ihr an Quetzales habt, tauschen wir in mexikanische Pesos um. Die Ausgaben für den Transport sind gedeckt, aber ihr werdet Geld für Essen brauchen.«

Pater Benito gab Evelyn eine wasserdichte Plastikhülle mit ihrer Geburtsurkunde, Kopien des Arztberichts und der Polizeiakte und ein Schreiben, in dem er sich für ihre Unbescholtenheit verbürgte. Jemand hatte behauptet, damit könne sie in den USA Asyl bekommen, und auch wenn er die Chance für gering hielt, wollte er sie ihr nicht durch Untätigkeit nehmen. Außerdem ließ er sie die Telefonnummer ihrer Mutter in Chicago und die Nummer seines Handys auswendig lernen. Zum Abschied schloss er sie in die Arme und steckte ihr ein paar Scheine zu – alles, was er hatte.

Concepción mühte sich, beim Abschied die Fassung zu wahren, aber Evelyns Tränen machten ihren Vorsatz zunichte, und am Ende weinte sie auch.

»Ich bin so traurig, dass du gehst«, schluchzte sie. »Du bist doch mein Engel, und jetzt sehe ich dich nie mehr wieder, mein Kind. Das ist der letzte Schmerz, den ich noch aushalten muss. Wenn Gott mir das auferlegt, dann hat es wohl einen Grund.«

Und da sagte Evelyn den einzigen flüssigen Satz seit Wochen und den letzten für die nächsten zwei Monate:

»So wie ich jetzt fortgehe, Mamita, so komme ich auch wieder.«

Lucía

Kanada

Lucía Maraz war gerade neunzehn geworden und hatte sich an der Universität eingeschrieben, um Journalismus zu studieren, als ihr Leben als Flüchtling begann. Von ihrem Bruder Enrique sollten sie nie wieder etwas hören. Am Ende einer langen Suche würde er zu denen gehören, die sich unwiderruflich in Luft aufgelöst hatten. Lucía verbrachte zwei Monate in der venezolanischen Botschaft in Santiago und wartete auf eine Ausreiseerlaubnis, um das Land zu verlassen. Die vielen hundert Gäste, wie der Botschafter sie hartnäckig nannte, um die demütigende Lage der Geflüchteten zu mildern, schliefen kreuz und quer im Gebäude und standen Tag und Nacht vor den wenigen Bädern im Gebäude Schlange. Mehrmals in der Woche gelang weiteren Verfolgten die Flucht über die Mauer auf das Botschaftsgelände, obwohl das Militär auf der Straße davor patrouillierte. Lucía legte man ein neugeborenes Kind in den Arm, das in einem Gemüsekorb verborgen in einem Diplomatenauto in die Botschaft geschmuggelt worden war, und bat sie, sich zu kümmern, bis man die Eltern nachgeholt hätte.

Wegen der Enge und allgemeinen Anspannung waren Reibereien unvermeidlich, aber wer neu in die Botschaft kam, hatte die Regeln des Zusammenlebens rasch begriffen und übte sich in Geduld. Lucías Ausreiseerlaubnis brauchte länger als bei einer Person ohne polizeiliche oder politische Vermerke üblich, aber sobald sie dem Botschafter zugestellt wurde, konnte sie gehen. Ehe zwei Botschaftsangestellte sie bis zur Tür des Flugzeugs nach Caracas begleiteten, konnte sie den Säugling seinen Eltern übergeben, denen endlich die Flucht in die Botschaft geglückt war. Außerdem sagte sie ihrer Mutter am Telefon Lebewohl und versprach ihr, bald zurückkehren. »Erst wenn hier wieder Demokratie herrscht«, sagte Lena fest.

In das reiche, freigiebige Venezuela kamen die Chilenen zu Hunderten, wenig später zu Tausenden, und dann folgten diejenigen, die vor dem schmutzigen Krieg in Argentinien und Uruguay flohen. Die wachsende Kolonie von Flüchtlingen scharte sich in bestimmten Stadtvierteln, wo vom Essen bis hin zur Sprachmelodie auf den Straßen alles aus dem Süden des Kontinents stammte. Ein Komitee zur Unterstützung der Exilanten vermittelte Lucía ein Zimmer, in dem sie kostenlos sechs Monate bleiben konnte, sowie eine Arbeit am Empfang einer schicken Klinik für plastische Chirurgie. Weder das Zimmer noch die Anstellung nahm sie länger als vier Monate in Anspruch, weil sie einen exilierten Landsmann kennenlernte, einen zerquälten Soziologen der extremen Linken, dessen Geschwafel sie schmerzhaft deutlich an ihren Bruder erinnerte. Er war gutaussehend und schlank wie ein Torero, hatte langes, fettiges Haar, schmale Hände und einen sinnlichen, abschätzigen Zug um den Mund. Er tat nichts, um seine schlechte Laune und seine Überheblichkeit zu verbergen. Jahre später sollte Lucía sich darüber wundern, was sie an einer derart unangenehmen Person hatte finden können. Das ließ sich nur damit erklären, dass sie sehr jung und sehr einsam gewesen war. Die Lebenslust der Venezolaner war dem Mann ein Graus, er sah darin ein untrügliches Zeichen moralischen Verfalls und überredete Lucía, gemeinsam nach Kanada auszuwandern, wo niemand zum Frühstück

Champagner trank und beim geringsten Anlass zu tanzen begann.

In Montreal wurden Lucía und ihr ungepflegter Guerrillaschwafler von einem weiteren Komitee guter Menschen mit offenen Armen empfangen und in einer Wohnung einquartiert, die vollständig möbliert und mit Küchengerät ausgestattet war und wo im Kleiderschrank sogar Sachen in ihrer Größe hingen. Es war Mitte Januar, und Lucía dachte, die Kälte hätte sich für immer in ihren Knochen einquartiert. Sie lebte mit hochgezogenen Schultern, bibbernd, in mehrere Schichten Wolle verpackt und im Verdacht, die Hölle sei kein danteskes Inferno, sondern ein Winter in Montreal. Um die ersten Monate zu überstehen, suchte sie Zuflucht in Läden, Bussen, in Unterführungen zwischen Gebäuden, auf der Arbeit, an allen erdenklichen beheizten Orten, nur nicht in ihrer gemeinsamen Wohnung, wo die Temperatur zwar erträglich, die Atmosphäre jedoch zum Schneiden war.

Der Mai kam und mit ihm ein überbordender Frühling, und die persönliche Geschichte ihres Guerrilleros hatte sich unterdessen zu einem Heldenepos ausgewachsen. Dass er über die Botschaft von Honduras mit einer Ausreiseerlaubnis per Flugzeug das Land verlassen hatte, musste Lucía falsch verstanden haben, eigentlich war er im berüchtigten Foltergefängnis Villa Grimaldi gewesen, war, versehrt an Leib und Seele, daraus entkommen, auf gefahrvollen Pfaden über die Anden im Süden Chiles nach Argentinien geflohen, wo er um ein Haar ein weiteres Opfer des schmutzigen Krieges geworden wäre. Bei dem, was er alles durchgemacht hatte, war es nur zu verständlich, dass der arme Mann traumatisiert war und unmöglich arbeiten konnte. Zum Glück brachte das Komitee, das die Exilanten unterstützte, ihm vollstes

Verständnis entgegen, stellte die Mittel für eine Therapie in seiner Muttersprache bereit und dafür, dass er ein Buch über seine Leidensgeschichte schreiben konnte. Unterdessen nahm Lucía gleich zwei Jobs an, weil ihr schien, dass sie die Mildtätigkeit des Komitees nicht verdiente: Andere hatten die Hilfe nötiger. Sie arbeitete zwölf Stunden am Tag, und danach kochte sie noch, putzte, wusch die Wäsche und munterte ihren Freund auf.

Mehrere Monate hielt Lucía das klaglos durch, bis sie eines Abends hundemüde in die schummrige Wohnung kam, wo es nach verbrauchter Luft und Erbrochenem stank. Ihr Freund hatte den Tag im Bett verbracht, Gin trinkend und bis zur Bewegungsunfähigkeit deprimiert, weil er im ersten Kapitel seines Buchs festhing. »Hast du was zu essen dabei? Es ist nichts da, und ich sterbe vor Hunger«, lallte er, als sie das Licht einschaltete. Da endlich wurden ihr die Augen aufgetan, und sie sah, wie bizarr dieses Zusammenleben war. Sie rief beim Pizzaservice an und focht ihren täglichen Kampf gegen das Tohuwabohu, in dem der Guerrillero dahinsiechte. Als er später in den tiefen Schlaf des Gintrinkers gefallen war, packte sie ihre Sachen und verschwand ohne ein Wort. Sie hatte etwas Geld gespart und wusste vom Hörensagen, dass in Vancouver eine Kolonie von Exilchilenen entstand. Am Morgen bestieg sie den Zug, der sie auf die andere Seite des Kontinents an die Westküste brachte.

Lena Maraz besuchte ihre Tochter einmal im Jahr für drei oder vier Wochen in Kanada, blieb aber nie länger, weil sie weiterhin nach Enrique suchte. Mit den Jahren wurden die unermüdlichen Nachforschungen zu ihrem Lebensinhalt, zu einer Abfolge sich wiederholender Handlungen, die sie gewissenhaft befolgte und die ihrem Dasein Sinn gaben. Kurz nach dem Militärputsch hatte der Kardinal eine Anlaufstelle für die Verfolgten des Regimes und ihre Angehörigen eröffnet, aus der dann die Vicaría de la Solidaridad hervorging, und Lena fragte dort jede Woche nach, immer ohne Ergebnis. Dort lernte sie andere kennen, denen es ähnlich ging wie ihr, freundete sich mit den Kirchenleuten und den ehrenamtlichen Helfern an und lernte, sich in der Bürokratie des Leidens zurechtzufinden. Sie pflegte ihre alte Freundschaft zum Kardinal so gut es ging, aber er war die am meisten beschäftigte Person im Land. Die Regierung ließ die Mütter und später die Großmütter widerwillig gewähren, wenn sie mit den Fotos ihrer Kinder und Enkel vor der Brust durch die Straßen zogen, schweigend vor Kasernen und Gefängnissen standen und auf Transparenten Gerechtigkeit forderten. Diese starrsinnigen Weiber wollten einfach nicht einsehen, dass die Personen, nach denen sie suchten, niemals inhaftiert worden waren. Sie waren irgendwohin ausgewandert oder hatten nie existiert.

An einem Dienstag im Winter klingelte im Morgengrauen eine Polizeistreife an der Tür von Lena Maraz, um ihr mitzuteilen, dass ihr Sohn bei einem Unfall ums Leben gekommen sei und sie seine sterblichen Überreste bei folgender Adresse abholen könne, wo sie pünktlich um sieben am nächsten Morgen mit einem für den Transport eines Sargs geeigneten Wagen zu erscheinen habe. Lena wurden die Knie weich, sie sank zu Boden. Jahrelang hatte sie auf Nachricht von Enrique gehofft, und jetzt zu erfahren, dass sie ihn gefunden hatte, und sei es auch tot, war mehr, als sie begreifen konnte.

Sie wagte es nicht, sich an die Vicaría zu wenden, weil jede Einmischung von außen sie womöglich um die einmalige Chance gebracht hätte, ihren Sohn zurückzubekommen, auch wenn sie insgeheim vermutete, dass die Kirche oder

der Kardinal persönlich dieses Wunder gewirkt hatte. Allein fühlte sie sich der Sache nicht gewachsen, deshalb bat sie ihre Schwester, und in Trauerkleidung fuhren sie zusammen zu der Adresse, die man Lena genannt hatte. In einem quadratischen Innenhof deuteten ein paar Männer zwischen von Nässe und Alter salpetrigen Mauern auf einen Sarg aus Fichtenbrettern und wiesen sie an, ihn vor sechs am Abend zu begraben. Der Sarg war verplombt. Es sei strengstens verboten, ihn zu öffnen, schärfte man Lena ein, händigte ihr für die Formalitäten auf dem Friedhof eine Sterbeurkunde aus und ließ sie auf einem Papier quittieren, dass die Übergabe vorschriftsmäßig erfolgt war. Sie bekam einen Durchschlag, und man half ihr, den Sarg in dem Lieferwagen zu verstauen, den die beiden Frauen samt Fahrer auf dem Markt gemietet hatten.

Lena fuhr nicht wie befohlen auf direktem Weg zum Friedhof, sondern erst zu ihrer Schwester, die etwas außerhalb von Santiago ein kleines Grundstück besaß. Der Lieferwagenfahrer half ihnen, den Sarg auszuladen und auf den Tisch im Esszimmer zu tragen, und als er sie allein gelassen hatte, durchtrennten sie den Draht der Plombe. Sie erkannten den Leichnam nicht; das war nicht Enrique, auch wenn auf der Sterbeurkunde sein Name stand. In Lenas Entsetzen über den Zustand, in dem sich die Leiche des jungen Mannes befand, mischte sich die Erleichterung, dass es nicht ihr Sohn war. Sie musste die Hoffnung, ihn lebend zu finden, nicht aufgeben. Auf Drängen ihrer Schwester entschied sie, das Risiko einzugehen, und rief einen Bekannten von der Vicaría an, einen belgischen Priester, der eine Stunde später auf seinem Motorrad eintraf und einen Fotoapparat mitbrachte.

»Haben Sie irgendeine Vermutung, wer der arme Junge sein könnte, Lena?«

»Er ist nicht mein Sohn, mehr weiß ich auch nicht, Pater.«

»Wir suchen ihn anhand der Fotos in unserer Kartei, und wenn wir ihn identifizieren können, verständigen wir die Familie.«

»Dann bestatte ich ihn jetzt, wie es sich gehört, das war ja die Anweisung, und ich möchte nicht, dass man ihn mir wieder wegnimmt«, entschied Lena.

»Brauchen Sie Hilfe dabei?«

»Danke, Pater, das schaffe ich allein. Fürs Erste kann er auf dem katholischen Friedhof die Grabnische neben meinem Mann haben. Falls Sie seine Angehörigen finden, können die ihn umbetten.«

Zu den Fotos, die sie an diesem Tag machten, fand sich keine Entsprechung in der Kartei der Vicaría. Wie Lena erklärt wurde, stammte der junge Mann womöglich gar nicht aus Chile, er konnte aus einem anderen Land hergebracht worden sein, vielleicht aus Argentinien oder aus Uruguay. Durch die Operation Condor, in der die Geheimdienste der Diktaturen von Chile, Argentinien, Uruguay, Paraguay, Bolivien und Brasilien zusammenarbeiteten, sollten am Ende sechzigtausend Menschen ihr Leben verlieren, und bei den grenzüberschreitenden Aktionen gerieten manchmal Gefangene, Leichen oder Ausweispapiere durcheinander. Das Bild des unbekannten jungen Mannes hängte man im Büro der Vicaría an die Wand in der Hoffnung, dass ihn jemand erkannte.

Wochen sollten vergehen, ehe Lena auf den Gedanken kam, dass der junge Mann, den sie beigesetzt hatte, womöglich der Halbbruder von Enrique und Lucía war, der Sohn ihres Mannes mit dieser anderen Frau. Die Vorstellung ließ ihr keine Ruhe mehr. Sie setzte alles daran, die Frau ausfindig zu machen, bereute es bitterlich, sie vor Jahren so rüde abgewiesen zu haben, obwohl doch weder sie noch ihr Kind irgendeine Schuld traf; die beiden waren genauso betrogen worden wie sie selbst. Mit der Logik der Verzweifelten war sie davon überzeugt, irgendwo müsse es eine zweite Mutter geben, die einen verplombten Sarg geöffnet hatte, in dem ihr Sohn Enrique lag. Sie glaubte, wenn sie die Mutter des Jungen fände, den sie beerdigt hatte, dann würde auch sie einmal von jemand gefunden werden, der ihr Auskunft geben könnte über ihren Sohn. Da sowohl ihre Bemühungen als auch die der Vicaría ergebnislos blieben, beauftragte sie einen Privatdetektiv, der laut seiner Visitenkarte darauf spezialisiert war, verschollene Personen aufzuspüren, aber auch er fand keine Spur von Mutter und Sohn. »Die beiden sind bestimmt im Ausland. Zurzeit finden offenbar viele Leute Geschmack am Reisen«, sagte der Detektiv zu ihr.

Nach diesem Erlebnis alterte Lena rapide. Sie gab ihre Anstellung bei der Bank auf, für die sie viele Jahre gearbeitet hatte, ließ sich verrenten und ging nur aus dem Haus, um ihre Suche fortzusetzen. Manchmal besuchte sie den Friedhof, stand vor der Nische des unbekannten jungen Mannes, schüttete ihm ihr Herz aus und bat ihn, falls er ihrem Sohn dort, wo er war, begegnete, so möge er ihm sagen, dass sie eine Botschaft oder ein Zeichen brauchte, damit sie aufhören könnte, nach ihm zu suchen. Mit der Zeit nahm sie den Unbekannten wie einen sanften Geist in ihre Familie auf. Der Friedhof spendete ihr mit seiner Stille, seinen schattigen Alleen und seinen teilnahmslosen Tauben Trost und Ruhe. Dort lag auch ihr Ehemann begraben, den sie in all den Jahren nie besucht hatte. Unter dem Vorwand, für den unbekannten Jungen zu beten, betete sie jetzt auch für ihn.

Lucía verbrachte ihre Exiljahre in Vancouver, einer freundlichen Stadt, deren Klima angenehmer war als das von Montreal, wo viele hundert Exilanten von der Südspitze des Kontinents lebten, als hätten sie ihr Land nie verlassen, in geschlossenen Gesellschaften, fast ohne Kontakt zu den Kanadiern. Nicht so Lucía. Mit der von ihrer Mutter geerbten Hartnäckigkeit lernte sie Englisch und sprach es bald fließend mit ihrem chilenischen Einschlag. Sie studierte Journalismus und arbeitete als Reporterin für politische Zeitschriften und fürs Fernsehen. Sie passte sich den Gepflogenheiten des Landes an, schloss Freundschaften, nahm eine Hündin bei sich auf, die sie Olivia nannte und die sie vierzehn Jahre lang begleiten sollte, und sie kaufte sich eine winzige Wohnung, weil das günstiger war, als zu mieten. Wenn sie sich verliebte, was gelegentlich vorkam, dann träumte sie davon, zu heiraten und in Kanada Wurzeln zu schlagen, aber kaum dass ihre Leidenschaft abkühlte, überkam sie schlagartig das Heimweh nach Chile. Dort war ihr Platz, im Süden des Südens, in diesem langen, schmalen Land, das nach ihr rief. Dorthin würde sie zurückkehren, das war sicher. Etliche Exilchilenen waren heimgekehrt und lebten dort geräuschlos und unbehelligt. Soviel sie wusste, war sogar ihre erste Liebe, der melodramatische Guerrillero mit den fettigen Haaren, still und leise nach Chile zurückgegangen und arbeitete inzwischen bei einer Versicherung, ohne dass sich jemand an seine Vergangenheit erinnerte oder etwas davon wissen wollte. Aber sie würde vielleicht weniger Glück haben, weil sie nach wie vor für die internationale Kampagne gegen das Militärregime aktiv war. Sie hatte ihrer Mutter versprechen müssen, es nicht darauf ankommen zu lassen, denn der Gedanke, dass auch ihre Tochter ein Opfer der Junta werden könnte, war für Lena unerträglich.

Lenas Reisen nach Kanada wurden seltener, dafür nahm der Briefverkehr mit ihrer Tochter zu, sie begann, ihr täglich zu schreiben, und Lucía schrieb mehrmals in der Woche zurück. Die Briefe kreuzten sich in der Luft wie in einem Gespräch von zweien, die nicht zuhörten, weil keine der beiden die Antwort abwartete, ehe sie schrieb. Ihre umfangreiche Korrespondenz war das Logbuch beider Leben, darin hielten sie ihren Alltag fest. Für Lucía wurden die Briefe mit der Zeit unverzichtbar, was sie ihrer Mutter nicht schrieb, fühlte sich an, als hätte es nie stattgefunden, war vergessene Lebenszeit. In ihrem endlosen Briefgespräch zwischen Vancouver und Santiago schlossen sie eine tiefe Freundschaft, und als Lucía schließlich nach Chile zurückkehrte, kannten sie einander besser, als wenn sie immer zusammengelebt hätten.

Bei einem von Lenas Besuchen in Kanada sprachen sie über den jungen Mann, den man ihr anstelle von Enrique übergeben hatte, und Lena sprang endlich über ihren Schatten und erzählte ihrer Tochter die lange verborgene Wahrheit über ihren Vater.

»Wenn dieser Junge, den sie mir gegeben haben, nicht dein Halbbruder ist, dann lebt irgendwo auf der Welt ein Mann, der ungefähr so alt ist wie du, deinen Namen trägt und blutsverwandt mit dir ist«, sagte sie.

»Wie heißt er?« Lucía war von der Enthüllung, dass ihr Vater eine zweite Familie gehabt hatte, so überrumpelt, dass sie kaum etwas zu sagen wusste.

»Enrique Maraz, genau wie dein Vater und dein Bruder. Ich habe versucht ihn zu finden, Lucía, aber er und seine Mutter sind wie vom Erdboden verschluckt. Ich muss wissen, ob dieser Junge auf dem Friedhof der Sohn deines Vaters mit dieser anderen Frau ist.«

»Das spielt doch keine Rolle, Mama. Die Wahrscheinlichkeit, dass er mein Halbbruder ist, geht gegen null, so was passiert bloß in Vorabendserien. Bestimmt ist es so, wie sie bei der Vicaría gesagt haben, dass es Verwechslungen gibt bei den Opfern. Du musst dir nicht auch noch die Suche nach diesem Jungen aufbürden. Seit Jahren bist du besessen von dem, was mit Enrique passiert ist; du musst die Wahrheit akzeptieren, und wenn sie noch so schrecklich ist, sonst wirst du verrückt.«

»Ich bin vollkommen klar im Kopf, Lucía. Ich akzeptiere den Tod deines Bruders, wenn ich einen Beweis dafür habe. Vorher nicht.«

Lucía gestand ihr, dass weder sie noch Enrique als Kinder die Geschichte vom Unfalltod ihres Vaters wirklich geglaubt hatten, weil sie durch die Geheimnistuerei doch zu erfunden klang. Wie hätten sie das glauben sollen, wo es nie ein Zeichen von Trauer gab, nie einen Besuch am Grab. Eine läppische Erklärung und ansonsten Schweigen, mehr bekamen sie nicht. Also dachten sie sich selbst etwas aus: dass ihr Vater fortgezogen war, dass er ein Verbrechen begangen hatte und auf der Flucht war oder in Australien Krokodile jagte. Alles schien glaubhafter als die offizielle Version: dass er gestorben war, fertig, keine weiteren Fragen.

»Ihr wart noch sehr klein, Lucía, ihr hättet die Endgültigkeit des Todes nicht verstanden, ich musste euch davor beschützen. Mir schien es besser, wenn ihr euren Vater vergesst. Das war Selbstüberschätzung, ich weiß. Ich dachte, ich könnte ihn ersetzen, könnte meinen Kindern Vater und Mutter sein.«

»Das hast du gut hingekriegt, Mama, aber ich frage mich, ob du das auch getan hättest, wenn es diese andere Frau nicht gegeben hätte.«

»Sicher nicht, Lucía. In dem Fall hätte ich ihn wahrscheinlich auf einen Altar gestellt. Es war der reine Groll bei mir. Und Rachsucht. Ich wollte euch fernhalten von dem Schmutz, der passiert war. Deshalb habe ich euch später auch nichts erzählt, als ihr alt genug gewesen wärt, es zu verstehen. Ich weiß, dass euch ein Vater gefehlt hat.«

»Weniger, als du denkst. Mit einem Vater wäre es besser gewesen, das stimmt, aber du hast das gut gemacht mit uns.«

»Wenn ein Mädchen keinen Vater hat, dann bleibt etwas unausgefüllt in ihrem Herzen, Lucía. Ein Mädchen muss sich beschützt fühlen, muss eine männliche Energie spüren, damit sie Vertrauen in die Männer entwickeln und sich später in der Liebe hingeben kann. Was ist die weibliche Entsprechung zu Ödipus? Elektra? Das hattest du nicht. Kein Wunder, dass du dich nicht bindest und von einer Liebe zur nächsten springst, immer auf der Suche bist nach der Sicherheit eines Vaters.«

»Ich bitte dich, Mama! Das ist doch Küchenpsychologie. Ich suche bei meinen Männern nicht nach einem Vater. Und ich wechsele sie auch nicht wie meine Unterwäsche. Ich bin seriell monogam, und meine Beziehungen halten lang, sofern der Typ nicht ein heilloser Schwachkopf ist«, sagte Lucía, und sie mussten beide lachen, weil ihnen der Guerrillero aus Montreal wieder einfiel.

Lucía und Richard

Brooklyn

Nachdem Evelyn die Tote als Kathryn Brown identifiziert hatte, banden sie den Kofferraum wieder zu und kehrten zum Haus zurück. Da sie nun schon einmal draußen waren, nahm Richard die Schneeschaufel und schippte den Eingang zur Souterrainwohnung frei, so dass Lucía die Reste der chilenischen Suppe, Futter für Marcelo und ihre Toilettenartikel bergen konnte. In Richards Küche stärkten sie sich an der Suppe und setzten eine weitere Kanne Kaffee auf. Gebeutelt von den Aufregungen der letzten Stunden, nahm Richard sich von der Suppe nach, obwohl zwischen den Kartoffeln, den grünen Bohnen und dem Kürbis die Rindfleischstücke nicht zu übersehen waren. Durch Disziplin hatte er die Attacken seines Verdauungssystems zu parieren gelernt. Er verzichtete auf Gluten, hatte eine Laktoseintoleranz und trank keinen Alkohol aus Gründen, die ernster waren als sein Magengeschwür. Am liebsten hätte er sich rein pflanzlich ernährt, kam ohne tierisches Eiweiß aber nicht aus, deshalb standen ein paar quecksilberfreie Meeresbewohner auf seinem Speiseplan, außerdem sechs Bioeier und hundert Gramm Hartkäse in der Woche. Er hielt sich an einen Zweiwochenplan, wiederholte seine Menüfolge einmal im Monat und kaufte nur, was er für die vorher festgelegten Gerichte brauchte, so dass er nichts wegwerfen musste. Sonntags gewährte er seiner Fantasie ein wenig Freiheit und suchte spontan auf dem Markt etwas Frisches aus. Fleisch von Säugetieren rührte er aus moralischen Überlegungen nicht an, weil er kein Fleisch von Tieren essen wollte, die er nicht selbst töten könnte, beim Geflügel war ihm obendrein die industrielle Erzeugung zuwider, aber auch einem Huhn hätte er schwerlich den Hals umdrehen können. Er kochte gern, und manchmal, wenn ihm etwas besonders gut gelungen war, stellte er sich vor, es mit jemand zu teilen, beispielsweise mit Lucía Maraz, die sich als deutlich interessanter erwiesen hatte als seine bisherigen Mieter. Seine Gedanken hatten in letzter Zeit häufiger um sie gekreist, und er war froh, sie jetzt bei sich zu haben, sogar unter dem ungeheuerlichen Vorwand, den Evelyn Ortega ihm bot. Tatsächlich war er viel besserer Dinge, als die Umstände es erlaubten, etwas Seltsames ging hier vor, er musste auf der Hut sein.

»Wer ist diese Kathryn?«, wollte Richard von Evelyn wissen.

»Frankies Physiotherapeutin. Sie hat ihn montags und donnerstags behandelt. Sie hat mir ein paar Übungen für ihn gezeigt.«

»Sie war also bekannt im Haus. Wie heißen die beiden, für die du arbeitest, noch mal?«

»Cheryl und Frank Leroy.«

»Und dieser Frank Leroy ist wohl derjenige, der …«

»Wieso denkst du das, Richard?«, unterbrach ihn Lucía. »Wir haben keine Beweise, also sollten wir nichts unterstellen.«

»Wäre die Frau eines natürlichen Todes gestorben, dann läge sie nicht im Kofferraum von Frank Leroys Wagen.«

»Vielleicht war es ein Unfall.«

»Du meinst, sie ist mit dem Kopf voran in den Kofferraum geklettert, hat sich in den Teppich gewickelt, die Klappe ist zugefallen, sie ist erstickt, und keiner hat was gemerkt?

Klingt einleuchtend. Lucía, ich bitte dich, die Frau wurde umgebracht, und jemand wollte die Leiche beseitigen, sobald die Straßen geräumt wären. Jetzt zermartert er sich wahrscheinlich das Hirn, was mit seinem Auto und mit seiner Leiche passiert ist.«

»Also schön, Evelyn, denk bitte nach, wie, meinst du, ist die junge Frau in den Kofferraum gekommen?«, fragte Lucía.

»Ich weiß es nicht, ich …«

»Wann hast du sie denn zum letzten Mal gesehen?«

»Sie war montags und donnerstags da«, sagte Evelyn wieder.

»Letzten Donnerstag auch?«

»Ja, sie ist morgens um acht gekommen, aber fast sofort wieder gegangen, weil Frankies Zucker so abgesackt ist. Frankies Mutter war sehr böse. Sie hat zu Kathryn gesagt, sie soll verschwinden und nicht wiederkommen.«

»Die beiden haben gestritten?«

»Ja.«

»Was hatte Mrs Leroy denn gegen die Frau?«

»Sie fand sie unverschämt und vulgär.«

»Das hat sie ihr ins Gesicht gesagt?«

»Zu mir hat sie das gesagt. Und zu ihrem Mann.«

Evelyn erzählte ihnen, dass die Physiotherapeutin Frankie seit einem Jahr behandelte. Von Anfang an hatte sie sich mit Frankies Mutter nicht gut verstanden, weil die es für unangemessen hielt, dass Kathryn bei der Arbeit tief ausgeschnittene Shirts trug und ihre halbe Brust zu sehen war. Eine ordinäre Bitch mit einem Ton am Leib wie ein Feldwebel, hatte Mrs Leroy gesagt. Außerdem hatte Frankie keine Fortschritte gemacht. Evelyn hatte immer dabeibleiben sollen, wenn Kathryn mit dem Jungen arbeitete, um Mrs Leroy beim geringsten Anzeichen von Misshandlung Bescheid zu sagen. Sie vertraute Kathryn nicht, fand sie bei den Übungen zu ruppig. Zweimal hatte sie ihr kündigen wollen, aber ihr Mann hatte sie nicht gelassen. Er fand, Frankie werde zu sehr verhätschelt und Cheryl sei bloß eifersüchtig auf die Physiotherapeutin, weil die jung war und gut aussah. Kathryn Brown ließ ihrerseits kein gutes Haar an Frankies Mutter. Hinter ihrem Rücken sagte sie, Mrs Leroy behandele Frankie wie ein Baby, Kinder brauchten eine harte Hand und Frankie solle allein essen, schließlich bediene er den Computer, dann könne er auch einen Löffel halten und sich die Zähne putzen, aber das würde er ja nicht lernen bei der Mutter, die sei doch ständig besoffen und zugedröhnt und den ganzen Tag im Fitnessstudio, als ließe sich damit das Alter aufhalten. Ihr Mann werde sich von ihr trennen. Das sei so sicher wie das Amen in der Kirche.

Evelyn hörte sich die Vertraulichkeiten von beiden regungslos an, gab nichts davon weiter. Ihre Großmutter hatte ihren Brüdern den Mund mit Seifenlauge ausgewaschen, weil sie schmutzige Wörter gesagt hatten, und ihr selbst, als sie einmal eine Klatschgeschichte weitertrug. Wie die Leroys sich stritten, bekam sie mit, weil die Wände des Hauses nichts für sich behielten. Frank Leroy, der gegenüber den Hausangestellten und seinem Sohn stets kühl blieb und sogar teilnahmslos zusehen konnte, wenn sein Sohn einen Anfall hatte oder vor Wut tobte, verlor seiner Frau gegenüber beim geringsten Anlass den Kopf. Am letzten Donnerstag hatte sich Cheryl, erschrocken wegen Frankies Unterzuckerung und weil sie dachte, die Physiotherapeutin sei daran schuld, über die Anweisungen ihres Ehemanns hinweggesetzt.

»Manchmal bedroht Mr Leroy seine Frau«, sagte Evelyn. »Einmal hat er ihr eine Pistole in den Mund gesteckt. Ich habe nicht spioniert, ehrlich. Die Tür stand halb offen. Er hat gesagt, er bringt sie um, sie und Frankie.«

»Schlägt er seine Frau? Und Frankie?«, fragte Lucía.

»Von dem Jungen lässt er die Finger, aber Frankie weiß, dass sein Vater ihn nicht mag.«

»Du hast meine Frage nicht beantwortet, ob er seine Frau schlägt.«

»Manchmal hat Mrs Leroy blaue Flecken, aber nie im Gesicht. Sie sagt, sie ist hingefallen.«

»Und das glaubst du ihr.«

»Sie fällt manchmal hin wegen den Tabletten oder dem Whisky, dann muss ich ihr hochhelfen und sie ins Bett bringen. Aber die blauen Flecken kommen von den Schlägen von Mr Leroy. Sie tut mir leid, sie ist nicht glücklich.«

»Wie auch, bei dem Mann und dem Sohn …«

»Frankie ist alles für sie. Sie sagt, mit Zuwendung und der richtigen Behandlung wird es besser.«

»Das ist ausgeschlossen«, murmelte Richard, kaum vernehmlich.

»Frankie ist die einzige Freude, die Mrs Leroy hat, soviel ich weiß. Die beiden haben sich so lieb! Frankie wird ganz fröhlich, wenn seine Mutter bei ihm ist. Sie spielen stundenlang miteinander. Oft schläft sie nachts bei ihm.«

»Sie muss sich große Sorgen um seine Gesundheit machen«, bemerkte Lucía.

»Ja, er ist sehr anfällig. Könnten wir noch mal anrufen, bitte?«

»Nein, Evelyn, das ist zu riskant. Aber wir wissen, dass seine Mutter gestern Abend bei ihm war. Also können wir davon ausgehen, dass sie sich um ihn kümmert, solange du nicht da bist. Zurück zu dem, was jetzt ansteht: Wir müssen die Beweise loswerden«, erinnerte sie Lucía.

Richard ließ sich so widerstandslos darauf ein, dass er sich später selbst darüber wunderte. Man hätte meinen können, er fürchtete sich schon seit Jahren vor jeder Störung, die seine Gewissheiten ins Wanken bringen konnte. Aber womöglich war es gar keine Furcht, sondern eine Vorahnung; womöglich hegte er den heimlichen Wunsch, irgendeine göttliche Fügung werde sein perfektes und eintöniges Dasein aufbrechen. Dann wären Evelyn Ortega und ihre mitgebrachte Leiche eine radikale Antwort auf seine verborgenen Wünsche. Er rief seinen Vater an und sagte das gemeinsame Mittagessen ab. Kurz war er versucht, ihm zu erzählen, was sie vorhatten, weil der alte Joseph in seinem Rollstuhl bestimmt begeistert gewesen wäre. Er würde es ihm später sagen und nicht am Telefon, er wollte sein Gesicht sehen. Jedenfalls übernahm er Lucías Argumentation überraschend bereitwillig und ging eine Straßenkarte und eine Lupe holen. Dass sie die Leiche loswerden mussten, noch eben undenkbar für ihn, schien ihm plötzlich unstrittig, die einzige denkbare Lösung für ein Problem, das jetzt auch sein eigenes war.

Beim Betrachten der Karte fiel Richard der See ein, an dem er mit Horacio früher oft, seit zwei Jahren aber gar nicht mehr gewesen war. Sein Freund besaß dort eine Blockhütte, in der er, bevor er nach Argentinien zurückgekehrt war, mit seiner Familie die Sommerwochen verbracht hatte, und zu zweit waren sie im Winter häufiger zum Eisfischen hingefahren. Sie mieden die vielbesuchten Stellen, an denen die Wohnmobile zu Hunderten standen und immer Volksfeststimmung herrschte, weil das Fischen für sie ein meditativer Sport war, eine besondere Erfahrung von Stille und Einsamkeit, in der sie ihre fast vierzig Jahre währende Freundschaft festigten. Ihre Seite des Sees war schwer zugänglich und lockte die winterlichen Horden nicht an. Sie packten die Ausrüstung für den Tag in den Geländewagen, Sägen und anderes Werkzeug, um Löcher ins Eis zu schneiden, Angelruten und Köder, Batterien, Lampen, ein Kerosinöfchen, Brennstoff und Proviant, und fuhren ein Stück aufs Eis hinaus. Sie schnitten ihre Löcher und angelten geduldig ein paar unscheinbare Forellen, an denen nach dem Braten nichts dran war als Haut und Gräten.

Horacio war nach dem Tod seines Vaters mit der Vorstellung nach Argentinien geflogen, in wenigen Wochen zurück zu sein, aber das war Jahre her, die Familiengeschäfte hielten ihn weiter auf Trab, und er kam nur zweimal im Jahr zu Besuch in die Staaten.

Richard vermisste ihn und kümmerte sich während seiner Abwesenheit um seine Angelegenheiten: Er hatte die Schlüssel zu der Hütte am See, die jetzt ungenutzt war, und fuhr Horacios Subaru Legacy mit Bullenfänger und Halterungen für Ski und Fahrräder, den er partout nicht verkaufen wollte. Auf Horacios Betreiben hin hatte Richard an der New York University zu arbeiten begonnen, erst drei Jahre als Assistant Professor, dann drei als Associate Professor. Danach hatte er eine Professur auf Lebenszeit bekommen, inklusive aller damit einhergehenden Sicherheiten, und als Horacio die Leitung des Fachbereichs aufgab, war Richard ihm auf dem Posten gefolgt. Außerdem hatte Horacio ihm sein Haus in Brooklyn zu einem Spottpreis verkauft. Richard sagte ganz zu Recht, um all das abzugelten, was sein Freund für ihn getan hatte, müsste er ihm noch zu Lebzeiten eine Lunge spenden. Genau wie sein Vater und seine Brüder rauchte auch Horacio Zigarre und hustete in einem fort.

»Die Gegend dort ist dicht bewaldet, im Winter ist da kein Mensch und im Sommer wahrscheinlich auch nicht«, erklärte Richard Lucía.

»Wie machen wir das? Wir müssten ein Auto für den Rückweg mieten.«

»Damit würden wir eine Spur hinterlassen. Wir dürfen keine Aufmerksamkeit erregen. Wir nehmen den Subaru mit für den Rückweg. Eigentlich kann man die Strecke an einem Tag hin und zurück fahren, aber bei den momentanen Witterungsbedingungen werden wir zwei brauchen.«

»Und die Katzen?«

»Denen stelle ich Futter und Wasser hin. Sie sind es gewohnt, ein paar Tage ohne mich auszukommen.«

»Und wenn was dazwischenkommt?«

»Du meinst, wenn wir verhaftet werden oder wenn Frank Leroy uns umbringt?« Richard verkniff es sich, zu lächeln. »Dann kümmert sich meine Nachbarin.«

»Marcelo müssen wir mitnehmen«, sagte Lucía.

»Auf gar keinen Fall!«

»Und was soll ich deiner Meinung nach mit ihm tun?«

»Wir lassen ihn bei meiner Nachbarin.«

»Hunde sind nicht wie Katzen, Richard. Sie kriegen Angst, wenn man sie verlässt. Er muss mit.«

Mit einem theatralischen Seufzen gab Richard sich geschlagen. Für ihn war es schwer nachzuvollziehen, warum Menschen sich von Tieren abhängig machten, noch dazu von hässlichen Chihuahuas. Seine Katzen waren selbständig, er konnte für Wochen verreisen und wurde nicht vermisst. Bloß Dois begrüßte ihn bei seiner Rückkehr freudig, die anderen bekamen gar nicht mit, dass er fort gewesen war.

Lucía folgte ihm in eines der Zimmer im Obergeschoss, in dem eine Werkbank stand und allerlei Werkzeug vorhanden war. Damit hatte sie nicht gerechnet; sie hatte gedacht, Richard würde wie alle Männer in ihrem Leben zwei linke Hände besitzen, aber offensichtlich hatte er Spaß am Werkeln.

Seine Gerätschaften hingen säuberlich geordnet an Korkplatten an der Wand, und er hatte die Umrisse mit Kreide nachgezeichnet, so dass er sofort sehen konnte, wenn etwas fehlte. Hier herrschte dieselbe strenge Ordnung, die Lucía bereits in der Speisekammer aufgefallen war, wo jedes Ding seinen festen Platz zu haben schien. Die einzige Unordnung in diesem Haushalt betraf die Papiere und Bücher, die im Wohnzimmer und in der Küche wucherten, aber womöglich war diese Unordnung gar keine, sondern folgte einem geheimen System, das nur Richard verstand. Dieser Mann kann nur Sternzeichen Jungfrau sein, dachte sie.

Innerlich gewärmt durch die chilenische Suppe, kehrten sie nach draußen zurück, und Richard sah sich das kaputte Schloss der Heckklappe eingehend an, während Lucía ihn mit einem schwarzen Regenschirm vor dem Schnee schützte, der in gemächlichen Flocken fiel. »Reparieren kann ich das nicht, ich sichere die Klappe mit einem Draht«, entschied Richard. Unter den Gummihandschuhen, die er trug, um keine Fingerabdrücke zu hinterlassen, wurden seine Hände langsam blau, aber trotz der steifen Finger arbeitete er präzise wie ein Chirurg. Fünfundzwanzig Minuten später hatte er das Lämpchen des Rücklichts, dessen Abdeckung bei dem Unfall zerbrochen war, rot angemalt, und die Heckklappe so geschickt mit Draht befestigt, dass es gar nicht auffiel. Durchgefroren kehrten sie ins Haus zurück, wo der noch heiße Kaffee auf sie wartete.

»Der Draht wird die Fahrt überstehen, der macht dir keine Scherereien«, sagte Richard.

»Mir? Nein, Richard. Du fährst den Lexus. Ich bin ein bisschen ungeschickt am Steuer, umso mehr, wenn ich nervös bin. Die Polizei könnte mich anhalten.«

»Dann lass Evelyn fahren. Ich fahre mit dem Subaru vor euch her.«

»Evelyn hat keine Papiere.«

»Sie hat keinen Führerschein?«

»Das habe ich sie schon gefragt. Sie hat einen, aber mit dem Namen von jemand anders, gefälscht natürlich. Wir gehen nicht mehr Risiko ein als nötig. Du fährst den Lexus, Richard.«

»Aber wieso ich?«

»Weil du ein weißer Mann bist. Kein Polizist will Papiere von dir sehen, selbst wenn ein Fuß aus dem Kofferraum hängt, dagegen sind zwei Lateinamerikanerinnen, die bei Schneetreiben Auto fahren, von vornherein verdächtig.«

»Wenn die Leroys das Auto als gestohlen gemeldet haben, sitzen wir in der Tinte.«

»Warum sollten sie das tun?«

»Um die Versicherung einzustreichen?«

»Auf was für Ideen du kommst, Richard. Einer von den beiden ist ein Mörder, das Letzte, was der tun wird, ist, Anzeige zu erstatten.«

»Und der andere von den beiden?«

»Immer musst du vom Schlimmsten ausgehen!«

»Dass ich in einem geklauten Auto einmal quer durch den Staat New York fahren soll, gefällt mir gar nicht.«

»Mir auch nicht, aber uns bleibt nichts anderes übrig.«

»Hör mal, Lucía, hast du mal darüber nachgedacht, dass vielleicht Evelyn diese Frau umgebracht hat?«

»Nein, Richard, darüber habe ich nicht nachgedacht, weil das völlig abwegig ist. Glaubst du, die Ärmste könnte einer Fliege was zuleide tun? Und warum sollte sie mit dem Opfer zu dir kommen?«

Richard zeigte ihr auf der Karte die beiden Strecken zum

See, eine kürzere mit Mautstellen, an denen vielleicht kontrolliert wurde, und eine kurvigere Nebenstrecke, auf der weniger Verkehr sein würde. Sie entschieden sich für die zweite und hofften, dass die Räumdienste dort schon gewesen waren.

Evelyn

Mexiko

Berto Cabrera, der mexikanische Schlepper, der beauftragt war, Evelyn Ortega in den Norden zu bringen, bestellte seine Kunden für acht am Morgen in die Bäckerei. Als alle beisammen waren, bildeten sie einen Kreis, nahmen sich an den Händen, und Cabrera sprach ein Gebet: »Wir sind Pilger einer Kirche ohne Grenzen. Wir bitten dich, o Herr, gewähre uns deinen himmlischen Beistand auf der Reise, gegen Überfälle und auch gegen die Polizei. Wir bitten dich im Namen deines Sohnes, unseres Herrn Jesus Christus. Amen.« Alle Reisenden sagten »Amen«, außer Evelyn, die weiter still weinte. »Spar dir die Tränen, Pilar Saravia, du wirst sie noch brauchen«, riet ihr Cabrera. Er gab jedem eine Busfahrkarte und sagte, sie sollten einander nicht ansehen, nicht miteinander sprechen, mit anderen Passagieren keine Bekanntschaft schließen und sich nicht ans Fenster setzen. Das seien Anfängerfehler, und den Kontrolleuren würde das auffallen. »Und du, du bleibst bei mir, Mädchen. Ab jetzt bin ich dein Onkel. Du hältst schön den Mund und schaust weiter so begriffsstutzig, dann erregst du keinen Verdacht. Okay?« Evelyn nickte wortlos.

Ein Lieferwagen der Bäckerei brachte sie nach Tecún Umán, die erste Station ihrer Reise, wo der Fluss Suchiate die Grenze zu Mexiko bildete. Zu Wasser und über die Brücke, die beide Ufer verband, fand ein reger Austausch von Menschen und Waren statt. Die Grenze war hier durchlässig. Die mexikanische Polizei versuchte mit mäßigem Eifer, den Handel mit Drogen, Waffen und anderem Schmuggelgut zu unterbinden, ließ die Menschen aber ungehindert passieren, sofern sie sich nicht allzu verdächtig benahmen. Eingeschüchtert von dem Gedränge, dem Durcheinander von Fahrrädern, Lastenrikschas und knatternden Mopeds, klammerte sich Evelyn an den Arm des Schleppers, der die anderen angewiesen hatte, getrennt voneinander das Hotel Cervantes aufzusuchen. Er selbst stieg mit Evelyn in den überdachten Anhänger von einem der örtlichen Fahrradtaxis, in dieser Gegend das am meisten genutzte Transportmittel, und kurze Zeit später trafen sie sich mit den anderen in der bescheidenen Pension, wo sie die Nacht verbrachten.

Am nächsten Morgen brachte Berto Cabrera sie zum Fluss, wo Boote und Flöße aus Brettern und LKW-Schläuchen lagen. Auf ihnen wurden Waren aller Art, Tiere und Menschen befördert. Cabrera heuerte zwei Flöße, die jeweils von einem Jungen mit einem Seil um den Bauch gezogen und von einem zweiten mit einer langen Stange vom Floß aus gelenkt wurden. In weniger als zehn Minuten waren sie auf mexikanischem Boden und fuhren mit dem Bus weiter ins Zentrum von Tapachula.

Cabrera hatte ihnen erklärt, dass hier im Bundesstaat Chiapas die Reise ohne den Schutz eines Schleppers am gefährlichsten war, weil Banditen, Straßenräuber und Uniformierte einem alles wegnehmen konnten, vom Geld bis hin zu den Turnschuhen. Nichts ließ sich vor ihnen verstecken, sie überprüften sogar die intimsten Körperöffnungen. Wer die Bestechungsgelder an die Polizei nicht bezahlen konnte, wurde eingesperrt, geschlagen und dann abgeschoben. Am gefährlichsten seien aber die »Madrinas«, selbsternannte Bürgerwehren, die vorgaben, die Behörden zu unterstützen, dabei aber Menschen vergewaltigten und quälten; Barbaren seien das, sagte Cabrera. In Chiapas würden Leute verschwinden. Sie sollten sich vor allen in Acht nehmen, vor Zivilisten genauso wie vor Amtspersonen.

Auf der Fahrt waren sie an einem Friedhof vorbeigekommen, auf dem die Einsamkeit und Stille der Toten zu herrschen schien, bis man plötzlich das Schnauben eines abfahrenden Zuges vernahm und der Ort jäh zum Leben erwachte. Verborgen zwischen Gräbern und Büschen hatten Dutzende Erwachsene und Kinder ausgeharrt und rannten jetzt los, sprangen von einem Stein zum nächsten über einen zugemüllten Abwasserkanal und weiter auf die Güterwaggons zu. Berto Cabrera hatte ihnen von dem Zug erzählt, der die Bestie genannt wurde, der Eisenwurm oder der Zug des Todes, und gesagt, dass bis zu dreißig und mehr solcher Züge nötig waren, um ganz Mexiko zu durchqueren.

»Ich erzähle euch lieber nicht, wie viele stürzen und unter die Räder geraten«, sagte er. »Meine Cousine Olga Sánchez hat in einer alten, verlassenen Tortilla-Fabrik eine Zufluchtsstätte eingerichtet für Leute, die Arme und Beine durch den Zug verloren haben. In ihrer Herberge Jesús el Buen Pastor hat sie viele Leben gerettet. Olga ist eine Heilige. Hätten wir mehr Zeit, dann würden wir sie besuchen. Aber ihr reist erster Klasse, von euch muss sich keiner an einen Waggon hängen, allerdings können wir von Tapachula aus nicht mit dem Bus weiter. Auf dem Busbahnhof könnt ihr die Uniformierten mit ihren Hunden sehen, die Papiere und Gepäck der Reisenden in den Norden kontrollieren. Das ist Bundespolizei. Die Hunde wittern Drogen und die Angst der Leute.«

Der Schlepper brachte sie zu einem befreundeten Lastwagenfahrer, der sie gegen Vorkasse zwischen Kisten mit Haushaltsgeräten transportieren würde. Er hatte im Laderaum seines LKWs eine schmale Fläche frei gelassen, wo sie zusammengekauert Platz fanden. Sie konnten die Beine nicht ausstrecken und nicht aufstehen. Es war dunkel, stickig und heiß wie in der Hölle, und der LKW rumpelte und schwankte, dass sie fürchteten, unter den Kisten begraben zu werden. Cabrera, der bequem in der Fahrerkabine saß, hatte vergessen, ihnen zu sagen, dass sie dort über Stunden gefangen sein würden, ihnen aber geraten, sich das Wasser einzuteilen und vor der Fahrt noch einmal zur Toilette zu gehen, weil es keinen Zwischenstopp geben würde. Die Männer und Evelyn fächelten María Inés abwechselnd mit einem Stück Pappe Luft zu und gaben ihr etwas von ihrer Wasserration ab, weil sie ja ihr Kind stillen musste.

Ohne Zwischenfall erreichten sie Fortín de las Flores in Veracruz, wo Berto Cabrera sie in einem verfallenen Haus außerhalb der Stadt einquartierte, in dem sie Kanister mit Wasser, Brot, Mortadella, weißen Käse und Kekse vorfanden. »Wartet hier auf mich, ich bin bald zurück«, sagte er und verschwand. Als zwei Tage später die Vorräte aufgebraucht waren und sie noch immer nichts von ihrem Schlepper gehört hatten, waren die Männer der Gruppe überzeugt, dass Cabrera sie sitzengelassen hatte, während María Inés meinte, man solle ihm mehr Zeit geben, da die Evangelikalen ihn doch so empfohlen hatten. Evelyn behielt ihre Meinung für sich, und es fragte sie auch keiner danach. In den wenigen Tagen ihrer gemeinsamen Reise waren die vier Männer zu Beschützern der Mutter, ihres Kindes und des wunderlichen mageren Mädchens geworden, das immer mit den Gedanken woanders schien. Sie wussten, dass sie nicht wirklich stumm war, sie hatten sie einzelne Wörter sagen hören, respektierten jedoch ihr Schweigen, das vielleicht ein Gelübde war oder ihre letzte Zuflucht. Sie ließen die Frauen als Erste essen und hatten ihnen die besten Schlafplätze überlassen im einzigen Raum, der noch über ein Dach verfügte. Nachts hielt reihum einer von ihnen Wache, während die anderen schliefen.

Gegen Abend des zweiten Tages brachen drei der Männer auf, um etwas zu essen zu kaufen, das Terrain zu erkunden und herauszufinden, wie sie ohne Cabrera ihre Reise fortsetzen konnten, während der vierte bei den beiden Frauen blieb. Das Kind von María Inés hatte seit dem Vortag die Brust verweigert und bekam kaum Luft vom vielen Weinen und Husten, was die Mutter so erschreckte, dass sie es nicht beruhigen konnte. Evelyn erinnerte sich daran, was ihre Großmutter in ähnlichen Fällen getan hatte, tränkte zwei T-Shirts mit kaltem Wasser und wickelte den Säugling darin ein, um sein Fieber zu senken, während María Inés weinte und sagte, sie wolle zurück nach Guatemala. Evelyn trug das Kind herum, wiegte es und sang ihm ein erfundenes Schlaflied vor, ohne verständliche Wörter, ein Vogelgurren und Pfeifen von Wind, bis der Kleine eingeschlafen war.

In der Nacht kehrten die anderen mit Würstchen, Tortillas, Bohnen und Reis zurück und hatten außerdem Bier für sich und Limonade für die Frauen dabei. Der Festschmaus weckte ihre Zuversicht, und sie schmiedeten Pläne, um weiterzuziehen in den Norden. Die drei hatten herausgefunden, dass es entlang der Route Herbergen für die Migranten gab und etliche Kirchen ihre Hilfe anboten. Außerdem konnten sie sich an die Grupos Beta wenden, die zur Nationalen Einwanderungsbehörde gehörten, die Migranten aber nicht verfolgten, sondern sie mit Informationen versorgten, ihnen in Notsituationen beistanden und bei Unfällen Erste Hilfe leisteten. Und das Verrückteste war, dass die Grupos Beta das umsonst taten, man musste sie nicht bestechen. Sie waren also nicht völlig auf sich allein gestellt. Sie zählten ihr Bargeld, bereit, es miteinander zu teilen, und versprachen einander, dass sie zusammenbleiben würden.

Am nächsten Morgen hatte der Säugling wieder Appetit, auch wenn er weiter nur mit Mühe atmete, und sie beschlossen, aufzubrechen, sobald die Hitze nachlassen würde. Der Bus kam nicht in Frage, er war zu teuer, aber sie konnten versuchen, LKWs anzuhalten und ein Stück mitzufahren, und als letzte Möglichkeit bliebe immer noch der Güterzug.

Sie hatten ihre Habseligkeiten und was an Nahrungsmitteln übrig war, bereits in ihre Rucksäcke gepackt, da tauchte ein freudestrahlender, mit Tüten behängter Berto Cabrera auf. Er war in einem gemieteten Lieferwagen gekommen. Sie empfingen ihn mit einem Sermon aus Vorwürfen, die er alle freundlich abschmetterte, er habe seine ursprünglichen Planungen ändern müssen, die Überlandbusse würden zu scharf überwacht und einige seiner Kontaktleute seien ausgefallen. Also hatte er neue Bestechungsgelder verteilen müssen. Er hatte Bekannte bei den Kontrollstellen an der Strecke, denen er für jeden Passagier etwas Geld gab. Der Chef des jeweiligen Postens bekam die Hälfte, den Rest teilte sich die Truppe. So hatten alle etwas von dem Kleingewerbe. Aber man musste vorsichtig sein, wenn man an überkorrekte Kontrollposten geriet, konnte es passieren, dass sie die Leute zurückschickten. Das Risiko war erheblich geringer, wenn man wusste, mit wem man es zu tun bekam.

Sie hätten es in zwei Tagen bis zur Grenze schaffen können, aber das Kind von María Inés bekam wieder Fieber, und in San Luis Potosí mussten sie es ins Krankenhaus bringen. Sie stellten sich an, zogen eine Nummer, saßen stundenlang in einem überfüllten Wartesaal, bis María Inés endlich aufgerufen wurde. Inzwischen war das Kind völlig entkräftet. Ein Arzt in verknitterten Sachen und mit Ringen unter den Augen diagnostizierte Keuchhusten und sagte, der Kleine müsse zur Antibiotikabehandlung im Krankenhaus bleiben. Berto Cabrera tobte, weil das seine gesamte Planung über den Haufen warf, aber der Arzt ließ nicht mit sich reden: Das Kind habe eine sehr ernste Atemwegsinfektion. Cabrera musste nachgeben. Er versprach der weinenden Mutter, er werde sie in einer Woche abholen und sie werde ihre Anzahlung nicht verlieren. Unter Tränen willigte María Inés ein, aber ihre Gefährten weigerten sich, die Reise ohne sie fortzusetzen. »Dass der kleine Wurm stirbt, da sei Gott vor, aber wenn es doch passiert, dann braucht María Inés jemand, der ihr in der Trauer beisteht«, lautete die einhellige Meinung.

Eine Nacht verbrachten sie in einer billigen Absteige, aber Cabrera regte sich so über die Mehrkosten auf, dass sie danach mit Dutzenden anderen im Innenhof einer Kirche nächtigten. Dort bekamen sie etwas zu essen, konnten duschen und ihre Sachen waschen, wurden jedoch um acht am Morgen vor die Tür gesetzt und durften erst nach Einbruch der Dunkelheit wiederkommen. Den Männern wurde der Tag lang, sie streunten durch die Stadt, mussten dabei ständig auf der Hut sein und bereit, sich aus dem Staub zu machen. Sie versuchten, ein paar Pesos zu verdienen, indem sie Autos wuschen und Baumaterial schleppten, aber davon durfte die Polizei nichts mitbekommen, die allgegenwärtig schien. Laut Berto Cabrera zahlten die Gringos der mexikanischen Regierung jedes Jahr mehrere Millionen Dollar, damit die Migranten aufgehalten wurden, bevor sie an die Grenze gelangten. Jahr um Jahr wurden aus Mexiko über hunderttausend Menschen im Bus der Tränen zurück in den Süden gekarrt.

Da Evelyn sogar zum Betteln die Stimme fehlte und es hier

für sie als Mädchen allein zu gefährlich war, nahm Cabrera sie in seinem Lieferwagen mit. Still und unscheinbar wartete sie auf dem Beifahrersitz, während er über Handy dubiose Geschäfte abwickelte und sich in billigen Spelunken mit käuflichen Frauen vergnügte. Im Morgengrauen torkelte er mit glasigen Augen zu seinem Wagen zurück, entdeckte Evelyn, die zusammengekauert auf dem Sitz schlief, und begriff, dass sie den ganzen Tag und die ganze Nacht ohne etwas zu essen und ohne einen Schluck Wasser verbracht hatte. »Was bin ich bloß für ein Arschloch!«, knurrte er und fuhr mit ihr los, um ein geöffnetes Lokal zu finden, wo sie aufs Klo gehen und sich satt essen konnte.

»Du bist selber schuld, Mädchen. Wenn du die Zähne nicht auseinanderkriegst, dann verhungerst du in dieser verrückten Welt. Wie willst du klarkommen allein im Norden?«, sagte er, aber was ein Vorwurf hätte sein sollen, geriet ihm unfreiwillig sanft.

Nach vier Tagen wurde das Kind von María Inés aus dem Krankenhaus entlassen, aber Cabrera entschied, es nicht weiter mitzunehmen, weil er fürchtete, es könnte unterwegs sterben. Das Härteste stehe ihnen noch bevor, sagte er, sie müssten über den Rio Grande und danach durch die Wüste. Er stellte María Inés vor die Wahl, vorerst in Mexiko zu bleiben und irgendwo Arbeit zu suchen, was schwierig sein würde mit dem kleinen Kind, oder nach Guatemala zurückzukehren. Sie entschied sich für die Rückkehr und sagte ihren Reisegefährten, ihrer Familie auf Zeit, Lebewohl.

Berto Cabrera brachte María Inés und ihr Kind zum Bus und fuhr seine anderen Kunden dann nach Tamaulipas. Unterwegs erzählte er ihnen, dass er bei einer seiner letzten Reisen an der Tür zu einem Fernfahrerhotel von zwei Typen in

Anzug und Krawatte, die ausgesehen hatten wie Staatsdiener überfallen und ausgeraubt worden war. Sein Geld und das Handy hatten sie ihm weggenommen, seitdem war er vorsichtig mit Unterkünften, in denen häufig Schlepper mit ihren Kunden abstiegen, weil die Einwanderungsbehörde, die Polizei und die Drogenfahndung sie im Blick hatten.

Sie verbrachten die Nacht bei einem Bekannten von Cabrera, hüllten sich in die Decken aus dem Lieferwagen und schliefen dicht gedrängt auf dem Boden. Am nächsten Morgen fuhren sie weiter nach Nuevo Laredo, ihrer letzten Etappe in Mexiko, und standen wenige Stunden später auf der Plaza Hidalgo im Herzen der Stadt, umgeben von Hunderten anderen mexikanischen und mittelamerikanischen Migranten und von Schmugglern jeder Couleur, die hier ihre Dienste feilboten. Neun organisierte Schmugglerbanden gab es in Nuevo Laredo, und in jeder waren mehr als fünfzig Schlepper aktiv. Sie hatten einen miserablen Ruf, stahlen, vergewaltigten und einige arbeiteten mit Gangs zusammen, die Leute entführten und verkauften.

»Das sind keine ehrlichen Leute wie ich«, sagte Cabrera. »In all der Zeit, die ich jetzt in dem Gewerbe arbeite, hat nie jemand was Schlechtes über mich sagen können. Ich gebe Acht auf meinen Ruf, auf mich ist Verlass.«

Sie kauften Telefonkarten und konnten ihren Angehörigen mitteilen, dass sie die Grenze erreicht hatten. Evelyn rief Pater Benito an, stotterte aber so sehr, dass Cabrera ihr das Telefon aus der Hand nahm:

»Der Kleinen geht es gut, machen Sie sich keine Sorgen, sie sagt, Sie sollen ihre Großmutter grüßen. Wir machen bald rüber auf die andere Seite. Rufen Sie bitte ihre Mutter an, damit sie Bescheid weiß.«

Er brachte sie zu einem Straßenstand, wo sie Tacos und

Burritos aßen, und von dort zur Kirche San José, um bei Pater Leo seinen Obolus zu entrichten. Der Priester sei ein Heiliger wie Olga Sánchez, sagte Cabrera, er schlafe nicht, helfe rund um die Uhr den Migranten, die hier Tag für Tag eintrafen, und auch anderen Bedürftigen mit Wasser, Essen, Erster Hilfe, Telefonanrufen und geistlichem Beistand, den er ihnen mit Witzen und erbaulichen, aus dem Stegreif erfundenen Geschichten spendete. Auf jeder Reise machte Berto Cabrera in Leos Kirche Station und gab dem Pater fünf Prozent von dem, was er, abzüglich seiner Kosten, verdiente. Dafür bekam er seinen Segen und einige Gebete zum Wohl seiner Kunden. Seine Arbeitsversicherung sei das, der Anteil für den himmlischen Schutz, sagte er lachend. Natürlich bezahlte er daneben auch Prozente an die übelsten Verbrecher, die Zetas, damit sie seine Leute nicht entführten. Wenn das geschah, dann mussten die Angehörigen Lösegeld zahlen, um die Entführten lebend wiederzusehen. Express-Entführung nannte man das. Aber solange Cabrera auf die Gebete des Paters zählen konnte und die Zetas bezahlte, reiste er einigermaßen sicher. Das war eine alte Geschichte.

Sie fanden den Pater barfuß, in hochgewickelten Hosen und einem schmutzigen T-Shirt damit beschäftigt, brauchbares Obst und Gemüse aus den Kisten mit überreifen Sachen zu klauben, die man ihm auf dem Markt überließ. Die große Pfütze aus Fruchtsaft, in der er stand, zog mit ihrer süßen Fäulnis die Fliegen an. Pater Leo begrüßte Cabrera und bedankte sich für die Spende und auch dafür, dass er sich bemühte, andere Schlepper von dieser großartigen, vom Himmel getragenen Versicherungspolice zu überzeugen.

Evelyn und ihre Reisegefährten zogen ihre Turnschuhe aus und traten in die Pfütze, um zwischen dem gammligen Obst und Gemüse zu retten, was in der Gemeindeküche noch zu gebrauchen war, während der Priester ein bisschen im Schatten ausruhte und seinen Freund Cabrera über die jüngsten Unannehmlichkeiten informierte, die sich die Yankees ausgedacht hatten, die seit neuestem nicht nur Nachtsichtgeräte und Wärmebildkameras benutzten, sondern die Wüste mit seismischen Sensoren gepflastert hatten, um die Schritte der Leute zu registrieren. Sie sprachen über die letzten Zwischenfälle, wie sie die Gewaltverbrechen beschönigend nannten. Auch die Wörter »Gang« und »Narco« kamen ihnen nicht über die Lippen. Man musste seine Zunge hüten.

Von der Kirche San José aus brachte Berto Cabrera sie in eins der Camps am Ufer des Rio Grande, eine Elendssiedlung aus Pappe, Sonnensegeln, Matratzen, wo räudige Hunde und Ratten im Abfall stöberten und Bettler, Verbrecher, Drogensüchtige und Migranten für eine Weile eine Bleibe fanden und auf ihre Chance warteten. »Wir richten uns hier ein, bis es so weit ist und wir rüberkommen«, sagte Cabrera. Und als jemand wagte anzudeuten, dass das nicht ausgemacht war, dass die Bäckersfrau in Guatemala ihnen zugesichert hatte, sie würden in Hotels schlafen:

»Schon vergessen, dass ihr in Hotels geschlafen habt? Hier an der Grenze muss man nehmen, was man kriegen kann. Wem das nicht gefällt, der kann heimfahren.«

Vom Camp aus konnte man die US-amerikanische Seite sehen, die Tag und Nacht von Kameras, Scheinwerfern, Beamten in Militärfahrzeugen, Booten und Hubschraubern überwacht wurde. Über Lautsprecher wurde jeder, der sich ins Wasser wagte, aufgefordert, umzukehren, da er sich auf dem Gebiet der USA befinde. In den letzten Jahren war die Grenze mit Tausenden von Beamten und der neuesten Technik stärker gesichert denn je, aber die Verzweifelten fanden immer neue Wege, die Kontrollen zu umgehen. Als Cabrera sah, wie entsetzt seine Kunden auf den breiten Strom und seine grünlichen Strudel blickten, erklärte er ihnen, nur Idioten würden hier ertrinken, die versuchten, auf die andere Seite zu schwimmen oder sich an einem Seil hinüberzuhangeln. Von denen gab es jedes Jahr Hunderte, und ihre aufgedunsenen Körper blieben zwischen den Felsen hängen, verfingen sich im Schilf am Ufer oder wurden in den Golf von Mexiko gespült. Ob man überlebte oder starb, sei eine Frage der Information: zu wissen, wo, wie und wann man den Fluss überquerte. Der sei allerdings nicht die größte Gefahr, die lauere in der Wüste mit ihrer Gluthitze, in der selbst die Steine schmolzen, wo es kein Wasser gab, dafür aber Skorpione, Luchse und hungrige Kojoten. Wer sich in der Wüste verlief, hatte noch einen, vielleicht zwei Tage zu leben. Klapperschlangen, Korallenschlangen, Mokassinottern jagten bei Einbruch der Dunkelheit, wenn man sich selbst auf den Weg machte, weil einen tagsüber die Hitze umbrachte. Taschenlampen könne man keine benutzen, die würden einen verraten. Sie mussten auf ihre Gebete und ihr Glück vertrauen. Cabrera sagte noch einmal, dass sie erster Klasse reisten und man sie nicht in der Wüste den Tieren zum Fraß überlassen werde. Seine eigene Aufgabe wäre erledigt, sobald sie den Rio Grande überquert hätten, aber auf der anderen Seite wartete sein Geschäftspartner, der werde sie an einen sicheren Ort bringen.

Zähneknirschend richtete sich die Gruppe im Camp unter einem windschiefen Dach aus Pappkarton ein, das gegen die Hitze des Tages etwas Schatten und nachts die Illusion von Schutz bot. Anders als die Leute um sie herum, die in Plastiktüten gehüllt schliefen, einmal am Tag in irgendeiner Kirche etwas zu essen bekamen oder sich ein paar Pesos mit

Hilfsarbeiten verdienten, erhielten sie von Cabrera jeden Tag ein bisschen Handgeld, um Lebensmittel und Trinkwasser zu kaufen. Dann machte er sich auf die Suche nach seinem Bekannten, der sie auf die andere Seite bringen sollte, aber wohl gerade zugedröhnt irgendwo im Camp herumhing. Ehe er sie verließ, schärfte er ihnen ein, zusammenzubleiben und das Mädchen keine Minute aus den Augen zu lassen. Hier gebe es Leute, die keine Skrupel kannten, vor allem, wenn sie auf Drogen waren, die würden für ein Paar Turnschuhe oder einen Rucksack jemanden umbringen. Im Camp war das Essen knapp, dafür gab es Schnaps in rauen Mengen, außerdem Gras, Crack, Heroin und eine Auswahl an losen Pillen von undefinierter Wirkung, die in der Mischung mit Alkohol tödlich sein konnten.

Richard

New York

Bei den Ausflügen, die Richard über Jahre mit seinem Freund Horacio unternahm, hatten sie meist abgelegene Gegenden erkundet, waren erst mit dem Subaru irgendwo hingefahren und von dort dann mit Rucksack und Zelt auf ihren Mountainbikes weiter. Dass sein Freund nicht mehr da war, fühlte sich an wie ein kleiner Tod, Horacio hatte in Richards Leben eine Leerstelle hinterlassen, es gab so vieles, was er gern mit ihm geteilt hätte. Horacio hätte gewusst, was vernünftigerweise mit der Leiche im Lexus zu tun wäre, hätte ohne zu zögern gehandelt und dabei noch gelacht. Richard hingegen spürte sein Magengeschwür als bedrohliche Schnabelhiebe, er hatte einen panischen Vogel im Bauch. »Was bringt das, wenn du dauernd an die Zukunft denkst, es geht ja doch alles seinen Gang, du hast es nicht in der Hand, also entspann dich, Bruder«, lautete der x-mal gehörte Rat seines Freundes. Er solle nicht ständig Selbstgespräche führen, vor sich hin nuscheln, zurückschauen, bereuen, Vorsätze fassen. Bloß die Menschen, Sklaven ihres Egos, würden ewig um sich selbst kreisen, sich beobachten und aufpassen, auch wenn nirgends eine Gefahr drohte.

Lucía vertrat etwas Ähnliches, sie hatte den Chihuahua als leuchtendes Beispiel angeführt, weil der immer für alles dankbar war, in der Gegenwart lebte, hinnahm, was ihm widerfuhr, und sich nicht sorgte, was alles noch passieren könnte, obwohl er als ausgesetzter Hund bestimmt schon einiges durchgemacht hatte. »Zu viel Zen-Weisheiten für so einen Knirps«, hatte Richard erwidert, als sie ihm die tierischen Vorzüge aufzählte. Horacio behauptete, er sei nach negativen Gedanken süchtig, und da war etwas dran. Schon mit sieben hatte er sich Sorgen gemacht, die Sonne würde erlöschen und mit ihr jede Form von Leben auf dem Planeten. Dass das noch nicht geschehen war, machte ihm Mut. Horacio sorgte sich noch nicht einmal wegen der Erderwärmung. Bis die Pole abgeschmolzen wären und die Kontinente versanken, wären seine Urenkel an Altersschwäche gestorben oder es würden ihnen Kiemen wachsen, sagte er. Mit ihrer unbegründeten Zuversicht und ihrem unbegreiflichen Hang zum Glücklichsein hätten Horacio und Lucía sich blendend verstanden. Er fühlte sich wohler mit seiner vernünftigen Schwarzseherei.

Bei den Ausflügen mit Horacio zählte jedes Gramm Gepäck, weil sie alles schleppen mussten, und er rechnete sogar die Kalorienmenge aus, die sie brauchten, damit sie heil wieder heimkamen. Horacio, das Improvisationstalent, zog ihn wegen seiner rigiden Vorbereitung auf, aber die Erfahrung hatte gezeigt, dass es anders nicht ging. Einmal hatten sie die Streichhölzer vergessen, hatten eine Nacht hungrig in der Kälte verbracht und dann zurückfahren müssen. Feuer zu machen, indem man ein paar Holzstäbchen aneinanderrieb, war eine Pfadfinderfantasie, so viel wussten sie danach.

Dieselbe Sorgfalt, mit der er die Ausflüge mit seinem Freund vorbereitet hatte, verwandte er jetzt auf die Planung ihres Kurztrips zum See. Er schrieb eine umfassende Liste, was sie brauchen würden, angefangen bei der Verpflegung über Schlafsäcke bis hin zu Ersatzbatterien für ihre Taschenlampen.

»Fehlt bloß noch eine Reisetoilette«, sagte Lucía. »Wir ziehen nicht in den Krieg, Richard, unterwegs gibt es überall Restaurants und Hotels.«

»Wir dürfen uns nicht in der Öffentlichkeit zeigen.«

»Warum nicht?«

»Weil Menschen und Autos nicht einfach verschwinden. Früher oder später sucht man nach ihnen. Wenn wir Spuren hinterlassen, kann man uns identifizieren.«

»Niemand schaut einen an, Richard. Außerdem sehen wir aus wie ein älteres Ehepaar auf Urlaub.«

»Bei dem Schnee? In zwei Autos? Mit einem verheulten Mädchen und einem Hund im Sherlock-Holmes-Kostüm? Und du mit deinem Patchwork auf dem Kopf. Natürlich fallen wir auf.«

Er verstaute die Expeditionsausrüstung im Kofferraum des Subaru und stellte den Katzen ausreichend Futter hin. Ehe sie aufbrachen, rief er die Tierklinik an und erfuhr, dass es Três besser ging, der Kater aber noch einige Tage zur Beobachtung bleiben sollte, dann telefonierte er mit seiner Nachbarin, damit sie, während er fort war, einmal nach den anderen drei Katzen sah. Draußen überprüfte er den Draht am Kofferraum des Lexus und kratzte die Scheiben an beiden Autos frei. Er ging davon aus, dass die Papiere des Wagens in Ordnung waren, sah aber sicherheitshalber nach. Sie lagen im Handschuhfach, zusammen mit einer Fernbedienung und einem goldenen Schlüsselring mit einem einzigen Schlüssel.

»Für die Garage der Leroys?«

Evelyn nickte.

»Und der Schlüssel ist fürs Haus?«

»Nein, nicht fürs Haus.«

»Weißt du, wofür er ist? Hast du ihn schon mal gesehen?«

»Mrs Leroy hat ihn mir gezeigt.«

»Wann denn?«

»Gestern. Am Freitag war sie den ganzen Tag im Bett, sie war sehr deprimiert, sie hat gesagt, ihr tut alles weh. Manchmal ist das so, dann kann sie nicht aufstehen. Außerdem, wo hätte sie hinsollen bei dem Sturm? Gestern ist es ihr aber besser gegangen, und sie wollte weg. Bevor sie gefahren ist, hat sie mir den Schlüssel gezeigt. Sie hat gesagt, er war im Anzug von Mr Leroy. Sie war sehr angespannt. Vielleicht wegen dem, was mit Frankie am Donnerstag passiert ist. Sie hat gesagt, ich soll alle zwei Stunden seinen Zucker messen.«

»Und?«

»Der Schneesturm am Freitag hat Frankie erschreckt, aber gestern war alles in Ordnung. Der Zucker war stabil. In dem Auto ist auch eine Pistole.«

»Eine Pistole?« Richard starrte sie an.

»Mr Leroy hat sie zum Schutz. Wegen seiner Arbeit, sagt er.«

»Was für eine Arbeit ist das?«

»Das weiß ich nicht. Mrs Leroy hat gesagt, dass ihr Mann sich nie scheiden lässt, weil sie zu viel weiß über seine Arbeit.«

»Ein Traumpaar, keine Frage. Ich nehme an, die Waffe war legal. Aber hier ist sie nicht, Evelyn«, sagte Richard, nachdem er das Handschuhfach noch einmal durchgesehen hatte. »Soll mir recht sein, ein Problem weniger.«

»Dieser Leroy ist doch gemeingefährlich«, knurrte Lucía.

»Besser, wir verschwinden hier schleunigst, Lucía. Wir fahren Kolonne. Versuch, mich im Blick zu behalten, aber fahr nicht zu dicht auf, sonst kannst du nicht rechtzeitig bremsen, es ist glatt. Schalt das Licht an, damit du was siehst und gesehen wirst. Falls wir in einen Stau geraten, schalt den Warnblinker ein, dann wissen die Fahrzeuge hinter dir, dass …«

»Ich fahre seit einem halben Jahrhundert, Richard.«

»Ja, aber nicht gut. Eins noch: Auf den Brücken musst du vorsichtig sein, die sind besonders stark vereist.« Und mit widerstrebend fügsamer Miene stieg er in den Lexus.

Lucía setzte sich ans Steuer des Subaru, mit Evelyn und Marcelo auf dem Beifahrersitz und der Straßenkarte mit der rot eingezeichneten Strecke auf der Mittelkonsole, weil sie dem Navigationsgerät nicht recht traute und fürchtete, Richard aus den Augen zu verlieren. Sie hatten mehrere Treffpunkte unterwegs vereinbart, falls sie getrennt würden, und außerdem gab es ja auch noch die Handys: Es war die sicherste Wahnsinnstour aller Zeiten, sagte sie zu Evelyn, um sie zu beruhigen. Im Schneckentempo folgte sie Richard aus Brooklyn hinaus. Zwar herrschte kaum Verkehr, aber der Schnee war doch hinderlich. Lucía hätte gern Musik gehört, am liebsten Judy Collins oder Joni Mitchell, aber sie merkte, dass Evelyn neben ihr leise betete, und vorerst schien es ihr respektlos, sie abzulenken. Marcelo, der das Autofahren nicht gewohnt war, winselte auf ihrem Schoß.

Richard wiederum fror wie ein Schneider und war sehr angespannt, obwohl er vor der Abfahrt eine seiner grünen Pillen genommen hatte. Sollte die Polizei ihn anhalten und den Wagen durchsuchen, wäre er erledigt. Wie sollte er das bitte erklären? Er saß in einem Wagen, der ihm nicht gehörte, also offenbar gestohlen war, und fuhr die unglückliche Kathryn Brown, die er nie lebend gesehen hatte, im Kofferraum spazieren. Die Leiche lag dort schon viele Stunden, aber wegen der Minusgrade hielt die Totenstarre wahrscheinlich weiter an. Theoretisch hätte er sie gern noch einmal angesehen, um sich ihr Gesicht einzuprägen und herauszufinden, wie sie gestorben war, aber praktisch wollten weder Lucía noch er, von Evelyn zu schweigen, je wieder diesen Kofferraum öffnen.

Wer war diese Frau wohl gewesen? Nach dem, was Evelyn erzählte, war sie vermutlich umgebracht worden, weil sie etwas über Frank Leroys Arbeit herausgefunden hatte. Jedenfalls legten seine dubiosen Machenschaften und seine Gewalttätigkeit derartige Schlüsse nah. Wie war er beispielsweise an den Führerschein für Evelyn gekommen? So etwas ging nur über die entsprechenden illegalen Kanäle. Laut Lucía besaß das Mädchen einen Führerschein, der von einem Stamm von Native Americans ausgestellt war.

Er hätte gern mit seinem Vater telefoniert, ihn um Rat gebeten, aber vor allem hätte er gern ein bisschen angegeben und ihm gezeigt, dass er nicht bloß ein Maulheld war, dass er sich auf einen Irrsinn wie diesen durchaus einlassen konnte. Aber es wäre unvorsichtig gewesen, darüber am Telefon zu sprechen. Er stellte sich vor, wie überrascht und glücklich sein alter Herr sein würde, wenn er ihm davon erzählte. Bestimmt würde er Lucía kennenlernen wollen, die beiden würden sich prächtig verstehen. »Alles unter der Voraussetzung, dass wir lebend aus der Sache rauskommen … Ich werde noch paranoid, genau, wie Lucía gesagt hat. Steh uns bei, Anita. Steh uns bei, Bibi«, redete er laut mit ihnen, wie er es oft tat, wenn er allein war. Dadurch fühlte er sich weniger einsam. »Gerade brauche ich eher Schutz als Gesellschaft.«

Er spürte Anitas Gegenwart so deutlich, dass er den Kopf wandte, um zu sehen, ob sie neben ihm saß. Es wäre nicht das erste Mal gewesen, dass sie ihm erschien, aber weil sie immer nur flüchtig auftauchte und gleich wieder verschwand, zweifelte er an der eigenen Wahrnehmung. Fantastereien lagen ihm fern, er hielt sich für streng vernunftgesteuert und verlangte Beweise für jede Behauptung, aber Anita hatte sich diesen Vorgaben schon immer entzogen. Auf einer kopflosen Mission, durchgefroren, weil er die Heizung im Auto nicht einschalten wollte und das Fenster einen Spaltbreit offen bleiben musste, damit die Scheiben nicht beschlugen und vereisten, dachte er jetzt mit seinen sechzig Jahren einmal mehr über seine Vergangenheit nach und kam zu dem Schluss, dass er seine glücklichsten Jahre mit Anita verbracht hatte, ehe das Unheil sie ereilte.

Damals war er wirklich lebendig gewesen. Die Alltagsquerelen waren aus seinem Gedächtnis getilgt, die sprachlichen und kulturellen Missverständnisse, die ständige Einmischung seiner Schwiegereltern und Schwägerinnen, der Ärger, weil sich wieder einmal unangemeldet Freunde bei ihnen breitmachten, Anitas Rituale, für ihn nichts als Aberglaube, und vor allem ihre Wutanfälle, wenn er zu viel getrunken hatte. Er dachte an sie nicht in ihren Krisen, wenn ihre goldenen Augen die Farbe von Teer bekamen, nicht an ihre haltlose Eifersucht oder ihre Raserei und auch nicht daran, dass er sie an der Tür hatte aufhalten müssen wie ein Gefängniswärter, damit sie ihn nicht verließ. Er erinnerte sich nur an sie, wie sie ursprünglich gewesen war, leidenschaftlich, verletzlich und mit großem Herzen. Anita, die ungezähmt Liebende und leicht zu Besänftigende. Sie waren glücklich gewesen. Ihre Auseinandersetzungen währten kurz, und die Versöhnungen füllten Tage und Nächte.

Als Kind war Richard fleißig und schüchtern gewesen und ständig magenkrank. Das ersparte ihm die Teilnahme an den brutalen Sportarten, die an amerikanischen Schulen üblich sind, und mündete unweigerlich in eine akademische Laufbahn. Er studierte Politikwissenschaft mit Schwerpunkt Brasilien, weil er Portugiesisch sprach. Als Kind hatte er die Ferien oft bei seinen Großeltern mütterlicherseits in Lissabon verbracht. Er promovierte über die Machenschaften der brasilianischen Oligarchie und ihrer Verbündeten, die 1964 zum Sturz des charismatischen Präsidenten João Goulart geführt hatten und damit zum Ende seines politisch wie ökonomisch linksgerichteten Programms. Goulart wurde vom Militär gestürzt, ein Putsch, den die USA wie etliche zuvor und danach im Rahmen ihrer nationalen Sicherheitsdoktrin zur Bekämpfung des Kommunismus unterstützten. Auf Goularts Präsidentschaft folgten einundzwanzig Jahre wechselnder Militärregierungen, darunter Phasen harter Repression, in denen Presse und Kultur zensiert wurden, Oppositionelle im Gefängnis landeten, gefoltert wurden und verschwanden.

Goulart starb 1976, nach über einem Jahrzehnt im Exil in Uruguay und Argentinien. Offiziell hieß es, er sei einem Herzinfarkt erlegen, im Volk ging das Gerücht, seine politischen Gegner hätten ihn vergiftet, weil sie fürchteten, er könne aus der Verbannung heimkehren und die Besitzlosen aufwiegeln. Da keine Autopsie durchgeführt wurde, blieb es bei dem bloßen Verdacht, doch bot der Richard Jahre später einen Anlass, Kontakt zu Goularts Witwe Maria Thereza zu suchen, die nach Brasilien zurückgekehrt war und einwilligte, sich für mehrere Interviews mit ihm zu treffen. Richard begegnete einer Dame, so selbstsicher und würdevoll in ihrem Auftreten, wie es nur Menschen sind, deren Schönheit angeboren ist. Sie beantwortete seine Fragen, konnte die Zweifel am Tod ihres Mannes jedoch nicht ausräumen. Obwohl sie ein politisches Ideal und eine Zeit verkörperte, die schon Geschichte waren, weckte diese Frau in Richard eine unheilbare Faszination für Brasilien und seine Menschen.

Richard ging 1985 nach Brasilien, kurz vor seinem neunundzwanzigsten Geburtstag. Die Diktatur näherte sich ihrem Ende, einige Bürgerrechte waren wiederhergestellt, eine Amnestie für politisch Verfolgte trat in Kraft, und die Zensur war gelockert worden. Vor allem hatte die Regierung den Sieg der Opposition bei den Parlamentswahlen von 1982 eingestanden.

Richard erlebte die ersten freien Präsidentschaftswahlen. Das Volk erteilte der Militärregierung und deren Vertretern eine Absage, und der Kandidat der Opposition gewann. Doch die Geschichte spielte dem Land einen bösen Streich, und der Gewählte starb, ehe er sein Amt antreten konnte. Seinem Vizepräsidenten, dem Großgrundbesitzer José Sarney, der dem Militär nahestand, fiel die Aufgabe zu, die »Neue Republik« aus der Taufe zu heben und den Übergang zur Demokratie zu sichern. Für einen Politikwissenschaftler wie Richard waren das spannende Zeiten. Das Land hatte ernste Schwierigkeiten aller Art zu meistern, es hatte die höchsten Auslandsschulden weltweit, steckte in einer Rezession, die wirtschaftliche Macht lag in den Händen einiger weniger, und der große Rest der Bevölkerung litt unter Inflation, Arbeitslosigkeit, Armut und einer Ungleichheit, die viele zu einem Leben im Elend verdammte. Für seine Forschungsarbeit und die Artikel, die er schreiben wollte, fand Richard Material im Überfluss, verspürte daneben aber die unwiderstehliche Verlockung, seine Zeit in dieser lebensfrohen Umgebung auszukosten.

Er zog in eine Studentenbude in Rio de Janeiro, wechselte von der harten portugiesischen Aussprache zur weichen brasilianischen, lernte, Caipirinha zu trinken, obwohl die Limetten in seinem Magen wie Batteriesäure brannten, und tastete sich vor in das fröhliche Treiben der Stadt. Da die attraktivsten Frauen am Strand und auf den Tanzflächen zu finden waren, nahm er sich vor, im Meer zu schwimmen und tanzen zu lernen. Bisher hatte er zum Tanzen keine Notwendigkeit gesehen. Jemand empfahl ihm die Schule von Anita Farinha, wo er sich einschrieb, um Samba und anderes zu lernen. Weil er jedoch wie viele weiße Männer etwas steif in der Hüfte war und sich obendrein vor der Blamage fürchtete, blieb er der schlechteste Schüler im Kurs. Trotzdem wurde seine Anstrengung belohnt, denn dort begegnete er seiner einzigen Liebe.

Das entfernte afrikanische Erbe war an Anitas üppigen Kurven zu erkennen, an ihrer schmalen Taille, den robusten Beinen und einem runden Hintern, den sie bei jedem Schritt ohne jede Koketterie schwenkte. Musik und Anmut waren ein Teil von ihr. In ihrer Schule trat ihr Wesen in seiner ganzen Pracht hervor, aber außerhalb war Anita eine höfliche junge Frau, zurückhaltend, hochanständig und eng verbunden mit ihrer weitläufigen, lärmenden Familie. Sie hing, wenngleich nicht fanatisch, ihrer eigenen Religion an, einem Mischmasch aus katholischen und animistischen Vorstellungen, gewürzt mit weiblicher Mythologie. Hin und wieder nahm sie zusammen mit ihren Schwestern an Candomblé-Zeremonien teil. Als Religion der afrikanischen Sklaven waren die Gottesdienste früher den Schwarzen vorbehalten gewesen, bekamen aber inzwischen Zulauf aus der weißen Mittelschicht. Anita stand unter dem besonderen Schutz der Orisha Yemayá, Göttin der Mutterschaft, des Lebens und der Meere, und wurde von ihr bei der Erfüllung ihres Schicksals geleitet. Das erklärte sie Richard bei dem einzigen Mal, als er sie zu einer Zeremonie begleitete, und er nahm es nicht ernst. Für ihn war dieser heidnische Kult, wie so vieles andere in Anitas Alltag, exotisch und bezaubernd. Sie lachte ebenfalls darüber, glaubte nur so halb daran, glaubte lieber an alles als an nichts, denn damit lief man weniger Gefahr, die Götter zu erzürnen, sollte es sie geben.

Richard warb um Anita mit einer kopflosen Beharrlichkeit,

die man von jemand so Vernünftigem nicht erwartet hätte, und durfte sie schließlich heiraten, nachdem sich siebenunddreißig Mitglieder der Familie Farinha einverstanden gezeigt hatten. Um das zu erreichen, hatte es unzähliger Anstandsbesuche bedurft, deren Absicht unerwähnt bleiben musste und bei denen sein Vater ihn begleitete, der dafür eigens nach Brasilien gekommen war, weil es sich nicht gehört hätte, dass der Anwärter sich allein vorstellte. Joseph Bowmaster trug von Kopf bis Fuß Schwarz, weil seine geliebte Frau Cloé erst vor kurzem verstorben war, steckte sich jedoch als Ausdruck seiner Freude über die Verlobung seines Sohnes eine rote Blume ins Knopfloch. Richard hätte die Hochzeit lieber im kleinen Kreis gefeiert, aber schon mit Anitas Angehörigen und engsten Freunden belief sich die Zahl der Gäste auf über zweihundert. Von Richards Seite nahmen nur sein Vater, sein Freund Horacio, der überraschend aus den USA anreiste, und Maria Thereza Goulart an der Feier teil, die gegenüber dem gutaussehenden amerikanischen Studenten mütterliche Gefühle entwickelt hatte.

Die Präsidentenwitwe war noch immer jung und schön – sie war einundzwanzig Jahre jünger als ihr Mann gewesen –, zog die Aufmerksamkeit der Anwesenden auf sich und stärkte Richard gegen Anitas übermächtigen Clan den Rücken. Sie war es auch, die ihn auf das Offensichtliche hinwies: Durch seine Heirat mit Anita heiratete er ihre Familie mit. Die Feier wurde nicht von den Brautleuten ausgerichtet, sondern von Anitas Mutter, ihren Schwestern und Schwägerinnen, redseligen und herzlichen Frauen, die in ständigem Austausch miteinander standen und über alles Bescheid wussten, was sich im Leben der anderen tat. Sie entschieden noch das kleinste Detail, angefangen bei der Menüfolge bis hin zu dem cremefarbenen Schleier aus Spitze, den Anita zu tragen hatte, weil er ein Erbstück ihrer verstorbenen Urgroßmutter war. Die Männer der Familie spielten eine eher dekorative Rolle, ihr Hoheitsgebiet lag, wenn überhaupt, außerhalb des Hauses. Alle behandelten Richard mit solcher Freundlichkeit, dass er längere Zeit brauchte, um zu begreifen, dass ihm die Farinhas insgesamt mit Argwohn begegneten. Was ihn nicht kümmerte, weil für ihn nur die Liebe zwischen Anita und ihm wirklich zählte. Wie hätte er ahnen sollen, welchen Einfluss die Familie Farinha auf seine Ehe haben würde.

Das Glück des jungen Paares vervielfachte sich mit Bibis Geburt. Die Tochter wurde ihnen im zweiten Ehejahr geschenkt, wie Yemayá es durch die Orakelmuscheln geweissagt hatte, und dieses wundervolle Mädchen war als Gabe so übergroß, dass Anita sich vor dem Preis fürchtete, den die Göttin im Gegenzug von ihr fordern würde. Richard lachte über die Armbänder aus Quarzkristall, die gegen den bösen Blick schützen sollten, und über andere Vorsichtsmaßnahmen seiner Frau. Anita verbot ihm, mit seinem Glück zu prahlen, weil es gefährlich war, Neid zu wecken.

Die besten Momente in dieser Zeit, die auch Jahre später sein Herz noch schneller schlagen ließen, erlebte Richard, wenn Anita sich sanft wie eine Katze an seine Schulter schmiegte oder sich rittlings auf seinen Schoß setzte und die Nase an seinem Hals vergrub oder als Bibi mit der Anmut ihrer Mutter und ihrem Milchzahnlachen ihre ersten Schritte tat. Anita in Küchenschürze beim Obstschneiden im Sommer; Anita in ihrer Tanzschule, sich zum Gitarrenspiel schlängelnd wie ein Aal; Anita, in seinen Armen im Schlaf schnurrend nach der Liebe; Anita mit ihrem Wassermelonenbauch, wie sie sich schwer auf ihn stützte, um die Treppe zu erklimmen; Anita im Schaukelstuhl mit Bibi an der Brust, leise singend im rötlichen Licht des Abends.

Er hatte sich nie erlaubt, daran zu zweifeln, dass das auch Anitas beste Jahre gewesen waren.

Lucía und Richard

Norden von New York

Den ersten Zwischenstopp legten sie an einer Tankstelle eine halbe Stunde außerhalb der Stadt ein, um für den Lexus Schneeketten zu kaufen. Richard hatte seit den Zeiten, in denen er mit Horacio zum Eisfischen gefahren war, immer Winterreifen auf dem Subaru. Er hatte Lucía vor der Eisglätte gewarnt, der häufigsten Ursache für schwere Verkehrsunfälle im Winter. »Noch ein Grund, die Ruhe zu bewahren. Entspann dich«, hatte sie darauf erwidert und damit, ohne es zu wissen, Horacios Ratschlag wiederholt. Lucía sollte einen halben Kilometer weiter an einer Abzweigung warten, während er die Ketten besorgte.

Richard wurde von einer alten Frau mit grauen Haaren und roten Holzfällerhänden bedient, der einzigen lebenden Seele an dieser Tankstelle. Sie erwies sich als geschickter und kräftiger, als man auf den ersten Blick vermutet hätte, zog, ohne sich um die Kälte zu scheren, die Ketten in weniger als zwanzig Minuten eigenhändig auf und erzählte ihm dabei schreiend, dass sie Witwe war und den Laden allein am Laufen hielt, achtzehn Stunden am Tag, sieben Tage die Woche, auch an einem Sonntag wie diesem, wenn keiner vor die Tür ging. Einen Ersatz für das kaputte Rücklicht hatte sie nicht.

»Wo wollen Sie denn hin bei dem Wetter?«, fragte sie beim Kassieren.

»Zu einer Beerdigung«, antwortete Richard mit einem Schaudern.

Wenig später verließen beide Autos die Interstate und fuhren einige Kilometer auf einer Nebenstraße weiter, aber die war irgendwann nicht mehr geräumt, und sie mussten umkehren. Sie begegneten nur sehr wenigen Autos und keinem von den großen Trucks und den Überlandbussen, die zwischen den USA und Kanada verkehrten, weil die angewiesen worden waren, ihren Betrieb erst am Montag wiederaufzunehmen, wenn sich die Verkehrslage normalisiert hätte. Die verschneiten Nadelwälder verloren sich vor dem endlosen Weiß des Himmels, und die Straße war ein dünner Bleistiftstrich zwischen Wällen aus Schnee. Alle paar Kilometer musste Richard anhalten und das Eis von den Scheibenwischern kratzen. Die Temperatur lag mehrere Grad unter null und fiel weiter. Er beneidete die Frauen und den Hund, die im Subaru die Heizung voll aufgedreht hatten. Er hingegen trug inzwischen eine Skimaske und so viele Kleiderschichten übereinander, dass er die Ellbogen und Knie kaum noch beugen konnte.

Im Verlauf der Stunden taten die grünen Pillen ihre Wirkung, und die Ängste, die Richard vor der Abfahrt belastet hatten, fielen von ihm ab. Die Fragen über Kathryn Brown schienen weniger dringlich, alles wurde zu einem Roman, der ihn nichts anging, geschrieben von jemand, der nicht er war. Er verspürte eine gewisse Neugier auf das, was unmittelbar bevorstand, den Wunsch, zu erfahren, wie die Geschichte ausgehen würde, aber keine Eile, an sein Ziel zu gelangen. Früher oder später würde er ankommen und tun, was er tun musste. Besser gesagt, würde er tun, was Lucía ihm gesagt hatte. Sie entschied, er musste bloß Folge leisten. Er schwebte.

Die Landschaft blieb dieselbe, die Zeit verging auf dem Zifferblatt der Uhr, und der Kilometerstand wuchs, aber Richard bewegte sich nicht vom Fleck, steckte fest, war versunken in einem weißen Raum, hypnotisiert von der Einförmigkeit. Nie zuvor war er durch eine solche Winterlandschaft gefahren. Er war sich der Gefahren bei diesen Straßenverhältnissen bewusst, er hatte Lucía vor ihnen gewarnt, und auch der unmittelbarsten Gefahr, dass der Schlaf ihn bezwang, der schon schwer auf seinen Lidern lastete. Er schaltete das Radio ein, aber der schlechte Empfang und das Rauschen nervten ihn – dann lieber Stille. Er kämpfte darum, in die Wirklichkeit zurückzukehren, in das Auto, auf die Straße, das Ziel im Visier. Er trank ein paar Schlucke lauwarmen Kaffee aus der Thermoskanne und dachte, dass er im nächsten Ort aufs Klo gehen, einen starken Kaffee trinken und zwei Aspirin nehmen musste.

Im Rückspiegel konnte er die Scheinwerfer des Subaru sehen, die in den Kurven verschwanden, wenig später wiederauftauchten, und er fürchtete, dass Lucía genauso müde wäre wie er. Er hatte Mühe, in der Gegenwart zu bleiben, seine Gedanken gerieten durcheinander und verfingen sich in Bildern aus seiner Vergangenheit.

Im Subaru betete Evelyn weiterhin leise für Kathryn Brown, wie man das in ihrem Dorf für die Verstorbenen tat. Die Seele der Toten hatte nicht zum Himmel aufsteigen können, weil sie ohne Vorwarnung aus dem Leben gerissen worden war, und blieb auf halbem Weg gefangen. Womöglich steckte sie noch immer in dem Kofferraum. Das war ein Sakrileg, eine Sünde, ein unverzeihlicher Mangel an Respekt. Wer würde für Kathryn die nötigen Abschiedsrituale durchführen? Nichts war bedauernswerter als eine unerlöste Seele. Und Evelyn trug die Verantwortung für sie. Hätte sie das Auto nicht genommen, dann hätte sie niemals erfahren, was mit Kathryn geschehen war, aber so waren sie jetzt aneinandergebunden. Viele Gebete und neun Tage der Trauer würden notwendig sein, um Kathryns Seele zu befreien. Die Ärmste, niemand hatte um sie geweint, niemand ihr Lebewohl gesagt. In Evelyns Dorf wurde ein Hahn geschlachtet, wenn jemand starb, damit er den Toten auf die andere Seite begleitete, und man stieß auf seine Reise in den Himmel mit Rum an.

Evelyn betete und betete, einen Rosenkranz nach dem anderen, während Marcelo, müde gewinselt, auf ihrem Schoß eingeschlafen war, mit hängender Zunge und halb geöffneten Augen, weil seine Lider nicht ganz schlossen. Lucía stimmte eine Weile in Evelyns Litanei aus Vaterunsern und Ave-Marias ein, die sie als Kind gelernt hatte und auch jetzt noch flüssig herbeten konnte, obwohl sie das seit über vierzig Jahren nicht getan hatte. Das monotone Wiederholen schläferte sie ein, und um sich wach zu halten, fing sie an, Evelyn aus ihrem Leben zu erzählen und ihr Fragen zu stellen. Die junge Frau hatte Vertrauen gefasst und stotterte jetzt weniger.

Es dunkelte bereits und hatte erneut zu schneien begonnen, wie von Richard befürchtet, und noch immer hatten sie die Ortschaft nicht erreicht, wo sie zur Toilette gehen und etwas essen wollten. Jetzt mussten sie noch langsamer fahren. Richard versuchte Lucía übers Handy zu erreichen, hatte aber kein Netz, deshalb fuhr er rechts ran und schaltete den Warnblinker ein. Lucía parkte hinter ihm, sie befreiten die Scheiben vom Schnee, sprühten sie mit Enteiser ein und teilten sich dann eine Thermoskanne mit heißer Schokolade und etwas Schmalzgebäck. Evelyn musste erst überzeugt werden, dass es nicht der geeignete Zeitpunkt war, um für Kathryn Brown zu fasten, die Gebete würden genügen müssen. Die Temperatur im Lexus war dieselbe wie draußen, und trotz seiner vielen Kleiderschichten schlotterte Richard vor Kälte. Er nutzte die Pause, um die tauben Beine zu strecken, hüpfte auf der Stelle und schlug sich auf die Schultern, um sich etwas aufzuwärmen. Er überprüfte, dass mit beiden Fahrzeugen alles in Ordnung war, zeigte Lucía noch einmal die Streckenführung auf der Karte und gab das Zeichen zum Aufbruch.

»Ist es noch weit?«, wollte sie wissen.

»Schon. Wir werden keine Zeit haben, irgendwo zu essen.«

»Wir sind schon seit sechs Stunden unterwegs, Richard.«

»Ich bin auch müde, und außerdem durchgefroren, bestimmt bekomme ich eine Lungenentzündung, ich spüre das schon, aber wir müssen es bis zur Hütte schaffen, bevor es ganz dunkel ist. Sie liegt etwas abseits, und wenn ich die Zufahrt nicht sehe, kann es sein, dass wir sie verfehlen.«

»Und das Navi?«

»Kennt die Abzweigung nicht. Bisher habe ich sie noch immer gefunden, aber ich brauche wenigstens einen Rest Helligkeit. Was hat der Chihuahua?«

»Nichts.«

»Er sieht aus wie tot.«

»So ist das, wenn er schläft.«

»Was für ein hässliches Tier!«

»Psst, er hört dich, Richard. Ich muss mal.«

»Dann bitte gleich hier. Pass auf, dass dir der Hintern nicht abfriert.«

Die beiden Frauen hockten sich neben ihr Auto, während sich Richard hinter seins stellte. Marcelo hob kurz die Nase, als er merkte, dass niemand mehr bei ihm war, warf einen Blick nach draußen und beschloss, weiter durchzuhalten. Niemand würde ihn dazu bringen, eine Pfote in den Schnee zu setzen.

Sie fuhren weiter, erreichten nach siebenundzwanzig Kilometern eine kleine Ortschaft, die üblichen Geschäfte entlang der Hauptstraße, eine Tankstelle, zwei Kneipen und ein paar einstöckige Häuser. Richard sah ein, dass sie es unmöglich noch im Hellen bis zum See schaffen würden, und entschied, hier die Nacht zu verbringen. Der Wind hatte aufgefrischt, die Temperatur fiel weiter, und er musste sich aufwärmen, der Unterkiefer tat ihm schon weh vom Zähneklappern. Die Nacht in einem Hotel zu verbringen gefiel ihm zwar nicht, war aber immer noch besser, als in die Dunkelheit zu fahren und sich zu verirren. Sein Handy hatte wieder Netz, und er konnte Lucía die Planänderung mitteilen. Sie hatten nur wenig Hoffnung, eine behagliche Bleibe zu finden, doch am Ortsausgang gab es tatsächlich ein Motel, dessen Zimmer direkt auf den Parkplatz hinausgingen, so dass man weitgehend unbemerkt bleiben konnte. An der Rezeption roch es nach Holzschutzmittel, und Richard erfuhr, dass das Gebäude gerade renoviert wurde und es nur ein freies Zimmer gab. Er bezahlte 49,90 Dollar in bar und ging dann hinaus, um die Frauen zu holen.

»Mehr war nicht zu haben. Wir müssen uns das Zimmer teilen«, sagte er.

»Endlich schlafen wir zusammen, Richard!«, rief Lucía.

»Tja … Ich lasse Kathryn nur ungern im Auto«, sagte er, um das Thema zu wechseln.

»Willst du lieber mit ihr schlafen?«

Das Zimmer roch genau wie die Rezeption und sah zusammengeschustert aus wie eine schlechte Theaterkulisse. Die Decke niedrig, die Möbel wackelig, alles überzogen vom trübsinnigen Belag des Gewöhnlichen. Zwei Betten, ein alter Fernseher, im Badezimmer Schimmel in den Fugen und ein unablässig tropfender Wasserhahn, aber es gab einen elektrischen Wasserkocher, die Dusche wurde heiß, und die Heizung lief auf Hochtouren. Tatsächlich herrschte in dem Raum eine Bullenhitze, und schon nach wenigen Minuten wurde es Richard so warm, dass er sich aus den dicken Wintersachen schälen konnte. Der kaffeebraune Teppichboden und die schwarz karierten Bettüberwürfe brauchten dringend eine Grundreinigung, aber die Bettwäsche und die Handtücher waren, wenn auch abgenutzt, immerhin sauber. Marcelo flitzte ins Bad und hob in einer Ecke lange das Bein, unter dem belustigten Blick von Lucía und dem entsetzten von Richard.

»Und was machen wir jetzt damit?«, fragte er.

»Unter deiner generalstabsmäßig zusammengestellten Ausrüstung befindet sich doch bestimmt Küchenpapier. Ich geh es holen, du hast genug gefroren für heute.«

Kurze Zeit später waren Richards Befürchtungen, sich eine Lungenentzündung zu holen, verflogen, und er erklärte sich bereit, etwas zu essen zu besorgen, da ihnen bei dem Wetter bestimmt niemand eine Pizza lieferte und es im Motel keine Küche gab, sondern nur eine Bar, in der man Oliven und in die Jahre gekommene Kartoffelchips bekam. Im Ort, wie trostlos er auch sein mochte, würde es bestimmt wenigstens einen Chinesen oder einen Texmex geben. Ihren mitgebrachten Proviant wollten sie lieber für den nächsten Tag aufsparen. Als Richard vierzig Minuten später mit chinesischem Essen und ihren beiden Thermoskannen voller Kaffee zurückkam, fand er Lucía und Evelyn vor dem Fernseher, wo sie die Berichterstattung über den Schneesturm verfolgten.

»Am Freitag wurden im Staat New York die tiefsten Temperaturen seit 1869 gemessen. Der Sturm hat knapp drei Stunden gedauert, aber schneien wird es noch bis übermorgen. Die Schäden gehen in die Millionen. Das Tief hat einen Namen, es heißt Jonas«, fasste Lucía für ihn zusammen.

»Am See ist es bestimmt noch heftiger. Je weiter man nach Norden kommt, desto kälter wird es«, sagte Richard, während er Handschuhe, Anorak, Daunenweste, Schal, Mütze und Skimaske auszog.

Auf seinem T-Shirt bemerkte er eine winzige Fliege, aber als er am Stoff zupfte, sprang sie davon.

»Ein Floh!«, schrie er und klopfte sich verzweifelt am ganzen Körper ab.

Lucía und Evelyn wandten kaum den Blick vom Fernseher.

»Flöhe! Hier gibt es Flöhe!«, wiederholte Richard und kratzte sich.

»Was hast du erwartet für 49,90? Uns Chilenen beißen sie nicht«, sagte Lucía.

»Mich auch nicht«, sagte Evelyn.

»Aber du bist halt zum Anbeißen, Richard«, konstatierte Lucía.

Die Pappschachteln vom Chinesen sahen deprimierend aus, ihr Inhalt war aber weniger grausam als erwartet. Obwohl das viele Salz jeden anderen Geschmack überdeckte, weckte das Chow mein ihre Lebensgeister, und selbst der Chihuahua, der wegen seiner Schwierigkeiten mit dem Kauen sehr wählerisch war, wollte einen Nachschlag. Richard kratzte sich noch eine Weile, fand sich aber schließlich mit den Flöhen ab und verdrängte den Gedanken an die Kakerlaken, die aus den Ritzen krabbeln würden, sobald sie das Licht löschten. Mit den Frauen verbunden durch ihre waghalsige Unternehmung, fühlte er sich in diesem an sich traurigen Motelzimmer behaglich und sicher, tastete sich auf das Gebiet der Freundschaft vor und war aufgeregt wegen der Nähe zu Lucía. So wenig vertraut war ihm dieses warme Gefühl von Glück, dass er es nicht wiedererkannte.

Er hatte eine Flasche Tequila Méndez gekauft, weil Lucía

ihn um etwas Hochprozentiges gebeten hatte, womit sie ihren und Evelyns Kaffee anreichern konnte, und die Hotelbar nichts anderes hergab. Zum ersten Mal seit Jahren hätte er auch gern etwas getrunken, mehr wegen des Gemeinschaftsgefühls als aus echtem Verlangen, aber er verbot es sich. Er wusste aus Erfahrung, dass er besser die Finger davon ließ, dass er bloß die Lippen benetzen musste, um wieder Hals über Kopf in der Sucht zu landen.

Zum Schlafen war es trotz der Nachtschwärze draußen viel zu früh, und da sie sich nicht auf ein Fernsehprogramm einigen konnten und alles dabeihatten, nur nichts zu lesen, erzählten sie einander schließlich wieder ihr Leben, wie sie das schon am Abend zuvor getan hatten, diesmal ohne den Zauber der Kekse, aber nicht weniger offen und zutraulich. Richard fragte nach Lucías gescheiterter Ehe, weil er ihren Mann, Carlos Urzúa, von der Uni her kannte. Er hatte ihn immer bewundert, was er Lucía gegenüber unerwähnt ließ, denn in persönlicher Hinsicht war der Mann vermutlich weniger bewundernswert.

Lucía

Chile

In den zwanzig Jahren ihrer Ehe wäre Lucía jede Wette eingegangen, dass ihr Mann ihr treu war, hielt sie ihn doch für viel zu beschäftigt, um sich auf die Schleichwege heimlicher Liebschaften zu begeben, aber wie in manch anderem, so sollte sie auch darin durch die Zeit eines Besseren belehrt werden. Sie war stolz darauf, dass sie ihm ein stabiles Zuhause und eine wunderbare Tochter geschenkt hatte. Er war an beidem zunächst pflichtschuldig, später nachlässig beteiligt, nicht weil er ein schlechter Mensch gewesen wäre, sondern aus Charakterschwäche, wie Daniela konstatierte, als sie alt genug war, sich eine Meinung über ihre Eltern zu bilden, ohne sie zu verdammen. Von Beginn an war es an Lucía, ihn zu lieben, und an ihm, sich lieben zu lassen.

Sie lernten sich 1990 kennen. Lucía war nach fast siebzehn Jahren aus dem Exil nach Chile zurückgekehrt und ergatterte eine Anstellung als Produzentin beim Fernsehen, unter großen Anstrengungen, weil es unzählige junge Leute gab, die besser ausgebildet waren als sie und ebenfalls Arbeit suchten. Die Sympathie für die Heimkehrer hielt sich in Grenzen: Die Linke warf ihnen vor, sie hätten aus Feigheit das Land verlassen, die Rechte, sie seien Kommunisten.

Die Hauptstadt hatte sich so stark verändert, dass Lucía die Straßen ihrer Kindheit kaum wiedererkannte, die jetzt nicht mehr die Namen von Heiligen und Blumen trugen, sondern nach Generälen und Helden vergangener Kriege benannt waren. Die Stadt war sauber und aufgeräumt wie ein Kasernenhof, wo einst Wandbilder im Stil des Sozialistischen Realismus geprangt hatten, standen jetzt weiße Wände und gut gepflegte Bäume. An den Ufern des Río Mapocho hatte man Kinderspielplätze angelegt, und niemand erinnerte sich mehr an den Müll und an die Toten, die das Flusswasser einst ins Tal gespült hatte. Die grauen Gebäude in der Innenstadt, die lärmenden Busse und Mopeds, die mühsam kaschierte Armut der kleinen Büroangestellten, die müden Menschen und die Jungs, die an den Ampeln jonglierten, um sich ein paar Pesos zu verdienen, standen in einem harten Kontrast zu den wie Zirkuszelte beleuchteten Shopping-Malls in den Reichenvierteln, wo keine Wünsche offenblieben: Kaviar aus dem Baltikum, Schokolade aus Wien, Tee aus China, Rosen aus Ecuador, Parfum aus Paris … wer es sich leisten konnte, fand hier alles, was das Herz begehrte. Zwei Nationen teilten sich denselben Raum, die kleine Nation derer, die kosmopolitisch beeinflusst waren und sich weltläufig gaben, und die große aus allen anderen. Die Viertel der Mittelschicht strahlten eine Modernität auf Pump aus und die der Oberschicht ein Raffinement, das aus dem Ausland stammte. Die Auslagen der Geschäfte dort erinnerten an die Park Avenue, und die Villen wurden geschützt von Elektrozäunen und scharfen Hunden. In der Nähe des Flughafens und entlang der Autobahn lebten die Menschen dagegen in Elendssiedlungen, verborgen vor den Blicken der Touristen durch Mauern und riesige Werbetafeln mit Blondinen in Unterwäsche darauf.

Von dem bescheidenen, tüchtigen Chile, das Lucía kannte, war auf den ersten Blick wenig übrig, neuerdings protzte man offenbar gern. Doch musste man nur die Hauptstadt verlassen, um etwas von dem früheren Chile wiederzufinden, mit seinen Fischerdörfern und Wochenmärkten, den Wirtshäusern, wo man Fischsuppe und frisch gebackenes Brot bekam, mit seinen einfachen, gastfreundlichen Menschen, die so sprachen wie eh und je und sich beim Lachen die Hand vor den Mund hielten. Lucía hätte gern dort gelebt, fernab vom Trubel der Hauptstadt, aber für ihre Recherchen musste sie in Santiago sein.

Sie wusste, dass sie fremd war im eigenen Land, nicht über das Netz aus sozialen Beziehungen verfügte, ohne das fast nichts zu erreichen war, und verloren auf den Spuren einer Vergangenheit wandelte, für die dem eiligen Chile der Gegenwart die Zeit fehlte. Sie kannte die Losungen und Codes nicht mehr, selbst der Humor hatte sich verändert, die Sprache war zurückhaltend und durchsetzt mit beschönigenden Umschreibungen, ein Nachgeschmack aus den harten Zeiten der Zensur. Niemand fragte, was sie in ihren Jahren im Ausland getan hatte, niemand wollte wissen, wo sie gelebt hatte und wie es ihr ergangen war. Dieses Zwischenspiel war aus ihrem Leben getilgt.

Lucía hatte ihr Apartment in Vancouver verkauft und etwas Geld gespart, so dass sie sich in Santiago eine kleine, aber gut gelegene Wohnung kaufen konnte. Ihre Mutter war gekränkt, dass sie nicht bei ihr einziehen wollte, doch mit ihren sechsunddreißig Jahren brauchte sie Unabhängigkeit. »In Kanada ist das vielleicht üblich, aber hierzulande leben unverheiratete Frauen bei den Eltern«, beharrte Lena. Mit dem, was Lucía verdiente, kam sie knapp über die Runden und konnte daneben ihr erstes Buch vorbereiten. Sie hatte sich ein Jahr Zeit dafür gegeben, begriff aber bald, dass die Recherche erheblich schwieriger war als angenommen. Das Militär war erst vor wenigen Monaten durch eine Volksabstimmung entmachtet worden, und in diesem versehrten Land unternahm die Demokratie ihre ersten zaghaften Schritte noch unter Vorbehalt. Die Atmosphäre war geprägt von Argwohn, und die Art von Information, die Lucía suchte, gehörte zur beschwiegenen Geschichte.

Carlos Urzúa arbeitete als namhafter und umstrittener Anwalt mit der Interamerikanischen Kommission für Menschenrechte zusammen. Da er viel reiste und sehr beschäftigt war, wartete Lucía wochenlang, bis sie einen Termin für ein Gespräch mit ihm bekam. Sein Büro in einem gesichtslosen Gebäude im Zentrum von Santiago bestand aus drei Räumen, vollgestellt mit Schreibtischen und Aktenschränken aus Metall, deren Schubladen von Unterlagen überquollen, Regalen mit juristischen Wälzern, einer Pinnwand mit Schwarzweißfotos von fast ausnahmslos jungen Leuten und einer Wandtafel, auf der Termine und Fristen vermerkt waren. Einzige Zeichen von Fortschritt waren zwei Computer, ein Fax und ein Fotokopierer. In einer Ecke tippte Lola, die Sekretärin, mit der Hingabe einer Konzertpianistin auf einer elektrischen Schreibmaschine, eine füllige rosige Frau mit der unschuldigen Ausstrahlung einer Nonne. Carlos empfing Lucía hinter seinem Schreibtisch im dritten Raum, der sich von den beiden anderen nur durch ein Bäumchen in einem Blumentopf unterschied, wie durch ein Wunder lebendig im schummrigen Dunkel dieses Büros. Er war ungeduldig.

Der Anwalt war gerade einundfünfzig geworden und vital wie ein Athlet. Er war der attraktivste Mann, den Lucía je gesehen hatte, und weckte eine unmittelbare und zerstörerische Leidenschaft in ihr, die sich bald in Faszination für seine Person und seine Arbeit verwandeln sollte. Doch vorerst war sie völlig aus dem Konzept gebracht und konnte sich nicht auf ihre Fragen besinnen, während er wartete und entnervt mit einem Bleistift auf seinen Schreibtisch einstach.

Weil sie fürchtete, er werde sie wieder hinauskomplimentieren, traten ihr Tränen in die Augen, und sie stammelte, sie habe viele Jahre außerhalb Chiles verbracht und betreibe ihre Forschungen zu den Verschwundenen aus sehr persönlichen Motiven, weil ihr Bruder einer von ihnen sei. Verwirrt von der Wendung, die dieses Treffen nahm, schob er Lucía ein Kästchen mit Papiertaschentüchern über den Tisch und bot ihr einen Kaffee an. Sie schnäuzte sich, beschämt, dass sie vor diesem Mann die Fassung verloren hatte, der ganz bestimmt schon zig Fälle wie ihren gesehen hatte.

Lola brachte löslichen Kaffee für sie und Beuteltee für ihn. Als sie Lucía die Tasse hinstellte, legte sie ihr die Hand auf die Schulter und ließ sie kurz dort liegen. Die unerwartete, gütige Geste löste den nächsten Tränenstrom aus, und von dem ließ Carlos sich erweichen.

Danach konnten sie reden. Lucía zog das Gespräch bei Tee und Kaffee übertrieben in die Länge; Carlos verfügte über Informationen, an die sie ohne seine Unterstützung unmöglich herankommen würde. Über drei Stunden beantwortete er ihre Fragen, gab sich Mühe, das Unerklärliche zu erklären, und als sie schließlich beide erschöpft waren und es draußen bereits dunkelte, bot er ihr an, sein Archiv einzusehen. Lola war schon länger gegangen, aber Carlos sagte, Lucía solle ein andermal wiederkommen, seine Sekretärin werde ihr die gewünschten Unterlagen heraussuchen.

Die Situation war alles andere als romantisch, aber dem Anwalt war nicht entgangen, welchen Eindruck er auf seine Besucherin gemacht hatte, und da sie ihm anziehend schien, erbot er sich, sie nach Hause zu bringen, obwohl er eigentlich aus Prinzip nichts mit komplizierten Frauen anfing und schon gar nichts mit Heulsusen. Bei seiner täglichen Arbeit erlebte er genug emotionale Dramen. In Lucías Wohnung nahm er das Angebot an, ihre Pisco-Sour-Mischung zu probieren. Scherzhaft sollte er später behaupten, sie habe ihn betrunken und dann durch Hexenkunst gefügig gemacht. Diese erste Nacht verbrachten sie berauscht vom Pisco und überrascht, dass sie miteinander im Bett gelandet waren. Am nächsten Morgen verabschiedete er sich sehr früh mit einem keuschen Küsschen, und sie hörte nichts mehr von ihm. Er meldete sich nicht und rief auch nicht zurück.

Drei Monate später wurde Lucía unangemeldet in der Kanzlei Urzúa vorstellig. Lola, die Sekretärin, saß an ihrem Platz und tippte mit dem gleichen Furor wie beim letzten Mal, erkannte sie sofort wieder und fragte, wann sie die Archivunterlagen einsehen wolle. Lucía erklärte ihr nicht, dass Carlos nicht auf ihre Anrufe reagiert hatte, weil Lola das wahrscheinlich schon wusste. Die Sekretärin führte sie ins Büro ihres Chefs, brachte ihr eine Tasse löslichen Kaffee mit Kondensmilch und bat um Geduld, da der Anwalt bei Gericht sei, aber es dauerte keine halbe Stunde, da kam er mit aufgeknöpftem Hemdkragen und dem Jackett überm Arm herein. Lucía begrüßte ihn im Stehen und verkündete ihm ohne Umschweife, dass sie schwanger war.

Ihr kam es vor, als würde er sich nicht im Geringsten an sie erinnern, was er weit von sich wies, selbstverständlich wisse er, wer sie sei, und er habe ihre Pisco-Nacht in allerbester Erinnerung, er sei nur überrumpelt und deshalb sprachlos. Als sie ihm sagte, dass das vielleicht ihre letzte Chance war, Mutter zu werden, verlangte er ungerührt einen Vaterschaftstest. Lucía war drauf und dran zu gehen, und sie hätte das Kind auch allein großgezogen, aber beim Gedanken an ihre eigene Kindheit ohne Vater lenkte sie ein. Das Testergebnis ließ keinen vernünftigen Zweifel an Carlos' Vaterschaft zu, und sein

Misstrauen und seine Verärgerung wichen einer aufrichtigen Begeisterung. Heiraten sollten sie, sagte er, auch für ihn sei das die letzte Chance, seinen Horror vor der Ehe zu überwinden, und er freue sich darauf, Vater zu werden, obwohl er alt genug war, um Großvater zu sein.

Lena prophezeite ihrer Tochter, diese Ehe werde höchstens ein paar Monate halten, wegen der fünfzehn Jahre Altersunterschied und weil sich Carlos Urzúa, sobald das Kind auf der Welt wäre, aus dem Staub machen würde. Ein eingefleischter Junggeselle wie er könne das Gebrüll eines Neugeborenen unmöglich ertragen. Lucía machte sich mit stoischem Realitätssinn auf diese Möglichkeit gefasst. In Chile war Scheidung rechtlich nicht vorgesehen – erst 2004 sollte es ein Scheidungsgesetz geben –, aber auf verschlungenen Wegen ließ sich mit Hilfe von falschen Zeugen und nachsichtigen Richtern die Annullierung einer Ehe erwirken. Dieses Verfahren war so gängig und vielfach erprobt, dass man die Paare, die ein Leben lang zusammenblieben, an einer Hand abzählen konnte. Lucía schlug dem werdenden Vater vor, sich nach der Geburt als Freunde wieder zu trennen. Sie war verliebt, sah aber ein, dass Carlos sie hassen würde, wenn er sich gefangen fühlte. Als er ihren Vorschlag jedoch unmoralisch fand und rundheraus ablehnte, keimte in ihr die Vorstellung, mit der Zeit und der Gewöhnung an die Nähe könne er sie schließlich ebenfalls lieben. Sie nahm sich vor, alles in ihrer Macht Stehende dafür zu tun.

Sie zogen zusammen in das Haus, das Carlos von seinen Eltern geerbt hatte, es war in einem schlechten Zustand, und die Gegend hatte an Prestige verloren, seit Santiago die umliegenden Hänge hinaufwuchs, weil die Wohlhabenden lieber abseits der Gifthaube wohnten, unter der die Innenstadt keuchte. Auf Anraten ihrer Mutter vertagte Lucía die Recherche zu ihrem Buch, weil das düstere Thema die Psyche des Kindes im Mutterleib belasten konnte. »Niemand sollte sein Leben im Bauch einer Mutter beginnen, die auf der Suche nach Leichen ist«, sagte Lena. Nie zuvor hatte sie im Zusammenhang mit den Verschwundenen ein solches Wort benutzt, es war, als würde sie eine Grabplatte auf ihren Sohn legen.

Carlos teilte die Auffassung seiner Schwiegermutter und weigerte sich hartnäckig, Lucía vor der Entbindung bei ihrem Buch zu helfen. Die Monate bis dahin sollten eine Zeit voller Freude, Zärtlichkeit und Erholung sein, sagte er, aber Lucía erfuhr durch die Schwangerschaft einen Energieschub, und anstatt Kinderschühchen zu häkeln, ging sie daran, das Haus von innen und außen zu streichen. In ihrer freien Zeit belegte sie Handwerkskurse, polsterte schließlich die Wohnzimmermöbel neu und ersetzte die Wasserrohre in der Küche. Wenn ihr Mann aus der Kanzlei kam, fand er sie mit dem Hammer in der Hand und jeder Menge Nägeln zwischen den Zähnen oder, den dicken Bauch unter die Spüle geschoben, mit der Lötlampe im Anschlag. Nicht minder begeistert fiel sie über den seit einem Jahrzehnt wuchernden Wildwuchs hinter dem Haus her und verwandelte ihn mit Hilfe von Hacke und Spaten in einen unsortierten Garten, wo Rosenbüsche neben Kopfsalat und Zwiebeln wuchsen.

Sie war mitten in einem ihrer Maurerprojekte, als das Fruchtwasser ihre Beine hinabrann. Sie dachte, sie hätte ohne Vorwarnung in die Hose gemacht, aber ihre Mutter, die gerade zu Besuch war, rief eilig ein Taxi und brachte sie zur Geburtsklinik.

Daniela kam als Siebenmonatskind zur Welt, und Carlos wies die Schuld Lucías verantwortungslosem Verhalten zu. Als sie einige Tage zuvor weiße Wolken an die himmelblaue

Decke des Kinderzimmers gemalt hatte, war sie von der Leiter gestürzt. Daniela lag drei Wochen im Brutkasten und musste zwei weitere zur Beobachtung im Krankenhaus bleiben. Dieses noch unfertige, an Schläuche und Monitore angeschlossene Geschöpf, das aussah wie ein nackter Affe, rief beim Vater ein hohles, übelkeitsähnliches Gefühl im Magen hervor, aber als das Mädchen schließlich zu Hause in seiner Wiege lag und entschlossen Papas Zeigefinger umklammerte, war es für immer um ihn geschehen. Daniela sollte der einzige Mensch werden, vor dem Carlos Urzúa kapitulierte, der einzige, den zu lieben er fähig war.

Lenas düsterer Prognose zum Trotz hielt die Ehe ihrer Tochter zwei Jahrzehnte lang. Fünfzehn Jahre davon schürte Lucía ohne das geringste Zutun ihres Ehemanns das romantische Feuer, eine Großtat ihrer Fantasie und Unbelehrbarkeit. Bevor sie geheiratet hatte, war Lucía viermal ernsthaft verliebt gewesen, zum ersten Mal in den vermeintlichen Guerrillero im Exil in Caracas, der den theoretischen Kampf für die sozialistische Gleichheit focht, von der die Frauen allerdings ausgenommen waren, wie sie bald feststellen sollte, und zum letzten Mal in einen afrikanischen Musiker mit ausgeprägten Muskeln und Plastikperlen in den Rastalocken, der ihr irgendwann gestand, dass er im Senegal zwei rechtmäßige Ehefrauen und einen Stall voll Kinder hatte. Für den Hang ihrer Tochter, das Objekt ihrer Begierde mit allen möglichen ausgedachten Tugenden zu versehen, hatte Lena den Begriff »Weihnachtsbaumsyndrom« geprägt. Lucía suchte sich irgendeine Allerweltsfichte aus, behängte sie mit Flitterkram und Lametta, und wenn der Plunder mit der Zeit abfiel, kam ein vertrocknetes Baumgerippe zum Vorschein. Lena schrieb das dem Karma ihrer Tochter zu: Das Weihnachtsbaumsyndrom zu überwinden gehörte zu den Lektionen, die Lucía in diesem Leben zu lernen hatte, um den Irrtum im nächsten nicht zu wiederholen. Eigentlich war Lena gläubige Katholikin, hatte die Vorstellung von Karma und Wiedergeburt jedoch übernommen in der Hoffnung, ihr Sohn Enrique werde noch einmal geboren, um ein Leben vollenden zu können.

Über Jahre hielt Lucía das Desinteresse ihres Mannes für ein Anzeichen von Arbeitsüberlastung, ohne zu ahnen, dass er nennenswerte Teile seiner Energie und Zeit auf flüchtige Liebschaften verwandte. Sie lebten freundlich nebeneinanderher, jeder beschäftigt mit den eigenen Angelegenheiten, in seiner eigenen Welt, in getrennten Schlafzimmern. Daniela teilte bis zum Alter von acht Jahren das Bett ihrer Mutter. Lucía und Carlos schliefen miteinander, wenn Lucía sich auf Zehenspitzen zu ihm schlich, um ihre Tochter nicht zu wecken, was sie erniedrigend fand, weil die Initiative fast immer von ihr ausging.

Sie gab sich mit Brosamen von Zuwendung zufrieden, war stolz darauf, nichts zu verlangen. Sie kam alleine klar, und er war dankbar dafür.

Richard

Norden von New York

Der Sonntagabend hätte für Richard, Lucía und Evelyn in dem nach Holzschutzmittel und chinesischem Essen riechenden Motelzimmer endlos werden können, verging indes mit ihren Erzählungen wie im Flug. Als Erste wurden Evelyn und der Chihuahua vom Schlaf übermannt. Die junge Frau nahm in dem Bett, das sie sich mit Lucía teilte, so gut wie keinen Raum ein, aber was sie frei ließ, wurde von Marcelo beansprucht, der stracks alle viere von sich streckte.

»Wie's den Katzen wohl geht?«, fragte Lucía Richard gegen zehn, als sie beide ebenfalls zu gähnen begannen.

»Gut. Ich habe vom Chinaimbiss aus meine Nachbarin angerufen. Das Handy wollte ich nicht nehmen, man könnte das Gespräch orten.«

»Wer sollte sich dafür interessieren, was du am Telefon erzählst, Richard? Außerdem lassen sich Handygespräche nicht abhören.«

»Das hatten wir doch schon, Lucía. Angenommen, das Auto wird gefunden, dann …«

»Im Orbit schwirren Myriaden von Gesprächen herum«, fiel sie ihm ins Wort. »Täglich verschwinden Zigtausende Fahrzeuge, sie werden stehengelassen, geklaut, auseinandergeschraubt und in Einzelteilen vertickt, zu Schrott gefahren, nach Kolumbien geschmuggelt …«

»Oder dazu benutzt, Leichen in einem See zu versenken.«

»Macht dir das zu schaffen?«

»Ja, aber für Reue ist es zu spät. Ich geh duschen«, sagte Richard und verschwand im Bad.

Lucía sieht wirklich gut aus mit diesen verrückten Haaren und den Winterstiefeln, dachte er, während ihm das Wasser heiß über den Rücken lief, ein Wundermittel gegen seine Erschöpfung und die Quaddeln der Flohbisse. Sie zankten sich um Kleinigkeiten, aber sie verstanden sich gut, ihm gefielen ihre schroffe Herzlichkeit, ihre Art, sich furchtlos ins Leben zu stürzen, ihr schelmisch amüsierter Gesichtsausdruck, ihr hintergründiges Lächeln. Im Vergleich fühlte er sich wie ein Zombie auf dem Weg ins Rentenalter, aber sie holte ihn ins Leben zurück. Wäre schön, zusammen alt zu werden, Hand in Hand, dachte er. Sein Herz schlug schneller, als er sich Lucías bunte Haarsträhnen auf seinem Kopfkissen vorstellte, ihre Stiefel neben seinem Bett und ihr Gesicht so nah, dass er sich in ihren orientalischen Prinzessinnenaugen verlieren könnte. »Verzeih mir, Anita«, sagte er leise. Er war schon so lange allein, er hatte die raue Zärtlichkeit vergessen, dieses Gefühl von Ausgeliefertsein in der Magengegend, das jähe Verlangen. Ob das Liebe ist? Dann wüsste ich nicht, was ich damit tun soll. Ich bin durcheinander. Er schrieb es seiner Müdigkeit zu, wenn die Sonne aufging, würde er wieder klarsehen. Sie würden das Auto und Kathryn Brown loswerden, würden sich von Evelyn Ortega verabschieden, und danach wäre Lucía wieder nur noch die Chilenin aus dem Souterrain. Aber er wollte nicht, dass dieser Moment kam, er wollte die Uhren anhalten und sich niemals verabschieden müssen.

Nach der Dusche zog er T-Shirt und Hose wieder an und ließ seinen Pyjama vorsichtshalber im Rucksack. So, wie Lucía über das viele Gepäck für die zwei Tage gespottet hatte, würde es ihr lächerlich vorkommen, dass er überhaupt einen Pyjama dabeihatte. Und eigentlich war es das ja auch. Erfrischt kehrte er ins Zimmer zurück, wohl wissend, dass ihm eine unruhige Nacht bevorstand, weil jede Abweichung von seiner Routine ihm den Schlaf raubte und umso mehr, wenn er auf sein ergonomisch geformtes Allergikerkissen verzichten musste. Besser erwähnte er dieses Kissen gegenüber Lucía mit keinem Wort. Sie lag ausgestreckt auf dem schmalen Streifen, den der Hund frei gelassen hatte.

»Schmeiß ihn aus dem Bett, Lucía.« Und er beugte sich vor, um es zu tun.

»Bloß nicht, Richard. Marcelo ist sehr empfindlich, er wäre eingeschnappt.«

»Tiere im Bett sind gefährlich.«

»Für wen?«

»Vor allem für die Gesundheit. Wer weiß, was für Krankheiten sie …«

»Schlecht für die Gesundheit ist es, sich ständig die Hände zu waschen, wie du das tust. Gute Nacht, Richard.«

»Wie du meinst. Gute Nacht.«

Anderthalb Stunden später spürte Richard die ersten Symptome. Sein Magen drückte, und er hatte einen sonderbaren Geschmack im Mund. Er schloss sich im Bad ein und drehte alle Wasserhähne auf, um das Rumpeln seiner aufgewühlten Gedärme zu übertönen. Bei geöffnetem Fenster, damit der Gestank abzog, saß er zitternd auf der Toilette, verfluchte seine Entscheidung, von dem chinesischen Essen zu kosten, und fragte sich, wieso er als Einziger krank davon wurde. Die Bauchkrämpfe trieben ihm den kalten Schweiß aus allen Poren. Kurz darauf klopfte Lucía an die Tür.

»Alles in Ordnung mit dir?«

»Das Essen war vergiftet«, nuschelte er.

»Kann ich reinkommen?«

»Nein!«

»Mach auf, Richard, lass dir helfen.«

»Nein! Nein!«, rief er mit seinen letzten verbleibenden Kräften.

Lucía rüttelte an der Tür, aber er hatte abgeschlossen. In diesem Moment hasste er sie. Er wollte bloß noch hier sterben, verdreckt von den eigenen Ausscheidungen und zerbissen von den Flöhen, allein, mutterseelenallein, Lucía und Evelyn sollten verschwinden, der Lexus und Kathryn Brown sich in Luft auflösen, die Bauchkrämpfe sich beruhigen, die ganze Schweinerei ein für alle Mal rauskommen, er hätte schreien mögen vor Ohnmacht und Wut. Lucía versicherte ihm durch die Tür, das Essen sei nicht schlecht gewesen, sie und Evelyn hätten es gut vertragen, bestimmt werde es gleich vorbeigehen, das seien bloß die Nerven, und sie erbot sich, ihm einen Tee zu machen. Er antwortete nicht, ihm war so kalt, sein Unterkiefer war eingefroren. Als hätte sie ein Wunder gewirkt, kamen seine Eingeweide kurze Zeit später zur Ruhe, er konnte aufstehen, sein grünes Gesicht im Spiegel betrachten und sich noch einmal lange unter die heiße Dusche stellen, bis der Schüttelfrost abgeklungen war. Durch das Fenster drang schneidende Kälte, aber er wagte weder, es zu schließen, noch wollte er die Tür öffnen, so sehr ekelte ihn der Gestank. Er wollte so lange wie möglich im Bad bleiben, musste aber einsehen, dass er die Nacht schlecht dort verbringen konnte. Mit weichen Knien und noch immer zitternd, kam er schließlich heraus, zog rasch die Tür hinter sich zu und schleppte sich zum Bett. Lucía trat barfuß, verstrubbelt und in einem weiten T-Shirt, das ihr bis zu den Knien reichte, mit einer dampfenden Tasse an sein Bett. Er entschuldigte sich für den Gestank, fühlte sich bis auf die Knochen blamiert.

»Wovon redest du? Ich rieche nichts, und Evelyn und Marcelo auch nicht, die schlafen beide«, sagte sie und drückte ihm die Tasse in die Hand. »Jetzt schläfst du erst mal, und morgen bist du wie neu. Rutsch rüber, ich will bei dir schlafen.«

»Wie bitte?«

»Komm schon, ich will zu dir ins Bett.«

»Lucía … das ist der denkbar schlechteste Zeitpunkt, ich bin krank.«

»Du lässt dich was bitten! Der Anfang ist vermasselt, du solltest eigentlich den ersten Schritt tun, aber nein, du kränkst mich.«

»Entschuldige, ich wollte sagen, ich …«

»Zier dich nicht so. Ich störe kein bisschen, ich schlafe und rühre mich nicht.«

Und damit schlüpfte sie unter die Decke und rückte sich zurecht, während Richard im Bett saß, auf seinen Tee pustete und kleine Schlucke davon nahm, sich möglichst lange damit aufhielt, verwirrt war, nicht wusste, was er von dem halten sollte, was da gerade geschah. Endlich schob er sich sachte neben Lucía, fühlte sich schwach, angeschlagen und bezaubert, spürte die Frau so nah an seiner Seite, die Formen ihres Körpers, ihre angenehme Wärme, ihre seltsamen weißbunten Haare, die unvermeidliche und erregende Berührung ihres Arms an seinem, ihre Hüfte, ihren Fuß. Lucía hatte nicht gelogen: Sie schlief auf dem Rücken, die Arme über der Brust gekreuzt, feierlich und reglos wie ein mittelalterlicher, in Stein gehauener Ritter auf seinem Sarkophag. Richard war überzeugt, er werde in den nächsten Stunden kein Auge zutun, wach liegen und Lucías fremdartigen, blumigen Duft atmen, aber noch bevor er das zu Ende gedacht hatte, war er schon eingeschlafen. Glücklich.

Am Montagmorgen hatte es aufgeklart. Der Sturm war weit draußen auf dem Meer endgültig zerfasert, und der Schnee bedeckte, alle Geräusche dämpfend, wie ein luftiges weißes Federbett die Landschaft. Lucía lag noch genauso wie am Vorabend neben Richard, und Evelyn schlief in dem anderen Bett mit dem zusammengerollten Chihuahua auf dem Kopfkissen. Beim Aufwachen bemerkte Richard den Geruch des chinesischen Essens, der noch im Zimmer hing, fand ihn aber längst nicht mehr so abstoßend. Er hatte zunächst unruhig geschlafen, war es nicht gewohnt, sich mit anderen ein Zimmer oder gar das Bett zu teilen, aber rasch war er in tiefe Träume gesunken, war schwerelos durch Sternenstaub gedriftet, hinaus in eine bodenlose, unendliche Leere. Er kannte ähnliche Zustände von früher, wenn er zu viel getrunken hatte, nur hatte er sich da meist bleiern und unbeweglich gefühlt, nicht auf eine so gesegnete Weise ruhig wie mit Lucía an seiner Seite hier im Motel. Auf seinem Handy sah er, dass es bereits Viertel nach acht war, und wunderte sich, wie er nach dem peinlichen Intermezzo im Bad so viele Stunden hatte schlafen können. Leise stand er auf, um für Lucía und Evelyn frischen Kaffee zu besorgen. Er war aufgewühlt, durchgeschüttelt von einem Strudel unverhoffter Empfindungen, musste sich durchlüften, die Ereignisse des gestrigen Tages und der Nacht Revue passieren lassen. Aufgewacht war er mit der Nase an Lucías Hals, einem Arm über ihrer Hüfte und einer jugendlichen Erektion. Ihre Körperwärme, ihr gleichmäßiger Atem, ihr verwuscheltes Haar, alles an ihr war besser, als er es sich vorgestellt hatte, und löste in ihm neben einem heftigen erotischen Begehren eine fast schmerzhafte großväterliche Zärtlichkeit aus.

Flüchtig dachte er an Susan, mit der er sich regelmäßig in einem Hotel in Manhattan traf. Sie kamen gut miteinander aus, und wenn ihre körperlichen Bedürfnisse gestillt waren, unterhielten sie sich über alles, nur nicht über Gefühle. Sie hatten nie eine Nacht miteinander verbracht, aßen, wenn noch Zeit war, miteinander in einem versteckten marokkanischen Restaurant zu Mittag und trennten sich dann als Freunde. Liefen sie sich zufällig in einem der Unigebäude über den Weg, dann grüßten sie höflich unbeteiligt, nicht um ihre heimliche Beziehung zu kaschieren, sondern weil das ihren aufrichtigen Empfindungen entsprach. Sie schätzten einander, hatten jedoch nie das Verlangen verspürt, mehr daraus werden zu lassen.

Was er für Lucía empfand, war damit nicht zu vergleichen, es war das Gegenteil. Mit ihr fühlte er sich um Jahrzehnte verjüngt, als wäre er wieder achtzehn. Er hatte sich für immun gehalten, aber jetzt war er plötzlich wieder ein Junge und seinen Hormonen ausgeliefert. Wenn Lucía davon Wind bekäme, würde sie ihn auslachen. In diesen Nachtstunden war er zum ersten Mal seit fünfundzwanzig Jahren nicht allein gewesen, ganz nah bei ihr, in ihrem Rhythmus atmend. Bei ihr zu schlafen war so einfach gewesen und umso schwieriger das, was er jetzt erlebte, ein Tohuwabohu aus Glück und Schrecken, aus Vorfreude und dem Wunsch davonzulaufen, dieses sengende Verlangen.

Ein Wahnsinn ist das, entschied er. Er hätte mit ihr reden wollen, die Lage klären, herausfinden, ob sie dasselbe empfand, aber wenn er mit der Tür ins Haus fiele, dann würde sie vielleicht erschrecken und alles wäre ruiniert. Außerdem konnten sie schwerlich reden, solange Evelyn dabei war. Er würde warten müssen, aber warten war unmöglich; schon morgen wären sie vielleicht nicht mehr zusammen und er hätte den Zeitpunkt verpasst, ihr zu sagen, was er ihr sagen musste. Ohne Umschweife wollte er ihr gleich hier gestehen, dass er sie liebte, dass er sie in der vergangenen Nacht gern in den Armen gehalten und nicht mehr losgelassen hätte, aber er traute sich nicht. Hätte er wenigstens einen Anhaltspunkt gehabt, wie sie darüber dachte, er hätte es ihr gesagt. Aber was hatte er ihr schon zu bieten? Er schleppte riesige Altlasten mit sich, und auch wenn das normal war in seinem Alter, wogen seine doch schwer wie Granit.

Zum zweiten Mal konnte er sie beim Schlafen betrachten. Sie sah aus wie ein Kind, hatte nicht gemerkt, dass er aufgestanden war, als wären sie lange schon ein Paar und teilten das Bett seit Jahren. Er hätte sie wachküssen mögen, sie darum bitten, dass sie ihm eine Chance gab, sie dazu einladen, sich bei ihm einzunisten, zu ihm zu ziehen, jeden Winkel seines Lebens auszufüllen mit ihrer spöttischen und herrischen Warmherzigkeit. Nie zuvor war er sich bei etwas so sicher gewesen. Wenn Lucía ihn wiederlieben würde, es wäre ein Wunder. Wie hatte er nur so lange brauchen können, um diese Liebe zu bemerken, die ihm jetzt die Luft nahm, die ihn bis in die kleinste Faser hinein erfüllte, wo war er nur gewesen mit seinen Gedanken. Vier Monate hatte er verloren wie der letzte Hohlkopf. Diese Liebesflut konnte doch nicht gerade erst entstanden sein, sie musste sich seit ihrer Ankunft im September aufgestaut haben. Die Befangenheit schmerzte in seiner Brust, eine köstliche Wunde. Gott segne dich, Evelyn Ortega, dachte er. Dank dir ist dieses Wunder geschehen. Ein Wunder, anders kann man das, was ich fühle, nicht nennen.

Um sich aus der Lawine von Gefühlen zu graben, die über ihn hereingebrochen war, öffnete Richard die Tür, wollte durchatmen, die Kälte spüren, sich beruhigen. Aber beim ersten Schritt über die Schwelle sah er sich Auge in Auge mit einem Elch. Vor Schreck taumelte er rückwärts, und sein Aufschrei weckte Lucía und Evelyn. Seinerseits unerschrocken, senkte der Elch den Hals im Versuch, seinen gewaltigen Schädel ins Zimmer zu schieben, blieb aber mit seiner ausladenden Schaufel am Türrahmen hängen. Evelyn kauerte sich ängstlich zusammen, hatte nie zuvor ein solches Monstrum gesehen, während Lucía aufgeregt nach ihrem Handy kramte, um ein Foto zu machen. Womöglich hätte es der Elch noch ins Zimmer geschafft, wäre Marcelo nicht gewesen. Mit heiserem Kampfhundegebell stellte er sich ihm entgegen, der Elch wich zurück, erschütterte die Fundamente des Holzhauses, als sein Geweih gegen den Türrahmen schlug, und trottete davon, begleitet von einem Chor aus nervösem Gelächter und wildem Gebell.

Richard wischte sich die Schweißperlen von der Stirn und sagte, er gehe Kaffee holen, so lange könnten sie sich anziehen, aber weit kam er nicht. Wenige Schritte vor der Tür hatte der Elch einen frischen Haufen hinterlassen, zwei Kilo weiche Elchköttel, in denen sein Stiefel bis zum Schaft versank. Er fluchte und hüpfte auf einem Bein zur Rezeption, die zum Glück ein Fensterchen zum Parkplatz hinaus besaß, durch das man ihm einen Wasserschlauch schob, so dass er sich reinigen konnte. Da hatte er so viel Mühe darauf verwandt, nicht aufzufallen, damit sich später niemand an sie erinnerte, und jetzt machte dieses aufdringliche Riesenvieh alles zunichte. Wenn etwas im Gedächtnis bleibt, dann ein Trottel, der in einen Elchhaufen latscht, dachte er. Was für ein miserables Omen für die weitere Reise. Oder war es ein gutes Omen? Aber so kindisch verknallt, wie ich bin, kann mir doch gar nichts passieren, dachte er. Und er lachte, denn hätte ihm die neuentdeckte Liebe nicht alles in leuchtende Farben gemalt, dann hätte er glauben müssen, auf ihm laste ein Fluch. Nicht genug mit der armen Kathryn Brown, dazu kamen noch Unwetter, Flöhe, vergiftetes Essen, ein Magengeschwür, der eigene Durchfall und der eines Elchs.

Evelyn

Grenze zwischen
Mexiko und den USA

Die Tage zogen sich für Evelyn und ihre Reisegefährten in der Untätigkeit und Gluthitze des Camps von Nuevo Laredo hin, doch sobald es abends abkühlte, wurde es um sie her geschäftig wie in einer Räuberhöhle. Cabrera hatte sie gewarnt, sich mit niemandem einzulassen und nicht zu zeigen, dass sie Geld besaßen, aber das war unmöglich zu bewerkstelligen. Alle hier wollten über die Grenze, genau wie sie selbst, aber vielen ging es weit schlechter als ihnen. Einige vegetierten hier seit Monaten, hatten mehrfach versucht, den Fluss zu überqueren, und waren auf der anderen Seite aufgegriffen und nach Mexiko zurückgebracht worden, weil das billiger kam, als sie in ihre Heimatländer abzuschieben. Die wenigsten konnten sich einen Schlepper leisten. Am schlimmsten erging es den unbegleiteten Kindern, und wie sehr man sein Geld auch zusammenhalten wollte, man musste ihnen einfach helfen. Evelyn und ihre Gefährten teilten ihre Vorräte und das Trinkwasser mit einem achtjährigen Jungen und seiner sechsjährigen Schwester, die einander immer an den Händen hielten. Ein Jahr zuvor waren die beiden in El Salvador aus dem Haus von Verwandten weggelaufen, die sie misshandelt hatten, sie hatten sich durch Guatemala gebettelt und waren seit Monaten kreuz und quer in Mexiko unterwegs, schlossen sich immer wechselnden Migrantengruppen an, die sie vorübergehend in ihre Obhut nahmen. Sie wollten zu ihrer Mutter in die Vereinigten Staaten, wussten aber nicht, in welcher Stadt sie lebte.

Nachts schliefen Cabreras Schützlinge reihum, während einer Wache hielt, damit man ihnen nicht ihre spärliche Habe klaute. Am zweiten Tag waren mehrere Schauer niedergegangen, die Pappkartons weichten durch, und sie mussten wie die übrigen Bewohner dieser elenden Nomadensiedlung unter freiem Himmel schlafen. Dann kam der Samstag, und in der Dunkelheit erwachte das Lager zum Leben, als hätten alle nur auf diese mondlose Nacht gewartet. Während die Menschen in Scharen auf den Fluss zustrebten, wurden auch die Gangs und die örtliche Polizei munter.

Aber Cabrera hatte die Schutzgelder für seine Gruppe an Banden und Uniformierte bereits entrichtet. Als sich der Himmel am nächsten Abend zuzog und nicht einmal die Sterne mehr schienen, kam sein Bekannter, ein kleingewachsener Mann, der nur aus Knochen und gelblicher Haut bestand, musterte alle mit dem unsteten Blick des harten Junkies und stellte sich als »der Experte« vor. Cabrera hatte ihnen versichert, auch wenn er wenig vertrauenerweckend aussehe, beherrsche er sein Metier wie kein Zweiter; an Land sei er ein armer Teufel, aber im Wasser könne man sich hundertprozentig auf ihn verlassen, er kenne die Strömungen und Strudel besser als irgendwer sonst. Wenn er nüchtern war, studierte er die Bewegung der Patrouillen und Suchscheinwerfer, er wusste, wann genau man sich ins Wasser werfen und den Fluss queren musste, ehe der Scheinwerfer erneut über die Wellen schwenkte, und wo im Schilf man am besten anlandete, um ungesehen zu bleiben. Er ließ sich in Dollar und pro Person bezahlen, eine unvermeidliche Ausgabe für den Schlepper, der ohne die Erfahrung und Risikobereitschaft des Experten seine Kunden schwerlich über die

Grenze gebracht hätte. »Kann jemand schwimmen?«, fragte der Experte in die Runde. Niemand meldete sich. Er sagte, außer ihren Papieren und ihrem Geld, falls sie noch welches hätten, könnten sie nichts mitnehmen. Sie sollten ihre Kleidung und die Schuhe ausziehen und in schwarze Müllsäcke stopfen, die Beutel verknotete er an einem LKW-Schlauch, der ihnen als Floß dienen würde. Er zeigte ihnen, wie sie sich mit einem Arm festhalten und mit dem anderen schwimmen sollten, ohne dabei mit den Beinen zu paddeln, damit sie keinen Lärm machten. »Wer loslässt, ist am Arsch«, sagte er.

Berto Cabrera verabschiedete sich von ihnen mit Umarmungen und letzten Ratschlägen. Zwei seiner Reisenden wateten in Unterhosen als Erste in den Fluss, umklammerten den Reifen und machten sich, geführt vom Experten, auf den Weg. Rasch waren sie in der Schwärze des Wassers aus dem Blick verschwunden. Eine Viertelstunde später kehrte der Experte zu Fuß, den Reifen hinter sich herschleifend, am Ufersaum zurück. Er hatte die beiden auf einem Inselchen in der Flussmitte abgesetzt, wo sie verborgen im Schilf auf den Rest der Gruppe warten sollten. Cabrera nahm Evelyn ein letztes Mal in die Arme, mitleidig, weil er daran zweifelte, dass sie die Hindernisse auf ihrem Weg lebend überstehen konnte.

»Ich sehe zwar nicht, wie du die hundertfünfunddreißig Kilometer zu Fuß durch die Wüste schaffen sollst, Mädchen. Aber du machst, was mein Partner sagt, er weiß, was zu tun ist.«

Der Fluss war reißender, als er vom Ufer aus gewirkt hatte, aber niemand zögerte, denn sie hatten nur wenige Sekunden, um den Scheinwerfern zu entgehen. Evelyn stürzte sich in Unterwäsche in die Strömung, flankiert von ihren beiden Gefährten, die sie festhalten würden, wenn ihre Kräfte schwanden. Sie fürchtete zu ertrinken, aber noch mehr fürchtete sie, dass alle durch ihre Schuld entdeckt werden könnten. Sie verkniff sich den Aufschrei, als das kalte Wasser sie umspülte und sie den Schlick unter ihren Füßen spürte, Zweige an ihr entlangstreiften, Abfall und womöglich Wasserschlangen. Der nasse Gummireifen war glitschig, mit ihrem gesunden Arm konnte sie ihn kaum umfassen, den anderen hielt sie gegen die Brust gedrückt. Fast sofort verlor sie den Boden unter den Füßen, und die Strömung zerrte an ihr. Sie tauchte unter, kam wieder hoch, schluckte Wasser und kämpfte verzweifelt darum, nicht loszulassen. Einer ihrer Begleiter bekam sie noch eben um die Hüfte zu fassen, als die nächste Welle sie fortreißen wollte. Er flüsterte ihr zu, sich mit beiden Händen festzuhalten, aber der Schmerz in ihrer Schulter war so unerträglich, dass sie weder den Arm noch ihre Hand bewegen konnte. Gemeinsam hoben die Männer sie an und legten sie rücklings auf den Reifen, sie schloss die Augen und überließ sich ihrem Schicksal.

Kurz war diese Überfahrt, schon nach wenigen Minuten erreichten sie das Inselchen und schlichen sich zu den beiden anderen. Im Schutz der Uferpflanzen kauerten sie reglos auf dem sandigen Boden und spähten hinüber auf die amerikanische Seite, die so nah war, dass sie die beiden Grenzschützer hören konnten, die dort an einem Patrouillenfahrzeug lehnten, den Suchscheinwerfer genau auf ihr Versteck gerichtet. Über eine Stunde harrten sie dort aus, ohne dass der Experte ein Zeichen von Ungeduld erkennen ließ. Tatsächlich schien er eingeschlafen zu sein, während sie vor Kälte bibberten, die Zähne zusammenbissen und es nicht wagten, die Moskitos und Sandflöhe zu verscheuchen. Wie durch eine eingebaute Weckfunktion kam der Experte gegen Mitternacht wieder zu sich, als das Patrouillenfahrzeug eben den Scheinwerfer ausschaltete, und sie hören konnten, wie es davonfuhr.

»Wir haben weniger als fünf Minuten, dann ist die Ablösung da. Die Strömung ist hier nicht so stark, wir gehen alle zusammen und paddeln mit den Beinen, aber wenn wir drüben sind, will ich keinen Mucks hören«, wies er sie an.

Wieder warfen sie sich in den Fluss, umklammerten den Reifen, der vom Gewicht der sechs Menschen unter die Wasseroberfläche gedrückt wurde, und schoben ihn in gerader Linie auf das Ufer zu. Rasch spürten sie wieder Boden unter den Füßen, kletterten, am Uferbewuchs Halt suchend, die morastige Böschung hinauf und zogen Evelyn mit sich. Sie waren in den USA.

Augenblicke später hörten sie ein Motorengeräusch, aber da waren sie schon außer Reichweite der Lichtkegel zwischen dem Schilfrohr in Deckung gegangen. Der Experte führte sie weg vom Ufer. Dicht hintereinander, sich an den Händen haltend, um sich im Dunkeln nicht zu verlieren, tasteten sie sich durch das Röhricht bis zu einer kleinen Lichtung, wo der Experte eine Taschenlampe anknipste, den Lichtstrahl zu Boden gerichtet, ihnen die Beutel mit ihren Sachen gab und sie durch Handzeichen aufforderte, sich anzuziehen. Er selbst zog sein nasses T-Shirt aus und band daraus eine neue Schlinge für Evelyns verletzten Arm, weil sie ihren Verband im Fluss verloren hatte. Der Schreck fuhr ihr in die Glieder, als sie merkte, dass auch der Plastikbeutel mit ihren Papieren fehlte, den Pater Benito ihr gegeben hatte. Vergeblich suchte sie den Boden ab in der Hoffnung, ihn hier verloren zu haben, offenbar hatte die Strömung ihn davongetrieben, als ihr Gefährte sie packte, damit sie nicht fortgerissen wurde. Bei dem Griff um ihre Hüfte musste der Gurt mit dem Plastikumschlag sich gelöst haben. Das vom Papst gesegnete

Madonnenbild war verloren, aber noch trug sie das Amulett der Jaguar-Göttin um den Hals, das sie vor allem Bösen beschützen sollte.

Sie waren mit dem Anziehen gerade fertig, als wie ein nächtlicher Spuk der Geschäftspartner von Berto Cabrera auf der Lichtung erschien. Er war Mexikaner, lebte aber schon so lange in den USA, dass sein Spanisch breitgekaut klang. In zwei Thermoskannen hatte er heißen Kaffee mit Schnaps dabei, den sie schweigend und dankbar tranken, während der Experte sich leise davonmachte, ohne einen Gruß.

Flüsternd wies ihr neuer Schlepper die vier Männer an, ihm in einer Reihe zu folgen, und sagte zu Evelyn, sie solle allein in die entgegengesetzte Richtung gehen. Sie wollte protestieren, brachte aber keinen Ton heraus, stumm vor Entsetzen, dass sie es bis hierher geschafft hatte und jetzt verraten wurde.

»Berto hat gesagt, deine Mutter lebt hier. Du stellst dich dem ersten Wachposten oder der ersten Patrouille, auf die du triffst. Du wirst nicht abgeschoben, du bist minderjährig«, erklärte der Mann, überzeugt, dass kein Mensch dieses Mädchen für älter als zwölf halten würde. Evelyn glaubte ihm nicht, auch wenn die anderen ihr versicherten, auch sie hätten von diesem Gesetz in den USA gehört. Sie umarmten sie rasch, gingen dem Schlepper hinterher und waren im nächsten Moment von der Dunkelheit verschluckt.

Zu keinem klaren Gedanken fähig, kroch Evelyn zitternd weiter hinein ins Gestrüpp. Sie versuchte leise zu beten, aber keins der vielen Gebete ihrer Großmutter wollte ihr einfallen. Eine Stunde kauerte sie da, zwei, vielleicht drei, sie hatte jedes Zeitgefühl verloren, konnte sich nicht rühren, war vollkommen steif in den Gliedern und spürte dumpf den Schmerz in ihrer Schulter. Ein wildes Flattern über ihrem Kopf riss sie jäh aus ihrer Starre, das mussten Fledermäuse sein, die nach etwas Essbarem suchten, genau wie daheim in Guatemala. Entsetzt schob sie sich noch tiefer zwischen das Röhricht, weil diese Tiere doch Menschenblut saugten. Um nicht an Vampire, Schlangen und Skorpione zu denken, überlegte sie krampfhaft, wie sie von hier wegkommen konnte. Bestimmt würden andere Gruppen von Migranten diesen Weg nehmen, und sie könnte sich anschließen, sie musste nur wach bleiben und warten. Sie flehte zur Jaguarmutter und zur Muttergottes, wie Felicitas es ihr geraten hatte, aber keine von beiden kam ihr zu Hilfe, in den USA besaßen sie offenbar keine Macht. Sie war von allen verlassen.

Die wenigen verbleibenden Nachtstunden nahmen kein Ende. Allmählich hatten sich Evelyns Augen an die mondlose Schwärze gewöhnt, wo zunächst undurchdringliches Dunkel gewesen war, konnte sie jetzt die Pflanzen ringsum erkennen, hohes, trockenes Schilfgras. Die Nacht war eine einzige Qual, doch dann graute der Morgen, und schlagartig wurde es Tag. In den zurückliegenden Stunden hatte Evelyn niemanden in ihrer Nähe gehört, weder Migranten noch Grenzschützer. Im ersten Morgenlicht wagte sie einen Blick aus dem Schilf. Ihre Beine fühlten sich taub an, sie kam nur mit Mühe auf die Füße, um ein paar Schritte zu gehen, war hungrig und sehr durstig, aber der Schmerz in ihrem Arm war verschwunden. Der Tag würde heiß werden, man sah es schon an dem Dunst, der wie ein Brautschleier über dem Boden hing. In der Nacht hatten nur die entfernten Durchsagen der Lautsprecher die Stille durchbrochen, doch im Morgenlicht erwachte die Erde mit Insektengesumm, dem Knacken trockener Zweige unter hastigen Krallenfüßchen, dem Rascheln des Röhrichts im Wind und dem geschäftigen Flattern der Spatzen in der

Luft. Hier und da sah sie bunte Tupfen im Grün, einen kleinen Vogel mit roter Brust, einen leuchtend gelben, einen mit schwarzblauem Kopf, alle unscheinbar im Vergleich zu denen, die es daheim in ihrem Dorf gab. Dort begleitete einen der Lärm der Vögel durch den Tag, ihr Gefieder schillerte in tausend Farben, es sei ein Paradies für Vogelkundler, hatte Pater Benito immer gesagt, siebenhundert verschiedene Arten auf engstem Raum. Evelyn spitzte die Ohren, um die Durchsagen der Lautsprecher zu verstehen, einzelne strenge Anweisungen auf Spanisch, so viel war klar, aber wie weit die Grenzposten, der Wachturm oder die Straße, falls es eine gab, entfernt waren, konnte sie unmöglich schätzen. Sie hatte keine Vorstellung, wo sie sich befand. In Wellen brandeten die Schreckensgeschichten durch ihren Kopf, die man sich über den Norden erzählte, über die erbarmungslose Wüste, die Farmer, die ohne Vorwarnung auf jeden schossen, der auf der Suche nach Wasser ihren Boden betrat, über die Grenzschützer, bis an die Zähne bewaffnet und mit scharfen Hunden, die den Angstschweiß witterten, über Gefängnisse, in denen man für Jahre verschwand, ohne dass jemand etwas davon erfuhr. Wenn es dort war wie in den Gefängnissen in Guatemala, dann wollte sie lieber tot sein, als in einer Zelle zu landen.

Stunde um Stunde, Minute um Minute, immer quälender schleppte der Tag sich hin. Die Sonne rückte am Himmel vor und versengte die Erde mit einer trockenen Hitze, wie Evelyn sie von daheim nicht kannte. Sie war so durstig, dass sie ihren Hunger nicht mehr spürte. Weil es nirgends einen Baum gab, der Schatten gespendet hätte, stocherte sie mit einem Stock im Gestrüpp, um die Schlangen zu vertreiben, und kauerte sich dort so gut es ging hin, nachdem sie den Stock in den Boden gerammt hatte, um an seinem Schatten den Sonnenverlauf abzulesen, wie sie das bei ihrer Großmutter gesehen hatte. In regelmäßigen Abständen hörte sie Motorengeräusche, Autos und tieffliegende Hubschrauber, aber bald wurde ihr klar, dass sie immer dieselbe Route nahmen, und sie achtete nicht mehr darauf. Sie war benommen, ihr Kopf wattig, ihre Gedanken unstet. An dem Stock konnte sie sehen, dass Mittag war, und etwa um diese Zeit begann sie zu halluzinieren, sah wie im Ayahuasca-Rausch Muster und Farben, sah Gürteltiere, Ratten, die Jaguarjungen ohne ihre Mutter, den schwarzen Hund von Andrés, der seit vier Jahren tot war und sie jetzt ganz lebendig besuchte. Für Momente sank sie in Schlaf, erschlagen von der Hitze, ausgelaugt und durstig.

Mit der größten Seelenruhe wurde es Abend, aber die Hitze ließ nicht nach. Eine schwarze Schlange, lang und dick, glitt über Evelyns Bein, ein furchterregendes Streicheln. Versteinert wagte Evelyn nicht zu atmen, spürte das Gewicht der Schlange, die samtige Berührung ihrer Schuppen, das Schlängeln jedes Muskels in diesem langgestreckten Körper, der sich ohne Eile voranschob. Sie ähnelte keiner der Schlangen, die Evelyn aus ihrem Dorf kannte. Als sie weg war, sprang Evelyn auf, schnappte nach Luft, ihr wurde schwarz vor Augen, ihr Herz raste. Sie brauchte Stunden, um sich von dem Schreck zu erholen, aber sie hätte unmöglich den Rest des Tages stehen und den Boden absuchen können. Ihre Lippen waren aufgesprungen und blutig, die Zunge lag gedunsen in ihrem trockenen Mund, ihre Haut glühte fiebrig.

Endlich brach die Nacht herein, und es kühlte ab. Evelyn war mit ihren Kräften am Ende, sie dachte nicht mehr an Schlangen, Fledermäuse, bewaffnete Grenzschützer oder albtraumhafte Monster, alles, was sie wollte, war trinken und sich ausruhen. Mit angezogenen Beinen lag sie da und überließ sich ihrem Unglück und der Einsamkeit, wünschte sich nur, dass der Tod rasch käme, sie im Schlaf holte, sie nicht mehr wach würde.

Evelyn starb nicht, wie sie gehofft hatte, in dieser zweiten Nacht auf US-amerikanischem Boden. In der Morgendämmerung wachte sie auf, lag noch genauso da wie am Abend zuvor, konnte sich nicht erinnern, was geschehen war, seit sie das Camp in Nuevo Laredo verlassen hatte. Sie war dehydriert und brauchte mehrere Anläufe, bis sie ihre Beine ausstrecken und schließlich aufstehen konnte, schob ihren Arm in der Schlinge zurecht und schleppte sich ein paar Schritte vorwärts. Alles tat ihr weh, aber schlimmer als jeder Schmerz war der Durst. Wasser, sie brauchte Wasser. Die Welt verschwamm vor ihren Augen, und sie konnte nicht klar denken, aber sie war in der Natur aufgewachsen und wusste, das Wasser musste nah sein, hier wuchs doch Schilf und krautiges Gras, der Boden war feucht. Getrieben von Durst und Angst, stützte sie sich auf den Stock, mit dem sie am Vortag den Lauf der Sonne bestimmt hatte, und stolperte vorwärts.

Im Zickzack war sie vielleicht fünfzig Meter weit gekommen, als sie ganz nah ein Motorengeräusch hörte. Sie warf sich auf die Erde und drückte sich zwischen das hohe Schilf. Der Jeep fuhr sehr dicht an ihr vorbei, und sie konnte die Stimme eines Mannes hören, der englisch sprach, und eine zweite Stimme, die abgehackt aus einem Funkgerät oder Telefon antwortete. Auch als der Jeep längst außer Hörweite war, lag sie noch da, bis der Durst sie zwang, zwischen dem Röhricht weiterzukriechen auf der Suche nach dem Fluss. Die scharfen Blätter schnitten ihr ins Gesicht und in den Hals, sie zerriss sich das T-Shirt an einem Strauch und stieß sich an den Steinen die Hände und Knie blutig. Sie stand auf und lief geduckt weiter, blindlings, weil sie es nicht wagte, den Kopf zu heben und sich umzusehen. Die Sonne war gerade erst aufgegangen, aber das Licht war schon ein blendendes Gleißen.

Da hörte sie plötzlich den Fluss, so klar und deutlich, als halluzinierte sie wieder, sie fasste neuen Mut, gab alle Vorsicht auf und hastete vorwärts. Erst spürte sie den Matsch unter ihren Füßen, und gleich darauf sah sie, das Schilf zur Seite schiebend, den Rio Grande. Mit einem Aufschrei stürzte sie sich bis zur Hüfte ins Wasser und schaufelte es sich mit der unverletzten Hand in den Mund. Kühl flutete es in sie hinein, es war ein Segen, sie trank und trank in tiefen Schlucken, ohne einen Gedanken an den Dreck und die Tierkadaver, die in diesen Fluten trieben. Dort, wo sie stand, war der Fluss nicht tief, sie konnte in die Hocke gehen und ganz darin eintauchen, fühlte mit grenzenloser Erleichterung das Wasser auf ihrer ausgedörrten Haut, ihrem schmerzenden Arm, auf ihrem zerkratzten Gesicht, um das ihr schwarzes Haar wie Seegras wogte.

Sie hatte den Fluss eben verlassen, lag ausgestreckt am Ufer und fand langsam ins Leben zurück, als die Patrouille sie entdeckte.

Die Frau von der Einwanderungsbehörde, zu der Evelyn Ortega gebracht wurde, als man sie an der Grenze aufgriff, sah sich in ihrem Verhörzimmerchen einem zitternden kleinen Mädchen gegenüber, das in sich zusammengesunken mit hängendem Kopf dasaß und weder den Obstsaft noch die Kekse anrührte, die auf dem Tisch standen, damit sie etwas Zutrauen fasste. Als die Beamtin ihr zur Beruhigung sanft über den Kopf strich, zuckte das Mädchen erschrocken zurück. Man hatte sie vorgewarnt, die Kleine habe offenbar psychische

Probleme, deshalb hatte sie für das Gespräch mehr Zeit angesetzt. Viele der Minderjährigen, denen sie hier begegnete, waren traumatisiert, aber eine psychologische Untersuchung war ohne offizielle Anweisung nicht vorgesehen. Sie musste sich auf ihre Intuition und ihre Erfahrung verlassen.

Weil die Kleine so hartnäckig schwieg, vermutete die Frau zunächst, sie spreche vielleicht ausschließlich Maya. Kostbare Minuten vergingen, bis ihr klar wurde, dass das Mädchen Spanisch verstand, aber offenbar Schwierigkeiten mit dem Sprechen hatte, also gab sie ihr Papier und Stift und hoffte inständig, dass sie ihre Antworten aufschreiben konnte. Die meisten der Kinder im Auffanglager hatten nie eine Schule besucht.

»Wie heißt du? Wo kommst du her? Hast du irgendwelche Angehörigen hier?«

In Schönschrift malte Evelyn ihren Namen auf das Blatt, darunter den ihres Dorfes und Landes und den Namen ihrer Mutter zusammen mit einer Telefonnummer. Die Beamtin atmete auf.

»Das macht alles viel einfacher. Wir rufen deine Mutter jetzt an, damit sie dich abholt. Fürs Erste wird man dich zu ihr lassen, bis ein Richter über deinen Fall entscheidet.«

Drei Tage verbrachte Evelyn im Auffanglager, ohne mit irgendjemand zu sprechen, obwohl sie von Frauen und Kindern aus Mexiko und Mittelamerika umgeben war, viele davon aus Guatemala. Zweimal am Tag gab es Essen, für die Kleinsten wurden Milch und Windeln verteilt, jeder hatte ein Feldbett und eine warme Militärdecke, die sie gut brauchen konnten, weil die Klimaanlage für frostige Temperaturen sorgte, so dass alle husteten und schnieften. Es war eine Durchgangsstation, niemand blieb hier länger, man verteilte die Leute möglichst schnell auf andere Einrichtungen. Minderjährige, die Angehörige in den USA hatten, wurden denen ohne viele Nachfragen übergeben, weil es an Zeit und Personal mangelte, um jeden Fall einzeln zu prüfen.

Nicht Miriam kam, um Evelyn abzuholen, sondern ein Mann, der sich Galileo León nannte und behauptete, ihr Stiefvater zu sein. Sie hatte nie von ihm gehört und weigerte sich, mit ihm zu gehen, wegen der vielen Geschichten, die sie über Zuhälter und Menschenhändler gehört hatte. Manchmal gaben die sich als Verwandte aus und konnten die Kinder gegen eine Unterschrift einfach mitnehmen. Ein Beamter musste Miriam anrufen und die Sachlage klären, und auf diese Weise erfuhr Evelyn, dass ihre Mutter verheiratet war und dass sie einen Stiefvater hatte. Wenig später sollte sie feststellen, dass es außerdem zwei Halbbrüder im Alter von drei und vier Jahren gab.

»Warum holt nicht die Mutter das Mädchen ab?«, wollte der Beamte von Galileo León wissen.

»Weil man sie feuern würde. Für mich ist es auch nicht einfach, das können Sie mir glauben. Vier Tage ohne Einnahmen wegen der Kleinen. Ich bin Anstreicher, und meine Kunden warten nicht«, entgegnete der Mann in einem Tonfall, der für das, was er sagte, erstaunlich zurückhaltend klang.

»Wir geben Ihnen das Mädchen mit unter der Annahme, dass eine begründete Sorge um ihre körperliche Unversehrtheit im Herkunftsland besteht. Verstehen Sie, was damit gemeint ist?«

»Halbwegs.«

»Ein Richter muss darüber befinden, ob es triftige Gründe gibt, aus denen sie ihr Land verlassen hat. Evelyn wird nachweisen müssen, dass ihre Angst konkret und berechtigt ist, etwa, weil sie angegriffen wurde oder bedroht wird. Wir setzen sie gegen Ihre Bürgschaft auf freien Fuß.«

»Muss ich eine Kaution bezahlen?«, fragte der Mann erschrocken.

»Nein. Wir notieren einen festgesetzten Betrag, aber er wird von den Migranten nicht eingetrieben. Man wird Evelyn schriftlich an die Adresse der Mutter eine Vorladung zu einem Gerichtstermin zustellen. Vor ihrer Anhörung wird sie von einem Beamten für Asylangelegenheiten befragt.«

»Brauchen wir einen Anwalt? Den können wir uns nicht leisten …«

»Das System ist ziemlich überlastet, weil viele Kinder kommen, die Asyl suchen. In der Praxis erhält nicht mal die Hälfte von ihnen einen Rechtsbeistand, aber falls Sie einen ergattern, ist er gratis.«

»Draußen hat mir jemand gesagt, er besorgt mir einen für dreitausend Dollar.«

»Das sind Halsabschneider und Betrüger, glauben Sie denen nicht. Warten Sie auf das Schreiben vom Gericht, mehr müssen Sie vorerst nicht tun.« Und damit war der Fall für den Beamten erledigt.

Er legte eine Kopie von Galileo Léons Führerschein zu Evelyns Akte, eine ziemlich sinnlose Maßnahme, denn die Behörde hatte nicht die Kapazitäten, der Spur jedes Kindes nachzugehen. Dann wurde Evelyn eilig entlassen, es warteten noch viele Fälle an diesem Tag.

Galileo León stammte aus Nicaragua, war mit achtzehn Jahren illegal in die USA gekommen, besaß seit dem Amnestiegesetz von 1995 aber eine Aufenthaltserlaubnis. Seine Einbürgerung hatte er bisher nur nicht beantragt, weil er den Papierkrieg scheute. Er war kleingewachsen, wortkarg und ungepflegt, auf den ersten Blick weder vertrauenerweckend noch sympathisch.

Einen ersten Zwischenstopp legten sie bei Walmart ein, um Anziehsachen und Toilettenartikel für Evelyn zu kaufen. Dem Mädchen gingen die Augen über, als sie die riesigen Verkaufsräume sah und die endlose Auswahl von Waren in allen Farben und Größen, ein Irrgarten aus zum Bersten gefüllten Regalen. In ihrer Angst, nie wieder dort herauszufinden, klammerte sie sich an den Arm ihres Stiefvaters, der wie ein erfahrener Expeditionsleiter die gewünschte Abteilung ansteuerte und Evelyn anwies, sich Unterwäsche auszusuchen, T-Shirts, drei Blusen, zwei Jeans, einen Rock, ein Kleid und ein Paar hübsche Schuhe dazu. Obwohl sie bald sechzehn sein würde, passten ihr die Sachen für Zehn- bis Zwölfjährige. In ihrer Überforderung wollte Evelyn das Billigste nehmen, aber sie kannte das fremde Geld nicht und hielt sich zu lange damit auf.

»Du musst nicht auf den Preis schauen. Hier ist alles günstig, und deine Mama hat mir Geld gegeben, damit du was zum Anziehen bekommst«, erklärte ihr Galileo.

Als Nächstes brachte er sie zu McDonald's, wo sie einen Hamburger mit Pommes bekam und ein gigantisches, von einer Kirsche gekröntes Eis, das in Guatemala für eine ganze Familie gereicht hätte.

»Hat dir niemand beigebracht, dass man Danke sagt?«, fragte ihr Stiefvater eher neugierig als vorwurfsvoll.

Evelyn nickte, wagte aber nicht, ihn anzusehen, während sie den letzten Rest Eiscreme vom Löffel schleckte.

»Hast du etwa Angst vor mir? Ich bin kein Menschenfresser.«

»Da… dan… i…«, stammelte sie.

»Bist du auf den Kopf gefallen, oder stotterst du?«

»Ich sto… stott…«

»Schon gut, entschuldige«, unterbrach Galileo sie. »Wenn

du nicht anständig sprechen kannst, weiß ich nicht, wie das mit dem Englisch gehen soll. Herrje! Was machen wir bloß mit dir?«

Die Nacht verbrachten sie in einem Fernfahrermotel am Highway. Das Zimmer war schmutzig, aber es gab eine warme Dusche. Galileo forderte Evelyn auf, sich zu waschen, ihre Gebete zu sprechen und sich in das linke Bett zu legen, er schlafe immer an der Tür, das sei ein Tick von ihm. »Ich gehe raus eine rauchen, und wenn ich wiederkomme, will ich sehen, dass du schläfst«, sagte er. Evelyn beeilte sich zu tun, was er sagte. Sie duschte rasch und legte sich dann angezogen und in Turnschuhen ins Bett, zog die Zudecke bis zur Nase, stellte sich schlafend und überlegte, wie sie hier rauskäme, sollte der Mann handgreiflich werden. Sie war hundemüde, ihre Schulter tat weh, und die Furcht schnürte ihr die Kehle zu, aber sie dachte an ihre Großmutter, und das machte ihr Mut. Sie wusste, ihre Mamita war in der Kirche gewesen und hatte Kerzen für sie angezündet.

Galileo kam erst nach über einer Stunde zurück. Er zog seine Schuhe aus, ging ins Bad und schloss die Tür hinter sich. Evelyn hörte die Toilettenspülung und sah dann aus dem Augenwinkel, wie er in Unterhose, T-Shirt und Socken ins Zimmer kam. Sie machte sich darauf gefasst, aus dem Bett zu springen. Galileo legte seine Hose über den einzigen vorhandenen Stuhl, schloss die Tür ab und löschte das Licht. Durch die fadenscheinigen Gardinen fiel der blaue Schein der Neonreklame des Motels, und undeutlich konnte Evelyn erkennen, wie sich ihr Stiefvater neben sein Bett kniete. Leise sprach er ein langes Gebet. Als er sich endlich ins Bett legte, war Evelyn schon eingeschlafen.

Richard

Rio de Janeiro

Nur mit einem Kaffee im Bauch und hungrig verließen sie um neun das Motelzimmer. Lucía bestand darauf, irgendwo zu frühstücken, sie brauche etwas Warmes auf einem richtigen Teller, nichts mit Stäbchen aus einem Pappkarton, sagte sie. Sie landeten in einem Denny's, die Frauen vor einem Berg Pancakes mit Honig, während Richard einen faden Haferbrei löffelte. Gestern hatten sie vor ihrer Abfahrt in Brooklyn noch vereinbart, sich unterwegs nicht zusammen zu zeigen, aber im Verlauf der Stunden hatte ihre Vorsicht nachgelassen, und sie fühlten sich so wohl miteinander, dass sogar Kathryn Brown wie selbstverständlich dazugehörte.

Der Zustand der Straßen war besser als am Vortag. In der Nacht hatte es nur wenig geschneit, und die Temperatur lag zwar weiterhin unter dem Gefrierpunkt, aber der Wind hatte abgeflaut, und die Fahrbahnen waren geräumt. Sie kamen schneller voran, würden nach Richards Berechnungen gegen Mittag an der Hütte sein und hätten ausreichend Zeit, um den Lexus noch bei Tageslicht loszuwerden. Aber nach anderthalb Stunden Fahrt tauchten etwa hundert Meter hinter einer Kurve plötzlich die blauroten Signalleuchten mehrerer Polizeifahrzeuge auf, die die Fahrbahn blockierten. Es gab keine Ausweichmöglichkeit, und zu wenden hätte zu viel Aufmerksamkeit erregt.

Richards Magen hob sich, er spürte das Frühstück bis in den Hals, den Geschmack von Galle im Mund. Schwindel und ein spukhaftes Aufflammen der Bauchschmerzen vom Vortag versetzten ihn in Panik. Er tastete nach der Brusttasche seiner Jacke, in der normalerweise seine rosa Pillen steckten, aber da war nichts. Im Rückspiegel sah er, dass Lucía in einer aufmunternden Geste den Daumen hob. Vor der Absperrung standen bereits einige PKWs, außerdem mehrere Rettungswagen und ein Löschfahrzeug. Ein Polizist winkte ihn ans Ende der Reihe und trat zu ihm. Richard nahm die Skimaske ab und fragte so ruhig er konnte, was passiert war.

»Massenkarambolage.«

»Hat es Tote gegeben?«

»Ich bin nicht befugt, darüber Auskunft zu erteilen.«

Richard kreuzte die Arme überm Lenkrad und lehnte die Stirn dagegen, wartete hinter den anderen Fahrern in der Reihe und zählte dabei die Sekunden. Sein Magen und seine Kehle standen in Flammen.

Er konnte sich nicht erinnern, dass er jemals ein solches Sodbrennen gehabt hatte, fürchtete, sein Magengeschwür könnte aufgebrochen sein und er innerlich bluten. Wieso musste er ausgerechnet jetzt in einen Stau geraten, wo er eine Leiche im Auto hatte und unbedingt ein Klo brauchte, bevor seine Eingeweide barsten. Hatte er vielleicht eine Blinddarmentzündung? Der Haferbrei war ein Fehler gewesen, er hatte nicht daran gedacht, dass der die Verdauung anregte. »O Gott, wenn die nicht bald die Straße freigeben, dann mache ich hier in die Hose, das fehlte noch. Was soll Lucía von mir denken. Dass ich das Letzte bin, ein Hosenscheißer, zu nichts zu gebrauchen«, fluchte er vor sich hin.

Die Zeiger der Uhr im Armaturenbrett krochen voran. Sein Handy klingelte.

»Bei dir alles okay? Du siehst aus, als wärst du ohnmächtig.« Lucías Stimme schickte der Himmel.

»Weiß nicht«, sagte er und hob den Kopf vom Lenkrad.

»Das ist psychosomatisch, Richard. Die Nerven. Nimm deine Pillen.«

»Die sind in meiner Tasche in deinem Auto.«

»Ich bringe sie dir.«

»Nein!«

Er sah, wie Lucía auf der einen Seite aus dem Subaru stieg und Evelyn mit Marcelo auf dem Arm auf der anderen. In aller Seelenruhe ging Lucía auf den Lexus zu und klopfte an seine Scheibe. Er ließ sie hinunter und wollte Lucía schon anschreien, aber sie schob ihm rasch die Tabletten in die Hand, als einer der Uniformierten auf sie zustapfte.

»Miss! Bleiben Sie in Ihrem Wagen!«, bellte er sie an.

»Entschuldigen Sie, Officer. Haben Sie vielleicht Feuer?« Und sie tat, als würde sie sich eine Zigarette an den Mund halten.

»Steigen Sie wieder ein! Und Sie ebenfalls«, rief der Mann zu Evelyn hinüber.

Fünfunddreißig Minuten warteten sie, der Subaru bei laufendem Motor und eingeschalteter Heizung und der Lexus als fahrbare Kühlkammer, bis man die Unfallstelle zu räumen begann. Als die Rettungswagen und das Löschfahrzeug abgefahren waren, gaben die Polizisten die Straße in beide Richtungen wieder frei. An der Unfallstelle lag ein Lieferwagen auf dem Dach, ein zweites Fahrzeug war in ihn hineingefahren, die Kühlerhaube eingedrückt, das Ganze ein einziger Schrotthaufen, und ein drittes Auto hing obenauf. Ein sonniger Tag, der Sturm war vorüber, und offenbar hatte keiner der drei Fahrer damit gerechnet, dass die Straße noch vereist sein könnte.

Richard hatte unterdessen vier Tabletten gegen sein Sodbrennen geschluckt, aber noch immer Galle im Mund und ein Lodern im Magen. In kalten Schweiß gebadet, umklammerte er das Lenkrad, vor Schmerzen verschwamm die Straße vor seinen Augen, und mit jeder Minute war er fester überzeugt, dass er innerlich verblutete. Über Handy sagte er Lucía Bescheid, dass er nicht mehr konnte, und fuhr an der nächsten Haltebucht rechts ran. Lucía parkte hinter ihm, als er eben die Fahrertür aufstieß und sich in einem Schwall auf den Asphalt übergab.

»Wir brauchen Hilfe. Hier gibt es bestimmt irgendwo ein Krankenhaus«, sagte Lucía, reichte ihm ein Papiertaschentuch und eine Flasche Wasser.

»Nein, kein Krankenhaus. Das geht schon. Ich brauche ein Klo ...«

Ehe Richard Einspruch erheben konnte, sagte Lucía zu Evelyn, sie solle den Subaru fahren, und setzte sich selbst ans Steuer des Lexus. »Bitte fahr langsam, Lucía. Du hast ja gesehen, was passiert, wenn der Wagen ins Rutschen gerät«, sagte Richard noch, bevor er auf die Rückbank kroch und die Knie an die Brust zog. Genau so, dachte er, liegt gleich hinter der Lehne und der Plastikverkleidung Kathryn Brown.

Als Richard in Rio de Janeiro lebte, wurde dort zu jedem Anlass getrunken. Das gehörte dazu, war Teil der Kultur, war nicht wegzudenken, wenn man sich traf, selbst beruflich, es tröstete über den Regen am Abend oder die Hitze am Mittag hinweg, regte die politische Debatte an, half gegen Erkältung, Traurigkeit, Liebeskummer oder den Katzenjammer nach einem Fußballspiel. Richard war seit Jahren nicht mehr in Rio gewesen, vermutete jedoch, dass sich daran wenig geändert hatte. Manche Gewohnheiten brauchten Generationen, um auszusterben. Damals trank er so viel wie seine Freunde und Bekannten, er war keine Ausnahme, oder jedenfalls glaubte er das. Äußerst selten trank er bis zum Filmriss, der ihm hinterher immer unangenehm war. Er bevorzugte den schwebenden Rausch, die Welt weichgezeichnet, freundlich, anheimelnd. Er maß dem Trinken keine Bedeutung bei, bis Anita ein Problem daraus machte und seine Drinks zu zählen begann, sie ihm zunächst unter vier Augen vorhielt, ihn dann vor anderen deswegen bloßstellte. Er konnte einiges vertragen, vier Bier und drei Caipirinhas steckte er locker weg, verlor bloß seine Schüchternheit und hielt sich für unterhaltsam. Aber wegen seiner Frau zügelte er sich und auch wegen seines Magengeschwürs, das ihm manchmal übel mitspielte. Seinem Vater gegenüber verlor er kein Wort über das Trinken, obwohl er ihm häufig schrieb, denn Joseph war Abstinenzler und hätte ihn nicht verstanden.

Nachdem sie Bibi bekommen hatte, erlitt Anita drei Fehlgeburten hintereinander. Sie träumte von einer Großfamilie wie der, in der sie selbst aufgewachsen war; sie war das zweitjüngste von elf Kindern und hatte unzählige Cousins und Cousinen, Nichten und Neffen. Mit jeder nicht vollendeten Schwangerschaft wuchs ihre Verzweiflung. Sie verbiss sich in die Vorstellung, dass der Himmel sie prüfte oder bestrafte für etwas, das sie nicht genau benennen konnte, und verlor nach und nach alle Energie und Lebensfreude.

Selbst das Tanzen wurde damit sinnlos für sie, und schließlich verkaufte sie ihre renommierte Schule. Die Frauen der Familie Farinha, Großmutter, Mutter, Schwestern, Tanten und Cousinen, nahmen sie unter ihre Fittiche und leisteten ihr abwechselnd Gesellschaft. Anita ließ ihre Tochter keinen Moment aus den Augen, aus Angst, auch sie noch zu verlieren, während die Frauen sie dazu anhielten, ein Kochbuch mit den Rezepten der Familie aus mehreren Generationen zusammenzustellen, weil sie überzeugt waren, dass Arbeit noch immer die beste Medizin gegen jedes Übel sei und Essen ein Trost. Danach sollte sie alle Familienfotos chronologisch in achtzig Alben sortieren, und als das erledigt war, wurden immer neue Beschäftigungen für sie gefunden. Zähneknirschend gestattete Richard, dass seine Frau und seine Tochter für zwei Monate auf die Hacienda der Großeltern umzogen. In Sonne und Wind besserte sich Anitas Gemütszustand. Als sie vom Land zurückkehrte, hatte sie vier Kilo zugenommen und bereute den Verkauf ihrer Schule, weil sie gern wieder getanzt hätte.

Von neuem schliefen sie miteinander wie in den Zeiten, als sie nichts anderes getan hatten. Sie besuchten Konzerte und gingen tanzen. Hölzern, wie er war, drehte Richard dennoch ein paar Runden mit Anita auf der Tanzfläche, und sobald alle Augen auf sie gerichtet waren, einige in seiner Frau die Königin der Anita-Farinha-Schule erkannten, andere sie auch ohne dieses Wissen bewunderten oder begehrten, überließ er sie galant einem anderen, leichtfüßigeren Tänzer, setzte sich mit einem Drink an einen Tisch und sah ihr voller Zärtlichkeit zu, während er vage über sein Leben nachdachte.

Er war mehr als alt genug, um Pläne für die Zukunft zu schmieden, aber mit einem Glas in der Hand ließ sich das leicht vertagen. Seine Promotion hatte er vor über zwei Jahren abgeschlossen, bisher war daraus aber nichts gefolgt als zwei Artikel in Fachzeitschriften in den USA, einer über das Recht auf ihr Land, das den Indianervölkern in der Verfassung von 1988 garantiert wurde, und ein zweiter über Gewalt gegen Frauen in Brasilien. Sein Geld verdiente er mit Englischunterricht. Eher aus Neugier als aus Ehrgeiz bewarb er sich manchmal auf Stellen, die in der *American Political Review* ausgeschrieben waren. Seine Zeit in Rio betrachtete er als eine angenehme Pause von der Karriere, als verlängerte

Ferien. Demnächst würde er sich um sein berufliches Fortkommen bemühen müssen, aber ein wenig konnte das noch warten. Rio lud zum Feiern und Nichtstun ein. Anita besaß ein kleines Haus in Strandnähe, und zusammen mit dem, was sie für ihre Schule bekommen hatte, genügte ihnen sein Englischunterricht zum Leben.

Bibi würde bald drei werden, da hatten die Göttinnen doch noch ein Einsehen und erhörten Anitas Gebete und die aller anderen Frauen der Familie. »Das verdanke ich Yemayá«, sagte Anita, als sie ihrem Mann verkündete, sie sei wieder schwanger. »Ach ja? Ich dachte, du verdankst es mir!« Und lachend packte er sie und wirbelte sie herum. Die Schwangerschaft verlief ohne Zwischenfälle bis zum erwarteten Termin, aber die Geburt gestaltete sich schwierig, und am Ende musste das Kind durch Kaiserschnitt geholt werden. Der Arzt erklärte Anita, sie könne zumindest in den nächsten Jahren keine weiteren Kinder haben, doch traf sie das nicht übermäßig, denn jetzt lag Pablo in ihren Armen, ein gesundes Baby mit noch gesünderem Appetit, Bibis Brüderchen, von der Familie so sehnlich erwartet.

Einen Monat später beugte sich Richard frühmorgens über die Wiege, um das Kind herauszuheben und Anita zu bringen, und wunderte sich, dass es noch nicht vor Hunger geschrien hatte, wie es das sonst alle drei bis vier Stunden tat. So friedlich schlief der Kleine, dass Richard zögerte, ihn hochzuheben. Eine warme Zärtlichkeit durchflutete ihn, seine Augen brannten, er schluckte, überwältigt von einer Dankbarkeit, die ihn sonst oft überkam, wenn er mit Bibi zusammen war. Mit aufgeknöpfter Bluse nahm Anita ihr Kind entgegen und wollte es sich an die Brust legen, da spürte sie, dass es nicht atmete. Ihr Schrei eines tödlich verwundeten Tieres erschütterte das Haus, das Stadtviertel, die Erde.

Eine Autopsie wurde angeordnet. Richard wollte das vor Anita geheim halten, zu unerträglich war die Vorstellung, dass der kleine Pablo der Länge nach aufgeschnitten würde, aber man musste den Grund für seinen Tod herausfinden. Auf dem schriftlichen Befund des Pathologen prangte schließlich »Plötzlicher Kindstod«, etwas, wogegen man sich unmöglich wappnen konnte. Anita verkroch sich in einen tiefen und dunklen Schmerz, in eine Höhle ohne Ausgang, zu der ihrem Mann jeder Zutritt verwehrt blieb. Richard sah sich von seiner Frau zurückgewiesen und von den übrigen Farinhas in den letzten Winkel seines eigenen Hauses verbannt wie ein Ding, das nur im Weg herumstand, während alle sich bei ihm breitmachten mit ihrer Sorge um Anita, sich um Bibi kümmerten und über seinen Kopf hinweg Entscheidungen trafen. Anitas Clan bemächtigte sich seiner kleinen Familie und glaubte, Richard sei so anders geartet, dass er das Ausmaß dieser Tragödie unmöglich begreifen könnte. Im Grunde war er erleichtert darüber, weil er sich auf dem Terrain der Trauer tatsächlich als Fremder fühlte. Er erhöhte die Zahl seiner Unterrichtsstunden, verließ morgens früh das Haus und kam unter allerlei Vorwänden spät zurück. Damals trank er mehr. In der entsprechenden Menge verschaffte ihm der Alkohol die Ablenkung, die er brauchte.

Sie befanden sich wenige Kilometer vor der Abzweigung zur Hütte, da hörten sie die Sirene, und im Rückspiegel tauchte ein Polizeiwagen auf, der hinter ein paar Büschen verborgen gewartet hatte. Lucía sah die Signalleuchten zwischen ihrem Wagen und dem Subaru. Kurz dachte sie daran, aufs Gas zu treten und ihr Leben aufs Spiel zu setzen, aber Richards

Aufschrei zwang sie, das bleiben zu lassen. Sie fuhr noch ein Stück, bis sie am Straßenrand halten konnte. »Jetzt sind wir geliefert«, sagte Richard, der sich mühsam aufgesetzt hatte. Lucía ließ die Scheibe herunter und hielt die Luft an, während der Streifenwagen hinter ihr zum Stehen kam. Auf der Fahrerseite rollte langsam der Subaru vorbei, und Lucía schaffte es noch, Evelyn ein Zeichen zu machen, dass sie weiterfahren sollte. Im nächsten Moment trat ein Polizist neben sie.

»Papiere«, sagte er.

»Habe ich etwas falsch gemacht, Officer?«

»Papiere.«

Lucía suchte im Handschuhfach, reichte ihm die Papiere des Lexus und ihren internationalen Führerschein und war sich nicht sicher, ob der noch gültig war, sie konnte sich nicht erinnern, wann sie ihn in Chile hatte ausstellen lassen. Der Polizist sah bedächtig die Papiere durch und schaute dann Richard an, der auf der Rückbank saß und seine Kleidung zurechtrückte.

»Steigen Sie aus«, sagte er zu Lucía.

Sie gehorchte. Ihre Beine zitterten und trugen sie kaum. Ihr schoss durch den Kopf, dass der Umgangston ein anderer wäre, hätte Richard am Steuer gesessen, und dass es einem Afroamerikaner wahrscheinlich so erging, wenn die Polizei ihn anhielt. Da öffnete Richard die Tür und kam gekrümmt nach draußen.

»Warten Sie im Wagen, Mister!«, herrschte der Polizist ihn an, die rechte Hand am Holster seiner Waffe.

Richard beugte sich vor und erbrach in einem Krampf den letzten Rest Haferflocken vor die Füße des Polizisten, der angewidert zurückwich.

»Er ist krank, Officer, ein Magengeschwür«, sagte Lucía.

»In welchem Verhältnis stehen Sie zu ihm?«

»Ich bin … ich«, stammelte Lucía.

»Sie ist meine Haushälterin. Sie arbeitet für mich«, stieß Richard, noch immer würgend, hervor.

Im Handumdrehen war das Weltbild des Polizisten zurechtgerückt: Die lateinamerikanische Hausangestellte fährt ihren Arbeitgeber, sehr wahrscheinlich zum Arzt. Sonderbar, dass die Frau eine ausländische Fahrerlaubnis besaß, aber er sah nicht zum ersten Mal einen internationalen Führerschein. Chile? Wo lag das überhaupt? Er wartete, bis Richard sich aufrichtete, forderte ihn noch einmal auf, wieder ins Auto zu steigen, klang aber jetzt versöhnlicher. Er trat hinter den Lexus, winkte Lucía zu sich und zeigte auf die Heckklappe.

»Ja, Officer. Das ist gerade erst passiert. Ein Stück weiter vorne gab es einen Unfall, vielleicht haben Sie davon gehört. Ein Wagen konnte nicht mehr rechtzeitig bremsen und ist mir hintendrauf gerutscht, aber es ist nicht weiter schlimm, bloß eine kleine Delle und die Abdeckung vom Rücklicht. Ich habe das Birnchen mit Nagellack angemalt, bis ich das Ersatzteil bekomme.«

»Ich muss Sie verwarnen.«

»Mr Leroy muss zum Arzt.«

»Für dieses Mal drücke ich ein Auge zu, aber das Rücklicht ist binnen vierundzwanzig Stunden zu ersetzen. Haben Sie das verstanden?«

»Ja, Officer.«

»Brauchen Sie Hilfe mit dem Kranken? Ich kann Sie eskortieren.«

»Danke, Officer. Das wird nicht nötig sein.«

Mit klopfendem Herzen setzte Lucía sich wieder ans Steuer und rang nach Luft, während der Streifenwagen davonfuhr. Mir bleibt gleich das Herz stehen, dachte sie, musste aber plötzlich laut lachen. Hätte sie ein Bußgeld bekommen, dann wären ihre Personalien zusammen mit dem Autokennzeichen aufgenommen worden, und damit hätten sich Richards schlimmste Horrorvorstellungen bewahrheitet.

»Das war knapp«, prustete sie und wischte sich die Tränen ab, aber Richard fand das kein bisschen komisch.

Der Subaru wartete einen Kilometer weiter auf sie, und kurz darauf entdeckte Richard die Einfahrt zu Horacios Hütte, einen schmalen, verschneiten Weg, der sich fast unsichtbar zwischen die Kiefern schlängelte. Langsam fuhren sie in den Wald hinein, beteten darum, nicht stecken zu bleiben, sahen etwa zehn Minuten lang kein Anzeichen für menschliches Leben, bis vor ihnen unvermittelt das Giebeldach einer Märchenhütte auftauchte, an dem die Eiszapfen wie Weihnachtsdekoration hingen.

Von der Übelkeit noch geschwächt, aber mit weniger Schmerzen, schloss Richard das Tor auf, sie parkten die Autos und stiegen aus. Unterdessen hatte er die Hüttentür entriegelt und musste sich mit seinem ganzen Gewicht dagegenlehnen, um sie zu öffnen, weil das Holz durch die Feuchtigkeit gequollen war. Von drinnen schlug ihnen ein muffiger Geruch entgegen. Nachdem er auf der Toilette gewesen war, erklärte ihnen Richard, dass seit über zwei Jahren niemand die Hütte genutzt hatte und sich wahrscheinlich Fledermäuse und andere ungebetene Besucher hier breitgemacht hatten.

»Wann kümmern wir uns um den Lexus?«, fragte Lucía.

»Heute noch, gib mir eine halbe Stunde, dann bin ich wieder auf dem Damm.« Und damit sank er bäuchlings auf das altersschwache Sofa im Wohnzimmer, wagte aber nicht, sie zu bitten, dass sie sich zu ihm legte und ihn wärmte.

»Ruh dich aus. Aber wenn wir länger hierbleiben, holen wir uns den Tod.«

»Man muss den Generator anwerfen und Petroleum in die Öfen füllen. In der Küche stehen Kanister. Die Rohre sind wahrscheinlich eingefroren, und ein paar werden kaputt sein, das wird sich im Frühling zeigen. Zum Kochen müssen wir Schnee schmelzen. Den Kamin sollten wir nicht benutzen, jemand könnte den Rauch sehen.«

»Du bist nicht in der Verfassung, irgendwas zu tun. Komm, Evelyn!« Lucía warf eine mottenlöchrige, von der Kälte wie Pappe gewordene Decke über Richard, die sie auf einem Stuhl gefunden hatte.

Wenig später hatten die Frauen zwei Heizöfen in Betrieb genommen, aber den altersschwachen Generator brachten sie nicht in Gang, und auch Richard scheiterte daran, als er schließlich wieder aufstehen konnte. In der Hütte gab es einen Petroleumkocher, den Richard und Horacio mitnahmen, wenn sie zum Eisfischen gingen, und Richard hatte drei Taschenlampen, Schlafsäcke und einige andere für eine Polarexpedition unverzichtbare Dinge im Gepäck, außerdem mehrere vegetarische Fertiggerichte, die er sonst auf lange Radtouren mitnahm. »Eselsfutter«, sagte Lucía gut gelaunt, während sie sich abmühte, auf dem winzigen Kocher, der so wenig kooperativ war wie der Generator, Wasser zu erwärmen. Mit kochendem Wasser verrührt, wurde aus dem Eselsfutter ein brauchbares Mittagessen, auf das Richard allerdings dankend verzichtete. Mehr als etwas Brühe und eine Tasse Tee gegen den Flüssigkeitsverlust wollte er seinem Magen nicht zumuten. In die Decke gehüllt, legte er sich danach noch einmal hin.

Evelyn

Chicago

Evelyns Mutter Miriam hatte ihre guatemaltekischen Kinder nicht mehr gesehen, seit sie die drei vor über zehn Jahren bei der Großmutter zurückgelassen hatte, erkannte Evelyn bei ihrer Ankunft in Chicago aber sofort, wegen der Fotos und weil sie der Großmutter wie aus dem Gesicht geschnitten war. Ein Glück, dass sie nicht nach mir kommt, dachte sie, als Evelyn aus Galileos Pick-up kletterte. Bei der Großmutter waren die Züge der indianischen und der weißen Rasse sehr vorteilhaft gemischt, in ihrer Jugend, ehe die Soldaten sich an ihr vergingen, war sie eine Schönheit gewesen. Evelyn hatte eine Generation übersprungen und ihr zartes Aussehen geerbt. Miriam dagegen wirkte grobschlächtig, hatte ihren gedrungenen Rumpf und die kurzen Beine wahrscheinlich vom Vater, diesem »Indioschwein aus den Bergen«, wie sie ihn immer nannte, wenn die Rede auf ihn kam. Ihre Tochter sah mit dem dicken schwarzen Zopf, der ihr bis zur Hüfte reichte, und dem schmalen Gesichtchen noch aus wie ein Kind. Miriam lief ihr entgegen und schloss sie fest in die Arme, sagte wieder und wieder ihren Namen und weinte vor Freude, dass sie hier war, und vor Traurigkeit über den Tod ihrer beiden Söhne. Evelyn ließ sich umarmen, konnte den Überschwang ihrer Mutter jedoch nicht erwidern; die dicke Frau mit den gelben Haaren war eine Fremde für sie.

Diese erste Begegnung gab den Grundton für das Verhältnis zwischen Mutter und Tochter vor. Evelyn sprach so wenig wie möglich, weil sie sich schämte, wenn sich die Wörter in ihrem Mund verkeilten, und Miriam empfand dieses Schweigen als Vorwurf. Obwohl Evelyn das Thema nie aufbrachte, betonte Miriam bei jeder Gelegenheit, dass sie ihre Kinder nicht zum Vergnügen verlassen hatte, sondern aus Not. Alle hätten Hunger gelitten, wäre sie in Monja Blanca del Valle geblieben, um mit der Großmutter Tamales zu verkaufen, ob das Evelyn denn nicht in den Kopf ging? Wenn sie einmal selber Kinder hätte, dann würde sie begreifen, was für ein ungeheures Opfer sie für ihre Familie gebracht hatte.

Daneben stand auch das Schicksal von Gregorio und Andrés immer im Raum. Miriam glaubte, wäre sie in Guatemala gewesen, um ihre Söhne mit harter Hand zu erziehen, dann wäre Gregorio nicht auf die schiefe Bahn geraten und Andrés nicht wegen ihm umgebracht worden. Wenn sie darauf zu sprechen kam, machte Evelyn den Mund auf, um ihre Mamita zu verteidigen, die ihnen gutes Betragen beigebracht hatte; ihr Bruder war ein schlechter Mensch geworden, weil er nicht arbeiten wollte, und nicht, weil die Großmutter mit Schlägen gespart hätte.

Die Familie León wohnte in einem Trailerpark zwischen ungefähr zwanzig ähnlichen Behausungen und teilte sich ihr kleines Grundstück mit einem Papagei und einer großen, braven Hündin. Evelyn bekam eine Schaumstoffmatratze, die sie zum Schlafen auf den Boden in der Küche legte. Es gab ein winziges Bad und draußen ein zweites Waschbecken. Trotz der Enge kamen alle gut miteinander aus, was auch daran lag, dass sie zu unterschiedlichen Zeiten arbeiteten. Miriam putzte nachts Büros und vormittags Wohnungen, von Mitternacht bis gegen Mittag des Folgetags war sie unterwegs. Galileo hatte wechselnde Arbeitszeiten, und wenn er zu Hause war, verhielt er sich still, als hätte er etwas ausgefressen, damit seine Frau ihre schlechte Laune nicht an ihm ausließ. Früher hatte eine Nachbarin für wenig Geld die Kinder gehütet, aber als Evelyn kam, wurde das ihre Aufgabe. Dass Miriam am Nachmittag zu Hause war, erlaubte es Evelyn, im ersten Jahr am Englischunterricht teilzunehmen, den die Kirche für Einwanderer anbot. Später begann sie dann, mit ihrer Mutter zu arbeiten. Miriam und Galileo gehörten einer Pfingstkirche an, und ihr Leben spielte sich rund um die Gottesdienste und die sozialen Aktivitäten ihrer Gemeinde ab.

Galileo erzählte Evelyn, er habe seine Erlösung im Herrn gefunden und eine Familie in seinen Glaubensbrüdern und -schwestern: »Ich habe ein sündiges Leben geführt, bis ich in der Kirche war und der Heilige Geist in mich gefahren ist. Das ist jetzt neun Jahre her.« Evelyn konnte sich diesen frömmelnden Mann nur schwer bei einem sündigen Leben vorstellen. Laut Galileo war während eines Gottesdienstes ein göttlicher Blitzstrahl vom Himmel auf ihn niedergefahren, und unter Zuckungen hatte er den Teufel aus sich vertrieben, während die Gemeinde inbrünstig gesungen und aus ganzem Herzen für ihn gebetet hatte. Danach hatte sein Leben eine neue Richtung genommen, er war Miriam begegnet, die sehr herrisch sei, sagte er, aber ein gutes Herz habe und ihm helfe, auf dem rechten Pfad zu bleiben. Gott hatte ihm die beiden Buben geschenkt. Sein Umgang mit Gott war innig, er sprach mit ihm wie ein Sohn zu seinem Vater, und wenn er um etwas aus tiefster Seele bat, dann wurde es ihm gewährt. Er hatte vor der Gemeinde seinen Glauben bekannt und sich im örtlichen Schwimmbad taufen lassen, was Evelyn, wie er hoffte, auch einmal tun würde, aber sie zögerte den Tag hinaus, weil sie zu Pater Benito und ihrer Großmutter hielt, die einen Wechsel der Kirche nicht gutgeheißen hätten.

Das Miteinander der Trailerbewohner wurde durch die seltenen Besuche von Doreen gestört, einer Tochter von Galileo aus Jugendjahren, als er flüchtig etwas mit einer Frau aus der Dominikanischen Republik gehabt hatte. Doreen lebte von windigen Geschäften und vom Kartenlegen. Miriam behauptete, sie habe von ihrer Mutter ein Händchen dafür geerbt, die Gutgläubigen übers Ohr zu hauen, sei drogensüchtig und verbreite nichts als Unheil, alles, was sie anfasse, verwandele sich in Hundekacke. Sie war sechsundzwanzig Jahre alt, sah aber aus wie fünfzig, war nicht einen Tag ihres Lebens einer ehrlichen Arbeit nachgegangen und schwamm trotzdem im Geld, wie sie großspurig behauptete. Niemand wagte, sie zu fragen, wo sie das hernahm, ihre Methoden waren wohl sowieso unaussprechlich, doch so schnell, wie das Geld gewonnen war, zerrann es auch wieder. Dann pumpte sie ihren Vater an, ohne die geringste Absicht, das Geliehene je zurückzugeben. Miriam hasste sie, und Galileo hatte Angst vor ihr, wand sich vor ihr wie ein Wurm und gab ihr, soviel er erübrigen konnte, was stets weniger war, als sie verlangte. Laut Miriam besaß Doreen gemeines Blut, wobei unklar blieb, was das sein sollte, und sie verachtete Doreen, weil sie schwarz war, wagte es aber ebenfalls nicht, sich mit ihr anzulegen. An Doreens äußerer Erscheinung war nichts furchteinflößend, sie war dünn, verlebt, hatte Mäuseaugen, gelbliche Zähne und Fingernägel und einen krummen Rücken, doch in ihr brodelte ein schrecklicher, mühsam unterdrückter Zorn. Sie war ein Dampfkessel kurz vor der Explosion. Miriam befahl ihrer Tochter, sich von Doreen fernzuhalten, weil nichts Gutes von ihr zu erwarten war.

Der Aufforderung ihrer Mutter hätte es nicht bedurft, denn es schnürte Evelyn in Doreens Gegenwart die Kehle zu. Die Hündin begann, schon Minuten bevor Doreen zur

Tür hereinkam, draußen im Hof zu jaulen. Dann stahl Evelyn sich davon, schaffte es aber nicht immer rechtzeitig. Mit einem »Wo willst du so eilig hin, du taubstummer Spast?« schnitt Doreen ihr den Weg ab. Sie war die Einzige, die Evelyn verhöhnte. Alle anderen hatten gelernt, den Sinn ihrer abgehackten Sätze zu entschlüsseln, noch bevor sie zu Ende gesprochen hatte. Galileo beeilte sich, seiner Tochter Geld zu geben, damit sie wieder verschwand, und flehte sie jedes Mal an, ihn in die Kirche zu begleiten, und sei es ein einziges Mal. Er nährte noch immer die Hoffnung, dass der Heilige Geist sich erbarmte, auf sie niederfuhr und sie vor sich selbst rettete, so wie es ihm widerfahren war.

Mehr als zwei Jahre vergingen, ohne dass Evelyn die Vorladung zu einem Gerichtstermin bekommen hätte, die man ihr im Auffanglager angekündigt hatte. Miriam wartete ungeduldig auf diese Post, obwohl die Akte ihrer Tochter inzwischen wahrscheinlich in den Labyrinthen der Einwanderungsbehörde verloren gegangen war und Evelyn bis ans Ende ihrer Tage ohne Papiere in den USA würde leben können, ohne dass es jemanden störte. Evelyn hatte die Highschool beendet, es gab ein Abschlussbild von ihr in Talar und Barett, und nie hatte jemand nach Papieren gefragt, die ihr Vorhandensein belegten.

Die Wirtschaftskrise der letzten Jahre hatte die alten Vorbehalte gegen die Hispanics neu angefacht. Betrogen von Kreditvermittlern und Banken, hatten Millionen US-Amerikaner ihre Häuser oder Jobs verloren, und in den Einwanderern fanden sie einen Sündenbock. »Den weißen oder schwarzen Ami will ich sehen, der für so einen Hungerlohn arbeitet, wie wir ihn kriegen«, sagte Miriam. Sie verdiente weniger als den Mindestlohn und arbeitete Doppelschichten, um ihre Ausgaben zu decken, weil die Preise stetig stiegen, die Löhne aber gleich blieben. Evelyn putzte zusammen mit ihr und zwei weiteren Frauen nachts Büros. Sie waren ein großartiges Team mit ihrem Honda Accord, in dem sie alle Putzutensilien und ein batteriebetriebenes Kofferradio mitbrachten, so dass sie beim Arbeiten die evangelikalen Prediger und mexikanische Musik hören konnten. Sie arbeiteten grundsätzlich zusammen, um gegen die Gefahren in der Nacht geschützt zu sein, von Überfällen auf der Straße bis hin zu sexuellen Belästigungen in den leeren Bürogebäuden. Ihren Ruf als Amazonen hatten sie weg, seit sie einem Angestellten, der länger im Büro geblieben war und Evelyn in den Toiletten bedrängte, mit ihren Besen, Eimern und Schrubbern eine Abreibung verpasst hatten. Der Mann von der Security, auch ein Hispanic, stellte sich eine Weile taub, und als er schließlich eingriff, sah der Bürocasanova aus, als wäre er unter einen LKW geraten, unterließ es jedoch, Anzeige gegen die Frauen zu erstatten. Er trug die Schande lieber still.

Miriam und Evelyn arbeiteten Hand in Hand, kümmerten sich gemeinsam um den Haushalt, die Kinder, den Papagei und die Hündin, den Einkauf und um alles, was sonst zu tun war, doch fehlte ihnen die selbstverständliche Nähe von Mutter und Tochter, als wäre Evelyn nur zu Besuch. Miriam wusste nicht, wie sie mit diesem stillen Kind umgehen sollte. Mal wurde Evelyn von ihr wie Luft behandelt, dann wieder mit Geschenken überhäuft. Evelyn war eine Einzelgängerin, sie hatte weder in der Schule noch in der Gemeinde Freundschaften geschlossen. Miriam dachte, dass sich kein Junge für sie interessierte, weil sie immer noch aussah wie ein unterernährtes Kind. Bei den meisten Einwanderern konnte man bei ihrer Ankunft die Rippen zählen, aber durch das billige Fastfood gingen sie schon nach wenigen Monaten aus dem

Leim, doch Evelyn hatte von Natur aus wenig Appetit, mochte weder Fett noch Zucker und vermisste die Bohnen ihrer Großmutter. Miriam war nicht klar, dass ihre Tochter schon unruhig wurde, wenn sich ihr jemand nur auf einen Meter näherte. Die Vergewaltigung hatte tiefe Spuren in ihrer Seele hinterlassen, jeder Körperkontakt weckte Bilder von Gewalt und Blut und vor allem das von ihrem Bruder Andrés mit durchtrennter Kehle. Zwar wusste ihre Mutter in groben Zügen, was passiert war, aber die Einzelheiten hatte ihr niemand erzählt, und Evelyn konnte nie darüber reden. Sie war froh, wenn man sie links liegen ließ, weil es ihr die Anstrengung zu sprechen ersparte.

Miriam konnte sich nicht beklagen, ihre Tochter kam allen Verpflichtungen pünktlich nach, legte nie die Hände in den Schoß und folgte damit den Grundsätzen der Großmutter, für die Müßiggang aller Laster Anfang war. Entspannt war sie nur mit ihren beiden kleinen Brüdern, die ihr zeigten, wie der Computer funktionierte, und gegenüber den Kindern der Kirchengemeinde, die sie nahmen, wie sie war. Während der Gottesdienste hütete sie in einem Nebenraum etwa zwanzig Kinder der Gemeindemitglieder und ersparte sich so die lange Predigt des mexikanischen Pastors, der seine Zuhörer bis zur Hysterie aufzupeitschen verstand. Evelyn dachte sich Spiele für die Kleinen aus, sang ihnen vor, ließ sie zum Rhythmus eines Tamburins tanzen und schaffte es sogar, ihnen Geschichten zu erzählen, ohne dass sie allzu sehr stockte, sofern kein Erwachsener zuhörte. Der Pastor riet ihr, Lehrerin zu werden: Unverkennbar habe der Herr ihr dieses Talent geschenkt, es nicht zu nützen wäre eine Beleidigung des Himmels. Er hatte versprochen, ihr zu helfen, damit sie eine Aufenthaltserlaubnis bekam, aber so groß sein Einfluss in himmlischen Sphären auch sein mochte, bis in die unwirtlichen Büros der Einwanderungsbehörde reichte er nicht.

Das Treffen mit dem Richter wäre auf unbestimmte Zeit vertagt worden ohne das Zutun von Doreen. Mit der Tochter von Galileo León war es in den wenigen Jahren, seit Evelyn sie kannte, weiter bergab gegangen, von ihrer Arroganz war kaum etwas übrig, aber ihr Zorn war ungebrochen. Immer war sie übersät von blauen Flecken, Zeugnissen ihrer Unbeherrschtheit: Sie ließ keine Gelegenheit aus, sich zu prügeln. Von einer Messerstecherei hatte sie eine Piratennarbe quer über dem Rücken, prahlte mit ihr vor den Kindern und erzählte stolz, sie wäre fast verblutet, man hätte sie für tot gehalten und in einer Hofeinfahrt zwischen Müllcontainern liegen lassen. Evelyn war ihr nur selten begegnet, weil ihre Fluchtstrategie meistens aufging. Wenn sie mit den Kindern allein war, dann schnappte sie die beiden und verschwand mit ihnen, sobald der Hund zu jaulen anfing. Diesmal war das aber ausgeschlossen, weil die beiden Scharlach hatten. Drei Tage zuvor hatten sie Fieber und Halsweh bekommen und inzwischen am ganzen Körper rote Flecken, man konnte sie an diesem kalten Oktobertag unmöglich aus dem Bett holen. Doreen stieß mit einem Tritt die Tür auf und brüllte, sie würde den Scheißhund vergiften. Evelyn machte sich auf die Hasstirade gefasst, die Doreen ihr entgegenspeien würde, sobald sie begriff, dass ihr Vater nicht da und kein Geld im Haus war.

Von dem kleinen Kinderzimmer aus konnte Evelyn nicht sehen, was Doreen tat, hörte sie aber ungeduldig herumkramen und fluchen. Weil sie fürchtete, Doreen werde ausrasten, wenn sie nicht fand, was sie suchte, nahm Evelyn schließlich ihren Mut zusammen und ging in die Küche, um ihr notfalls den Weg ins Kinderzimmer zu versperren. Sie hatte so tun wollen, als würde sie sich ein Sandwich machen, aber dazu kam sie gar nicht mehr. Wie ein wilder Stier stürmte Doreen auf sie zu, und ehe sie sich wappnen konnte, hatte Doreen sie mit beiden Händen am Hals gepackt und schüttelte sie mit der Kraft der Süchtigen. »Wo ist das Geld! Raus damit, du Spast, ich bring dich um!« Vergeblich versuchte Evelyn, sich aus ihrem Griff zu befreien. Doreens Geschrei hatte die Kleinen aufgeschreckt, heulend standen sie in der Tür, und gleich darauf packte die Hündin, die sonst nie in den Trailer kam, die Angreiferin an der Jacke und zerrte knurrend an ihr. Doreen stieß Evelyn von sich und wirbelte herum, um nach dem Hund zu treten. Evelyn verlor das Gleichgewicht, taumelte nach hinten und schlug mit dem Nacken auf die Ecke der Küchenarbeitsplatte. Doreen trat abwechselnd nach dem Hund und nach Evelyn, kam aber in ihrer Raserei plötzlich zu sich, sah, was sie angerichtet hatte, und rannte fluchend davon. Der Lärm hatte eine Nachbarin auf den Plan gerufen, und die fand Evelyn am Boden liegend und die Kinder in Tränen aufgelöst. Sie rief Miriam an, Galileo und die Polizei, in dieser Reihenfolge.

Galileo traf wenige Minuten nach der Polizei ein, als sich Evelyn gerade, gestützt von einer Frau in Uniform, mühsam aufsetzte. Ihr drehte sich alles vor den Augen, ein Regen aus schwarzen Flecken nahm ihr die Sicht, und ihr Schädel wollte bersten vor Schmerz, so dass sie kaum erklären konnte, was geschehen war, aber die beiden Kleinen wiederholten unter Schluchzen und Schniefen immer wieder den Namen Doreen. Galileo konnte nicht verhindern, dass man Evelyn mit dem Rettungswagen ins Krankenhaus fuhr und der Vorfall von der Polizei zu Protokoll genommen wurde.

In der Notaufnahme wurde Evelyns Kopfhaut mit mehreren Stichen genäht, sie musste ein paar Stunden zur Beobachtung bleiben und wurde dann mit einem Schmerzmittel und dem Rat, sich auszuruhen, nach Hause geschickt, aber der Vorfall sollte weitreichende Folgen haben, denn jetzt war sie aktenkundig. Am nächsten Tag wurde sie von der Polizei abgeholt und zwei Stunden lang zu ihrem Verhältnis zu Doreen befragt, ehe man sie wieder gehen ließ. Zwei Tage später wurde sie erneut abgeholt, aber diesmal ging es bei der Befragung um ihre Einreise in die USA und die Gründe, aus denen sie ihr Land verlassen hatte. Stockend, verängstigt, versuchte sie zu erklären, was ihrer Familie zugestoßen war, aber sie war nur schwer zu verstehen, und die Beamten verloren die Geduld. Mit im Raum war ein Mann in Zivil, der sich Notizen machte, aber nichts sagte, sich noch nicht einmal vorstellte.

Weil Doreen wegen Drogendelikten und anderen Straftaten gesucht wurde, rückten drei Beamte mit einem Spürhund an und nahmen den Trailer auseinander, ohne etwas zu finden. Galileo hatte sich geflissentlich verdrückt, deshalb musste Miriam die Schmach über sich ergehen lassen und mit ansehen, wie der Linoleumboden aufgerissen und die Matratzen ausgeweidet wurden auf der Suche nach Rauschgift. Etliche Nachbarn standen neugierig herum, und nachdem die Polizisten mit dem Hund gegangen waren, blieben sie in der Nähe, um den zweiten Akt des Dramas nicht zu verpassen. Wie sie vermutet hatten, fiel Miriam über ihren Mann her, als der wiederauftauchte. Er sei an allem schuld, er und seine Tochter, diese Schlampe, wie oft hatte sie ihm gesagt, dass sie Doreen hier nicht sehen wollte, ein Jammerlappen sei er, ein Schwächling, kein Wunder, dass niemand Respekt vor ihm habe – und immer so weiter. Ein Sermon, der im Haus anfing, sich im Hof fortsetzte, weiter auf die Straße getragen wurde und schließlich in der Kirche endete, wo das

Paar, flankiert von mehreren Schaulustigen, schließlich ankam, um mit dem Pastor zu sprechen. Nach Stunden ging Miriam der Treibstoff aus, und ihr Zorn erkaltete, nachdem Galileo kleinlaut versprochen hatte, seine Tochter von ihrem Zuhause fernzuhalten.

Um acht am Abend desselben Tages, Miriam war noch immer rot im Gesicht von ihrem Wutausbruch, klopfte jemand an die Tür des Trailers. Es war der Mann, der sich auf der Polizeiwache Notizen gemacht hatte. Er komme von der Einwanderungsbehörde, sagte er zur Begrüßung. Die Atmosphäre wurde schlagartig frostig, aber sie konnten ihm den Zutritt zur Wohnung nicht verwehren. Der Mann war an seine Wirkung gewöhnt, und um Entspannung bemüht, wechselte er ins Spanische, erzählte, er sei bei seinen mexikanischen Großeltern aufgewachsen, sei stolz auf seine Herkunft und bewege sich ganz selbstverständlich zwischen den beiden Kulturen. Sie hörten ihm ungläubig zu, denn er war so weiß wie die Wand, hatte helle Fischaugen und malträtierte die Sprache ohne jedes Erbarmen. Da offenbar niemand seinen Annäherungsversuch zu schätzen wusste, kam er zur Sache. Er wisse, dass Miriam und Galileo eine Aufenthaltsgenehmigung besäßen und ihre Kinder in den USA geboren seien, aber der Status von Evelyn Ortega bedürfe der Klärung. Ihm lägen die Unterlagen vom Auffanglager mit dem Datum ihrer Festnahme an der Grenze vor, und da keine Geburtsurkunde vorhanden sei, müsse man davon ausgehen, dass sie volljährig sei. Sie sei illegal und ihre Abschiebung somit möglich.

Minuten der Grabesstille, in denen Miriam abzuschätzen versuchte, ob der Mann gesetzestreu war oder bestochen werden wollte. Plötzlich ergriff der sonst so zögerliche Galileo mit einer Entschiedenheit das Wort, die niemand ihm zugetraut hätte:

»Dieses Mädchen ist geflohen. Niemand ist illegal auf der Welt, jeder hat das Recht, in ihr zu leben. Geld und Verbrechen halten sich nicht an Grenzen. Warum sollten Menschen das tun? Sagen Sie mir das.«

»Ich mache die Vorschriften nicht. Meine Aufgabe ist nur, dafür zu sorgen, dass sie befolgt werden«, entgegnete der andere ungehalten.

»Schauen Sie das Mädchen doch an. Für wie alt halten Sie sie?« Galileo deutete auf Evelyn.

»Sie sieht sehr jung aus, aber ich brauche die Geburtsurkunde. In ihrer Akte steht, sie ist verloren gegangen, als sie den Rio Grande überquert hat. Das ist drei Jahre her, inzwischen könnte sie eine Kopie besorgt haben.«

»Und wer sollte das tun? Meine Mutter ist eine alte Frau, sie kann nicht lesen und schreiben, und die Bürokratie in Guatemala ist langsam und kostet Geld«, sagte Miriam, noch immer verblüfft, dass ihr Ehemann reden konnte wie ein Winkeladvokat.

»Was das Mädchen über Banden und ihre ermordeten Brüder erzählt, ist allgemein bekannt, das habe ich schon oft gehört. Unter Migranten gibt es solche Geschichten zuhauf. Die Richter hören das auch nicht zum ersten Mal. Einige glauben es, andere nicht. Ob sie bleiben kann oder abgeschoben wird, hängt von dem Richter ab, den sie bekommt«, sagte der Mann, bevor er ging.

Der stets brave Galileo plädierte dafür, auf das Recht zu vertrauen, das manchmal auf sich warten lasse, am Ende aber doch komme. Miriam hielt ihm entgegen, wenn das Recht komme, dann jedenfalls nicht zu den Schwächsten, und sie traf unverzüglich Vorkehrungen, um ihre Tochter verschwinden zu lassen. Sie fragte Evelyn nicht nach ihrer Meinung, als sie ihre Verbindungen zu dem verborgenen Netz von Migranten ohne Papiere nutzte und schließlich einwilligte, Evelyn zum Arbeiten zu einer Familie nach Brooklyn zu schicken. Den Tipp hatte sie von einer Frau aus ihrer Gemeinde bekommen, deren Schwester eine ehemalige Hausangestellte der Familie kannte und ihr versicherte, dass man dort keinen Wert auf Papiere und solche Belanglosigkeiten legte. Solange das Mädchen seinen Pflichten nachkäme, würde keiner nach seinem Aufenthaltsstatus fragen. Evelyn wollte wissen, worin diese Pflichten bestanden, und erfuhr, sie müsse sich nur um ein krankes Kind kümmern.

Miriam zeigte ihrer Tochter New York auf der Landkarte, half ihr dabei, ihre Sachen in einem Handköfferchen zu verstauen, drückte ihr einen Zettel mit einer Adresse in Manhattan in die Hand und setzte sie in einen Greyhound-Bus. Neunzehn Stunden später wurde Evelyn in der Lateinamerikanischen Pfingstkirche vorstellig, einem zweistöckigen Gebäude, das von außen nichts von der Würde eines Gotteshauses hatte, und von einer Frau aus der Gemeinde freundlich empfangen. Die Frau las sich das Empfehlungsschreiben des Pastors aus Chicago durch, ließ Evelyn eine Nacht bei sich in der Wohnung schlafen und erklärte ihr am nächsten Morgen den Weg mit der U-Bahn zur New Life Tabernacle Church. Dort bekam sie von einer anderen Frau, die der ersten zum Verwechseln ähnlich sah, eine Limonade, ein Faltblatt mit den Gottesdienstzeiten und sozialen Aktivitäten der Kirchengemeinde und eine Wegbeschreibung zur Adresse ihrer neuen Arbeitgeber.

An einem Herbsttag des Jahres 2011, als die Bäume kahl zu werden begannen und die Straßen bedeckt waren von raschelndem, moderndem Laub, klingelte Evelyn Ortega um drei am Nachmittag an der Tür eines dreistöckigen Eckhauses mit einigen versehrten Statuen griechischer Helden im Vorgarten. Dort sollte sie in den kommenden Jahren leben und arbeiten, unbehelligt und mit falschen Papieren.

Lucía und Richard

Norden von New York

Nach ihrer Ankunft in der Hütte schlief Richard fast sofort wie ein Stein, befreit von seinen Bauchschmerzen, aber erschöpft von der Aufregung am Vormittag und durcheinander wegen seiner neuentdeckten Liebe und der Ungewissheit. Lucía und Evelyn rissen ein Handtuch in Streifen und gingen hinaus, um die Fingerabdrücke am Lexus zu beseitigen. Laut der Beschreibung, die Lucía im Internet gefunden hatte, reichte es aus, wenn man alle Flächen mit einem trockenen Tuch abrieb, aber sie tränkte die Lappen zur Sicherheit lieber in Alkohol, weil die Spuren selbst dann noch zu finden waren, wenn das Fahrzeug im Wasser gelegen hatte. Woher sie das wisse, hatte Richard gefragt, ehe er eingeschlafen war, und sie hatte wie zuvor darauf geantwortet: »Frage nicht.« Im bläulichen Licht des verschneiten Waldes wischten sie systematisch alle Oberflächen des Wagens ab, innen und außen, nur das Innere des Kofferraums sparten sie aus. Dann kehrten sie in die Hütte zurück, um sich bei einer Tasse Tee zu unterhalten, und ließen Richard weiterschlafen. Es würde erst in drei Stunden dunkel sein.

Evelyn hatte seit der vergangenen Nacht fast nichts gesagt, hatte getan, worum man sie bat, und dabei abwesend gewirkt wie eine Schlafwandlerin. Lucía ahnte, dass sie in ihrer Vergangenheit versunken war, von der Tragödie ihres kurzen Lebens eingeholt wurde. Sie hatte nicht mehr versucht, Evelyn abzulenken oder aufzumuntern, weil sie einsehen musste, dass die Situation für Evelyn viel bedrohlicher war als für sie oder Richard. Evelyn hatte Todesangst, für sie stellte Frank Leroy eine ernstere Gefahr dar als die, gefasst und abgeschoben zu werden, aber seit sie aus Brooklyn aufgebrochen waren, hatte Lucía das Gefühl, dass das nicht alles war.

»Du hast uns erzählt, wie deine Brüder in Guatemala gestorben sind. Kathryn ist auch gewaltsam ums Leben gekommen. Ich kann mir vorstellen, dass das schlimme Erinnerungen in dir wachruft.«

Evelyn nickte, ohne von ihrer dampfenden Tasse aufzusehen.

»Mein Bruder ist auch umgebracht worden. Er hieß Enrique, und ich hatte ihn sehr lieb. Wir gehen davon aus, dass er festgenommen wurde, aber wir haben nie wieder etwas von ihm gehört. Wir konnten ihn nicht begraben, weil man uns seine Leiche nicht übergeben hat.«

»Is...st...st... er sicher tot?«, fragte Evelyn, stotternder als je zuvor.

»Ja, Evelyn. Ich habe jahrelang nachgeforscht, was mit den Gefangenen passiert ist, die wie Enrique nie mehr aufgetaucht sind. Ich habe zwei Bücher darüber geschrieben. Man hat sie zu Tode gefoltert oder hingerichtet und ihre Leichen in die Luft gesprengt oder ins Meer geworfen. Massengräber wurden auch gefunden, aber wenige.«

Unter großer Anstrengung, mit den Wörtern ringend, gelang es Evelyn zu sagen, dass sie ihre Brüder Gregorio und Andrés zumindest würdig hatten begraben können, auch wenn zur Totenwache nur wenige Nachbarn gekommen waren, weil alle Angst hatten vor der Mara. In der Hütte ihrer Großmutter hatten sie Kerzen angezündet und duftende Kräuter verbrannt, hatten für die Toten gesungen, sie beweint, mit Rum auf sie angestoßen, und sie hatten ihnen ein paar von ihren Sachen mit ins Grab gelegt, damit sie ihnen im anderen Leben nicht fehlten. Außerdem war an neun Tagen eine Messe für sie gelesen worden, wie es Sitte ist, weil der Mensch neun Monate im Bauch der Mutter liegt, bevor er geboren wird, und der Verstorbene neun Tage braucht, bis er im Himmel wiedergeboren wird. Ihre Brüder hatten Gräber in geweihter Erde, wo ihre Großmutter ihnen sonntags Blumen und am Tag der Toten Essen brachte.

»Kathryn wird, genau wie mein Bruder Enrique, nichts dergleichen haben«, sagte Lucía leise.

»Seelen, die keine Ruhe finden, kommen die Lebenden erschrecken«, sagte Evelyn in einem Rutsch, ohne zu stocken.

»Ich weiß. Sie besuchen uns in den Träumen. Dir ist Kathryn schon erschienen, oder?«

»Ja … letzte Nacht.«

»Es tut mir sehr leid, dass wir sie nicht so verabschieden können, wie es in deinem Dorf Sitte ist, Evelyn, aber ich lasse neun Tage für sie eine Messe lesen. Das verspreche ich dir.«

»Be… be… betet deine Mama fü… für deinen Bruder?«

»Sie hat bis zum letzten Tag ihres Lebens für ihn gebetet, Evelyn.«

Lena Maraz hatte 2008 begonnen, sich von dieser Welt zu verabschieden, nicht weil sie besonders krank oder alt gewesen wäre, sondern weil sie müde war, nachdem sie fünfunddreißig Jahre hindurch nach ihrem Sohn Enrique gesucht hatte. Lucía sollte es sich nie verzeihen, dass sie nicht bemerkt hatte, wie niedergeschlagen ihre Mutter war. Sie glaubte, wenn sie deutlich früher eingegriffen hätte, dann hätte sie ihr helfen können. Aber Lena wusste es vor ihr zu verbergen, und sie, zu sehr mit sich selbst beschäftigt, übersah die Symptome, bis es zu spät war. Als Lena schließlich nicht mehr so tun konnte, als hätte das Leben noch einen Reiz für sie, ernährte sie sich nur noch von Brühe und ein bisschen püriertem Gemüse. Unendlich erschöpft lag sie da, war bloß noch Haut und Knochen und allem und jedem außer Lucía und ihrer Enkelin Daniela gegenüber gleichgültig. Sie machte sich bereit, an Unterernährung zu sterben, auf die natürlichste Weise, wie sie es wünschte und wollte. Sie bat Gott, sie bald zu sich zu nehmen und ihr zu erlauben, dass sie ihre Würde bis zum Ende bewahrte. Während ihre Organe langsam den Dienst versagten, war ihr Geist lebendiger, offener, empfänglicher und wacher denn je. Die fortschreitende Schwäche ihres Körpers nahm sie unbekümmert und mit Humor, bis sie die Kontrolle über einige Körperfunktionen verlor, die in ihren Augen niemand anders etwas angingen. Da weinte sie zum ersten Mal. Daniela konnte sie schließlich überzeugen, dass es keine Strafe für begangene Sünden war, wenn sie, Lucía und der Krankenpfleger, der einmal in der Woche kam, sie windelten und untenherum wuschen, sondern Lenas Chance, das Himmelreich zu gewinnen. »So hochmütig wie eh und je, wirst du dort nicht hineingelassen, du musst schon ein bisschen Demut üben«, sagte Daniela in ihrem zärtlich vorwurfsvollen Ton. Das leuchtete Lena ein, und sie gab ihren Widerstand auf. Doch ließ sie sich bald kaum noch dazu bewegen, ein paar Löffel Joghurt und etwas Kamillentee zu schlucken. Der Krankenpfleger erwähnte die Möglichkeit, sie über eine Sonde zu ernähren, aber Tochter und Enkelin weigerten sich, sie dieser Tortur zu unterziehen: Sie mussten Lenas Entscheidung akzeptieren.

Von ihrem Bett aus freute sich Lena an dem Stück Himmel vor ihrem Fenster, war dankbar, wenn sie mit dem Schwamm gewaschen wurde, und bat manchmal darum, dass man ihr ein Gedicht vorlas oder die Liebeslieder auflegte, zu denen sie in jungen Jahren getanzt hatte. Sie war gefangen in ihrem zerfallenden Körper, aber befreit von der unauslotbaren Trauer um ihren Sohn, denn während die Tage verrannen, gewann das, was erst nur eine Ahnung gewesen war, ein Schemen, ein auf die Stirn gehauchter Kuss, immer deutlichere Konturen. Enrique war an ihrer Seite und wartete mit ihr.

Nichts konnte die Belagerung des Todes aufheben, aber Lucía, die es nicht ertrug, wie ihre Mutter dahinschwand, verwandelte sich in ihre Gefängniswärterin und verbot ihr das Rauchen, ihre einzige Freude, weil sie dachte, dass es ihr den Appetit nahm und sie umbrachte. Daniela hingegen besaß ein Gespür für fremde Bedürfnisse und die Güte, ihnen möglichst entgegenzukommen, und sie ahnte, dass der Nikotinentzug für ihre Großmutter die schlimmste Qual von allen war. Sie war gerade mit der Schule fertig, wollte im September zum Studieren nach Miami gehen und bereitete sich mit einem Englischintensivkurs darauf vor. Jeden Nachmittag besuchte sie Lena und ermöglichte es Lucía damit, ein paar Stunden zu arbeiten. Daniela war achtzehn, großgewachsen und schön, besaß die slawischen Züge ihrer Vorfahren. Während Lena mit dem gurgelnden Schnarchton der letzten Lebenstage schlief, legte Daniela Patiencen oder setzte sich zu ihr aufs Bett, um ihre Englischaufgaben zu machen. Lucía ahnte nicht, dass Daniela ihre Großmutter mit den verbotenen Zigaretten versorgte, die sie in ihrem BH versteckt in die Wohnung schmuggelte. Erst Jahre später sollte Daniela ihrer Mutter diese Sünde aus Barmherzigkeit beichten.

Auf ihrem langsamen Gang in den Tod verlor sich der hartnäckige Groll, den Lena gegen ihren betrügerischen Ehemann gehegt hatte, und mit dem bisschen Stimme, das ihr geblieben war, konnte sie mit ihrer Tochter und ihrer Enkelin über ihn sprechen.

»Enrique hat ihm verziehen, das solltest du auch tun, Lucía.«

»Ich bin ihm nicht böse. Ich habe ihn ja kaum gekannt.«

»Ebendeshalb, Lucía. Seine Abwesenheit solltest du ihm verzeihen.«

»Mir hat er eigentlich nie gefehlt, Mama. Enrique schon, der wollte einen Vater haben. Ihm hat es viel ausgemacht, er hat sich alleingelassen gefühlt.«

»Ja, als er klein war. Jetzt hat er verstanden, dass sein Vater es nicht böse gemeint hat, er hat diese andere Frau geliebt. Er hat nicht begriffen, wie sehr er uns damit wehtut, uns dreien genau wie der anderen und ihrem Sohn. Enrique versteht das.«

»Was wäre mein Bruder wohl jetzt für ein Mensch, mit siebenundfünfzig Jahren?«

»Er ist noch immer zweiundzwanzig, Lucía, noch genauso idealistisch und leidenschaftlich. Schau mich nicht so an. Ich verliere mein Leben, nicht den Verstand.«

»Du redest, als wäre Enrique hier.«

»Das ist er ja auch.«

»Ach, Mama …«

»Ich weiß, dass sie ihn umgebracht haben. Enrique will mir nicht sagen, wie, ich soll glauben, dass es schnell gegangen ist und er nicht gelitten hat, dass er bei seiner Verhaftung verletzt wurde und verblutet ist, was ihm die Folter erspart hat. Man kann sagen, er ist im Kampf gefallen.«

»Redet er mit dir?«

»Ja, das tut er. Er ist bei mir.«

»Kannst du ihn sehen?«

»Ich kann ihn spüren. Er hilft mir, wenn ich keine Luft bekomme, er rückt mir die Kissen zurecht, trocknet meine Stirn, schiebt mir Eiswürfel in den Mund.«

»Ich mache das, Mama.«

»Ja, du und Daniela, aber auch Enrique.«

»Du sagst, er ist immer noch jung?«

»Niemand wird älter nach dem Tod.«

In diesen letzten Tagen ihrer Mutter begriff Lucía, dass der Tod kein Ende war, er war nicht die Abwesenheit von Leben, sondern eine mächtige ozeanische Welle, kühles, leuchtendes Wasser, das sie in eine andere Sphäre trug. Lena löste sich vom Festland und ließ sich von der Welle davontragen, befreit von jedem Anker und von der Schwerkraft, ein leichter, durchscheinender Fisch, den die Strömung mitnahm. Lucía gab es auf, gegen das Bevorstehende zu kämpfen, und ließ los. Sie saß bei ihrer Mutter, spürte langsam jedem Atemzug nach, und eine große Ruhe überkam sie, der Wunsch, mit Lena zu gehen, sich davontragen zu lassen und sich im Ozean aufzulösen. Zum ersten Mal spürte sie ihre eigene Seele wie ein Glimmen in ihrem Innern, das sie aufrecht hielt, ein Glimmen, das ewig war und von den Bestrebungen des Daseins unberührt. Sie fand einen Punkt vollkommener Ruhe in ihrer Mitte. Nichts war zu tun, nichts, außer zu warten. Den Lärm der Welt zum Schweigen bringen. So empfand ihre Mutter die Nähe des Todes, und als Lucía das klar wurde, schwand der Schrecken, der sie beherrscht hatte beim Anblick ihrer Mutter, die weniger wurde und verlosch wie eine Kerze.

Lena Maraz starb an einem Februarmorgen, an dem sich die Hitze des chilenischen Sommers schon früh bemerkbar machte. Seit Tagen lag sie in einem Dämmer, ihr Atem ein flaches, abgehacktes Keuchen, und sie hielt Enriques Hand umklammert, während ihre Enkelin betete, dass ihr Herz endlich stehen bliebe und sie aus diesem Morast der Agonie erlöst würde. Lucía hingegen verstand, dass ihre Mutter diesen letzten Teil des Weges in ihrer eigenen Geschwindigkeit gehen musste, ohne Eile. Sie hatte die Nacht neben ihr gelegen und auf das Ende gewartet, während Daniela auf dem Sofa im Wohnzimmer schlief. Für beide war es eine kurze Nacht gewesen. Bei Tagesanbruch wusch Lucía sich das Gesicht mit kaltem Wasser, trank eine Tasse Kaffee, weckte Daniela, und sie setzten sich zu beiden Seiten an Lenas Bett. Die schien für einen kurzen Moment ins Leben zurückzukehren, schlug die Augen auf und sah zu ihrer Tochter und ihrer Enkelin hin. »Ich habe euch sehr lieb, meine Kleinen. Lass uns gehen, Enrique«, flüsterte sie. Sie schloss die Augen, und Lucía spürte die Hand ihrer Mutter zwischen ihren Händen erschlaffen.

Trotz der beiden Heizöfen zog die Kälte in die Hütte, und sie mussten alles anziehen, was sie dabeihatten. Marcelo bekam zusätzlich zu seinem Cape noch eine Weste, weil sein Fell so dünn war und er fröstelte. Nur Richard erwachte erhitzt, leicht schwitzend und erfrischt aus seinem Mittagsschlaf. Draußen fielen erste fedrige Flocken, es wurde Zeit, dass sie zur Tat schritten.

»Wo genau werden wir das Auto los?«, fragte Lucía.

»Einen knappen Kilometer von hier gibt es eine Klippe. Der See ist dort tief, um die fünfzehn Meter. Ich hoffe, der Weg dorthin ist befahrbar, es gibt sonst keinen.«

»Der Kofferraum ist sicher fest verschlossen …«

»Bisher hat der Draht gehalten, aber ich kann dir nicht garantieren, dass er das am Grund des Sees ebenfalls tut.«

»Weißt du, wie man verhindern kann, dass die Leiche nach oben treibt, wenn die Heckklappe aufgeht?«

»Das stellen wir uns lieber nicht vor«, sagte Richard und schauderte bei dieser Möglichkeit, die er bisher nicht bedacht hatte.

»Man muss ihr den Bauch aufschneiden, damit Wasser eindringt.«

»Aber was redest du da, Lucía!«

»Das haben sie mit den Gefangenen gemacht, die sie ins Meer geworfen haben«, sagte Lucía mit belegter Stimme.

Die drei schwiegen, versuchten zu verkraften, was da gerade geäußert worden war, und wussten genau, dass keiner von ihnen in der Lage sein würde, das zu tun.

»Die arme Miss Kathryn«, flüsterte Evelyn schließlich.

»Entschuldige, Richard, aber wir können das nicht so machen.« Lucía war den Tränen nah, genau wie Evelyn. »Ich weiß, es war meine Idee, ich habe dich genötigt, hierherzukommen, aber ich habe noch einmal nachgedacht. Das war alles übers Knie gebrochen, unser Plan ist nicht gut, wir haben das nicht zu Ende gedacht. Natürlich war dazu auch keine Zeit, aber …«

»Was willst du damit sagen?«, unterbrach Richard sie.

»Seit gestern Abend denkt Evelyn unentwegt an den Geist von Kathryn, der keine Ruhe findet, und ich muss ständig an ihre Familie denken. Sie hat doch bestimmt eine Mutter … Meine Mutter hat die Hälfte ihres Lebens nach meinem Bruder Enrique gesucht.«

»Ich weiß, Lucía, aber das ist was anderes.«

»Was anderes? Wenn wir das tun, dann wird aus Kathryn Brown eine verschwundene Person, genau wie mein Bruder. Es wird Menschen geben, die sie lieben und die nicht aufhören werden, nach ihr zu suchen. Die Ungewissheit ist schlimmer als die Erkenntnis, dass sie tot ist.«

»Was machen wir also?«, fragte Richard, nachdem sie lange geschwiegen hatten.

»Wir könnten sie irgendwo hinbringen, wo sie gefunden wird.«

»Und wenn sie nicht gefunden wird? Oder wenn sie so stark verwest ist, dass man sie nicht identifizieren kann?«

»Das kann man immer. Heutzutage reicht ein Knochensplitter, um eine Leiche zu identifizieren.«

Richard ging mit großen Schritten im Raum auf und ab, hielt seine Hände vorm Bauch, war bleich und dachte angestrengt nach. Er konnte Lucías Beweggründe nachvollziehen und teilte ihre Skrupel. Auch er wollte die Familie dieser Frau nicht zu einer endlosen Suche verurteilen. Sie hätten sich das früher überlegen sollen, aber noch war Zeit, ihren Plan zu ändern. Für den Tod von Kathryn Brown war ihr Mörder verantwortlich, aber für ihr Verschwinden würde er es sein, und diese neue Schuld konnte er sich unmöglich aufladen. Er hatte genug an seiner alten Schuld zu tragen. Sie würden die Tote irgendwo weit entfernt vom See und der Hütte lassen müssen, wo sie geschützt wäre vor Aasfressern und in zwei, drei Monaten, mit der Schneeschmelze im Frühjahr, gefunden würde. Das würde Evelyn genug Zeit geben, sich in Sicherheit zu bringen. Kathryn zu begraben würde schwierig sein. Der Boden war gefroren, und er hätte sich schon in gesundem Zustand nicht zugetraut, ihn auszuschachten, geschweige denn mit dem schmerzenden Magengeschwür. Er sprach aus, was ihm durch den Kopf ging. Offenbar war Lucía zu ähnlichen Schlüssen gelangt.

»Wir könnten Kathryn nach Rhinebeck bringen«, sagte sie.

»Wieso das?«

»Nicht in den Ort, ich meine ins Omega Institute.«

»Was ist das?«

»Man könnte sagen, es ist ein spirituelles Zentrum, aber eigentlich ist es viel mehr als das. Ich war dort ein paarmal zu Retreats und Konferenzen. Zu dem Institut gehört ein fast achtzig Hektar großer, wundervoller Park, es liegt allein, etwas außerhalb von Rhinebeck. Während der Wintermonate ist es geschlossen.«

»Aber es gibt doch sicher Leute, die sich darum kümmern.«

»Ja, um die Gebäude, aber der Park schneit zu und braucht keine besondere Pflege. Die Wege vor Ort sind gut, und die Straße nach Rhinebeck ist viel befahren, wir würden dort nicht auffallen, und wenn wir erst auf dem Gelände sind, sieht uns niemand.«

»Das gefällt mir nicht, es ist sehr riskant.«

»Mir gefällt es gut, weil es ein spiritueller Ort ist mit guter Energie, umgeben von wundervollen Wäldern. Dort hätte ich gern, dass man meine Asche verstreut. Kathryn würde es auch gefallen.«

»Ich weiß nie, wann du etwas ernst meinst, Lucía.«

»Ich meine das ganz ernst. Aber wenn du eine bessere Idee hast …«

Inzwischen schneite es richtig, und sie sahen ein, dass sie das Auto loswerden mussten, ehe der Weg endgültig unpassierbar wäre. Sie würden später weiterreden, waren sich aber einig, dass Kathryn gefunden werden sollte, und dazu musste man sie in den Subaru schaffen.

Richard verteilte Einweghandschuhe und schärfte ihnen ein, den Lexus nur damit anzufassen. Er fuhr ihn neben den Subaru und durchtrennte dann den Draht an der Heckklappe mit einer Zange. Kathryn Brown lag dort jetzt seit mindestens zwei, eher drei vollen Tagen, aber sie war fast unverändert, schlief unter dem Teppich. Eisig fühlte sie sich auch jetzt an, indes nicht mehr so starr wie in Brooklyn, als Lucía zum ersten Mal versucht hatte, sie zu bewegen. Richard schluchzte auf, als er sie sah. Im hellen Schneelicht wirkte die junge, kauernde Frau wie ein Kind, genauso erschütternd und verletzlich wie Bibi. Er schloss die Augen und sog die frostige Luft tief in seine Lungen, um diese jähe Heimsuchung aus seiner Vergangenheit loszuwerden und in die Gegenwart zurückzukehren. Das hier war nicht Bibi, es war nicht sein geliebtes Kind, es war Kathryn Brown, eine Frau, die er nicht kannte. Während Evelyn wie gelähmt dastand, alles mit ansah und dabei laut betete, machten sich Richard und Lucía an der Leiche zu schaffen, um sie aus dem Kofferraum zu heben. Durch die Last ihres jähen Todes war sie schwerer als zu Lebzeiten, aber schließlich konnten sie sie umdrehen und sahen zum ersten Mal Kathryns Gesicht. Ihre Augen waren offen. Rund und blau, Puppenaugen.

»Geh hinein. Besser, du siehst das nicht«, sagte Lucía zu Evelyn, aber die stand wie angewurzelt und hörte nicht auf sie.

Kathryn war dünn und klein, hatte schokoladenbraunes, kurzes Haar, und sah in ihren Yoga-Sachen jugendlich aus. Mitten auf ihrer Stirn klaffte ein schwarzes Loch, so klar umrissen, als wäre es aufgemalt, und auf der Wange und am Hals klebte etwas geronnenes Blut. Eine Weile sahen sie mit grenzenlosem Bedauern auf sie hinunter, stellten sich vor, wie sie gewesen war, als sie noch lebte. Selbst in dieser gekrümmten Haltung hatte sie etwas von der Anmut einer schlafenden Tänzerin.

Lucía nahm sie auf der Höhe der Knie an den Beinen, Richard unter den Achseln, und mit Mühe gelang es ihnen, sie in den Subaru zu legen. Sie schoben sie tief in den Kofferraum, breiteten den Teppich wieder über sie und legten zusätzlich eine Plane darüber. Mit dem Gepäck davor würde kein Mensch etwas ahnen.

»Sie ist mit einer kleinkalibrigen Pistole erschossen worden«, sagte Lucía. »Die Kugel steckt noch in ihrem Kopf, es gibt keine Austrittswunde. Sie war sofort tot. Der Mörder muss ein guter Schütze sein.«

Richard, noch immer aufgewühlt wegen der lebhaften Erinnerung an den Moment vor über zwanzig Jahren, als er Bibi verloren hatte, weinte, ohne die Tränen zu spüren, die auf seinen Wangen zu Eis wurden.

»Bestimmt hat Kathryn ihn gekannt«, redete Lucía weiter. »Sie haben sich gegenübergestanden, sich vielleicht unterhalten. Diese Frau hat die Kugel nicht erwartet, sie hat etwas Herausforderndes, offenbar hatte sie keine Angst.«

Evelyn hatte ihre Starre überwunden, wischte im Kofferraum des Lexus die Spuren ab und rief sie jetzt zu sich.

»Da!« In der Tiefe des Kofferraums lag eine Pistole.

»Ist das die von Leroy?« Richard fischte sie heraus und hielt sie vorsichtig am Lauf hoch.

»Sie sieht genauso aus.«

Die Waffe in den spitzen Fingern, trat Richard in die Hütte und legte sie dort auf den Tisch. Wenn man unterstellte, dass die Kugel aus dieser Pistole von Frank Leroy stammte, dann war ihnen damit die nächste unerwünschte Verantwortung zugefallen: sie der Polizei zu übergeben oder sie nicht der Polizei zu übergeben, einen Schuldigen zu decken oder vielleicht einen Unschuldigen zu belasten.

»Was machen wir damit?«, fragte er, als sie schließlich alle um den Tisch herumstanden.

»Ich wäre dafür, sie im Lexus zu lassen. Warum sollen wir uns die Sache noch schwerer machen? Wir haben schon genug Sorgen«, sagte Lucía.

»Die Waffe ist der wichtigste Hinweis auf den Täter, wir dürfen sie nicht in den See werfen«, wandte Richard ein.

»In Ordnung, das sehen wir später. Vorerst muss das Auto weg. Traust du dir das zu, Richard?«

»Ja, es geht mir viel besser. Nutzen wir das Tageslicht, bald wird es dunkel.«

Der Weg zur Klippe war in dem schaumigen Weiß, das die Erde gleichmachte, fast nicht zu erkennen. Richard hatte vorgeschlagen, mit beiden Autos zum See zu fahren, den Lexus zu versenken und mit dem Subaru zurückzukehren. Unter normalen Umständen brauchte man für die Strecke zu Fuß zwanzig Minuten. Dass es schneite, erschwerte die Sache, hatte aber den Vorteil, dass ihre Spuren binnen Stunden zugedeckt sein würden. Er entschied, mit dem Lexus vorneweg zu fahren, und warf eine Schaufel auf die Rückbank. Lucía sollte ihm folgen. Sie hätte es logischer gefunden, wenn der Subaru, der Allradantrieb besaß, den Weg spurte. »Hör auf mich, ich weiß, was ich tue«, sagte Richard und drückte ihr im Überschwang einen Kuss auf die Nase, den Lucía mit einem überrumpelten »Hey!« quittierte. Sie ließen Evelyn mit dem Hund in der Hütte und schärften ihr ein, die Vorhänge geschlossen zu halten und höchstens eine Lampe zu benutzen – je weniger Licht, desto besser. Richard schätzte, dass sie, sofern alles glattlief, in weniger als einer Stunde zurück sein würden.

Zwischen den Bäumen mit ihren von der Schneelast gebeugten Ästen bog Richard langsam auf den Weg ein, den er am Abstand der Stämme nur deshalb erahnte, weil er ihn von früheren Besuchen her kannte, und schlängelte sich dicht gefolgt von Lucía durch den Wald. Einmal mussten sie mehrere Meter zurücksetzen, weil Richard sich vertan hatte, und ein Stück weiter blieb der Lexus im Schnee stecken. Richard stieg aus und schippte die Räder frei, dann winkte er Lucía heran, damit sie mit dem Subaru von hinten schob, was nicht einfach war, weil der Wagen schlingerte. Jetzt verstand sie, warum sie hinten hatte fahren sollen: Zu schieben war schwierig, zu ziehen wäre jedoch fast unmöglich gewesen. Der Zwischenfall kostete sie eine halbe Stunde, es dunkelte und wurde kälter.

Endlich tauchte der See vor ihnen auf, lag in der erstarrten Stille einer in holländischer Manier gemalten Winterlandschaft als schier endlose weiße Fläche unter dem Graublau des Himmels. Hier endete der Weg abrupt. Richard stieg aus, ging am Rand der Klippe hin und her und spähte nach unten, bis er etwa dreißig Meter weiter die Stelle gefunden hatte, die er suchte. Er erklärte Lucía, dort sei der See tief genug, aber den Lexus näher heranzufahren sei zu riskant, sie müssten ihn über den Rand schieben. Wieder war es gut, dass der Lexus vorne stand, denn auf dem schmalen Pfad wären die beiden Fahrzeuge unmöglich aneinander vorbeigekommen. Das Schieben war mühselig, die Stiefel versanken im Schnee, die Reifen gruben sich ein, und sie mussten sie freischaufeln, dann wieder rutschten sie auf vereisten Steinen weg.

Lucía kam der Felsabbruch nicht sonderlich tief vor, aber laut Richard täuschte dieser Eindruck. Ein Aufprall aus dieser Höhe würde ausreichen, damit der schwere Wagen das Eis durchbrach. Keuchend brachten sie den Lexus rechtwinklig zur Abbruchkante in Stellung, holten tief Luft und gaben ihm einen letzten Stoß. Langsam rollte er voran, und die Vorderreifen hingen schon in der Luft, aber dann blieb der Rest mit einem Knirschen an der Kante hängen, und er lag wippend auf dem Bauch über dem Abgrund, zwei Drittel an Land, ein Drittel über dem See. Noch einmal stemmten sie sich mit aller Kraft dagegen, aber nichts rührte sich.

»Das hat uns gerade noch gefehlt! Vorwärts, du Mistkarre!« Lucía trat gegen die Karosserie und ließ sich dann keuchend mit dem Hintern in den Schnee sinken.

»Wir hätten mehr Schwung haben müssen«, sagte Richard.

»Zu spät. Was machen wir jetzt?«

Sie brauchten Minuten, um wieder zu Atem zu kommen, besahen sich den Schlamassel, ohne dass ihnen eine Lösung einfallen wollte, und schneiten zusehends ein. Plötzlich senkte sich die Schnauze des Autos, und es rutschte mit einem gequälten Schabgeräusch ein paar Handbreit voran. Der Schnee an der Abbruchkante, sagte Richard, offenbar bringe die Wärme des Motors ihn zum Schmelzen. Sie sprangen hin, um nachzuhelfen, und im nächsten Moment kippte der Lexus vornüber und stürzte schwerfällig wie ein tödlich verwundeter Dickhäuter in den Abgrund. Von oben sahen sie ihn mit der Motorhaube im See landen, und erst dachten sie, er würde als sonderbare Schrottskulptur senkrecht dort stecken bleiben, aber dann gab es ein grausiges Krachen, die Eisfläche barst wie Glas in tausend Stücke, und das Auto versank langsam in einer Welle aus eisigem Wasser und bläulichen Eisbrocken. Stumm vor Staunen, gebannt, sahen Lucía und Richard zu, wie der Wagen unterging, von dem dunklen Wasser geschluckt wurde, bis er in den Tiefen des Sees verschwunden war.

»In zwei Tagen ist das Loch wieder zugefroren und keine Spur mehr zu sehen«, sagte Richard, als die letzte kleine Welle verebbt war.

»Bis zur Schneeschmelze im Frühling.«

»Der See ist hier tief, ich glaube nicht, dass man das Auto findet. Hier kommt keiner her.«

»So Gott will.«

»Ich bezweifle, dass Gott irgendwas von dem will, was wir hier tun.« Richard lächelte.

»Warum nicht? Evelyn zu helfen ist ein Akt der Nächstenliebe. Der Himmel ist auf unserer Seite, Richard. Wenn du mir nicht glaubst, frag deinen Vater.«

Richard

Rio de Janeiro

Die Wochen und Monate nach dem Tod des kleinen Pablo waren ein böser Traum, aus dem weder Anita noch Richard zu erwachen vermochten. Bibi wurde vier, und die Familie Farinha richtete im Haus der Großeltern eine übertriebene Feier aus, um sie für die Trauer daheim zu entschädigen. Sie wurde zwischen ihrer Großmutter und ihren zahlreichen Tanten herumgereicht und ertrug es wie immer viel zu klug, gelassen und würdevoll für ihr Alter.

Aber nachts machte sie ins Bett. Sie wachte auf, weil alles nass war, zog dann leise ihren Schlafanzug aus und schlich nackt, auf Zehenspitzen ins Schlafzimmer ihrer Eltern. Zwischen den beiden schlief sie wieder ein, und manchmal war ihr Kopfkissen am Morgen feucht von den Tränen ihrer Mutter.

Von dem prekären Gleichgewicht, in dem sich Anita in den Jahren ihrer Fehlgeburten befunden hatte, blieb nach dem Tod ihres Sohnes nichts mehr übrig. Weder Richard noch die stete Fürsorge der Familie Farinha konnten ihr helfen, auch wenn es ihnen mit vereinten Kräften gelang, sie zu einem Therapeuten zu schleppen, der ihr einen Cocktail von Medikamenten verschrieb. Die Therapiesitzungen verstrichen fast ohne ein Wort: Anita redete nicht, und die Bemühungen des Therapeuten zerschellten an der tiefen Trauer seiner Patientin.

Zu guter Letzt brachten Anitas Schwestern sie zu María

Batista, einer angesehenen *Iyalorixá*, Mutter der Heiligen des Candomblé. Alle Frauen der Familie hatten, wenn sie in ihrem Leben an einem Scheideweg standen, diese Reise nach Bahía unternommen und María Batista in ihrem *Terreiro* aufgesucht. Sie war eine ältere, füllige Frau mit einem unzerstörbaren Lächeln auf dem melassebraunen Gesicht, war von den Sandalen bis zum Turban in Weiß gekleidet und behängt mit einem Wasserfall aus bunten, symbolträchtigen Ketten. Durch ihre Erfahrung war sie weise geworden. Sie redete leise, suchte den Blick und streichelte die Hände ihrer Gäste, die auf einem ungewissen Pfad nach Geleit suchten.

Mit Hilfe ihrer Búzios, der Kaurimuscheln, spürte sie Anitas Schicksal nach. Sie sagte nicht, was sie sah, denn ihre Rolle war es, Hoffnung zu spenden, Lösungen anzubieten und Ratschläge zu geben. Sie erklärte Anita, dass das Leiden keinerlei Zweck erfüllt, dass es sinnlos ist, sofern man es nicht nutzen kann, um die Seele zu reinigen. Anita solle beten und Yemayá, Orisha des Lebens, um Hilfe bitten, damit sie aus dem Kerker der Erinnerungen entkam. »Dein Sohn ist im Himmel, du in der Hölle. Komm zurück in die Welt«, sagte sie. Anitas Schwestern riet sie, ihr Zeit zu geben. Irgendwann werde ihr Vorrat an Tränen erschöpft sein und ihr Geist heilen. Das Leben sei hartnäckig. »Tränen sind gut, sie waschen von innen«, sagte sie noch.

Anita kehrte so ungetröstet aus Bahía heim, wie sie hingefahren war. Sie zog sich in sich selbst zurück, war gleichgültig gegenüber Richards Aufmerksamkeiten und der Anteilnahme ihrer Familie, unerreichbar für alle, außer für Bibi. Die nahm sie aus dem Kindergarten, um sie immer im Blick zu haben, und behütete sie mit ihrer beklemmenden und angsterfüllten Zuneigung. Bibi wurde von dieser tragischen Umarmung erdrückt, auf ihr allein lastete die Verantwortung, zu verhindern, dass ihre Mutter in den Wahnsinn abglitt. Nur sie konnte ihre Tränen trocknen und ihren Kummer durch Zärtlichkeiten lindern. Sie lernte, den kleinen Bruder nie zu erwähnen, als hätte sie seine kurze Existenz bereits vergessen, und spielte die Fröhliche, um ihre Mutter auf andere Gedanken zu bringen. Bibi und ihr Vater lebten mit einem Gespenst. Anita verbrachte einen großen Teil des Tages schlafend oder reglos in einem Sessel, unter der Aufsicht einer Frau aus ihrer Familie, weil der Therapeut vor Suizidgefahr gewarnt hatte. Gleichförmig vergingen Anitas Stunden, die Tage folgten in entsetzlicher Langsamkeit aufeinander, und da war so viel Zeit übrig, um Pablo und ihre ungeborenen Kinder zu beweinen. Vielleicht wären ihre Tränen irgendwann versiegt, wie María Batista es gesagt hatte, aber noch war es längst nicht so weit.

Richard war von der bodenlosen Trauer seiner Frau tiefer getroffen als vom Tod seines Kindes. Er hatte sich diesen Sohn gewünscht und ihn geliebt, aber weniger als Anita, und er war noch nicht mit ihm vertraut gewesen. Während die Mutter ihn an der Brust gehalten, ihn getragen und in den Schlaf gewiegt hatte, beide vereint waren durch das unlösliche Band der mütterlichen Liebe, lernte er den Kleinen gerade erst kennen, als er ihn schon wieder verlor. Vier Jahre hatte er Zeit gehabt, um Bibi lieb zu gewinnen und zu lernen, ihr Vater zu sein, während er mit Pablo nur einen Monat verbracht hatte. Sein plötzlicher Tod hatte Richard erschüttert, aber was mit Anita geschah, traf ihn mehr. Sie waren schon lange genug zusammen, dass er sich an ihre Stimmungsschwankungen gewöhnt hatte und wusste, dass ihre Fröhlichkeit und Leidenschaft binnen Minuten in Zorn oder Traurigkeit umschlagen konnten. Er hatte Wege gefunden, gelassen mit Anitas unvorhersehbaren Gemütszuständen umzugehen, und schrieb sie ihrem tropischen Temperament zu, allerdings nie in ihrer Gegenwart, weil sie das als rassistisch empfunden hätte. Aber in ihrer Trauer um Pablo konnte er ihr nicht helfen, weil sie ihn zurückwies. Sie ertrug ihre Familie nur schwer, und ihn erst recht nicht. Bibi war ihr einziger Trost.

Unterdessen brodelte in den Straßen und an den Stränden dieser erotischen Stadt das Leben. Im Februar, dem heißesten Monat des Jahres, waren die Menschen nahezu nackt unterwegs, die Männer oft in Shorts und mit bloßem Oberkörper, die Frauen in tief ausgeschnittenen, knappen Kleidchen. Junge, schöne, sonnengebräunte, schwitzende Körper, wo Richard nur hinsah, überall stellten sie sich herausfordernd zur Schau. Seine Lieblingsbar, in der er wie ferngesteuert am Abend landete, um sich mit Bier abzukühlen oder mit Cachaça zu betäuben, gehörte zu den angesagten Stationen der Strandjugend. Gegen acht füllte es sich dort, um zehn glich der Lärm einem Zug in voller Fahrt, und der klebrige Geruch nach Sex, Schweiß, Alkohol und Parfüm war mit den Händen zu greifen. In einem versteckten Winkel gab es Kokain und andere Drogen. Als Stammgast musste Richard nicht mehr sagen, was er trinken wollte, der Barmann schenkte ihm schon ein, sobald er sich dem Tresen näherte. Er hatte andere Stammkunden kennengelernt, und die hatten ihn wiederum ihren Freunden vorgestellt. Man trank, unterhielt sich schreiend über den Lärm hinweg, verfolgte das Fußballspiel im Fernsehen, debattierte über die Tore oder über Politik, und manchmal lief der Streit aus dem Ruder und wurde handgreiflich. Dann mischte der Barmann sich ein und setzte sie vor die Tür. Die Frauen hier teilten sich in zwei Kategorien, in die Unberührbaren, die am Arm eines Mannes hereinkamen, und in diejenigen, die im Pulk unterwegs waren und sich in der Kunst der Verführung übten. Kam eine Frau allein, dann war sie in der Regel alt genug, um nichts mehr auf böse Zungen zu geben, und konnte sich auf die Freundlichkeit der Männer verlassen, denn es fand sich immer einer, der sie mit diesem besonderen brasilianischen Charme umgarnte, den Richard nie nachzuahmen verstand, weil er ihn mit sexueller Belästigung verwechselte. Er wiederum war leichte Beute für junge Frauen, die auf Sex aus waren. Sie ließen ihn die Drinks bezahlen, scherzten mit ihm, und schmiegten sich in der Enge des Lokals an ihn, bis er gar nicht anders konnte, als darauf zu reagieren. In solchen Momenten dachte Richard nicht an Anita, diese Spielchen waren harmlos, sie stellten keinerlei Gefahr für seine Ehe dar, auch wenn sie das zweifellos getan hätten, hätte Anita sich solche Freiheiten erlaubt.

Die junge Frau, die für Richard unvergesslich werden sollte, gehörte nicht zu den Schönsten dieser caipirinhaberauschten Nächte, aber sie war kühn, hatte ein helles Lachen und Lust darauf, alles auszukosten, was ihr geboten wurde. Sie wurde zu seinem besten Saufkumpan, aber von seinem Leben bei Tag hielt er sie fern, als wäre sie eine Puppe, die nur zum Leben erwachte, um ihm in der Bar beim Trinken und Koksen Gesellschaft zu leisten. So wenig bedeutete sie ihm, glaubte er, dass er sie der Einfachheit halber die Garota nannte, was seit dem alten Song von Vinicius Moreas der Name aller hübschen Mädchen von Ipanema war. Sie führte ihn zum ersten Mal in die Ecke mit den Drogen und an den Pokertisch im Hinterzimmer, wo die Einsätze so niedrig waren, dass man ohne ernste Folgen verlieren konnte. Sie war unermüdlich, konnte die Nacht hindurch trinken und tanzen und am Morgen direkt zu ihrer Arbeit als Buchhalterin in einer Zahnarztpraxis gehen. Sie erzählte Richard ihr erfundenes Leben, nie zweimal dasselbe, in einem sprudelnden, verschlungenen Portugiesisch, das für ihn klang wie Musik. Mit dem zweiten Drink fing er an, über sein trauriges Zuhause zu jammern, und beim dritten weinte er an ihrer Schulter. Die Garota setzte sich auf seinen Schoß, küsste ihn, bis ihr die Luft wegblieb, und rieb sich so lasziv an ihm, dass er, wenn er nach Hause ging, Flecken auf der Hose hatte und eine Besorgnis empfand, die sich nie zu einem schlechten Gewissen auswuchs. Richard richtete seinen Tagesablauf auf das Zusammentreffen mit dieser Frau ein, die seinem Leben Farbe und Würze gab. Immer fröhlich und für alles zu haben, erinnerte sie ihn an die Anita von früher, in die er sich in der Tanzschule verliebt hatte und die im Nebel ihres Unglücks rasch dahinschwand. Mit der Garota war er wieder unbeschwert und jung, mit Anita fühlte er sich belastet, alt und abgeurteilt.

Der Weg zur Wohnung der Garota war kurz, und die ersten Male war Richard ihn zusammen mit anderen gegangen. Wenn um drei am Morgen die letzten Gäste aus dem Lokal geworfen wurden, schlief man seinen Rausch am Strand aus oder man setzte die Party bei jemand zu Hause fort. Die Wohnung der Garota bot sich dafür an, weil sie nur einen Katzensprung entfernt war. Mehr als einmal erwachte Richard im ersten Licht des Tages an einem Ort, der ihm für einen kurzen Moment gänzlich fremd schien. Verwirrt und schwindlig setzte er sich auf und erkannte die Männer und Frauen nicht wieder, die kreuz und quer auf dem Boden und der Couchgarnitur lagen.

Ein Samstag überraschte ihn um sieben am Morgen bekleidet und in Schuhen auf dem Bett der Garota. Sie lag nackt neben ihm, mit gespreizten Armen und Beinen, ihr Kopf hing herab, der Mund stand offen, ein Rinnsal aus geronnenem Blut klebte an ihrem Kinn, und ihre Lider waren halb geöffnet. Richard wusste nicht, was passiert war oder warum er sich hier befand, die zurückliegenden Stunden waren komplett geschwärzt, das Letzte, woran er sich erinnerte, war der von einer Wolke aus Zigarettenrauch eingehüllte Pokertisch. Wie er in dieses Bett gekommen war – ein Rätsel. Der Alkohol hatte ihn schon früher manchmal hintergangen, sein Geist verlor sich, während der Körper handelte wie ein Automat, bestimmt gab es einen wissenschaftlichen Namen und eine Erklärung für diesen Zustand. Nach einem kurzen Moment erkannte er die Frau wieder, aber das Blut konnte er sich nicht erklären. Was hatte er getan? Das Schlimmste befürchtend, rüttelte er an ihr und schrie sie an, ohne sich an ihren Namen zu erinnern, bis sie ein Lebenszeichen von sich gab. Da steckte er dann erleichtert seinen Kopf in das mit kaltem Wasser gefüllte Waschbecken, bis ihm die Luft wegblieb und das Schwindelgefühl etwas nachließ. Schleunigst machte er sich davon, wie Messer bohrte sich der Schmerz in seine Schläfen, alle Knochen taten ihm weh, und ein nicht zu linderndes saures Brennen im Magen verätzte ihn von innen. Auf dem Nachhauseweg hatte er sich eine Entschuldigung für Anita zurechtgezimmert: Er war zusammen mit ein paar anderen wegen einer dämlichen Auseinandersetzung auf der Straße von der Polizei festgenommen worden und hatte die Nacht auf der Wache verbracht, ohne dass man ihn daheim anrufen ließ.

Die Lüge erwies sich als unnötig, denn er fand Anita im tiefen Schlaf, den ihr die Tabletten bescherten, und Bibi still beim Spielen mit ihren Puppen. »Ich habe Hunger, Papa«, sagte sie und schlang die Arme um seine Knie. Richard machte ihr eine Schokolade und einen Teller mit Frühstücksflocken, fühlte sich der Liebe dieses Mädchens nicht würdig, befleckt und schmutzig. Er wagte es nicht, sie anzufassen, bevor er nicht geduscht hatte. Danach setzte er sie auf seinen Schoß, vergrub seine Nase in ihren Engelshaaren, sog ihren Duft nach geronnener Milch und Kinderschweiß ein und schwor sich, dass seine Familie ab jetzt für ihn an erster Stelle stehen würde. Mit Leib und Seele würde er sich der Aufgabe verschreiben, seine Frau aus diesem Schacht zu holen, in dem sie versunken war, und Bibi für die Monate entschädigen, in denen er sie vernachlässigt hatte.

Seine Vorsätze hielten siebzehn Stunden, und seine nächtlichen Ausflüge wurden häufiger, länger und haltloser. »Du bist ja dabei, dich in mich zu verlieben!«, behauptete die Garota, und um sie nicht zu enttäuschen, gab er es zu, obwohl sein Benehmen mit Liebe nichts zu tun hatte. Sie war austauschbar, hätte ersetzt werden können durch Dutzende, die so frivol waren wie sie, nach Aufmerksamkeit hungerten, sich vor dem Alleinsein fürchteten.

An einem darauffolgenden Samstag wachte er gegen neun am Morgen in ihrem Bett auf. Er verlor einige Minuten damit, im Durcheinander der Wohnung seine Kleider zu suchen, hatte aber keine Eile, weil Anita sicher noch halb betäubt von ihren Schlaftabletten war. Sie stand erst gegen Mittag auf. Um Bibi musste er sich auch keine Sorgen machen, denn um diese Zeit war die Hausangestellte schon da und kümmerte sich um sie. Von seinem vagen Schuldgefühl war nichts mehr zu spüren. Die Garota hatte recht, wenn sich einer über seine Situation beklagen durfte, dann er, weil er an eine psychisch kranke Frau gefesselt war. Gab er zu erkennen, dass sein Betrug an Anita ihm zu schaffen machte, dann sagte sie immer nur: Was ich nicht weiß, macht mich nicht heiß. Anita wusste nichts oder tat, als wüsste sie nichts von seinen nächtlichen Eskapaden, und er hatte das Recht, sich zu amüsieren. Die

Garota war ein flüchtiges Vergnügen, nur eine Spur im Sand, dachte Richard, ohne zu ahnen, dass sie in seinem Gedächtnis für immer eine Narbe hinterlassen würde. Seine Untreue störte ihn weniger als die Nachwirkungen des Alkohols. Nach einer durchzechten Nacht hatte er Mühe, wieder auf die Beine zu kommen, manchmal stand sein Magen einen ganzen Tag in Flammen, und er fühlte sich gerädert, konnte nicht klar denken, reagierte verzögert und war schwerfällig wie ein Nilpferd.

Er fand sein Auto nicht gleich, es stand in einer Seitenstraße, und auch das Zündschloss fand er nicht gleich und konnte den Motor nicht gleich anlassen. Eine mysteriöse Verschwörung beeinträchtigte seine Handlungsfähigkeit, er bewegte sich in Zeitlupe. Um diese Stunde am Morgen herrschte wenig Verkehr, und trotz des Schraubstocks um sein Gehirn fand er den Weg nach Hause. Fünfundzwanzig Minuten waren vergangen, seit er neben der Garota aufgewacht war, er brauchte dringend einen Kaffee und eine lange, heiße Dusche. Mit dem Vorgeschmack auf Kaffee und Dusche näherte er sich der Einfahrt zu seiner Garage.

Nachher sollte er tausend Erklärungen für den Unfall suchen, aber keine sollte ausreichen, um das Bild zu verändern, das für immer scharf umrissen auf seiner Netzhaut stehen blieb.

Seine Tochter hatte an der Tür auf ihn gewartet, und als sie sein Auto um die Ecke biegen sah, lief sie ihm entgegen, wie sie es im Haus immer tat, sobald er zur Tür hereinkam. Richard sah sie nicht. Er spürte den Schlag, ohne zu wissen, dass es Bibi war, die er überrollt hatte. Er bremste sofort, dann hörte er die gellenden Schreie der Hausangestellten. Er dachte, er hätte einen Hund überfahren, denn die Wahrheit, die in den Tiefen seines Bewusstseins rumorte, war nicht zu ertragen. Er sprang nach draußen, getrieben von einem Entsetzen, das alle körperlichen Folgen seiner Sauferei jäh fortwischte, und als er nicht sah, was den Schlag verursacht hatte, war ihm ein kurzer Moment der Erleichterung beschieden. Aber dann bückte er sich.

Es war an ihm, seine Tochter unter dem Auto hervorzuziehen. Der Aufprall hatte nichts in Unordnung gebracht: Der Schlafanzug mit den gemalten Bärchen war sauber, die kleine Faust hielt die Stoffpuppe fest, in den offenen Augen stand die unwiderstehliche Freude, mit der sie ihn stets begrüßte. Unendlich vorsichtig hob er sie hoch, hielt sie, wahnsinnig vor Hoffnung, gegen seine Brust, küsste sie und rief ihren Namen, während von weit her, aus einer anderen Galaxie, die Schreie der Hausangestellten und der Nachbarn zu ihm drangen, das Hupen der Autos, die sich hinter ihm stauten, und schließlich die Sirenen von Polizei und Rettungswagen. Als er das Ausmaß seines Unglücks zu begreifen begann, sollte er sich fragen, wo Anita in diesem Moment war, denn er hörte sie nicht und konnte sie in der Traube von Menschen, die sich um ihn geschart hatten, nicht sehen. Viel später erfuhr er, dass sie, als sie das Bremsen hörte und das Geschrei danach, ans Fenster im ersten Stock getreten war und von dort, gelähmt, alles mit angesehen hatte, vom ersten Blick ihres neben dem Auto knienden Ehemanns bis zum Rettungswagen, der mit seinem Wolfsgeheul und dem unheilverkündenden roten Signallicht die Straße hinunter verschwand. An ihrem Fenster stehend, wusste Anita Farinha ohne jeden Zweifel, dass Bibi nicht mehr atmete, und empfing diesen letzten Hieb des Schicksals als das, was er war: ihre eigene Hinrichtung.

Anita zerbrach. In einem ununterbrochenen Selbstgespräch redete sie wirr vor sich hin, und als sie zu essen aufhörte, landete sie in einer von Deutschen geführten psychiatrischen Klinik. Sie bekam eine Krankenschwester für tagsüber und eine für die Nacht zur Seite gestellt, die einander in ihrer energischen Körperlichkeit so ähnlich sahen wie die Zwillingstöchter eines preußischen Obersts. Die furchteinflößenden Wächterinnen sorgten zwei Wochen lang dafür, dass Anita über einen Schlauch in den Magen eine zähflüssige, nach Vanille riechende Nährlösung eingeflößt wurde, zogen ihr gegen ihren Willen etwas an und trugen sie förmlich zum Spazierengehen hinaus in den Hof zu den Irren. Die Spaziergänge und andere verordnete Aktivitäten, wie das Anschauen von Filmen über Delfine und Pandabären, die zerstörerische Gedanken vertreiben sollten, zeitigten bei Anita keinerlei erkennbare Wirkung. Dann schlug der Leiter der Klinik vor, sie einer Elektrokrampftherapie zu unterziehen, um sie aus ihrer Apathie zu holen, eine wirkungsvolle und wenig riskante Methode, wie er sagte. Die Behandlung werde unter Vollnarkose durchgeführt, die Patientin bekomme gar nichts davon mit, und als einzige, zu vernachlässigende Nebenwirkung könne es zu einem vorübergehenden Gedächtnisverlust kommen, was in Anitas Fall sogar ein Segen wäre.

Richard hörte sich das an und entschied, lieber zu warten, denn er fühlte sich außerstande, seine Frau einer Serie von Elektroschocks auszusetzen, und ausnahmsweise war die Familie Farinha seiner Meinung. Außerdem einigten sie sich darauf, Anitas Aufenthalt in dieser teutonischen Einrichtung nicht über das unbedingt notwendige Maß hinaus zu verlängern. Sobald es möglich war, sie von dem Schlauch zu befreien und ihr mit einem Teelöffel einen nahrhaften Brei zu füttern, brachten sie die Patientin nach Hause zu ihrer Mutter. Hatten Anitas Schwestern schon zuvor abwechselnd nach ihr gesehen, so wurde sie nach Bibis Unfall keine Sekunde aus den Augen gelassen. Tag und Nacht war jemand bei ihr, wachte über sie und betete.

Erneut blieb Richard ausgeschlossen aus dieser weiblichen Welt, in der seine Frau dahinsiechte. Man ließ ihn noch nicht einmal nah genug an sie heran, dass er hätte versuchen können, das Geschehene zu erklären und sie um Vergebung zu bitten, selbst wenn keine Vergebung möglich war. Niemand sprach das Wort ihm gegenüber aus, aber er wurde behandelt wie ein Mörder. Und so fühlte er sich auch. Er lebte allein in ihrem Haus, während die Farinhas seine Frau festhielten. »Sie haben sie entführt«, sagte er am Telefon zu seinem Freund Horacio, der ihn aus New York anrief. Seinem Vater, der ebenfalls regelmäßig mit ihm telefonierte, gestand er die Katastrophe seines Lebens hingegen nicht, sondern beruhigte ihn mit zuversichtlichen Schilderungen davon, dass Anita und er mit psychologischer und familiärer Unterstützung dabei seien, ihre Trauer zu überwinden. Joseph wusste, dass Bibi überfahren worden war, aber er ahnte nicht, dass Richard am Steuer des Autos gesessen hatte.

Die Hausangestellte, die sich um Bibi gekümmert und das Haus sauber gehalten hatte, ging noch am Tag des Unfalls und kam nicht einmal wieder, um den ausstehenden Lohn abzuholen. Auch die Garota verschwand, weil Richard ihre Drinks nicht mehr zahlen konnte und eine abergläubische Angst sie gepackt hatte: Sie hielt Richards Unglück für einen Fluch, und so was war ansteckend. Um Richard herum wucherte die Unordnung, die leeren Flaschen reihten sich auf dem Boden, im Kühlschrank wuchs den Nahrungsmitteln ein grünlicher Pelz, und die Hügel aus schmutziger Wäsche vermehrten sich wie von selbst. Richards abgerissene Erscheinung erschreckte seine Schüler, rasch wurden es weniger, und zum ersten Mal in seinem Leben ging ihm das Geld aus. Anitas letzte Ersparnisse flossen in ihren Klinikaufenthalt. Er begann billigen Rum in großen Mengen zu trinken, allein bei sich daheim, weil er in der Bar Schulden hatte. Er verbrachte die Zeit vor dem Fernseher, der rund um die Uhr eingeschaltet blieb, um die Stille und Dunkelheit zu vertreiben, in der die Schemen seiner Kinder spukten. Mit fünfunddreißig Jahren hielt er sich für halb tot, weil sein halbes Leben hinter ihm lag. Die andere Hälfte interessierte ihn nicht.

In dieser Unglückszeit für Richard entschied sein Freund Horacio Amado-Castro, der mittlerweile das Institut für Lateinamerika- und Karibikstudien an der New York University leitete, Brasilien stärker in den Fokus zu nehmen und dabei vielleicht auch Richard eine Chance zu geben. Die beiden kannten sich seit Junggesellenzeiten, als Horacio am Beginn seiner Unilaufbahn stand und Richard gerade seine Promotion vorbereitete. Damals hatte Horacio ihn in Rio besucht, und Richard hatte ihn trotz seines schmalen Studentenbudgets mit großer Gastfreundschaft beherbergt, er war zwei Monate geblieben, und zusammen waren sie mit dem Rucksack ins Mato Grosso gereist und durch die Regenwälder am Amazonas gestreift. Daraus war eine dieser unsentimentalen Männerfreundschaften entstanden, denen weder Zeit noch Entfernung etwas anhaben können. Später reiste Horacio noch einmal nach Rio, als Trauzeuge bei Richards Hochzeit mit Anita. In den Jahren danach sahen sie sich sehr selten, blieben sich ihrer Zuneigung füreinander jedoch gewiss: Sie wussten, dass sie aufeinander zählen konnten. Seit er erfahren hatte, was mit Pablo und Bibi passiert war, rief Horacio zweimal in der Woche an und versuchte, seinem Freund Mut zu machen. Richards Stimme war am Telefon nicht wiederzuerkennen, er klang schleppend und wiederholte sich mit der wirren Begriffsstutzigkeit des Säufers. Horacio ahnte, dass er ebenso viel Hilfe brauchte wie Anita.

Horacio war es, der Richard von der freien Stelle an der Universität erzählte, noch ehe sie in den Fachzeitschriften ausgeschrieben wurde, und der ihm riet, sich umgehend zu bewerben. Die Konkurrenz werde groß sein, und während des Auswahlverfahrens könne er ihm nicht helfen, aber wenn Richard die geforderten Proben bestand, konnte er mit etwas Glück auf Platz eins der Bewerberliste landen. Seine Doktorarbeit wurde weiterhin gelesen, was für ihn sprach, genau wie seine Artikel, auch wenn seine letzte Veröffentlichung eigentlich schon zu lange zurücklag. Richard hatte Jahre damit verloren, am Strand herumzuhängen und Caipirinhas zu trinken. Um seinen Freund nicht zu enttäuschen, schickte Richard seine Bewerbung ab, machte sich keine großen Hoffnungen und war entsprechend überrascht, als er zwei Wochen später die Einladung zu einem Gespräch erhielt. Horacio musste ihm Geld für den Flug nach New York schicken. Richard bereitete sich auf die Reise vor, ohne Anita etwas davon zu sagen, die damals in der Klinik der Deutschen war. Er redete sich ein, dass er das nicht aus Egoismus tat: Wenn er den Job bekäme, dann würde er Anita eine viel bessere Behandlung ermöglichen können, er wäre über die Universität krankenversichert und die Kosten wären gedeckt. Außerdem musste er sie, wenn er sie als Ehefrau zurückhaben wollte, den Klauen der Farinhas entreißen.

Nach einem erschöpfenden Auswahlverfahren bekam Richard einen Vertrag ab August. Das war im April. Er ging davon aus, dass die Zeit ausreichen würde, damit Anita sich erholen und er den Umzug vorbereiten konnte. Um seine unvermeidlichen Ausgaben bestreiten zu können, musste er

Horacio um ein weiteres Darlehen bitten, das er durch den Verkauf des Hauses zurückzuzahlen gedachte, sofern Anita dem zustimmte, denn es gehörte eigentlich ihr.

Horacio hatte dank des Vermögens seiner Familie nie Geldsorgen gehabt. Eisern wie eh und je führte sein sechsundsiebzig Jahre alter Vater von Argentinien aus sein tyrannisches Patriarchat, hatte sich allerdings damit abfinden müssen, dass einer seiner Söhne eine Protestantin aus dem Norden heiratete und zwei seiner Enkelkinder kein Spanisch sprachen. Mehrmals im Jahr kam er zu Besuch, um seine umfassende kulturelle Bildung in Museen, Konzerten und Theatern aufzufrischen und sich um seine Geldanlagen bei New Yorker Banken zu kümmern. Seine Schwiegertochter konnte ihn nicht ausstehen, behandelte ihn jedoch mit derselben scheinheiligen Höflichkeit wie er sie. Seit Jahren wollte der Alte seinem Sohn ein angemessenes Zuhause kaufen. Das enge Apartment in Manhattan, in dem die Familie wohnte, im zehnten Stock einer Ansammlung von zwanzig gesichtslosen Gebäuden aus rotem Klinker, war ein Rattenloch und eines Amado-Castro-Sprösslings unwürdig. Horacio würde seinen Anteil am Familienvermögen erben, sobald der Vater ins Grab sank, aber in dieser Familie war man langlebig, und er hatte vor, das Jahrhundert vollzumachen, da wäre es doch idiotisch, wenn Horacio so lange wartete, wo er schon jetzt ein angenehmes Dasein führen könnte, sagte der Vater zwischen Räuspern und Zügen an seiner kubanischen Zigarre. »Ich will niemandem etwas schuldig sein, und am wenigsten deinem Vater. Er ist ein Despot und kann mich nicht ausstehen«, sagte die Protestantin aus dem Norden, und Horacio wagte nicht, dem zu widersprechen. Schließlich fand der Alte ein Mittel, um seine halsstarrige Schwiegertochter umzustimmen. Eines Tages brachte er seinen Enkelkindern einen herzallerliebsten Hundewelpen mit, ein Fellbällchen mit sanften Augen. Sie nannten die Hündin Fifi, ohne zu ahnen, dass der Name ihr bald schon zu klein sein würde. Sie war ein Kanadischer Eskimohund, ein Schlittenhund, der ausgewachsen fast einen Zentner wog, und weil man ihn den Kindern unmöglich wegnehmen konnte, gab die Schwiegertochter nach, und der Großvater stellte einen ansehnlichen Scheck aus. Horacio suchte in der Nähe von Manhattan ein Haus mit etwas Auslauf für Fifi und kaufte schließlich, kurz bevor sein Freund Richard die neue Stelle an der Fakultät antrat, ein Brownstone in Brooklyn.

Richard nahm die Stelle in New York ohne Rücksprache mit seiner Frau an, weil er unterstellte, dass sie nicht in der Verfassung war, ihre Situation zu begreifen. Er würde tun, was das Beste für sie war. Klammheimlich entledigte er sich fast all ihrer Habe und packte das Übrige in Kisten. Er brachte es nicht über sich, Bibis Sachen und die kleinen Kleidungsstücke von Pablo wegzuwerfen, füllte drei Kisten damit und vertraute sie kurz vor der Abreise seiner Schwiegermutter an. Anitas Koffer packte er ohne Bedenken, er wusste, dass es ihr gleichgültig war. Sie trug schon lange nur noch Jogginganzüge und hatte sich die Haare mit der Küchenschere abgesäbelt.

Sein Plan, seine Frau unter irgendeinem Vorwand mitzunehmen und die Stadt ohne Melodram zu verlassen, scheiterte, weil Anitas Mutter und ihre Schwestern seine Absichten ahnten, kaum dass er mit den drei Kisten voll Kindersachen auftauchte. Sie versuchten Anitas Abreise zu verhindern. Sie argumentierten, sie sei zu schwach, wie solle sie überleben in dieser ruppigen Stadt, mit einer ihr unverständlichen Sprache, ohne ihre Familie und ihre Freundinnen. Wenn sie schon daheim im Kreis ihrer Lieben deprimiert war, wie würde es ihr dann erst in den USA zwischen Unbekannten gehen. Richard stellte sich taub, seine Entscheidung war unwiderruflich. Auch wenn er es nicht aussprach, weil er nicht beschimpft werden wollte, war er der Meinung, es sei an der Zeit, dass er an seine Zukunft dachte und nicht so viel Rücksicht auf seine hysterische Frau nahm. Anita schien es vollkommen gleichgültig zu sein, was mit ihr geschah. Dies oder jenes, hier oder da, es war ihr egal.

Eine Tasche mit Medikamenten im Gepäck, brachte Richard seine Frau zum Flugzeug. Anita ging widerstandslos mit, ohne einen Blick zurück und ohne eine Abschiedsgeste gegenüber ihrer Familie, die sich weinend hinter der Trennscheibe am Flughafen drängte. Während der zehnstündigen Reise war sie wach, aß nicht und fragte nicht, wohin sie flogen. Am Flughafen von New York wurden sie von Horacio und seiner Frau erwartet.

Horacio erkannte die Frau seines Freundes nicht wieder, in seiner Erinnerung war sie schön, sinnlich, alles an ihr kurvig und strahlend, aber jetzt war sie um Jahrzehnte gealtert, schlurfte in ihren Turnschuhen und schaute unstet herum wie aus Angst vor einem Angriff. Sie antwortete nicht auf seine Begrüßung und wollte sich von seiner Frau nicht zur Toilette begleiten lassen. »Gott steh uns bei, das ist schlimmer als befürchtet«, murmelte er. Sein Freund sah auch nicht gut aus. Richard hatte im Flugzeug die meiste Zeit getrunken, weil es Rum umsonst gab, er hatte sich seit drei Tagen nicht rasiert, seine Sachen waren zerknittert, er roch nach Säuferschweiß und hätte ohne Horacios Hilfe mit Anita den Weg aus dem Flughafen nicht gefunden.

Durch Horacios Vermittlung konnten die Bowmasters ein Apartment der Universität beziehen, das Mitarbeitern der Fakultät vorbehalten war. Damit hatten sie ein großes Los gezogen, denn es lag im Zentrum, die Miete war günstig, und es gab eine Warteliste. Nachdem sie die Koffer im Flur abgestellt hatten, gab Horacio Richard den Schlüssel, schob ihn dann in eins der Zimmer und schloss die Tür hinter sich. Auf jede freie Stelle an einer Universität der USA kämen Hunderte, wenn nicht Tausende von Bewerbern, sagte er. Die Chance, an der New York University zu lehren, bekomme er kein zweites Mal, er solle sie also besser nutzen. Er müsse das Trinken in den Griff kriegen und von Anfang an einen guten Eindruck machen, in diesem Zustand von Schmutz und Verwahrlosung könne er sich nicht blicken lassen.

»Ich habe dich empfohlen, Richard. Mach mir keine Schande.«

»Wie kommst du darauf? Ich bin erschlagen von der Reise und unserem Abschied aus Rio, besser gesagt, unserer Flucht. Ich habe dir doch von dem Trauerspiel um die Farinhas erzählt und warum wir hier sind. Keine Sorge, in zwei Tagen siehst du mich an der Uni tipptopp.«

»Und Anita?«

»Was soll mit ihr sein?«

»Sie ist sehr angegriffen, ich weiß nicht, ob sie allein bleiben kann, Richard.«

»Daran wird sie sich gewöhnen müssen wie andere Leute auch. Hier hat sie keine Familie, die sie verhätschelt. Sie hat bloß mich.«

»Dann lass sie nicht hängen, Bruder«, sagte Horacio, ehe er sich verabschiedete.

Evelyn

Brooklyn

Evelyn Ortega begann ihre Arbeit bei den Leroys 2011. Das Haus mit den Statuen, wie sie die Villa der Familie für immer nennen sollte, hatte in den fünfziger Jahren einem Mafiaboss gehört, der dort zusammen mit seiner vielköpfigen Verwandtschaft wohnte, darunter zwei unverheiratete Tanten und eine sizilianische Urgroßmutter, die sich weigerte, ihr Zimmer zu verlassen, nachdem man die nackten Griechen in den Garten gestellt hatte. Der Gangster fand ein ihm gemäßes Ende, und das Haus wechselte mehrmals den Besitzer, bis Frank Leroy es erwarb, der sich an seiner zwielichtigen Vergangenheit und den von Witterung und Taubenkot zernagten Statuen erfreute. Außerdem lag es günstig in einer ruhigen Straße, und das Viertel hatte sich gemausert. Seine Frau Cheryl hätte lieber in einem schicken Apartment als in diesem angeberischen Kasten gewohnt, aber die großen und kleinen Entscheidungen waren Sache ihres Mannes und standen nie zur Debatte. Das Haus mit den Statuen verfügte über verschiedene Vorzüge, mit denen der Mafiaboss seiner Familie das Leben erleichtert hatte, so gab es einen rollstuhlgerechten Zugang, einen Aufzug im Innern und eine Doppelgarage.

Cheryl Leroy genügten fünf Minuten, um Evelyn Ortega den Job zu geben. Sie brauchte dringend ein Kindermädchen, da konnte sie es nicht so genau nehmen. Ihre letzte Angestellte war vor fünf Tagen verschwunden und nicht mehr wiedergekommen. Wahrscheinlich abgeschoben, das hatte man davon, wenn man Leute ohne Papiere beschäftigte, sagte sie. Arbeitskräfte einzustellen, zu bezahlen und zu kündigen war eigentlich Sache ihres Mannes. Über sein Büro besaß er Kontakte, um lateinamerikanische und asiatische Einwanderer zu finden, die quasi umsonst arbeiteten, aber aus Prinzip hielt er Arbeit und Familie getrennt. Außerdem war ein Kindermädchen, dem man vertrauen konnte, über seine Kontakte nicht zu kriegen, diese bedauerliche Erfahrung hatten sie schon gemacht. In diesem Punkt war sich das Ehepaar ausnahmsweise einig, deshalb wandte sich Cheryl an die Pfingstkirche, die immer eine Liste von guten Frauen hatte, die Arbeit suchten. Dieses guatemaltekische Mädchen besaß vermutlich auch keine Papiere, aber darüber wollte Mrs Leroy jetzt lieber nicht nachdenken. Darum konnte man sich später kümmern. Ihr gefielen das ehrliche Gesicht und das respektvolle Benehmen, sie ahnte, dass sie eine Perle gefunden hatte, sehr verschieden von anderen, die sich hier die Klinke in die Hand gegeben hatten. Sorgen bereitete ihr nur, dass das Mädchen so jung aussah, als hätte sie die Pubertät eben erst hinter sich, und dass sie so winzig war. Irgendwo hatte Mrs Leroy gelesen, die kleinsten Menschen der Erde seien die indianischen Frauen aus Guatemala, und hier war der lebende Beweis. Sie fragte sich, ob es dieses wachtelzarte, stotternde Kindchen mit ihrem Sohn Frankie aufnehmen konnte, der wahrscheinlich mehr wog als sie und nicht zu bändigen war, wenn ihn die Wut packte.

Evelyn wiederum hielt Mrs Leroy für eine Hollywood-Schauspielerin, so groß war sie und so blond. Sie musste an ihr hochschauen wie an einem Baum, sah die Muskeln an ihren Armen und Waden, ihre Augen, so blau wie der Himmel über Evelyns Dorf, und ihren hellen Pferdeschwanz, der wippte, als führte er ein Eigenleben. Sie war sonnengebräunt in einem Orangeton, den Evelyn nie zuvor gesehen hatte, und sprach abgehackt wie ihre Großmutter Concepción, obwohl sie noch zu jung war, um kurzatmig zu sein. Sie schien sehr nervös, ein fluchtbereites Fohlen.

Ihre neue Arbeitgeberin stellte ihr die übrigen Hausangestellten vor, eine Köchin und deren Tochter, die putzte, beide montags, mittwochs und freitags jeweils von neun bis fünf im Haus. Sie erwähnte Ivan Danescu, der nicht angestellt war, aber gelegentlich Hausmeisterdienste verrichtete, und den sie ein andermal kennenlernen würde, und erklärte, dass ihr Mann, Mr Leroy, seinen Umgang mit dem Personal auf das unausweichliche Minimum beschränkte. Im Aufzug fuhr sie mit Evelyn ins zweite Obergeschoss, und das überzeugte Evelyn endgültig davon, dass sie bei Millionären gelandet war. Der Aufzug war ein Vogelkäfig aus schmiedeeisernen Blumenranken, breit genug für einen Rollstuhl. Frankie wohnte in dem Zimmer, das ein halbes Jahrhundert zuvor der sizilianischen Urgroßmutter gehört hatte, es war groß, hatte Dachschrägen und zusätzlich zum Giebelfenster ein Oberlicht, das von der Krone eines Ahorns im Garten verschattet wurde. Frankie war acht, so blond wie seine Mutter, aber bleich wie Kreide, und saß festgeschnallt in einem Rollstuhl vorm Fernseher. Wie seine Mutter Evelyn erklärte, verhinderten die Riemen, dass er herausfiel oder sich verletzte, falls er krampfte. Er benötigte ständige Überwachung, weil er Erstickungsanfälle hatte, dann musste man ihn schütteln und ihm auf den Rücken klopfen, bis er wieder Luft bekam, er brauchte Windeln und musste gefüttert werden, machte aber keine Schwierigkeiten, er war ein Engel, man schloss ihn sofort ins Herz. Er litt an Diabetes, war aber gut eingestellt, Mrs Leroy maß seinen Blutzucker selbst und verabreichte ihm das

Insulin. Das und noch ein bisschen mehr konnte sie Evelyn noch rasch erläutern, bevor sie sich auch schon verabschieden musste, ins Training, wie sie sagte.

Verwirrt und müde setzte sich Evelyn neben den Rollstuhl, nahm die Hand des Jungen, versuchte seine verkrampften Finger zu strecken und sagte ihm auf Spanglish, ohne zu stottern, dass sie gute Freunde werden würden. Frankie antwortete mit Quieken und spastischem Fuchteln, was sie als einen Willkommensgruß verstand. So begann eine Beziehung von Liebe und Kabbelei, die für beide maßgeblich werden sollte.

In den fünfzehn Jahren ihrer Ehe hatte sich Cheryl Leroy mit dem brutalen Auftreten ihres Mannes abgefunden, aber nie gelernt, seinen Angriffen beizeiten auszuweichen. Sie blieb bei ihm, weil das Unglück ihr zur Gewohnheit geworden war, sie wirtschaftlich abhängig war und einen kranken Sohn hatte. Ihrem Analytiker gegenüber gestand sie ein, dass sie ihren Mann auch ertrug, weil sie süchtig war nach den Annehmlichkeiten: Wie sollte sie leben ohne ihre Workshops zur spirituellen Persönlichkeitserweiterung, ohne ihren Lektürekreis und die Pilates-Stunden, durch die sie, wenn auch weniger als gewünscht, in Form blieb. Dafür brauchte es Zeit und finanzielle Mittel. Sich mit Frauen zu vergleichen, die etwas erreicht hatten und unabhängig waren, oder mit solchen, die sich im Fitnessstudio nackt zeigten, war quälend für sie. Sie zog sich dort nie vollständig aus, wickelte sich sehr geschickt vor und nach dem Duschen oder der Sauna in ihr Handtuch, so dass niemand die Striemen an ihrem Körper sah. Wie sie ihr Leben auch betrachtete, sie kam schlecht weg. Die Bestandsaufnahme ihrer Defizite und Unzulänglichkeiten war schmerzlich, aus den Ambitionen ihrer Jugend war nichts geworden, und dass sich jetzt zudem das Alter bemerkbar machte, war zum Heulen.

Sie war sehr allein, hatte nur ihren Frankie. Ihre Mutter war vor elf Jahren gestorben, und ihr Vater, mit dem sie sich nie gut verstanden hatte, war wieder verheiratet. Seine neue Frau kam aus China, er hatte sie im Internet kennengelernt und zu sich geholt, obwohl sie keine gemeinsame Sprache besaßen und sich nicht verständigen konnten. »Besser so, deine Mutter hat ja pausenlos geplappert«, lautete sein Kommentar, als er Cheryl von seiner Hochzeit in Kenntnis setzte. Die beiden lebten in Texas, hatten Cheryl nie zu sich eingeladen oder Anstalten gemacht, sie in Brooklyn zu besuchen. Nie fragten sie nach dem spastisch gelähmten Enkelkind. Cheryl kannte die Frau ihres Vaters nur von den Fotos, die sie jedes Weihnachten schickten, auf denen beide Nikolausmützen trugen, er selbstzufrieden grinste, und sie dreinschaute wie im falschen Film.

Ihren vielen Anstrengungen zum Trotz verlor für Cheryl alles an Spannkraft, nicht nur ihr Körper, sondern ihr gesamtes Dasein. Vor ihrem Vierzigsten war das Alter ein ferner Feind gewesen, mit fünfundvierzig fühlte sie sich beständig und erbarmungslos von ihm belagert. Einst hatte sie von einer beruflichen Karriere geträumt, hatte sich eingebildet, sie könnte ihre Liebe retten, und war stolz auf ihre Fitness und ihre Schönheit gewesen, aber das war lange her. Sie war gebrochen, besiegt. Seit Jahren nahm sie Tabletten gegen ihre Depression, ihre Ängste, ihren Appetit, ihre Schlaflosigkeit. Der Arzneischrank im Bad und die Schublade an ihrem Nachttisch quollen über von Pillen in allen Farben, viele längst abgelaufen, bei anderen hatte sie vergessen, wofür sie gedacht waren, aber ein kaputtes Leben konnten sie doch nicht reparieren. Ihr Analytiker, der einzige Mann, der sie nie verletzt hatte und der ihr zuhörte, hatte ihr in den Jahren ihrer Therapie verschiedene Beruhigungsmittel verschrieben, und sie hatte alle brav genommen wie ein kleines Kind, folgsam wie gegenüber ihrem Vater, gegenüber den wechselnden Freunden in ihrer Jugend, gegenüber ihrem Ehemann jetzt. Lange Spaziergänge, Zen-Buddhismus, allerlei Diäten, Hypnose, Selbsthilferatgeber, Gruppentherapie ... auf die Dauer hatte nichts ihr geholfen. Sie fing etwas an, für eine Weile versprach es die ersehnte Heilung, aber die Illusion war bald dahin.

Auch ihr Analytiker sah die wesentliche Ursache für ihre Leiden nicht in ihrem kranken Sohn, sondern in der Beziehung zu ihrem Ehemann. Er hatte ihr zu erklären versucht, dass Gewalt immer zunimmt, was sie selbst in den Jahren mit ihrem Mann ja gesehen hatte. Nicht selten würden Frauen von ihren Männern umgebracht, sagte er, Frauen, die beizeiten hätten entkommen können, aber wirklich eingreifen konnte er nicht, obwohl er sich das oft wünschte, wenn sie mit einer Kruste aus Make-up und mit Sonnenbrille bei ihm erschien. Seine Rolle bestand jedoch darin, ihr Zeit für ihre eigenen Entscheidungen zu geben, ein offenes Ohr und einen geschützten Raum, um das Verheimlichte zu zerpflücken. Cheryl fürchtete sich vor ihrem Mann, sie wurde zu einem Nervenbündel, sobald sein Auto in die Garage fuhr oder sie seine Schritte im Haus hörte. Seine Laune ließ sich nie vorhersagen und konnte sowieso jederzeit ohne erkennbaren Grund umschlagen. Deshalb hoffte Cheryl bloß, dass er abgelenkt wäre, zu beschäftigt oder nur auf einen Sprung im Haus, und sie zählte die Tage, bis er auf Geschäftsreise ging. Ihrem Analytiker hatte sie gestanden, dass sie gern Witwe wäre, und er hatte bloß genickt, weil er das schon von anderen Patientinnen gehört hatte, die weniger gute Gründe besaßen als Cheryl Leroy, weshalb er vermutete, dass es sich um einen normalen weiblichen Wunsch handelte. Seine Praxis wurde bevölkert von unterdrückten, zornigen Frauen, andere kannte er nicht.

Cheryl fühlte sich außerstande, allein mit ihrem Sohn zu überleben. Sie hatte seit Jahren nicht gearbeitet, und ihre Ausbildung zur Familienberaterin war ein schlechter Witz, hatte ihr noch nicht einmal dabei geholfen, sich der Beziehung zu ihrem Mann zu stellen. Frank Leroy hatte ihr vor ihrer Heirat klargemacht, dass er eine Ehefrau in Vollzeit wünschte. Dagegen hatte sie sich zunächst gesträubt, war während ihrer Schwangerschaft aber so schwerfällig und träge gewesen, dass sie nachgeben musste. Als Frankie zur Welt kam, ließ sie den Gedanken zu arbeiten fallen, weil das Kind ihre volle Aufmerksamkeit brauchte. Zwei Jahre lang kümmerte sie sich rund um die Uhr allein um ihn, bis sie nach einem Nervenzusammenbruch in der Praxis des Analytikers landete, der ihr riet, sich Unterstützung zu holen, das Geld dafür sei doch vorhanden. Mit Hilfe eines Defilees von Kindermädchen hatte Cheryl seither etwas Freiheit für ihre paar Aktivitäten gewonnen. Die waren ihrem Mann weitgehend unbekannt, nicht, weil Cheryl sie ihm verheimlicht hätte, sondern weil er sich nicht dafür interessierte, er hatte anderes zu tun. Da die Kindermädchen ständig wechselten und er nur sehr wenig mit ihnen zu besprechen hatte, verzichtete Frank Leroy darauf, sich ihre Namen zu merken. Seine Schuldigkeit war mehr als getan, indem er für die Familie aufkam, die Löhne und Rechnungen bezahlte und die astronomischen Summen für seinen Sohn.

Gleich nach der Geburt von Frankie hatte man gewusst, dass etwas nicht stimmte, aber es vergingen mehrere Monate, bis sich die Schwere seiner Behinderung abschätzen ließ. Behutsam legten die Spezialisten den Eltern dar, dass er wahrscheinlich nie würde laufen, sprechen, seine Bewegungen und seinen Schließmuskel kontrollieren können, sich jedoch durch die entsprechenden Medikamente, Reha-Maßnahmen und chirurgischen Eingriffe, um die Missbildung seiner Extremitäten zu korrigieren, einiges erreichen ließe. Cheryl weigerte sich, diese düstere Prognose zu glauben, griff auf alles zurück, was die Schulmedizin zu bieten hatte, und jagte außerdem alternativen Therapien und Wunderheilern hinterher, darunter einer, der von Portland aus telefonisch durch Geisteswellen heilte. Sie lernte, die Gesten und Laute ihres Sohnes zu entschlüsseln, und teilte als Einzige eine Art Sprache mit ihm. Dadurch erfuhr sie unter anderem, was die Kindermädchen in ihrer Abwesenheit anstellten, und entließ sie dann.

Für Frank Leroy war dieser Sohn eine persönliche Beleidigung. Niemand hatte so etwas verdient, wozu war das Kind wiederbelebt worden, als es blau angelaufen zur Welt kam, es wäre menschlicher gewesen, es gehen zu lassen, anstatt es zu einem Leben voller Leid zu verurteilen und seine Eltern dazu, sich zeitlebens zu kümmern. Er wollte nichts damit zu tun haben. Sollte die Mutter das übernehmen. Niemand konnte ihm weismachen, dass die Zerebralparese und der Diabetes Zufall waren, in seinen Augen war Cheryl schuld, weil sie die Warnungen vor Alkohol, Zigaretten und Schlaftabletten während der Schwangerschaft in den Wind geschlagen hatte. Seine Frau hatte ihm ein untaugliches Kind beschert und konnte keine weiteren bekommen, weil ihr nach der Geburt, die sie fast das Leben gekostet hätte, die Gebärmutter entfernt werden musste. Für ihn war Cheryl als Ehefrau eine Katastrophe, ein einziges Nervenbündel, zwanghaft mit Frankie beschäftigt, frigide und auf unerträgliche Weise Opfer. Die Frau, die ihm vor fünfzehn Jahren gefallen hatte, war eine Walküre gewesen, Wettkampfschwimmerin, stark und entschlossen, wie hätte er ahnen sollen, dass in dieser kämpferischen Brust ein solches Memmenherz schlug. Sie war fast genauso groß und stark wie er, sie hätte es leicht mit ihm aufnehmen können wie am Anfang, als sie leidenschaftlich miteinander gerungen, sich erst geschlagen und dann heftig geliebt hatten, ein explosives und erregendes Spiel. Nach der Operation war Cheryls Feuer erloschen. Für Frank war seine Frau zu einem neurotischen Kaninchen geworden. Sie machte ihn rasend mit ihrer Passivität. Auf nichts reagierte sie, ließ alles wimmernd über sich ergehen, reizte ihn damit nur noch mehr und machte ihn noch wütender, so dass er den Kopf verlor und sich dann Sorgen machte, dass ihre blauen Flecken jemandem auffallen könnten. Er wollte keine Scherereien. Durch Frankie war er an sie gebunden, und auch wenn die Lebenserwartung von so einem kränklichen Jungen nicht hoch war, konnte es noch viele Jahre so bleiben. Außerdem war das Kind nicht das Einzige, was ihn in dieser unsäglichen Ehe hielt. Eine Scheidung wäre ihn teuer zu stehen gekommen. Seine Frau wusste zu viel. Auch wenn sie noch so planlos und unterwürfig tat, hatte Cheryl es doch verstanden, einiges über seine Geschäfte herauszufinden, sie konnte ihn erpressen, ihn ruinieren, ihn zerstören. Wie viel auf seinen Konten auf den Bahamas lag, wusste sie nicht, aber sie ahnte es offenbar. Was das betraf, würde sich Cheryl sehr wohl mit ihm anlegen. Wenn sie Frankie schützen oder ihre Rechte verteidigen musste, dann kämpfte sie mit Zähnen und Klauen.

Vielleicht hatten sie sich einst geliebt, aber mit Frankies Geburt starb jegliche Hoffnung. Als Frank Leroy erfuhr, dass er einen Sohn haben würde, hatte er ein Fest gegeben, so kostspielig wie eine Hochzeit. Er war unter seinen zahlreichen Geschwistern der einzige Sohn, nur er konnte den Namen der Familie weitergeben: Dieses Kind werde das Geschlecht der Leroys fortsetzen, hatte der Großvater bei seinem Toast auf dem Fest gesagt. »Geschlecht« war ein ziemlich pompöses Wort für drei Generationen von Taugenichtsen, bemerkte Cheryl gegenüber Evelyn, als sie ihr eines Abends, berauscht von Alkohol und Beruhigungspillen, davon erzählte. Der erste Leroy dieses Familienzweigs war 1903 aus einem Gefängnis im französischen Calais geflohen, wo er wegen Raubes gesessen hatte. Bei seiner Ankunft in den USA besaß er nichts als seine Unverfrorenheit und brachte es mit Einfallsreichtum und Skrupellosigkeit zu einem Vermögen. Über einige Jahre konnte er das auskosten, bis man ihn wieder einbuchtete, diesmal wegen eines gigantischen Betrugs, der Tausende betagter Rentenempfänger ins Elend stürzte. Sein Sohn, der Vater von Frank Leroy, lebte seit fünf Jahren in Puerto Vallarta, weil ihn die US-Justiz wegen verschiedener Straftaten und Steuerhinterziehung suchte. Dass ihre Schwiegereltern weit weg waren und nicht zurückkommen konnten, war für Cheryl ein Segen.

Frank Leroy, Enkel eines Gauners und Sohn eines weiteren, lebte nach ein paar klaren, einfachen Grundsätzen: Der Zweck heiligt die Mittel, sofern etwas dabei herausspringt; jedes Geschäft, das sich lohnt, ist ein gutes Geschäft, auch wenn es anderen schadet; die einen gewinnen, die anderen verlieren, so ist das im Dschungel. Und er verlor nie. Er wusste, wie man zu Geld kommt und wie man es versteckt. Durch seine kreative Buchführung konnte er vor der Steuerbehörde nahezu mittellos erscheinen, tat aber zugleich, sofern es ihm nützen konnte, wohlhabender, als er in Wirklichkeit war.

Das flößte seinen Kunden Vertrauen ein, die ähnlich skrupellos waren wie er. Er wurde beneidet und bewundert. Er war nicht redlicher als sein Vater oder sein Großvater, besaß im Unterschied zu ihnen jedoch Klasse, war kaltblütig, verschwendete seine Zeit nicht mit Kinkerlitzchen und mied jedes Risiko. Sicherheit ging ihm über alles. Er ließ andere den Kopf für sich hinhalten: Seine Strohmänner konnten im Knast landen, er niemals.

Von Beginn an behandelte Evelyn Frankie als vernunftbegabte Person und hielt ihn, entgegen allem Augenschein, für sehr intelligent. Sie lernte, ihn zu bewegen, ohne sich dabei zu verheben, wusch ihn, zog ihn an und gab ihm ohne Hast zu essen, damit er sich nicht verschluckte. Sehr schnell überzeugten ihre Tatkraft und ihre Zuneigung Cheryl davon, dass man ihr auch die Kontrolle des Diabetes ihres Sohnes überlassen konnte. Evelyn maß vor jedem Essen Frankies Zucker und spritzte ihm mehrmals täglich die benötigte Menge Insulin. In Chicago hatte sie einiges Englisch gelernt, es aber in ihrem Umfeld kaum sprechen müssen. Bei den Leroys fehlte es ihr zunächst etwas, um sich besser mit Cheryl zu verständigen, aber zwischen den beiden entwickelte sich rasch eine innige Beziehung, die wenige Worte erforderte. Cheryl war in jeder Hinsicht auf Evelyn angewiesen, und die schien ihre Gedanken zu lesen. »Ich weiß nicht, was ich ohne dich gemacht habe, Evelyn. Versprich mir, dass du mich nie verlässt«, sagte Cheryl oft, wenn die Angst sie überkam oder ihr Mann sie geschlagen hatte.

Mit Frankie sprach Evelyn Spanglish, und er hörte aufmerksam zu. »Du musst das lernen, dann haben wir unsere Geheimsprache und können uns Sachen erzählen, ohne dass es jemand versteht«, sagte sie. Erst schnappte der Junge nur hier und da eine Bedeutung auf, aber ihm gefielen der Rhythmus und die Sprachmelodie, und es dauerte nicht lang, da verstand er alles. Zwar konnte er nicht sprechen, antwortete Evelyn aber mit Hilfe des Computers. Als sie Frankie kennenlernte, musste sie öfter seine Wutanfälle parieren und begriff irgendwann, dass es ihn zornig machte, wenn er sich isoliert fühlte oder langweilte, da fiel ihr der Computer ein, mit dem ihre kleinen Brüder in Chicago gespielt hatten. Wenn die beiden in ihrem zarten Alter damit umgehen konnten, dann würde Frankie, der klügste Junge, dem sie je begegnet war, das auch können. Sie kannte sich mit Computern nicht aus, und selbst einen zu besitzen wäre ihr nie in den Sinn gekommen, aber sobald sie Cheryl darauf ansprach, kaufte die einen für ihren Sohn. Außerdem heuerte sie einen jungen Einwanderer aus Indien an, der Evelyn die Grundlagen beibrachte, so dass sie das Gelernte an Frankie weitergeben konnte.

Das Leben und die Stimmung des Jungen verbesserten sich durch die geistige Herausforderung in überraschender Weise. Zusammen mit Evelyn wurde er süchtig nach Informationen und allen Arten von Spielen. Obwohl er große Mühe hatte, die Tastatur zu bedienen, weil seine Hände ihm kaum gehorchten, verbrachte er begeistert Stunden vor dem Gerät. Was ihnen der junge Inder beigebracht hatte, beherrschte er im Nu, und bald zeigte er Evelyn das, was er allein herausfand. Er konnte sich verständigen, lesen, sich ablenken und allem nachgehen, was seine Neugier weckte. Durch die Maschine der unbegrenzten Möglichkeiten zeigte sich, dass er tatsächlich hochintelligent war, und sein wacher Geist hatte endlich etwas, woran er sich abarbeiten konnte. Das gesamte Universum stand zu seiner Verfügung. Eins führte zum anderen, er konnte bei *Krieg der Sterne* beginnen und bei einem Mausmaki auf Madagaskar landen, nachdem er sich den *Aus-*

tralopithecus afarensis angesehen hatte, einen Vorfahren der menschlichen Spezies. Später legte er sich einen Facebook-Account zu, auf dem er ein virtuelles Leben mit unsichtbaren Freunden führte.

Für Evelyn war der Rückzug, das sanfte Sicheinigeln mit Frankie ein Balsam gegen die erlittenen Gewalttätigkeiten. Ihre wiederkehrenden Albträume verschwanden, und wenn sie an ihre Brüder dachte, dann standen sie ihr lebendig vor Augen wie bei ihrem Besuch bei der Schamanin in Petén. Frankie wurde der Dreh- und Angelpunkt in ihrem Leben, so wichtig wie ihre ferne Großmutter. Jeder Fortschritt, den der Junge machte, war ein persönlicher Triumph für sie. Dass er sie mit seiner Zuneigung vereinnahmte und Cheryl ihr vertraute, genügte ihr, um glücklich zu sein. Mehr brauchte sie nicht. Mit Miriam sprach sie am Telefon, manchmal auch über FaceTime, dann konnte sie sehen, wie ihre Brüderchen größer wurden, aber in diesen Jahren fand sie nie die Zeit, sie in Chicago zu besuchen. »Ich kann Frankie nicht alleinlassen, Mama, er braucht mich.« Und auch Miriam lockte wenig, diese Tochter zu besuchen, die eigentlich eine Unbekannte für sie war. Sie schickten einander Fotos und Geschenke zu Weihnachten und zum Geburtstag, aber keine von beiden unternahm Anstrengungen, ihr Verhältnis zu verbessern. Zu Beginn befürchtete Miriam noch, ihrer Tochter könnte es schlecht gehen, so allein bei fremden Leuten in einer kalten Stadt. Außerdem schien ihr, dass Evelyn sehr wenig Geld bekam für die viele Arbeit, auch wenn sie sich nie darüber beklagte. Irgendwann sah sie dann ein, dass es Evelyn bei den Leroys in Brooklyn wohl besser ging als bei ihrer eigenen Familie in Chicago. Ihre Tochter war erwachsen geworden, und sie hatte sie verloren.

Es dauerte eine Weile, bis Evelyn die besondere Dynamik innerhalb des Hauses zu begreifen begann. Mr Leroy, wie selbst seine Frau ihn nannte, war ein unberechenbarer Mann, der sich Gehör verschaffte, ohne je laut zu werden. Tatsächlich wirkte er sogar furchteinflößender, je leiser und langsamer er sprach. Er bewohnte ein Zimmer im Erdgeschoss, das über den Garten einen separaten Zugang besaß, so dass er ein und aus gehen konnte, ohne durchs Haus zu müssen. Damit konnte er seine Frau und die Hausangestellten in ständiger Alarmbereitschaft halten, weil er unvermittelt aus dem Nichts erschien und genauso auch wieder verschwand. Das beherrschende Möbelstück in seinem Zimmer war ein verschlossener Schrank, in dem er seine geputzten und gefetteten Waffen aufbewahrte. Evelyn kannte sich mit Schusswaffen nicht aus, in ihrem Dorf wurden Streitereien allenfalls mit Messern oder Macheten ausgetragen, und was bei den Gangs an Schusswaffen im Umlauf war, befand sich oft in so erbärmlichem Zustand, dass es den Besitzern zwischen den Fingern explodierte, aber sie hatte genug Actionfilme gesehen, um vom Arsenal ihres Arbeitgebers beeindruckt zu sein. Zweimal hatte sie die Waffen auf dem Esszimmertisch ausgebreitet gesehen, als Mr Leroy und sein Vertrauter, Ivan Danescu, sie reinigten. In Leroys Lexus lag eine geladene Pistole im Handschuhfach, dagegen gab es keine im Fiat seiner Frau oder dem Van mit der Hebebühne für den Rollstuhl, in dem Evelyn Frankie herumfuhr. Man müsse immer vorbereitet sein, behauptete Mr Leroy: »Wären wir alle bewaffnet, dann gäbe es weniger Spinner und Terroristen an öffentlichen Orten, weil jemand sie beim ersten Mucks abknallen würde.« Während sie auf die Polizei warteten, würden jede Menge Unschuldige ihr Leben lassen.

Die Köchin und ihre Tochter warnten Evelyn davor, ihre

Nase in die Angelegenheiten der Leroys zu stecken, wegen Schnüffeleien hätten schon etliche Hausangestellte ihren Job verloren. Sie beide wären jetzt seit drei Jahren im Haus, wüssten aber noch immer nicht, was der Hausherr arbeitete, vielleicht arbeitete er auch gar nicht und war einfach nur reich. Gehört hätten sie nur, dass er mit Waren aus Mexiko handelte, worum es da genau ging, war jedoch unklar. Ivan Danescu ließ sich nichts entlocken, er war stumm wie ein Fisch, und weil er die rechte Hand von Mr Leroy war, hielt man sich besser von ihm fern. Mr Leroy stand morgens früh auf, trank im Stehen in der Küche eine Tasse Kaffee und ging dann eine Stunde Tennis spielen. Danach duschte er zu Hause und verschwand wieder bis zum Abend oder auch für mehrere Tage. Wenn er daran dachte, warf er von der Tür aus einen Blick auf Frankie, ehe er ging. Evelyn lernte, ihm auszuweichen und den Jungen in seiner Gegenwart nicht zu erwähnen.

Cheryl Leroy wiederum stand spät auf, weil sie schlecht schlief, verbrachte den Tag mit ihren Kursen und ließ sich das Abendessen auf einem Tablett in Frankies Zimmer bringen, sofern ihr Mann nicht auf Reisen war. War er weg, aß sie auswärts. Sie hatte nur einen einzigen Freund und praktisch keine Familie. Das Haus verließ sie sonst nur für ihre verschiedenen Kurse, ihre Besuche bei Ärzten und ihrem Analytiker. Sie begann am frühen Nachmittag zu trinken, und wenn es dunkel wurde, hatte der Alkohol sie in das weinerliche kleine Mädchen aus Kindertagen verwandelt. Dann wollte sie, dass Evelyn ihr Gesellschaft leistete. Sie hatte sonst niemanden, die stille junge Frau war ihre einzige Stütze, ihre Vertraute. Deshalb erfuhr Evelyn mit der Zeit Einzelheiten über die vergiftete Ehe ihrer Arbeitgeber, über die Schläge und darüber, wie Frank Leroy von Beginn an alle Freundschaften seiner Frau sabotiert hatte, keinen Besuch im Haus zuließ, nicht aus Eifersucht, wie er sagte, sondern um seine Privatsphäre zu schützen. Seine Geschäfte waren heikel und vertraulich, da konnte man nicht vorsichtig genug sein. »Nach Frankies Geburt ist er noch strikter geworden. Er duldet nicht, dass irgendwer herkommt, weil er sich für sein Kind schämt«, sagte Cheryl zu Evelyn. Wenn ihr Mann nicht in der Stadt war und sie abends ausging, dann stets in dasselbe kleine italienische Restaurant in Brooklyn, wo es karierte Tischdecken und Papierservietten gab und die Bedienungen sie kannten, weil sie seit Jahren dort verkehrte. Evelyn wusste, dass sie nicht allein aß, denn ehe sie das Haus verließ, verabredete sie sich über Telefon. »Außer dir ist er mein einziger Freund, Evelyn«, sagte Cheryl. Er war Maler, vierzig Jahre älter als sie, arm, alkoholabhängig und freundlich, und traf sich mit Cheryl zu Pasta, hausgemacht von der Mamma, Kalbskotelett und Hauswein. Die beiden kannten sich schon lange. Bevor sie heiratete, war Cheryl eine Zeitlang seine Muse gewesen und hatte etliche seiner Gemälde inspiriert. »Er hat mich bei einem Schwimmwettkampf gesehen und danach gebeten, dass ich ihm als Juno für ein allegorisches Wandbild Modell stehe. Weißt du, wer Juno ist, Evelyn? Eine römische Göttin, ein Sinnbild für Lebenskraft, Stärke und ewige Jugend. Sie war kämpferisch und beschützend. In seinen Augen bin ich das immer noch, er ahnt gar nicht, wie sehr ich mich verändert habe.« Es wäre sinnlos gewesen, ihrem Ehemann erklären zu wollen, was ihr die platonische Zuneigung des greisen Künstlers bedeutete und dass ihre Treffen im Restaurant die einzigen Momente waren, in denen sie sich bewundert und gemocht fühlte.

Ivan Danescu war ein Mann von grobschlächtigem Äußeren und noch gröberem Benehmen und so wenig durchschaubar wie der Hausherr. Seine Position in der häuslichen Hierarchie war unklar. Evelyn hatte den Verdacht, dass sich Mr Leroy vor Danescu genauso fürchtete wie alle anderen im Haus, denn sie hatte einmal erlebt, wie Danescu ihn angeblafft hatte und er es stumm über sich ergehen ließ. Die beiden mussten Geschäftspartner sein oder Komplizen. Weil das stotternde guatemaltekische Kindermädchen zu unbedeutend war, um einen Gedanken an sie zu verschwenden, konnte Evelyn wie ein Geist durchs Haus spuken, durch Wände gehen und die am besten gehüteten Geheimnisse erfahren. Die Männer nahmen an, sie spräche so gut wie kein Englisch und könnte nicht verstehen, was sie hörte oder sah. Danescu redete ausschließlich mit Mr Leroy, ging nach Belieben im Haus ein und aus, musterte Mrs Leroy unverhohlen und wortlos, wenn er sie zufällig traf, grüßte Evelyn allerdings manchmal mit einem angedeuteten Kopfnicken. Cheryl legte sich nicht mehr mit ihm an, denn die beiden Male, als sie es gewagt hatte, sich über ihn zu beschweren, hatte ihr Mann ihr eine gescheuert. Danescu war in diesem Haus viel wichtiger als sie.

Evelyn war selten mit dem Mann allein gewesen. Nach ihrem ersten Jahr bei den Leroys, als Cheryl sicher war, dass Evelyn bleiben würde, und manchmal sogar eifersüchtig wurde, weil Frankie sie so mochte, schlug Cheryl ihr vor, fahren zu lernen, damit sie den Van benutzen konnte. Mit nie zuvor gezeigter Freundlichkeit erbot sich Ivan, es ihr beizubringen. Allein mit ihm in der Abgeschiedenheit des Fahrzeugs, stellte Evelyn fest, dass der Kannibale, wie die Köchin und ihre Tochter ihn nannten, ein geduldiger Lehrer war, der sogar lächeln konnte, wenn er ihr den Sitz einstellte, damit sie an die Pedale kam, auch wenn dieses Lächeln etwas Verkniffenes hatte, als fehlten ihm ein paar Zähne. Sie erwies sich als gute Schülerin, lernte die Verkehrsregeln im Handumdrehen und beherrschte das Fahrzeug nach einer Woche. Vor der weißen Wand in der Küche machte Ivan daraufhin ein Foto von ihr. Wenige Tage später überreichte er ihr einen Führerschein auf den Namen einer gewissen Hazel Chigliak. »Der ist von einem Stamm ausgestellt, du gehörst jetzt zu einem Indianerstamm«, erklärte er ihr knapp.

Am Anfang benutzte Evelyn den Van nur, um mit Frankie zum Friseur zu fahren, ins Hallenbad oder ins Reha-Zentrum, aber es dauerte nicht lang, da fuhren sie zusammen Eis essen, zum Picknick oder ins Kino. Im Fernsehen sah Frankie gern Actionfilme mit Morden, Verfolgungsjagden und Schießereien, aber in seinem Rollstuhl hinter der letzten Reihe im Kino schmolz er bei Liebesschnulzen genauso dahin wie sein Kindermädchen. Manchmal hielten die beiden am Ende weinend Händchen. Klassische Musik beruhigte ihn, und bei lateinamerikanischen Rhythmen geriet er ganz aus dem Häuschen. Evelyn gab ihm ein Tamburin oder ein Paar Maracas in die Hand, und während er sie schüttelte, tanzte sie wie eine Schlenkerpuppe, bis er vor Lachen kreischte.

Die beiden wurden unzertrennlich. Evelyn verzichtete regelmäßig auf ihre freien Tage und wäre nie auf die Idee gekommen, um Urlaub zu bitten, weil sie wusste, dass Frankie sie vermissen würde. Zum ersten Mal, seit ihr Sohn auf der Welt war, konnte Cheryl durchatmen. In ihrer eigenen Sprache aus Liebkosungen, Grimassen und Geräuschen und mit Hilfe des Computers bat Frankie Evelyn, ihn zu heiraten. »Werd erst mal groß, du Knirps, dann sehen wir weiter«, antwortete sie gerührt.

Sofern die Köchin und ihre Tochter wussten, was zwischen Mr Leroy und seiner Frau geschah, so verloren sie nie ein Wort darüber. Auch Evelyn konnte nicht darüber sprechen, allerdings auch nicht so tun, als wüsste sie von nichts, denn sie lebte eng mit der Familie zusammen und stand Cheryl sehr nah. Die Schläge fanden immer hinter geschlossenen Türen statt, aber die Wände des alten Hauses waren dünn. Evelyn stellte den Fernseher lauter, um Frankie abzulenken, der Panik bekam, wenn er seine Eltern hörte, und sich manchmal büschelweise Haare ausriss. Bei den Wortwechseln fiel immer sein Name. Auch wenn der Vater Frankie nach Kräften ignorierte, war dieser Sohn doch allgegenwärtig, und Frank Leroys Wunsch, dass er endlich starb, unüberhörbar, weil er ihn seiner Frau mehr als einmal ins Gesicht schrie. »Verreckt doch alle beide«, sie und ihre Missgeburt, dieser Bastard, kein einziges Leroy-Gen habe der im Leib, bei den Leroys komme so was Abartiges nämlich nicht vor, die beiden hätten es nicht verdient, zu leben, sie seien überflüssig. Und Evelyn hörte die entsetzlichen Schläge mit dem Gürtel. In ihrer Angst, dass ihr Sohn etwas mitbekommen haben könnte, versuchte Cheryl den Hass des Vaters durch ihre grenzenlose Mutterliebe auszugleichen.

Nach den Auspeitschungen verließ Cheryl tagelang das Haus nicht, verkroch sich, überließ sich stumm der Fürsorge von Evelyn, die sie mit der verlässlichen Zuneigung einer Tochter umsorgte, ihre Striemen mit Arnikasalbe einrieb, ihr beim Waschen half, sie kämmte, mit ihr Serien im Fernsehen schaute und ihre Beichten anhörte, ohne eine Meinung dazu abzugeben. Diese Rückzugstage nutzte Cheryl außerdem, um möglichst viel Zeit mit Frankie zu verbringen, las ihm vor, erzählte ihm Geschichten, hielt ihm einen Pinsel zwischen die Finger, damit er malte. Die mütterliche Aufmerksamkeit konnte ihm lästig werden, dann wurde er zappelig und schrieb für Evelyn auf dem Computer, sie sollten ihn allein lassen, schrieb es auf Spanisch, um seine Mutter nicht zu kränken. Nach einer Woche war der Junge außer Rand und Band, die Mutter dumpf von den Tabletten gegen Panikattacken und Depressionen, und Evelyn hatte noch mehr Arbeit als sonst, beklagte sich aber nie, denn verglichen mit dem, was ihre Arbeitgeberin durchmachte, hatte sie es leicht.

Mrs Leroy tat ihr von Herzen leid, und sie hätte sie gern beschützt, aber da war nichts zu machen. Cheryl war mit diesem brutalen Mann gestraft, und sie würde ihn hinnehmen müssen, bis sie es endgültig nicht mehr aushielt, dann wäre Evelyn an ihrer Seite, um mit ihr und Frankie weit fortzugehen von Mr Leroy. Evelyn kannte das, in ihrem Dorf hatte es ähnliche Fälle gegeben. Der Mann betrank sich, stritt sich mit einem anderen, er wurde auf der Arbeit schlecht behandelt, verlor eine Wette, einerlei, alles konnte Anlass sein, daheim die Frau oder die Kinder zu schlagen, dafür konnten die Männer nichts, sie waren so, und so war das Leben, dachte Evelyn. Mr Leroy hatte sicher andere Gründe, zu seiner Frau derart böse zu sein, aber das Ergebnis war dasselbe. Die Schläge kamen aus dem Nichts, ohne Vorwarnung, und danach verließ er türenschlagend das Haus, und Cheryl schloss sich in ihrem Zimmer ein und weinte sich müde. Evelyn ließ etwas Zeit vergehen, ehe sie auf Zehenspitzen zu ihr schlich, ihr sagte, mit Frankie sei alles in Ordnung, sie solle versuchen zu schlafen, ob sie vielleicht noch etwas essen wolle, ihre Pillen für die Nerven brauche, ihre Schlaftabletten oder Eisbeutel. »Bring mir einen Whisky, Evelyn, und bleib ein bisschen bei mir«, sagte Cheryl, in Tränen aufgelöst, und hielt ihre Hand umklammert.

Im Haus der Leroys war Verschwiegenheit oberstes Gebot für das Zusammenleben, genau wie die Köchin und ihre Tochter gesagt hatten. Auch wenn Mr Leroy ihr Angst machte, wollte Evelyn ihre Stellung doch behalten. Im Haus mit den Statuen fühlte sie sich sicher wie als Kind bei ihrer Großmutter und verfügte über Annehmlichkeiten, von denen sie nie zu träumen gewagt hätte, konnte Eis essen, so viel sie wollte, fernsehen, in einem kuscheligen Bett in Frankies Zimmer schlafen. Sie verdiente fast nichts, aber sie hatte keine Ausgaben und konnte ihrer Großmutter Geld schicken, die nach und nach die Wände aus Lehm und Schilf an ihrer Hütte ersetzte durch welche aus Mauersteinen und Zement.

An dem Freitag im Januar, als der Staat New York lahmgelegt wurde, erschienen die Köchin und ihre Tochter nicht zur Arbeit. Cheryl, Evelyn und Frankie verbarrikadierten sich im Haus. Über Radio und Fernsehen wurde seit dem Vortag vor dem Sturm gewarnt, und als er dann kam, war er schlimmer als angekündigt. Erst fiel Hagel, dick wie Kichererbsen, die Körner wurden vom Wind gegen die Fenster gefegt, dass man fürchten musste, die Scheiben würden zerspringen. Evelyn ließ die Rollläden herab und zog die Vorhänge zu, um Frankie von dem Lärm abzuschirmen, und wollte ihn durch Fernsehen ablenken, aber es half alles nichts, das Hämmern des Hagels und das Donnergrollen erschreckten ihn zu Tode. Als es ihr endlich gelang, ihn zu beruhigen, brachte sie ihn ins Bett in der Hoffnung, dass er einschlafen würde. An Fernsehen war nicht mehr zu denken, dazu war der Empfang inzwischen zu schlecht. Gegen einen möglichen Stromausfall hatte sich Evelyn mit einer Taschenlampe und Kerzen gewappnet und Suppe in eine Thermoskanne gefüllt, damit sie warm blieb. Frank Leroy war am frühen Morgen mit dem Taxi weggefahren und unterwegs zu einem Golfclub in Florida, um dem angekündigten Unwetter zu entgehen. Cheryl verbrachte den Tag im Bett, krank und weinerlich.

Am Samstag stand Cheryl spät auf, war sehr fahrig, hatte den irren Blick ihrer schlechten Tage, war aber im Unterschied zu sonst so still, dass es Evelyn Angst machte. Nachdem der Gärtner gegen Mittag den Schnee vorm Haus geräumt hatte, fuhr sie mit dem Lexus zu einer Sitzung bei ihrem Analytiker, wie sie sagte. Zwei Stunden später kehrte sie zurück, völlig außer sich. Evelyn öffnete die Fläschchen mit den Beruhigungsmitteln, zählte die Pillen ab und brachte ihr außerdem einen doppelten Whisky, weil ihre Hände unkontrolliert zitterten. Cheryl nahm die Pillen mit drei langen Schlucken. Sie hätte einen fürchterlichen Tag gehabt, sagte sie, sie sei sehr deprimiert, ihr platze der Schädel, sie wolle niemanden sehen, schon gar nicht ihren Mann, dieser Mistkerl solle wegbleiben, verschwinden, in der Hölle schmoren, das hätte er mehr als verdient für das, was er tat, ihr sei es so was von egal, was aus ihm würde, aus ihm und aus diesem Widerling von Danescu, diesem Feind in ihrem eigenen Haus. »Sollen sie zum Teufel gehen, ich hasse sie«, lallte sie, um Atem ringend, wie im Fieber.

»Ich habe sie in der Hand, Evelyn, wenn es mir passt, dann rede ich, dann sind sie dran. Verbrecher sind das, Mörder. Weißt du, was sie machen? Sie handeln mit Menschen, sie verschleppen und verkaufen Menschen. Sie locken sie unter falschen Versprechungen her und verhökern sie hier als Sklaven. Sag nicht, du hast davon noch nie gehört!«

»Gehört schon«, versuchte Evelyn zu beschwichtigen, erschrocken über Mrs Leroys Zustand.

»Sie lassen sie schuften wie Tiere, sie bezahlen sie nicht, sie bedrohen sie und bringen sie um. Da hängen jede Menge Leute mit drin, Evelyn, Vermittler, Fahrer, Polizei, Grenzschutz, sogar korrupte Richter. Kunden gibt es immer genug. Da steckt ein Haufen Geld drin, verstehst du?«

»Ja, Mrs Leroy.«

»Du kannst froh sein, dass sie dich in Ruhe gelassen haben. Du wärst im Bordell gelandet. Du glaubst, ich bin verrückt, oder?«

»Nein, Mrs Leroy.«

»Kathryn Brown, angeblich die Physiotherapeutin meines Sohns, ist eine Nutte. Sie spioniert uns aus, Frankie ist nichts als ein Vorwand. Mein Mann hat sie hergeschleppt. Sie schläft mit ihm, hast du das gewusst? Nein. Wie solltest du. Der Schlüssel, den ich bei ihm gefunden habe, der gehört zur Wohnung von diesem Flittchen. Wozu, meinst du, hat er einen Schlüssel zu ihrer Wohnung?«

»Mrs Leroy, bitte ... Woher wollen Sie wissen, was das für ein Schlüssel ist?«

»Was soll es sonst für einer sein, Evelyn? Und weißt du, was noch? Mein Mann will uns loswerden, mich und Frankie. Seinen eigenen Sohn! Er will uns umbringen! Das hat er vor, und die Brown steckt mit ihm unter einer Decke, bestimmt, aber ich passe auf. Ich halte die Augen offen, immer passe ich auf, immer, ich ...«

Mit ihren Kräften am Ende, benommen vom Alkohol und den Tabletten, ließ Cheryl Leroy sich an der Wand entlang in ihr Schlafzimmer führen. Evelyn half ihr beim Entkleiden und brachte sie ins Bett. Sie hätte nie gedacht, dass Mrs Leroy etwas von dem Verhältnis ihres Mannes mit der Physiotherapeutin wusste. Seit Monaten trug Evelyn dieses Geheimnis wie einen bösartigen Tumor mit sich herum, ohne es preisgeben zu können. Für alle Welt unsichtbar, hörte sie, beobachtete und zog ihre Schlüsse. Sie hatte die beiden mehrfach auf dem Flur tuscheln sehen und mitbekommen, wie sie sich von einem Ende des Hauses zum anderen Kurznachrichten schickten. Sie hatte gehört, wie sie einen gemeinsamen Urlaub planten, und hatte gesehen, wie sie in einem der unbenutzten Zimmer verschwanden. Mr Leroy betrat Frankies Zimmer ausschließlich, wenn Kathryn ihre Übungen mit dem Jungen machte, und dann wurde Evelyn unter irgendeinem Vorwand hinausgeschickt. Vor Frankie nahmen die beiden sich nicht in Acht, obwohl sie wussten, dass der Junge alles verstand, als würden sie es darauf anlegen, dass Cheryl von ihrem Verhältnis erfuhr. Evelyn hatte ihm eingeschärft, dass es ein Geheimnis war zwischen ihnen beiden und niemand sonst davon erfahren durfte. Mr Leroy war offensichtlich in Kathryn verliebt, er fand immer Vorwände, um in ihrer Nähe zu sein, und dann veränderten sich der Klang seiner Stimme und der Ausdruck auf seinem Gesicht, aber was Kathryn dazu bewog, sich mit einem Mann einzulassen, der kein Herz hatte, erheblich älter war als sie, verheiratet und Vater eines kranken Kindes, konnte sie nur schwer begreifen, sofern es nicht das viele Geld war, das er mutmaßlich besaß.

Cheryl behauptete, ihr Mann könne unwiderstehlich sein, wenn er wollte. Jedenfalls sei er das gewesen, als er um sie warb. Wenn er sich etwas in den Kopf gesetzt hatte, war er nicht zu stoppen. Cheryl hatte ihn in der schicken Bar des Ritz kennengelernt, wo sie mit ein paar Freundinnen einen netten Abend verbringen wollte und er einen Geschäftsabschluss besiegelte. Wie sie Evelyn erzählte, hatten sie ein paar Blicke getauscht, einander aus der Ferne taxiert, und das hatte ausgereicht, dass er mit zwei Martinis zu ihr gekommen war. »Von da an hat er mich nicht mehr in Ruhe gelassen. Es gab kein Entrinnen, ich war gefangen wie eine Fliege im Spinnennetz. Ich habe immer gewusst, dass er mich schlagen würde, das hat schon angefangen, bevor wir geheiratet haben, aber da war es wie ein Spiel. Dass es immer schlimmer werden würde, hätte ich nicht gedacht, schlimmer und öfter …« Trotz ihrer Furcht und dem Hass, den er ihr einflößte, gestand sie ihm zu, dass er attraktiv war, gepflegt auftrat, sich exklusiv kleidete, Autorität und Geheimnis ausstrahlte. Evelyn war außerstande, diese Pluspunkte wahrzunehmen.

Während sie an diesem Samstagmittag Cheryls wirrem Lamento lauschte, wehte ihr plötzlich aus dem Nebenzimmer der Geruch in die Nase, der ihr sagte, dass Frankies Windel gewechselt werden musste. Ihr Geruchssinn war feiner geworden, genau wie ihr Ohr und ihr Einfühlungsvermögen. Eigentlich hatte Cheryl Windeln mitbringen wollen, sie in ihrem Zustand auf dem Heimweg aber vergessen. Evelyn überlegte, dass Frankie, der nebenan eingenickt war, so lange warten konnte, bis sie aus der Apotheke zurück wäre. Sie zog eine Weste an, ihren Anorak darüber, Gummistiefel und Handschuhe und war entschlossen, dem Schnee zu trotzen, musste aber feststellen, dass der Van einen platten Reifen hatte. Cheryls Fiat 500 war in der Werkstatt. Ein Taxi zu rufen war sinnlos, bei dem Wetter hätte das ewig gebraucht, und Mrs Leroy zu wecken brachte auch nichts, denn in ihrem Zustand konnte sie nicht fahren. Evelyn war schon drauf und dran, die Windeln zu vergessen und sich mit einem Handtuch zu behelfen, als ihr Blick auf die Kommode neben der Haustür fiel, wo wie üblich der Schlüssel des Lexus lag. Das war Mr Leroys Wagen, sie war ihn nie gefahren, aber vermutlich war das einfacher als bei dem Van. Bis zur Apotheke und zurück würde sie keine halbe Stunde brauchen, Mrs Leroy war in anderen Sphären, die würde sie nicht vermissen, und das Problem wäre gelöst. Sie sah noch einmal nach, dass Frankie friedlich schlief, und flüsterte ihm ins Ohr: »Ich bin gleich wieder da.« Dann fuhr sie vorsichtig das Auto aus der Garage.

Lucía

Chile

Der Tod ihrer Mutter im Jahr 2008 verunsicherte Lucía in einer Weise, die sie sich nicht erklären konnte, war sie doch, seit sie mit neunzehn ins Exil gegangen war, unabhängig von ihr gewesen. In ihrem Verhältnis zueinander hatte Lucía für den emotionalen Beistand gesorgt und in den letzten Jahren auch für den finanziellen, weil die Inflation Lenas Rente auffraß. Nach dem Verlust ihrer Mutter war das Gefühl der Verwundbarkeit trotzdem genauso groß wie ihre Trauer darüber, dass Lena fort war. Ihr Vater hatte sich früh aus ihrem Leben verabschiedet, danach waren ihre Mutter und Enrique ihre ganze Familie gewesen. Ohne die beiden war ihr jetzt nur noch Daniela geblieben. Carlos teilte die Wohnung mit ihr, war aber in emotionaler Hinsicht nie anwesend. Auch die Last ihres Alters empfand Lucía zum ersten Mal. Ihr Fünfzigster lag schon ein paar Jahre zurück, doch bislang hatte sie sich gefühlt wie mit dreißig. Alt zu werden und zu sterben waren abstrakte Vorstellungen gewesen, etwas, das anderen widerfuhr.

Zusammen mit Daniela verstreute sie Lenas Asche im Meer, wie Lena sich das gewünscht hatte, ohne es näher zu erläutern, vielleicht weil sie in denselben Wogen des Pazifiks enden wollte wie ihr Sohn, dachte Lucía. Wie so viele andere war vermutlich auch Enriques Leiche, an eine Bahnschiene gebunden, ins Meer geworfen worden, auch wenn sich der Geist, der Lena in ihren letzten Tagen besucht hatte, darüber ausschwieg. Von einem Fischer ließen sie sich hinausfahren bis hinter die letzten Felsen, wo der Ozean die Farbe von Schweröl bekam und keine Möwen mehr flogen. Im Boot stehend, improvisierten sie tränenüberströmt einen Abschied für die beharrliche Lena und für Enrique, dem sie bisher nicht hatten Lebewohl sagen können, weil Lena sich weigerte auszusprechen, dass er tot war, selbst wenn sie das in einem stillen Winkel ihres Herzens schon seit Jahren eingesehen haben mochte. Lucías erstes Buch, in dem Einzelheiten über die Morde genannt wurden, war 1994 erschienen, niemand hatte ihre Recherchen widerlegt, und Lena hatte es gelesen. Außerdem hatte sie Lucía begleitet, als die vor Gericht über die Hubschrauberflüge der Armee aussagte. Sie musste eine ziemlich klare Vorstellung davon gehabt haben, was mit ihrem Sohn geschehen war, das einzugestehen hätte jedoch bedeutet, eine Mission aufzugeben, die länger als drei Jahrzehnte ihr Lebensinhalt gewesen war. Enrique wäre für immer im Nebel der Ungewissheit geblieben, nicht lebendig, nicht tot, wäre nicht das Wunder geschehen und er am Ende aufgetaucht, um seiner Mutter beizustehen und sie in das andere Leben zu geleiten.

Während Daniela auf dem Boot die Keramikurne hielt, streute Lucía Hände voll Asche in die Luft und sprach dazu ein Gebet für ihre Mutter, für ihren Bruder und für den unbekannten Jungen, der noch immer in der Grabnische der Familie Maraz auf dem Friedhof lag. In all den Jahren hatte ihn niemand auf dem Foto im Archiv der Vicaría wiedererkannt, und für Lena war er irgendwann zu einem Mitglied ihrer Familie geworden. Eine Weile schwebte die Asche wie Sternenstaub in der Brise und senkte sich dann ohne Eile ins Meer. Da begriff Lucía, dass es an ihr war, den Platz ihrer Mutter einzunehmen. Sie war die Älteste in ihrer winzigen

Familie, die Matriarchin. Schlagartig spürte sie die Last ihrer Jahre, doch erdrückend sollte sie erst zwei Jahre später werden, als sich Lucías Verluste summierten und sie sich ihrerseits dem Tod stellen musste.

Als sie Richard von dieser Zeit ihres Lebens erzählte, ließ sie die Grautöne beiseite und beschränkte sich auf die lichtesten und die dunkelsten Momente. Alles andere nahm in ihrer Erinnerung sehr wenig Raum ein, auch wenn Richard mehr wissen wollte. Er hatte ihre beiden Bücher gelesen, die Enriques Schicksal zum Ausgangspunkt für eine gründliche politische Reportage nahmen und dadurch einen persönlichen Ton bekamen, wusste ansonsten aber wenig über Lucías Leben. Sie erzählte ihm, dass sie und Carlos Urzúa sich in der Zeit ihrer Ehe nie wirklich nahegestanden hatten, ihr eigener Hang zur romantischen Verklärung oder schlichte Bequemlichkeit jedoch verhinderten, dass sie eine Entscheidung traf. Zwei nomadische Gestalten, die denselben Raum bewohnten, weit genug voneinander entfernt, um sich gut zu vertragen, denn für Reibereien braucht es Nähe. Der Krebs sollte ihr Ende als Paar besiegeln, aber angebahnt hatte sich dieses Ende bereits seit Jahren.

Nach dem Tod ihrer Großmutter ging Daniela zum Studieren an die University of Miami in Coral Gables, und Lucía begann einen entfesselten Briefwechsel mit ihr, wie sie ihn in ihrer Zeit in Kanada mit ihrer eigenen Mutter geführt hatte. Daniela war begeistert von ihrem neuen Leben, verzaubert von den Meeresbewohnern und begierig, die Kapricen des Ozeans zu erforschen. Sie hatte wechselnde Liebschaften, mit Männern wie mit Frauen, und genoss eine Freiheit, die in Chile unvorstellbar war, wo sie die Kontrollblicke einer engstirnigen Gesellschaft hätte ertragen müssen. Irgendwann erklärte sie ihren Eltern am Telefon, sie sehe sich selbst weder als Frau noch als Mann und lebe polyamouröse Beziehungen. Carlos fragte nach, ob sie damit bisexuelle Promiskuität meinte, und riet ihr, das in Chile nicht an die große Glocke zu hängen, weil nur wenige Leute Verständnis dafür hätten. »Wie ich sehe, hat die freie Liebe einen neuen Namen bekommen. Das hat noch nie funktioniert und wird auch diesmal schiefgehen«, lautete Lucías Diagnose, nachdem sie aufgelegt hatten.

Daniela unterbrach ihr Studium und ihre sexuellen Experimente, als ihre Mutter krank wurde. Dieses Jahr 2010 war eines der Verluste und Trennungen für Lucía, ein langes Jahr voller Krankenhausaufenthalte, Erschöpfung und Bangen. Carlos verließ sie, weil er nicht Manns genug war, ihrem Verfall beizuwohnen, wie er beschämt, aber entschlossen zugab. Er weigerte sich, die Narben anzusehen, die sich quer über ihren Brustkorb zogen, empfand einen urtümlichen Abscheu gegen dieses versehrte Wesen, in das sie sich verwandelte, und schob die Verantwortung, sich um sie zu kümmern, an Daniela ab. Empört vom Verhalten ihres Vaters, trat Daniela ihm unerwartet schroff entgegen. Sie war die Erste, die von Scheidung sprach als einzig würdigem Weg für ein Paar, das sich nicht liebte. Carlos vergötterte seine Tochter, aber sein Horror vor Lucías körperlichem Zustand überwog seine Angst davor, Daniela zu enttäuschen. Vorübergehend zog er in ein Hotel, weil er, wie er sagte, Ruhe brauche, die Spannung daheim nehme ihn zu sehr mit und hindere ihn am Arbeiten. Er wäre längst alt genug gewesen, um in Rente zu gehen, hatte aber beschlossen, seine Kanzlei nur mit den Füßen voran zu verlassen. Lucía und Carlos verabschiedeten sich mit derselben lauen Höflichkeit, die schon die Jahre ihres Zusammenlebens gekennzeichnet hatte, ohne Zeichen von Feindseligkeit und ohne etwas zu klären. Vor Ablauf einer Woche hatte Carlos eine Wohnung gemietet, und Daniela half ihm, sich einzurichten.

Zu Beginn erlebte Lucía die Trennung als Leere. An die emotionale Abwesenheit ihres Mannes war sie gewöhnt gewesen, aber als er vollständig fort war, hatte sie Zeit zu viel, die Wohnung schien ihr riesig, und es hallte in den unbenutzten Räumen. Nachts hörte sie Carlos herumschleichen und das Wasser in seinem Bad laufen. Durch den Bruch mit ihren Gewohnheiten und kleinen Alltagsritualen fühlte sie sich ausgeliefert, und dazu kamen die monatelangen Zumutungen der medikamentösen Misshandlung, durch die man die Krankheit besiegen wollte. Sie fühlte sich versehrt, zerbrechlich, nackt. Daniela meinte, die Behandlung habe ihre körperlichen und seelischen Abwehrkräfte zerstört. »Rechne dir nicht ständig vor, was dir fehlt, sieh lieber, was du hast«, sagte sie. Das sei eine einzigartige Chance, an Körper und Geist zu gesunden, unnützen Ballast abzuwerfen, sich von Groll, Komplexen, schlechten Erinnerungen, unerreichbaren Bestrebungen und anderem Müll zu reinigen. »Woher nimmst du nur all die Weisheiten, Tochter?«, fragte Lucía. »Aus dem Internet«, antwortete Daniela.

Carlos verschwand so vollständig, als wäre er ans andere Ende eines fernen Kontinents gezogen, dabei wohnte er ein paar Straßen weiter. Er fragte kein einziges Mal nach, wie es um Lucías Gesundheit stand.

Lucía kam im September 2015 nach Brooklyn in der Hoffnung, dass der Wechsel der Umgebung belebend auf sie wirken würde. Sie hatte genug von ihrem Trott, es war an der Zeit, die Karten des Schicksals neu zu mischen und zu sehen, ob sie ein etwas besseres Blatt bekommen würde. New York war als eine erste Etappe gedacht. Sie würde nach weiteren Möglichkeiten Ausschau halten und durch die Welt ziehen, solange ihre Kräfte und ihre begrenzten finanziellen Mittel das erlaubten. Sie wollte die Verluste und den Kummer der vergangenen Jahre hinter sich lassen. Am schlimmsten hatte der Tod ihrer Mutter sie getroffen, härter als ihre Scheidung und der Krebs. Dass ihr Mann sie verließ, hatte sie erst als hinterhältig und verletzend empfunden, aber bald hatte sie die Freiheit und Ungestörtheit als Geschenk erlebt. Seither waren Jahre vergangen, genug Zeit, um sich mit dem, was geschehen war, auszusöhnen.

Mühsamer war es, sich von der Krankheit zu erholen, die Carlos letztlich verscheucht hatte. Nach der Amputation beider Brüste und Monaten der Chemotherapie und Bestrahlung war sie abgemagert, kahl, ohne Wimpern und Brauen, mit bläulichen Augenringen und Narben, aber sie war gesund, und ihre Prognose war gut. Ehe man ihre Brüste endgültig nachbildete, wurde die Haut mit Expandern gedehnt, die sich allmählich entfalteten, ein etwas schmerzhafter und langwieriger Prozess, den sie klaglos ertrug, weil die Eitelkeit ihr die Kraft dazu gab. Alles schien ihr besser als dieser flache, von Schnitten überzogene Rumpf.

Dieses Jahr der Krankheit löste in ihr ein brennendes Verlangen danach aus, zu leben, als hätte sie zur Belohnung für all das Leid am Ende den Stein der Weisen gefunden, diese schwer zu greifende Substanz der Alchimisten, durch die Blei zu Gold wurde und man selbst wieder jung. Die Angst vor dem Tod hatte sie schon zuvor verloren, als sie sah, wie elegant ihre Mutter den Schritt vom Leben in den Tod tat. Wie damals spürte sie auch jetzt wieder die Unzerstörbarkeit der Seele, sah wie im hellen Mittagslicht, dass weder der Krebs noch etwas anderes diesen Urkern gefährden konnte. Was auch geschah, die Seele würde fortbestehen. Ihren möglichen Tod stellte sie sich als Schwelle vor und war neugierig darauf, was sie dahinter finden würde. Sie fürchtete sich nicht davor, die Schwelle zu überschreiten, aber solange sie noch auf der Welt wäre, wollte sie das Leben auskosten, unbesorgt, unbesiegbar.

Ihre Behandlung war Ende 2010 abgeschlossen. Über Monate hatte sie den Blick in den Spiegel vermieden und sich ihre Matrosenmütze tief in die Stirn gezogen, bis Daniela sie in den Müll warf. Daniela war gerade zwanzig geworden, als Lucía die Diagnose bekam, hatte, ohne zu zögern, ihr Studium unterbrochen und war nach Chile gekommen, um bei ihr zu sein. Lucía hatte sie gebeten, das nicht zu tun, sollte später aber einsehen, dass sie ohne ihre Tochter diesen Kampf nicht überstanden hätte. Bei ihrer Ankunft erkannte Lucía sie fast nicht wieder. Abgereist war Daniela im Winter, ein bleiches, zu dick eingemummeltes Fräulein, und zurück kam sie karamellfarben, die eine Hälfte des Kopfes geschoren, die andere grün gesträhnt, in kurzen Hosen, mit behaarten Beinen und Soldatenstiefeln, wild entschlossen, sich um ihre Mutter zu kümmern und auch die anderen Patienten in der Klinik bei Laune zu halten. Sie betrat den Behandlungssaal, wo die Leute in ihren Sesseln an das beständige Tropfen der Medikamente angeschlossen waren, begrüßte alle mit Küsschen, verteilte Decken, Energieriegel, Fruchtsäfte und Zeitschriften.

Sie war noch kein volles Jahr an der Universität, redete aber, als wäre sie mit Jacques Cousteau zwischen blauschwänzigen Meerjungfrauen und versunkenen Brigantinen durch sämtliche Weltmeere getaucht. Sie weihte die Patienten in die Bedeutung der Abkürzung LGBT ein, Lesbian, Gay, Bisexual, Transgender, was sie in allen Einzelheiten erklären musste. Unter den jungen Leuten in den USA war das angesagt, in

Chile hatte aber noch nie jemand davon gehört, schon gar nicht in diesem Saal auf der Onkologie. Sie selbst sei neutrois oder genderfluid, erklärte sie den Patienten, schließlich müsse man nicht zwingend die Einteilung in Mann oder Frau hinnehmen, bloß weil man bestimmte Genitalien habe, man könne sich definieren, wie man wolle, und seine Meinung auch ändern, wenn einem ein anderes Geschlecht irgendwann besser passte. »So wie die Angehörigen mancher Stämme in verschiedenen Lebensphasen ihren Namen ändern, weil sie sich in dem, den sie bei der Geburt bekommen haben, nicht mehr erkennen«, fügte sie zur Erklärung hinzu, was die allgemeine Verblüffung noch steigerte.

Daniela stand ihrer Mutter bei, als sie sich von ihren Operationen erholte, in den langen und ermüdenden Stunden ihrer Chemotherapie und während ihrer Scheidung. Sie schlief neben ihr und sprang bereitwillig aus dem Bett, sobald Lucía Hilfe brauchte. Sie stützte sie mit ihrer ruppigen Zuneigung, ihren Scherzen, ihren Genesungssüppchen und ihrem Geschick darin, die Untiefen der Krankheitsbürokratie zu umschiffen. Sie schleifte sie durch die Boutiquen, um neue Sachen zu kaufen, und sorgte dafür, dass sie vernünftig aß. Und nachdem ihr Vater kommod in seinem Singledasein eingerichtet war und ihre Mutter wieder fest auf eigenen Füßen stand, verabschiedete sie sich ohne Getue und zog so fröhlich von dannen, wie sie gekommen war.

Bevor sie krank wurde, hatte Lucía ein Leben geführt, das sie selbst als unangepasst, Daniela dagegen als ungesund bezeichnete. Sie hatte jahrelang geraucht, trieb keinen Sport, trank jeden Abend zum Essen zwei Gläser Wein und aß ein Eis zum Nachtisch. Sie wog etliche Kilos zu viel und hatte deshalb ständig Knieschmerzen. Während ihrer Ehe hatte sie über den Lebensstil ihres Mannes gespottet. Sie begann ihren Tag faulenzend im Bett, mit einer Tasse Milchkaffee, zwei Croissants und der Zeitung, während er eine dicke grüne Flüssigkeit mit Blütenpollen trank und danach ins Büro joggte, als würde er gejagt. Carlos Uzúa hielt sich fit und kerzengerade. Von Daniela eisern dazu getrieben, hatte Lucía missmutig begonnen, es ihm nachzumachen, und das Ergebnis zeigte sich schon bald auf der Waage im Bad und an einer Vitalität, die sie seit Jugendzeiten nicht mehr verspürt hatte.

Anderthalb Jahre später sahen Lucía und Carlos sich wieder, um mit ihrer Unterschrift die Scheidung zu besiegeln, die seit kurzem in Chile rechtlich möglich war. Noch konnte Lucía sich nicht als vollständig genesen betrachten, aber sie war wieder bei Kräften und besaß neue Brüste. Ihr Haar war weiß nachgewachsen, und sie trug es jetzt kurz und ungefärbt, bis auf ein paar vorwitzige Strähnen, die Daniela ihr bunt anmalte, bevor sie zurück nach Miami ging. Als Carlos sie am Tag der Scheidung sah, zehn Kilo leichter, mit Mädchenbrüsten unter einer tief dekolletierten Bluse und lodernden Haaren, stutzte er merklich. Lucía fand ihn stattlicher denn je, und ein leichtes Bedauern über die abhandengekommene Liebe glomm in ihr auf, war aber sofort wieder erloschen. Tatsächlich empfand sie nichts für ihn, lediglich Dankbarkeit dafür, dass er Danielas Vater war. Sie dachte, es täte ihr gut, ein bisschen wütend auf ihn zu sein, das wäre gesünder, aber es gelang ihr nicht. Von ihrer über viele Jahre lodernden Liebe für ihn war nicht einmal die Schlacke der Enttäuschung geblieben. Von ihrer Krankheit erholte sie sich mühsam, aber so vollständig wie von ihrer Scheidung, und wenige Jahre später in Brooklyn dachte sie nur noch selten an diese Phase ihrer Vergangenheit.

Julián trat zu Beginn des Jahres 2015 in ihr Leben, als sie sich schon längere Zeit mit dem Mangel an Liebe abgefunden hatte und glaubte, ihre Begabung zur romantischen Schwärmerei sei ihr durch die Chemotherapie ausgetrieben worden. Julián bewies ihr, dass Neugier und Begehren nachwachsende Rohstoffe sind. Hätte ihre Mutter noch gelebt, sie hätte Lucía davor gewarnt, dass sich eine Frau in ihrem Alter mit solchen Sehnsüchten lächerlich machte, und wahrscheinlich hätte sie recht gehabt, denn mit dem Alter schwanden die Chancen auf die Liebe, während die Chancen, sich lächerlich zu machen, zunahmen, aber so ganz hätte Lena doch nicht recht gehabt, denn Julián tauchte mit seiner Liebe für sie auf, als Lucía am wenigsten damit rechnete. Und obwohl es ein Strohfeuer war, fast so schnell erloschen wie entzündet, zeigte es ihr doch, dass sie weiterhin etwas in sich trug, das entflammbar war. Es gab nichts zu bedauern. Was sie erlebt und genossen hatte, hatte sie gern erlebt und genossen.

Als Erstes fiel ihr Juliáns äußere Erscheinung auf: Auch wenn er nicht gänzlich unansehnlich war, war er in ihren Augen doch sehr wenig anziehend. Alle ihre Männer, vor allem ihr Ehemann, hatten gut ausgesehen, was weniger ihre Entscheidung als bloßer Zufall gewesen war. Laut Daniela war Julián der beste Beweis dafür, dass sie gegenüber hässlichen Männern keine Vorurteile hegte. Auf den ersten Blick war er ein Durchschnittschilene: schlechte Körperhaltung, verlottert, als trüge er geliehene Sachen, ausgebeulte Stoffhosen und Großvaters alte Strickjacke. Seine Haut hatte den olivgrünen Ton der Südspanier, von denen er abstammte, Haare und Bart waren grau, und seine Hände weich wie bei einem, der nie mit ihnen gearbeitet hat. Aber hinter der abgerissenen Erscheinung verbargen sich ein außergewöhnlich kluger Kopf und ein mit allen Wassern gewaschener Liebhaber.

Ein erster Kuss und das, was darauf in der Nacht folgte, genügten, dass Lucía sich einer jugendlichen Tollheit überließ, die von Julián vollständig erwidert wurde. Zunächst jedenfalls. In den ersten Monaten bekam Lucía aus vollen Händen alles, was sie in ihrer Ehe vermisst hatte. Sie fühlte sich geliebt und begehrt, wiederbelebt und um Jahrzehnte verjüngt. Die Sinnlichkeit und den Flirt wusste auch Julián zu schätzen, aber schnell bekam er Angst vor der emotionalen Verpflichtung. Er vergaß ihre Verabredungen, kam zu spät oder sagte im letzten Moment unter einem Vorwand ab. Er trank ein Glas Wein mehr als sonst und nickte mitten im Satz oder zwischen zwei Liebkosungen ein. Er klagte, dass er keine Zeit mehr zum Lesen fand und sein Sozialleben verarmte, bedauerte die Aufmerksamkeit, die er Lucía zuteilwerden ließ. Noch immer war er ein umsichtiger Liebhaber, mehr darauf bedacht, Lust zu bereiten, als zu empfangen, aber sie spürte seine Zögerlichkeit. Er gab sich der Liebe nicht mehr hin, sabotierte die Beziehung. Lucía erkannte die Wasserspeierfratze der enttäuschten Liebe mittlerweile auf den ersten Blick und ertrug sie nicht mehr in der Hoffnung, es werde sich etwas ändern, wie sie das in den zwanzig Jahren ihrer Ehe getan hatte. Sie hatte mehr Erfahrung und weniger Zeit zu verlieren. Also musste sie sich verabschieden, ehe Julián es tat, auch wenn ihr sein Humor und sein Wortwitz sehr fehlen würden, genau wie die Wonne, müde neben ihm aufzuwachen und zu wissen, dass ein geflüstertes Wort oder eine beiläufige Berührung genügten, um sich erneut in den Armen zu liegen. Die Trennung verlief undramatisch, und sie blieben Freunde.

»Ich habe beschlossen, meinem gebrochenen Herzen eine Pause zu gönnen«, sagte sie zu Daniela am Telefon, klang dabei aber nicht unbeschwert, wie sie es vorgehabt hatte, sondern kläglich.

»Was für ein Kitsch, Mama. Ein Herz ist doch kein Ei. Und wenn es eins wäre, dann würde man die Schale besser zerbrechen, damit die Gefühle rauslaufen, oder? Das ist halt der Preis für ein gut gelebtes Leben.« Ihre Tochter war gnadenlos.

Ein paar Monate später überkam Lucía in Brooklyn manchmal noch eine leichte Sehnsucht nach Julián, aber das war bloß ein Kribbeln auf der Haut und störte sie kaum. Ob sie noch einmal eine Liebe finden würde? Nicht in den USA, dachte sie, sie war nicht der Typ Frau, auf den die Männer hier standen, das merkte man ja schon daran, wie Richard Bowmaster sie übersah. Ohne Humor war Verführung für sie undenkbar, aber ihr chilenischer Spott war nicht zu übersetzen und wirkte auf die Leute hier verletzend. Auf Englisch besitze sie den IQ eines Schimpansen, hatte Daniela gesagt. Herzhaft lachen konnte sie nur über Marcelo mit seinen kurzen Beinen und seinem Lemurengesicht. Dieser Hund erlaubte sich den Luxus, selbstverliebt und knurrig zu sein: wie ein Ehemann.

Ihre Trauer über die Trennung von Julián schlug sich bei ihr in einer Schleimbeutelentzündung der Hüfte nieder. Eine Zeitlang nahm sie Schmerzmittel und watschelte wie eine Ente, weigerte sich aber, zum Arzt zu gehen, weil sie überzeugt war, dass die Symptome verschwinden würden, sobald sie ihre Enttäuschung überwunden hätte. So war es dann auch. Am Flughafen von New York kam sie Richard Bowmaster hinkend entgegen. Er hatte die quirlige, fröhliche Kollegin erwartet, die er kannte, nahm aber eine Fremde in orthopädischen Tretern und mit Gehstock in Empfang, die, wenn sie vom Stuhl aufstand, knirschte wie ein rostiges Scharnier. Doch nach ein paar Wochen sah er sie ohne Stock und in schicken Stiefeletten. Er konnte nicht ahnen, dass sich dieses Wunder einem kurzen Wiedersehen mit Julián verdankte.

Im Oktober, als Lucía seit einem Monat in Richards Souterrainwohnung lebte, kam Julián wegen einer Konferenz nach New York, und sie verbrachten einen herrlichen Sonntag miteinander. Sie frühstückten im Le Pain Quotidien, bummelten durch den Central Park, langsam, weil Lucía die Füße nachzog, und gingen Hand in Hand zur Nachmittagsvorstellung eines Broadwaymusicals. Danach aßen sie in einem kleinen italienischen Restaurant zu Abend und stießen mit dem besten Chianti, den es dort gab, auf ihre Freundschaft an. Ihre Verbundenheit war unbeschadet, mühelos verfielen sie in ihre Geheimsprache aus Andeutungen, die außer ihnen niemand verstand. Julián entschuldigte sich dafür, dass er ihr wehgetan hatte, und sie entgegnete aufrichtig, daran könnte sie sich kaum noch erinnern. Als sie sich am Morgen bei Milchkaffee und frischen Brötchen gegenübergesessen hatten, hatte Julián eine ausgelassene Herzlichkeit in ihr hervorgerufen, den Wunsch, an seinem Haar zu riechen, ihm den Kragen seines Jacketts geradezurichten und ihm vorzuschlagen, dass er sich eine Hose in seiner Größe kaufte. Weiter nichts. Dort beim Italiener, unter ihrem Stuhl, ließ sie ihren Stock liegen.

Richard und Lucía

Norden von New York

Die frühe Winterdunkelheit wurde vom Glanz des Mondes gemildert, als Lucía und Richard nachmittags um fünf müde und durchnässt von Matsch und Schnee wieder bei Evelyn in der Hütte eintrafen. Die Rückfahrt vom See, wo sie das Auto versenkt hatten, war langwieriger gewesen als erwartet, weil der Subaru einmal ins Rutschen geriet und in einer Schneewehe stecken blieb. Wieder mussten sie mit der Schaufel die Räder freigraben, rissen dann Zweige von den Fichten und breiteten sie am Boden aus. Richard legte den Rückwärtsgang ein, bei jaulendem Motor fanden die Reifen im zweiten Anlauf Halt auf den Zweigen, und der Wagen kam wieder frei.

Inzwischen war es dunkel geworden, die Spuren auf dem Weg waren nicht mehr auszumachen, und sie konnten seinen Verlauf nur noch ahnen. Zweimal fuhren sie falsch, aber zu ihrem Glück hatte sich Evelyn nicht an die Anweisungen gehalten und eine Petroleumlampe vor die Eingangstür gehängt, deren flackernder Schein ihnen auf dem letzten Stück die Richtung wies.

Nach diesem Abenteuer kam ihnen das Innere der Hütte behaglich vor wie ein Nest, auch wenn die beiden Öfen gegen die Kälte, die durch die Ritzen der alten Bretterwände zog, nur wenig ausrichteten. Richard wusste, dass der schlechte Zustand der Behausung auf seine Kappe ging, in den beiden Jahren, in denen niemand hier gewesen war, hatte die Hütte erheblich gelitten. Er nahm sich vor, ab jetzt jeden Sommer herzukommen, durchzulüften und die erforderlichen Instandhaltungen vorzunehmen, damit Horacio ihm nicht vorwarf, er sei verantwortungslos. Verantwortungslos. Das Wort versetzte ihm einen Stich.

Wegen des Schnees und der Dunkelheit verwarfen sie ihren ursprünglichen Plan, sich ein Hotel zu suchen, auch weil es nicht ratsam schien, mit Kathryn Brown im Kofferraum mehr als nötig herumzufahren. Für die Nacht würden sie sich so dick einmummeln wie möglich und müssten sich jedenfalls nicht sorgen, dass die Leiche auftauen könnte. Die zurückliegenden Tage waren aufregend genug gewesen, deshalb schoben sie die Frage, was mit Kathryn geschehen sollte, fürs Erste auf und beschlossen, sich den restlichen Abend mit dem Monopoly-Spiel zu vertreiben, das Horacios Kinder in der Hütte zurückgelassen hatten. Richard erklärte die Regeln. Die Grundidee, Gebäude zu kaufen und zu verkaufen, eine marktbeherrschende Stellung zu erringen und die Mitspieler in den Ruin zu treiben, blieb Evelyn unbegreiflich. Lucía spielte noch schlechter als sie, beide verloren erbärmlich, und Richard war am Ende Millionär, aber es blieb ein schnöder Sieg, der ihn im Gefühl zurückließ, ein Betrüger zu sein.

Aus dem restlichen Eselsfutter bereiteten sie ein Abendessen, füllten die Heizöfen mit Brennstoff und rollten ihre Schlafsäcke auf den drei Betten im Kinderzimmer aus, wo sie gemeinsam schlafen wollten, um die Wärme der beiden Öfen möglichst gut auszunutzen. Laken gab es keine, und die vorhandenen Wolldecken rochen muffig. Richard ermahnte sich, bei seinem nächsten Besuch auch die Matratzen auszutauschen, weil sich in den vorhandenen Wanzen oder Mäuse eingenistet haben konnten. Sie zogen ihre Stiefel aus und krochen bekleidet ins Bett – die Nacht würde lang und kalt werden. Evelyn und Marcelo schliefen fast sofort, aber

Lucía und Richard unterhielten sich flüsternd noch bis nach Mitternacht. Sie hatten sich so viel zu sagen auf ihrem vorsichtig tastenden Weg zueinander. Sie erzählten sich ihre Geheimnisse, versuchten die Gesichtszüge des anderen im schwachen Schein eines Teelichts zu erraten, jeder gefangen in seinem Kokon, in den beiden Betten so eng nebeneinander, dass schon eine zarte Annäherung in einen Kuss hätte münden können.

Liebe, Liebe. Bis gestern hatte Richard im Kopf unbeholfene Zwiegespräche mit Lucía geführt, inzwischen sprudelten gefühlstrunkene Verse in ihm, die aufzuschreiben er niemals gewagt hätte. Wie sollte er ihr auch von seiner Liebe sprechen, von seiner Dankbarkeit dafür, dass sie in seinem Leben aufgetaucht war. Leicht war sie aus der Ferne hergeweht worden, von glücklichen Winden zu ihm getragen, und hier war sie nun, inmitten von Eis und Schnee, zum Greifen nah, mit einer Verheißung in ihren orientalischen Augen. Lucía hatte ihn übersät von unsichtbaren Verletzungen gefunden, und auch er spürte deutlich die feinen Schnitte, mit denen sie vom Leben gezeichnet war. »Für mich ist die Liebe immer halbgar geblieben«, hatte sie einmal zu ihm gesagt. Das war vorüber. Er würde sie grenzenlos lieben, umfassend. Er wollte sie beschützen und sie glücklich machen, damit sie nie wieder wegginge, sie zusammen diesen Winter verbrachten und das Frühjahr und den Sommer, und das für immer, wollte mit ihr die tiefste Verbundenheit und Nähe schaffen, selbst das Verborgenste mit ihr teilen, sie in sein Leben und in seine Seele lassen. Tatsächlich wusste er sehr wenig über Lucía und weniger noch über sich, aber das war ohne Belang, wenn sie seine Liebe nur erwiderte. Dann würden sie ihr restliches Leben Zeit haben, einander zu entdecken, miteinander zu wachsen und alt zu werden.

Nie hätte er gedacht, dass eine so unbändige Liebe, wie er sie anfangs für Anita empfunden hatte, ihn noch einmal ereilen könnte. Er war nicht mehr der Mann, der Anita geliebt hatte, ihm waren Krokodilsschuppen gewachsen, er spürte sie, sie waren im Spiegel zu sehen und schwer wie eine Rüstung. Er schämte sich dafür, dass er jede mögliche Enttäuschung gescheut hatte, jedes Verlassen- oder Betrogenwerden, aus Angst zu leiden, wie er wegen Anita gelitten hatte, aus Furcht vor dem Leben selbst, verbarrikadiert gegen das großartige Wagnis der Liebe. »Ich will dieses halbe Leben nicht mehr, ich will nicht dieser Feigling sein, ich will so gern von dir geliebt werden, Lucía«, gestand er ihr in dieser Nacht.

Als Richard Bowmaster 1992 seine neue Stelle an der New York University antrat, staunte sein Freund Horacio über seine Verwandlung. Wenige Tage zuvor hatte Horacio am Flughafen einen verwahrlosten, lallenden Trinker abgeholt und es bereut, dass er ihn an seiner Fakultät hatte haben wollen. In ihrer Zeit als Studenten und junge Akademiker hatte er Richard bewundert, aber das lag Jahre zurück, und inzwischen war Richard sehr tief gesunken. Der Tod seiner Kinder hatte ihn seelisch verwundet, genau wie Anita. Horacio sah voraus, dass die beiden sich trennen würden, der Tod eines Kindes zerreißt jede Partnerschaft, nur wenige finden wieder zueinander, und dieses Paar hatte gleich zwei Kinder verloren. Außerdem hatte Richard Bibis Unfall verursacht. Diese Schuld überstieg Horacios Vorstellungsvermögen. Wäre ihm so etwas mit einem seiner Kinder geschehen, er hätte nicht weiterleben wollen. Er fürchtete, sein Freund wäre außerstande, seinen beruflichen Verpflichtungen nachzukommen, aber Richard gelang ein tadelloser Auftakt, er hatte sich rasiert, war beim Friseur gewesen und trug einen grauen Sommeranzug und Krawatte. Sein Atem roch nach Alkohol, aber die Wirkung merkte man weder an seinem Verhalten noch an dem, was er von sich gab. Vom ersten Tag an erntete er Respekt.

Richard und Anita lebten in der Universitätswohnung im elften Stock eines Gebäudes am Washington Square Park. Groß war sie nicht, aber ausreichend, die Möblierung funktional und die Lage ausgezeichnet: Zu seinem Büro brauchte Richard zehn Minuten zu Fuß. Bei ihrer Ankunft war Anita so roboterhaft durch die Tür gegangen, wie sie sich schon seit Monaten bewegte, hatte sich ans Fenster gesetzt und auf das winzige Stück Himmel zwischen den hohen Gebäuden gegenüber gestarrt, während Richard sich um das Gepäck kümmerte, die Koffer auspackte und eine Liste schrieb, was er würde einkaufen müssen. Damit war der Rahmen ihres kurzen Zusammenlebens in New York abgesteckt.

»Man hat mich gewarnt, Lucía. Anitas Familie und ihr Therapeut in Brasilien haben mich gewarnt. Ihr Zustand war sehr instabil. Wieso habe ich nicht darauf gehört? Der Tod der Kinder hat sie vernichtet.«

»Es war ein Unfall, Richard.«

»Nein. Ich hatte die Nacht durchgefeiert, auf dem Heimweg war ich benommen von Sex, Koks und Alkohol. Es war kein Unfall, es war ein Verbrechen. Und Anita wusste das. Sie hat mich gehasst dafür. Ich durfte sie nicht mehr anfassen. Ich habe sie nach New York gebracht, weg von ihrer Familie, von ihrem Zuhause. Hier war sie ohne Unterstützung, sie kannte niemand, konnte die Sprache nicht, war völlig entfremdet von mir. Ihr gegenüber habe ich in jeder Hinsicht versagt. Keinen Gedanken habe ich an sie verschwendet, es ging mir nur um mich. Ich wollte weg aus Brasilien, bloß weg von der Familie Farinha, diese berufliche Chance endlich ergreifen. In meinem Alter hätte ich längst eine Professur haben können. Ich war sehr spät gestartet und wollte das aufholen, forschen, lehren und vor allem veröffentlichen. Ich wusste von Anfang an, dass ich den perfekten Platz für mich gefunden hatte, aber während ich mich in den Hörsälen und auf den Unifluren aufplusterte, saß Anita den ganzen Tag schweigend daheim am Fenster.«

»War sie in therapeutischer Behandlung?«

»Das Angebot war da, Horacios Frau hätte sie sogar begleitet und ihr mit den Anträgen an die Versicherung geholfen, aber Anita wollte nicht.«

»Was hast du dann gemacht?«

»Nichts. Ich war beschäftigt, ich spielte sogar Squash, um mich fit zu halten. Anita blieb in der Wohnung. Ich weiß nicht, was sie den ganzen Tag getan hat, schlafen vermutlich. Sie ging nicht mal ans Telefon. Mein Vater hat sie besucht, ihr Süßigkeiten mitgebracht, wollte mit ihr spazieren gehen, aber sie hat ihn nicht mal angesehen, ich glaube, sie hat ihn dafür verabscheut, dass er mein Vater war. An einem Wochenende bin ich dann mit Horacio hierher in die Hütte gefahren und habe sie allein in New York gelassen.«

»Du hast viel getrunken damals.«

»Sehr viel. Ich war jeden Abend in der Bar. Eine Flasche hatte ich in der Schublade meines Schreibtischs, niemand ahnte, dass in meinem Glas kein Wasser war, sondern Gin oder Wodka. Ich lutschte Pfefferminzbonbons wegen der Fahne. Ich glaubte, man merkt nichts und dass ich saufen kann wie ein Loch. Alle Alkoholiker bilden sich dasselbe ein, Lucía.« Richard stockte, fuhr leise fort: »Es war Herbst, der kleine Platz vor dem Haus gelb von Blättern …«

»Was ist passiert?«

»Ein Polizist kam, um es uns zu sagen, in der Hütte gab es kein Telefon.«

Lucía wartete lange, unterbrach Richards ersticktes Schluchzen nicht, zog die Hand nicht aus dem Schlafsack, um ihn zu berühren, unternahm keinen Versuch, ihn zu trösten, weil sie verstand, dass es für diese Erinnerung keinen Trost gab. Durch Gerüchte und Bemerkungen von Kollegen an der Uni wusste sie in groben Zügen, was mit Anita geschehen war, und sie ahnte, dass Richard zum ersten Mal darüber sprach. Es berührte sie tief, dass er sich ihr anvertraute, sie an seinen Tränen teilhaben ließ. Sie kannte die heilsame Macht der Wörter, hatte sie selbst erfahren, als sie über das Schicksal ihres Bruders schrieb und redete, ihre Trauer teilte und dabei entdeckte, dass auch andere nicht frei davon sind: Leben ähneln sich, und die Gefühle sind dieselben.

Durch Kathryn Browns Unglück dazu genötigt, hatten sie und Richard sich weit über das bekannte und sichere Terrain hinausgewagt und sich dabei zu erkennen gegeben. In ihrer Verunsicherung begannen sie einander wirklich nahezukommen. Lucía schloss die Augen und versuchte, Richard mit ihren Gedanken zu erreichen, konzentrierte sich darauf, die wenigen Zentimeter, die sie von ihm trennten, zu überbrücken und ihn mit ihrem Mitgefühl zu umfangen, wie sie das oft mit ihrer Mutter getan hatte in den letzten Wochen ihres Sterbens, um ihrer beider Furcht zu lindern.

Letzte Nacht war sie im Motel in Richards Bett gekrochen, weil sie herausfinden wollte, wie sie sich an seiner Seite fühlte. Sie musste ihn berühren, ihn riechen, seine Energie spüren. Daniela behauptete, im Schlaf würden sich die Energien verbinden, das könne für beide bereichernd sein, aber auch schädlich für den Schwächeren. »Ein Glück, dass du und Papa nicht in einem Bett geschlafen habt, der hätte dir die

Aura durchsiebt«, hatte sie gesagt. Nach der Nacht neben Richard hatte sie sich, obwohl er krank gewesen war und das Bett voller Flöhe, wie neu gefühlt. Das hatte sie darin bestätigt, dass er der Mann für sie war, wie sie das längst geahnt hatte, vielleicht schon bevor sie nach New York kam, wo sie nur vor seiner zur Schau getragenen Kälte zurückgeschreckt war. Richard war ein Knäuel aus Widersprüchen und würde niemals den ersten Schritt tun können, sie würde ihn im Sturm nehmen müssen. Möglich, dass er sie abwies, aber das wäre nicht so schlimm, sie hatte schon Schmerzhafteres überstanden. Einen Versuch war es wert. Noch blieben ihnen ein paar Jahre zu leben, und vielleicht ließ er sich davon überzeugen, dass die Zeit zu zweit schöner sein würde. Dass der Krebs zurückkommen konnte, umschlich sie wie ein Schatten; alles, was sie besaß, war eine flüchtige und wundervolle Gegenwart. Sie wollte jeden Tag ausschöpfen, denn ihre Tage waren gezählt, und bestimmt waren es weniger, als sie hoffte. Sie hatte keine Zeit zu verlieren.

»Sie ist neben die Picasso-Statue gefallen«, sagte Richard. »Am helllichten Mittag. Man hat sie im Fenster stehen sehen, sie springen sehen, gesehen, wie sie auf dem Pflaster inmitten der Blätter aufschlug. Ich habe Anita umgebracht, genau wie Bibi. Ich bin schuld wegen meiner Trinkerei, meiner Verantwortungslosigkeit, weil ich die beiden viel weniger geliebt habe, als sie es verdienten.«

»Es wird Zeit, dass du dir verzeihst, Richard, du büßt schon lange für diese Schuld.«

»Seit über zwanzig Jahren. Und ich spüre immer noch den letzten Kuss, den ich Anita gegeben habe, bevor ich sie allein ließ in ihrem Kummer, ein Kuss, der sie kaum gestreift hat, weil sie ihr Gesicht wegdrehte.«

»Das ist eine lange Zeit, wenn in der Seele Winter herrscht

und das Herz verbarrikadiert ist. Das ist kein Leben. Und der übervorsichtige Mann all dieser Jahre, der bist du nicht, Richard. In den letzten Tagen, als man dich rausgerissen hat aus dem gewohnten Trott, da hast du sehen können, wer du eigentlich bist. Das mag auch wehtun, aber alles ist besser, als betäubt zu sein.«

In den Meditationskursen, die Richard über Jahre geholfen hatten, trocken zu bleiben, hatte er versucht, die Grundlagen des Zen zu lernen, seine Aufmerksamkeit auf den Augenblick zu richten, mit jedem Atemzug neu zu beginnen, aber es war ihm nie gelungen, seinen Kopf von jedem Gedanken zu befreien. Sein Leben war keine Folge voneinander getrennter Momente, es war eine verworrene Geschichte, ein sich veränderndes, chaotisches, unvollkommenes Geflecht, an dem er Tag für Tag weiterwob. Seine Gegenwart war keine weiße Leinwand, auf ihr drängten sich Bilder, Träume, Erinnerungen, Scham, Schuld, Einsamkeit, Schmerz, seine gesamte, verfluchte Wirklichkeit, wie er Lucía flüsternd sagte in dieser Nacht.

»Und dann tauchst du auf, und ich darf über meine Verluste trauern, über meine Unbeholfenheit lachen und flennen wie ein kleines Kind.«

»Wurde auch Zeit, Richard. Du hast dich schon zu lange in deinem Kummer gesuhlt. Gegen das Unglück der Vergangenheit ist Liebe die einzige Medizin. Nicht die Schwerkraft hält unser Universum im Gleichgewicht, sondern die Liebe.«

»Wie konnte ich all die Jahre so allein und getrennt von allem sein? Das frage ich mich seit Tagen.«

»Selbstgewählte Dummheit. Was für eine Verschwendung von Zeit und Leben! Du musst doch gemerkt haben, dass ich dich mag, oder?« Lucía lachte.

»Ich begreife nicht, wie du mich mögen kannst. Ich bin

so gewöhnlich, du wirst dich langweilen mit mir. Und dann schleppe ich auch noch all das mit, den gesamten Ballast.«

»Kein Problem. Ich kann mir deinen gesamten Ballast aufladen, ihn in den zugefrorenen See werfen und für immer neben dem Lexus versenken.«

»Wozu war mein Leben gut? Bevor ich sterbe, muss ich das herausfinden. Du hast recht, ich bin zu lange betäubt gewesen, ich habe nicht gewusst, wie ich wieder anfangen soll zu leben.«

»Wenn du mich lässt, kann ich dir dabei helfen.«

»Und wie?«

»Man fängt mit dem Körper an. Ich schlage vor, wir verbinden die Schlafsäcke und schlafen Arm in Arm. Ich habe das genauso nötig wie du, Richard. Ich hätte gern, dass du mich umarmst, möchte mich sicher und geborgen fühlen. Wie lange wollen wir uns noch ängstlich vortasten und darauf warten, dass der andere den ersten Schritt macht? Dafür sind wir zu alt, aber für die Liebe sind wir vielleicht noch jung genug.«

»Bist du dir sicher? Ich würde das nicht ...«

»Sicher?«, unterbrach sie ihn. »Ich bin mir bei nichts sicher, Richard. Aber einen Versuch ist es wert. Was kann uns denn passieren? Dass wir leiden? Dass nichts daraus wird?«

»Das will ich mir nicht vorstellen, das wäre unerträglich.«

»Ich habe dich erschreckt ... entschuldige.«

»Nein! Im Gegenteil, du musst entschuldigen, dass ich dir nicht längst gesagt habe, was ich für dich empfinde. Es ist so neu, so unverhofft, ich weiß nicht, wie ich damit umgehen soll, aber du bist viel stärker, viel eindeutiger. Komm rüber zu mir, lass uns miteinander schlafen.«

»Evelyn liegt hier einen halben Meter weiter, und ich bin ein bisschen laut. Das muss also warten, aber kuscheln geht.«

»Weißt du, dass ich im Stillen wie ein Schwachsinniger Gespräche mit dir führe? Dass ich mir dauernd vorstelle, dich in den Armen zu halten? Ich wünsche mir das schon so lang …«

»Ich glaube dir kein Wort. Zum ersten Mal bemerkt hast du mich gestern Abend, als ich mich in dein Bett gedrängt habe. Vorher war ich Luft für dich«, sagte Lucía lachend.

»Ich bin sehr froh, dass du das gemacht hast, du tollkühne Chilenin«, sagte er und kam ihr das kleine Stück entgegen, um sie zu küssen.

Auf Richards Bett verbanden sie die Reißverschlüsse ihrer Schlafsäcke und lagen sich gleich darauf bekleidet und unerwartet ungestüm in den Armen. An mehr sollte Richard sich später nicht deutlich erinnern, den Rest dieser magischen Nacht bewahrte er als einen perfekten Sternennebel im Gedächtnis. Lucía hingegen versicherte ihm, sie erinnere sich an jede Einzelheit, und erzählte ihm in den kommenden Tagen und Jahren alles nach und nach, in immer neuen, kühner werdenden Varianten, die schwer zu glauben waren, denn sie konnten unmöglich derart herumgeturnt haben, ohne Evelyn zu wecken. »So war es aber, ob du es glaubst oder nicht. Vielleicht hat Evelyn sich ja schlafend gestellt und heimlich zu uns rübergelinst«, mutmaßte Lucía. Richard meinte, sie hätten sich viel und lange geküsst, einander in der Enge der Schlafsäcke aus ihren Kleidern geschält, sich erkundet, so gut das lautlos möglich war, stumm und aufgeregt wie Teenager, die in einer dunklen Ecke fummeln. Er erinnerte sich außerdem, dass Lucía sich auf ihn gesetzt hatte und er sie mit beiden Händen erforschen konnte, überrascht war über ihre glatte, heiße Haut, über ihren Körper, den er im schwachen Schein der Kerze kaum sah, der schmaler war, geschmeidiger und jünger, als er ihn sich unter den Kleidern vorgestellt hätte. »Diese Apfel-Brüste sind meine, Richard, die habe ich teuer bezahlt«, flüsterte Lucía ihm ins Ohr und gluckste vor Lachen. Das war das Beste an ihr, dieses Lachen, das ihn durchflutete wie klares Wasser und seine Zweifel davontrug.

Lucía und Richard erwachten am Dienstag im schwachen Morgenlicht in der Wärme ihres Schlafsackhügels, unter dem sie die Nacht hindurch begraben gewesen waren als ein Knäuel aus Armen und Beinen, so eng verschlungen, dass man nicht wusste, wo der eine anfing und der andere endete, im gleichen Rhythmus atmend, wohlig zurechtgeruckelt in der Liebe, die sie gerade zu entdecken begannen. Die Überzeugungen und Schutzwälle, hinter denen sie verschanzt gewesen waren, hatten dem Wunder echter Nähe nicht standgehalten. Als sie die Köpfe herausstreckten, schlug ihnen die Kälte der Hütte ins Gesicht. Die Öfen waren erloschen. Richard fasste sich als Erster ein Herz und löste sich von Lucía, um dem Tag die Stirn zu bieten. Er sah, dass Evelyn und der Hund noch schliefen, und küsste Lucía, die neben ihm schnurrte, ein letztes Mal, bevor er aus dem Bett krabbelte. Er zog sich an, füllte die Öfen neu, setzte Wasser auf und bereitete Tee für die beiden Frauen, die ihn im Bett sitzend tranken, während er kurz mit Marcelo vor die Tür ging. Er pfiff vor sich hin.

Es würde ein strahlender Tag werden. Der Sturm war nur eine böse Erinnerung, der Schnee lag auf der Welt wie Sahnebaiser, und in der frostigen Luft hing das unerklärliche Aroma von Gardenien. Die Sonne ging auf und färbte den Himmel im lichten Blau von Vergissmeinnicht. »Ein schöner Tag für deine Beisetzung, Kathryn«, sagte Richard leise. Er war fröhlich, ausgelassen wie ein junger Hund. Dieses Glück war so neu, dass es noch keinen Namen trug. Er beäugte es neugierig, streckte die Hand danach aus und wich zurück, tastete sich langsam vor auf dieses noch unberührte Gebiet seines Herzens. Hatte er die Vertraulichkeiten der vergangenen Nacht nur geträumt? Lucías schwarze Augen so nah bei seinen? Vielleicht hatte er sich ihren Körper zwischen seinen Händen nur ausgemalt, ihre Lippen auf seinen, die Wonne, die Leidenschaft und die Müdigkeit in diesem Liebesnest aus zwei Schlafsäcken, wo sie sich in den Armen gelegen hatten, das wusste er sicher, denn nur so hatte er ihren Atem im Schlaf auffangen können, ihre erregende Wärme, ihre Traumbilder. Wieder fragte er sich, ob das Liebe war, denn es unterschied sich von der sengend heißen Leidenschaft für Anita, war wie der sonnenwarme Sand an einem Strand. Ob dieses sanfte und sichere Hochgefühl das Wesen einer reifen Liebe war? Er würde es herausfinden. Mit der Zeit. Er trug Marcelo zurück in die Hütte, pfiff dabei und pfiff.

Von ihrem Proviant waren nur kümmerliche Reste übrig, und Richard schlug vor, in den nächsten Ort zu fahren und dort zu frühstücken, ehe sie sich auf den Weg nach Rhinebeck machten. An sein Magengeschwür dachte er keinen Moment. Lucía hatte ihnen erzählt, dass sich im Omega Institute unter der Woche ein Hausmeisterdienst um die Gebäude kümmerte, aber wenn sie Glück hatten, war wegen des Wetters heute noch niemand dort. Die Straßen waren geräumt, und die Fahrt würde zwischen drei und vier Stunden dauern. Sie mussten sich nicht beeilen. Über die Kälte maulend, standen Lucía und Evelyn aus ihren Betten auf, halfen Richard dabei, Ordnung zu machen, und dann verschlossen sie die Hütte.

Evelyn, Richard, Lucía

Rhinebeck

Im Subaru, bei abgeschalteter Heizung, mit zwei halb geöffneten Fenstern und eingepackt wie Arktisforscher, erzählte Richard davon, dass vor wenigen Monaten zwei Fachleute an seiner Fakultät Gastvorträge zum Thema Menschenhandel mit Migranten gehalten hatten. Wenn er Evelyn richtig verstanden hatte, dann war es das, womit Frank Leroy und Ivan Danescu ihr Geld verdienten. Neu sei das nicht, Angebot und Nachfrage habe es auch nach der offiziellen Abschaffung der Sklaverei weiter gegeben, aber so rentabel wie heute sei das Geschäft schon lange nicht mehr gewesen. Da steckte so viel Geld drin wie im Handel mit Drogen und Waffen. Je härter die Gesetze und je umfassender die Grenzkontrollen, desto effizienter und gnadenloser wurde das Geschäft organisiert und desto mehr verdienten die Vermittler, wie die Menschenhändler sich selbst nannten. Man dürfe wohl davon ausgehen, dass Frank Leroy die Anbieter mit den Kunden in den USA zusammenbrachte, sagte Richard. Typen wie er machten sich die Finger nicht schmutzig, sie kannten weder die Gesichter noch die Geschichten der Menschen, die als Sklavenarbeiter in der Landwirtschaft, in Fabriken, Industriebetrieben und Bordellen landeten. Für ihn waren sie nur Zahlen, namenlose Ware, die verschoben werden musste, weniger wert als Vieh.

Leroy agierte hinter der Fassade eines ehrbaren Geschäftsmanns. Von Evelyn wussten sie, dass er ein Büro in bester

Lage in Manhattan hatte, an der Lexington Avenue, und von dort aus regelte er wahrscheinlich die Angelegenheiten seiner Kunden, die Sklavenarbeiter bei ihm bestellten, pflegte Kontakte zu Politikern und Behörden, die es nicht so genau nahmen, wusch Geld und löste etwaige Probleme mit der Justiz. So wie er Evelyn zu einem gefälschten Führerschein verholfen hatte, konnte er gegen das entsprechende Geld auch Papiere für die Arbeitskräfte beschaffen, aber für die Opfer des Menschenhandels sparte man diese Ausgabe in der Regel, sie lebten unterhalb jedes Radars, unsichtbar, mundtot gemacht, im Dunkel einer gesetzlosen Welt. Leroys Kommission mochte hoch sein, aber wer Ware im großen Stil orderte, der ging gern auf Nummer sicher.

»Glaubst du, Frank Leroy würde seine Frau und seinen Sohn tatsächlich umbringen, wie Cheryl behauptet? Oder sind das leere Drohungen?«, wollte Richard von Evelyn wissen.

»Mrs Leroy hat Angst vor ihm. Sie glaubt, er könnte Frankie eine Überdosis Insulin spritzen oder ihn ersticken.«

»Der Mann muss ein Monster sein, wenn seine Frau ihm das zutraut!« Lucía war fassungslos.

»Sie glaubt auch, dass Miss Kathryn ihm helfen wollte.«

»Hältst du das für möglich?«

»Nein.«

»Welchen Grund könnte Frank Leroy gehabt haben, Kathryn umzubringen?«, fragte Richard.

»Vielleicht hat sie was über ihn herausgefunden und ihn erpresst oder …«

»Miss Kathryn war im dritten Monat«, unterbrach Evelyn Lucías Überlegungen.

»Nein! Das kann doch nicht wahr sein, Evelyn! Warum sagst du uns das erst jetzt?«

»Ich möchte nicht Sachen herumerzählen.«

»War sie von Leroy schwanger?«

»Ja. Miss Kathryn hat es mir gesagt. Mrs Leroy wusste nichts davon.«

»Vielleicht hat Frank Leroy sie umgebracht, weil sie Druck gemacht hat, obwohl mir das ein schwaches Motiv scheint. Oder es war ein Unfall«, sagte Lucía.

»Es muss Donnerstagabend oder Freitagmorgen passiert sein, bevor er nach Florida geflogen ist«, sagte Richard. »Das heißt, Kathryn ist seit vier Tagen tot. Wäre es nicht so kalt …«

Gegen zwei Uhr mittags kamen sie beim Omega Institute an. Lucía hatte ihnen von der üppigen Natur vorgeschwärmt, dem weitläufigen Park mit seinen Hecken, Büschen und alten Bäumen, doch hatten viele ihr Laub verloren, und das Gelände war besser zu überblicken, als sie erwartet hatten. Wenn Wachpersonal oder jemand vom Hausmeisterdienst da wäre, konnten sie leicht entdeckt werden, aber sie beschlossen, das Risiko einzugehen.

»Der Park ist riesig. Ich bin mir sicher, dass wir den geeigneten Platz für Kathryn finden«, sagte Lucía.

»Gibt es Überwachungskameras?«, fragte Richard.

»Nein. Wozu sollte es hier Kameras geben? Hier gibt es nichts zu klauen.«

»Ein Glück. Und was machen wir danach mit dir, Evelyn?« Richard hatte wieder diesen väterlichen Tonfall, in den er Evelyn gegenüber seit zwei Tagen verfiel. »Wir müssen dich vor Leroy und vor der Polizei in Sicherheit bringen.«

»Ich habe meiner Großmutter versprochen, dass ich so, wie ich fortgegangen bin, wiederkomme«, sagte Evelyn.

»Aber du bist vor der Mara geflohen. Wie willst du da nach Guatemala zurück?«, gab Lucía zu bedenken.

»Das ist acht Jahre her. Versprochen ist versprochen.«

»Die Mörder deiner Brüder sind vielleicht tot oder im Gefängnis. In dieser Gang wird man nicht alt, aber die Gewalt ist doch trotzdem überall, Evelyn. Auch wenn sich niemand mehr an die Rache gegenüber deiner Familie erinnert, ist eine junge, hübsche Frau wie du dort sehr angreifbar. Das ist dir doch klar, oder?«

»Hier ist sie auch nicht sicher«, gab Richard zu bedenken.

»Ich glaube nicht, dass man sie einsperrt, weil sie keine Papiere hat. Hier leben elf Millionen Einwanderer ohne Papiere«, sagte Lucía.

»Früher oder später wird Kathryn Browns Leiche gefunden, und bei den Ermittlungen werden die Leroys gründlich unter die Lupe genommen. Wenn die Autopsie ergibt, dass sie schwanger war, lässt sich durch einen DNA-Test leicht nachweisen, dass Frank Leroy der Vater war. Man wird herausfinden, dass sein Auto und das Kindermädchen verschwunden sind.«

»Deshalb muss sie so weit wie möglich von hier weg, Richard. Wenn man sie findet, wird sie beschuldigt, dass sie das Auto gestohlen hat, und womöglich bringt man sie mit Kathryns Tod in Verbindung.«

»Dann sind wir alle drei dran. Wir haben Beweise beseitigt, nicht zuletzt eine Leiche.«

»Kennst du einen guten Anwalt?«

»Kein Anwalt, und sei er noch so genial, könnte uns da raushauen, Lucía. Aber komm schon, spuck's aus. Du hast doch bestimmt längst einen Plan.«

»Ist bloß so eine Idee … Das Wichtigste ist, dass Evelyn irgendwo unterkommt, wo weder Leroy noch die Polizei sie finden. Gestern Abend habe ich meine Tochter angerufen, und die meinte, Evelyn könnte in Miami abtauchen, dort gibt es Millionen von Hispanics und Arbeit genug. Sie könnte dortbleiben, bis die Wogen sich geglättet haben, und wenn wir sicher sind, dass niemand mehr nach ihr sucht, kann sie zurück zu ihrer Mutter nach Chicago. Vorerst hat Daniela sich erboten, dass sie bei ihr wohnen kann.«

»Du willst doch Daniela nicht mit reinziehen!«

»Warum nicht? Sie ist eine Draufgängerin, als sie gehört hat, was hier los ist, hat es ihr leidgetan, dass sie so weit weg ist und uns nicht helfen kann. Dein Vater würde bestimmt dasselbe tun.«

»Du hast es Daniela am Telefon erzählt?«

»Über WhatsApp. Nur die Ruhe, Richard, niemand verdächtigt uns, es gibt keinen Grund, unsere Telefone anzuzapfen. Und WhatsApp ist sowieso kein Problem. Wenn wir Kathryn los sind, setzen wir Evelyn in ein Flugzeug nach Miami. Daniela holt sie dann ab.«

»Ins Flugzeug?«

»Im Inland kann sie mit ihrem Führerschein fliegen, aber wenn das zu riskant ist, dann nimmt sie halt den Bus. Dauert nur länger, anderthalb Tage, glaube ich.«

Über den Lake Drive fuhren sie auf das Gelände des Omega Institute und an den Verwaltungsgebäuden vorbei durch eine weiße, vollkommen stille und einsame Landschaft. Seit dem Sturm war niemand mehr hier gewesen, der Weg war nicht geräumt worden, aber in der Sonne schmolz der Schnee darauf zu schmutzigen Rinnsalen. Frische Fahrzeugspuren gab es nicht. Lucía leitete sie zum Sportplatz, weil sie sich daran erinnerte, dass dort eine Kiste für die Bälle stand, in der die Leiche ausreichend Platz hätte und geschützt wäre vor Kojoten und anderen Wildtieren. Evelyn schien es jedoch ein Sakrileg, Kathryn in einer Bällekiste zu bestatten.

Sie fuhren weiter bis zum Ufer eines langen, schmalen Sees, den Lucía bei einem ihrer früheren Besuche hier mit dem Kajak erkundet hatte. Er war zugefroren, aber sie wagten sich nicht aufs Eis. Richard wusste, wie schwierig es war, die Tragfähigkeit einer Eisfläche durch bloßen Augenschein zu beurteilen. Am Strand gab es einen Schuppen, Boote und einen Steg. Richard schlug vor, eins der leichteren Kanus an den Bullenfänger des Subaru zu binden, dem schmalen Uferweg zu folgen und eine abgelegene Stelle zu suchen. Sie könnten Kathryn am gegenüberliegenden Ufer, mit der Plane bedeckt, in das Kanu legen. Wenn in ein paar Wochen das Eis schmolz, würde das Kanu auf dem See treiben, bis man es fand. »Eine Beisetzung auf dem Wasser, poetisch, wie eine Wikingerzeremonie«, sagte er.

Richard und Lucía hantierten an der Kette von einem der Kanus, als Evelyn ihnen mit einem Schrei Einhalt gebot. Sie deutete auf eine nahe Baumgruppe.

»Was ist da?« Richard dachte, sie hätte einen Wachmann gesehen.

»Ein Jaguar!«, sagte Evelyn tonlos.

»Das kann nicht sein, Evelyn. Die gibt es hier nicht.«

»Ich sehe nichts«, sagte Lucía.

»Jaguar!«, beharrte Evelyn.

Und da war ihnen, als glitte über das Weiß zwischen den Bäumen der Umriss eines großen gelben Tieres, das sich umwandte und mit einem Sprung in Richtung Park verschwand. Richard war überzeugt, es könne sich nur um ein Reh oder einen Kojoten handeln, in dieser Gegend habe es nie Jaguare gegeben, und sollten je andere Großkatzen hier gelebt haben, Pumas oder Luchse, dann seien sie seit über einem Jahrhundert ausgerottet. So flüchtig war ihr Eindruck gewesen, dass er und Lucía zweifelten, ob sie überhaupt etwas gesehen hatten, aber Evelyn ging wie verwandelt hinter dem vermeintlichen Jaguar her, als würde sie den Boden nicht berühren, schwerelos, ätherisch, winzig. Sie wagten es nicht, sie zurückzurufen, falls doch jemand hier war und sie hörte, und watschelten, auf der dünnen Schneeschicht Halt suchend, hinter ihr her wie Pinguine.

Auf ihren Engelsflügeln schwebte Evelyn am Verwaltungsbüro vorbei, am Shop, der Buchhandlung und der Cafeteria, von dort weiter zur Bibliothek und dem Konferenzraum und ließ die großen Mensagebäude hinter sich. Lucía kannte den Campus während der Hochsaison, grün und üppig blühend, belebt von bunt gefiederten Singvögeln und golden schimmernden Eichhörnchen und von Gästen, die wie in Zeitlupe im Garten ihre Tai-Chi-Figuren ausführten, während andere in indischen Kleidern und Jesuslatschen zwischen den Kursen und Vorträgen wechselten und die milchgesichtigen, nach Marihuana riechenden Angestellten auf ihren Elektrokarren Tüten und Kisten herumfuhren. Jetzt war es hier winterlich menschenleer und schön, und das unwirkliche Weiß machte alles noch größer. Die Gebäude waren verschlossen, die Fenster mit Brettern gesichert, nirgends ein Lebenszeichen, als stünden sie schon seit fünfzig Jahren leer. Der Schnee schluckte jedes Geräusch, auch das ihrer Stiefel, so dass sie hinter Evelyn hergingen, wie man in Träumen geht, ohne einen Laut. Der Himmel war wolkenlos, und es war noch früh, aber sie kamen sich vor wie von Bühnennebel umhüllt. Evelyn ging an den Gästehütten vorbei und bog dann links auf einen Pfad ein, der in eine steile Steintreppe mündete. Sie stieg hinauf, ohne zu zögern oder auf das Eis zu achten, als wüsste sie genau, wohin sie wollte, und Richard und Lucía kamen mühsam hinter ihr her. Vorbei an einem zugefrorenen

Brunnen und einem steinernen Buddha, gelangten sie oben auf dem Hügel beim Schrein an, einem Holzbau im japanischen Stil, quadratisch, mit überdachten Terrassen ringsum, das spirituelle Herz der Gemeinschaft.

Sie begriffen, dass das der Ort war, den Kathryn für sich gewählt hatte. Evelyn hatte nicht wissen können, dass hier der Schrein stand, und im Schnee fanden sich keine Spuren von dem Tier, das nur sie gesehen hatte. Nach einer Erklärung zu suchen war sinnlos, und wie so oft in ihrem Leben nahm Lucía das Wunder hin. Richard zweifelte kurz an seinem Verstand, zuckte dann mit den Schultern und fand sich ebenfalls damit ab. In den letzten Tagen hatte er einiges Vertrauen verloren in das, was er zu wissen glaubte, und bildete sich nicht mehr ein, alles unter Kontrolle zu haben: Eigentlich wusste er wenig, und unter Kontrolle hatte er noch weniger, aber was war schon dabei? In ihrer Nacht der Vertraulichkeiten hatte Lucía gesagt, das Leben gebe sich stets zu erkennen, das gelinge ihm aber besser, wenn man es ohne Widerstand begrüße. Ob sie nun durch eine deutliche Eingebung oder vom Spuk eines aus verborgenen Wäldern entwichenen Jaguars geleitet worden war, Evelyn hatte sie auf dem kürzesten Weg zu dem Ort geführt, wo Kathryn in Frieden, behütet von guten Geistern, ruhen würde, bis sie den letzten Teil ihrer Reise antrat.

Evelyn und Lucía setzten sich unter dem Terrassendach auf eine Bank, mit Blick auf zwei zugefrorene Wasserbecken, die im Sommer tropische Fische und Lotospflanzen beherbergten, während Richard das Auto holen ging. Über einen steilen Zufahrtsweg für die Fahrzeuge der Gärtner und Angestellten schaffte es der Subaru mit seinen Winterreifen und dem Allradantrieb hinauf auf den Hügel.

Vorsichtig hoben sie Kathryn aus dem Kofferraum, legten sie auf die Plane und trugen sie zum Schrein. Weil der Meditationsraum abgeschlossen war, entschieden sie sich für die Brücke zwischen den beiden Wasserbecken, um den Leichnam vorzubereiten, der noch immer steif mit angezogenen Beinen dalag, die blauen Augen geweitet vor Verwunderung. Evelyn nahm das Steinmedaillon von Ixchel, der Jaguargöttin, ab, das ihr die Heilerin in Petén vor acht Jahren als himmlischen Schutz gegeben hatte, um es Kathryn um den Hals zu binden. Richard wollte sie abhalten, entschied sich dann aber anders, weil es so gut wie unmöglich sein würde, dieses Beweisstück mit seiner Besitzerin in Verbindung zu bringen. Bis die Leiche gefunden würde, wäre Evelyn weit weg. Er wischte das Medaillon nur mit einem in Tequila getränkten Papiertaschentuch sauber.

Evelyn übernahm ganz selbstverständlich die Rolle der Priesterin, und nach ihren Anweisungen führten sie einige schlichte Bestattungsrituale aus. Hier schloss sich für Evelyn ein Kreis, denn bei der Beerdigung ihres Bruders Gregorio hatte sie kein Wort herausbekommen und bei der von Andrés hatte sie nicht dabei sein können. Mit der feierlichen Beisetzung von Kathryn erwies sie auch ihren Brüdern die letzte Ehre. In ihrem Dorf sah man dem Sterben und dem Tod eines Kranken ohne Aufhebens entgegen, weil der Tod ein Übergang war, genau wie die Geburt. Man half dem Sterbenden, ohne Furcht auf die andere Seite zu wechseln, indem man Gott seine Seele anvertraute. Trat der Tod gewaltsam ein, durch ein Verbrechen oder einen Unfall, dann brauchte es andere Rituale, um den Toten von dem zu überzeugen, was geschehen war, und ihn darum zu bitten, dass er die Lebenden nicht heimsuchte. Kathryn und dem Kind, das sie in sich trug, war selbst eine einfache Totenwache versagt geblieben, womöglich wussten sie noch gar nicht, dass sie tot waren. Niemand hatte Kathryn gewaschen, sie parfümiert und in ihre besten Sachen gekleidet, niemand hatte für sie gesungen oder Trauer für sie getragen, man hatte keinen Kaffee ausgeschenkt, keine Kerzen für sie angezündet, ihr keine Blumen gebracht, und es gab auch kein schwarzes Kreuz aus Papier, das die Gewalt ihres Fortgangs anzeigte. »Miss Kathryn tut mir sehr leid, sie hat noch nicht einmal einen Sarg oder einen Platz auf dem Friedhof. Armes ungeborenes Kindchen, es hat kein Spielzeug für den Himmel«, sagte Evelyn.

Lucía befeuchtete ein Tuch und wusch Kathryn das getrocknete Blut aus dem Gesicht, während Evelyn laut betete. Weil es keine Blumen gab, schnitt Richard ein paar Zweige von einem Busch und steckte sie ihr zwischen die Hände. Evelyn bestand darauf, ihr auch die Tequilaflasche dazulassen, weil es bei Totenwachen immer Schnaps gab. Sie wischten die Fingerabdrücke von der Pistole und legten sie neben Kathryn. Vielleicht wäre sie das entscheidende Beweisstück gegen Frank Leroy. Man würde herausfinden, dass Kathryn seine Geliebte gewesen war, die Pistole, aus der die Kugel stammte, war auf seinen Namen registriert, und es ließ sich nachweisen, dass das Kind von ihm stammte. Alles deutete auf ihn hin, überführte ihn aber nicht, denn der Mann hatte ein Alibi: Er war zur Tatzeit in Florida.

Sie deckten Kathryn mit dem Teppich zu, fassten die Plane an den vier Ecken vorsichtig über ihr zusammen und verschnürten das Bündel mit Seilen aus Richards Auto. Wie alle Gebäude auf dem Gelände besaß auch der Schrein kein Fundament, sondern stand auf Holzpfählen über dem Boden, so dass sie Kathryn in den schmalen Raum darunter gleiten lassen konnten. Einige Zeit verwandten sie darauf, Steine zu sammeln, um die Stelle zu verbergen. Mit dem Tauwetter im Frühling würde unvermeidlich die Verwesung einsetzen, und der Geruch würde den Leichnam verraten.

»Lass uns beten, Richard, um Evelyn zu begleiten und Kathryn zu verabschieden«, bat Lucía.

»Ich weiß nicht, wie das geht.«

»Jeder tut es auf seine Weise. Für mich heißt beten, dass ich mich entspanne und auf das Geheimnis des Daseins vertraue.«

»Das ist Gott für dich?«

»Nenn es, wie du willst, aber gib Evelyn und mir die Hand, so dass wir einen Kreis bilden. Wir helfen Kathryn und ihrem Kind hinauf in den Himmel.«

Danach zeigte Richard Lucía und Evelyn, wie man aus Schneebällen eine Pyramide um eine brennende Kerze bauen konnte, was er einmal bei Horacios Kindern gesehen hatte. In der fragilen Laterne aus Wasser warf die flackernde Flamme einen schwachen goldenen Schein zwischen blaue Kreise. In wenigen Stunden würde nichts davon übrig sein, wenn die Kerze niedergebrannt und der Schnee geschmolzen wäre.

Epilog

Brooklyn

Richard Bowmaster und Lucía Maraz hatten gewissenhaft alles gesammelt, was über den Fall Kathryn Brown veröffentlicht wurde, nachdem man im März ihre Leiche fand, bis sie zwei Monate später dieses Abenteuer, das ihrer beider Leben auf den Kopf gestellt hatte, für beendet erklären konnten. Nach dem Leichenfund in Rhinebeck wurde zunächst über ein mögliches Menschenopfer durch Mitglieder einer Sekte von Migranten im Staat New York spekuliert. Angefacht von Donald Trumps Hetzreden im Präsidentschaftswahlkampf, nahm die Fremdenfeindlichkeit gegen die Hispanics bereits spürbar zu. Auch wenn ihm kaum jemand ernsthafte Chancen bei der Wahl einräumte, schlug sein großspuriges Gerede davon, an der Grenze zu Mexiko eine Mauer zu bauen wie einst im alten China und elf Millionen Einwanderer ohne Papiere abzuschieben, erste Wurzeln in den Gedanken der Leute. Eine Schauergeschichte um die tote Frau war außerdem leicht erzählt. Etliche Details deuteten auf die Sekte hin: Das Opfer war in Embryonalstellung beigesetzt worden wie die Mumien aus präkolumbianischer Zeit, es lag auf einem mexikanischen Teppich, mit dem Bildnis des Satans auf einem Steinmedaillon um den Hals und mit einer Flasche, auf deren Etikett ein stilisierter Totenkopf prangte. Der Schuss aus nächster Nähe in die Stirn glich einer Hinrichtung. Und unter die Gebetshalle des Omega Institute hatte man die Leiche gelegt, um den spirituellen Ort zu verhöhnen, behaupteten mehrere Skandalblätter.

Verschiedene christliche Kirchen der spanischsprachigen Community stellten wortreich klar, in ihren Gemeinden werde kein Satanskult betrieben. Recht bald wurde die durch eine Boulevardzeitung als »geopferte Jungfrau« bekannte Tote als Kathryn Brown identifiziert, achtundzwanzigjährige Physiotherapeutin aus Brooklyn, ledig und schwanger. So viel zur Jungfrau. Man erfuhr außerdem, dass das Medaillon nicht Satan, sondern eine weibliche Gottheit aus der Mythologie der Maya darstellte und sich der Totenkopf auf dem Etikett einer bekannten Tequilamarke befand. Danach erlahmte das Interesse von Öffentlichkeit und Presse, und für Richard und Lucía wurde es schwieriger, den Fall weiterzuverfolgen.

Die Meldung, auf die Richard in der *New York Times* stieß und die er dann durch andere Quellen bestätigt fand, hatte mit Kathryn Brown nur indirekt zu tun. Es ging um einen Menschenhändlerring, der in Mexiko, mehreren mittelamerikanischen Staaten und Haiti agierte. Frank Leroy wurde zusammen mit einigen anderen erwähnt, und sein Tod war dem Artikel knappe zwei Zeilen wert. Das FBI hatte die Ermittlungen im Fall Kathryn Brown, eigentlich Sache der New York State Police, wegen ihrer Verbindung zu Frank Leroy an sich gezogen. Kurzzeitig wurde er als Hauptverdächtiger in Haft genommen, kam aber gegen Kaution wieder frei. Gegen den Menschenhändlerring liefen seit Jahren umfangreiche Ermittlungen, das FBI wollte Frank Leroy dafür vor Gericht bringen. Was mit seiner unglücklichen Geliebten geschehen war, interessierte nur am Rand. Man wusste von seinen Machenschaften, verfügte aber bislang nicht über stichhaltige Beweise. Der Mann hatte sich bestens abgesichert. Erst durch seine Verbindung zum Mord an Kathryn Brown konnte man sein Büro und seine Villa durchsuchen und Unterlagen beschlagnahmen, die ausreichten, um ihn zu überführen.

Leroy setzte sich nach Mexiko ab, wo er über Beziehungen verfügte und wo sein Vater lange Jahre unbehelligt von der Justiz gelebt hatte. Das hätte auch ihm gelingen können, wurde jedoch durch einen vom FBI eingeschleusten Spezialagenten vereitelt. Der Mann hieß Ivan Danescu. In erster Linie ihm war es zu verdanken, dass die kriminellen Verflechtungen in den USA und hinein nach Mexiko schließlich aufgedröselt werden konnten. Sein Name wäre niemals bekannt geworden, hätte er noch gelebt, aber er war beim Angriff auf eine Hacienda in Guerrero ums Leben gekommen. Das Anwesen war eins der Gefangenenlager, ein paar Bosse hatten sich dort getroffen, und Ivan Danescu war an einer, wie die Presse schrieb, »heroischen Aktion des mexikanischen Militärs« beteiligt gewesen, bei der über hundert Menschen befreit wurden, die verschleppt worden waren und verkauft werden sollten.

Zwischen den Zeilen las Richard etwas anderes, denn er wusste genug über das Vorgehen der Kartelle und der Regierungsseite. Wurde ein Kartellboss verhaftet, so gelang ihm in der Regel erschreckend leicht die Flucht aus dem Gefängnis. Das Gesetz wurde endlos verhöhnt, vom einfachen Polizisten bis hinein in die Gerichte wurden alle bedroht oder geschmiert, und wer sich weigerte, mitzuspielen, den brachte man um. Der Strafverfolgung der USA waren die Hände gebunden, so gut wie nie lieferte man jemanden dorthin aus.

»Du kannst mir glauben, das Militär hat diese Hacienda gestürmt, um zu töten, mit Rückendeckung des FBI. Das ist üblich bei Aktionen gegen die Narcos, und ich wüsste nicht, warum es hier anders gewesen sein sollte. Offenbar ist der Überraschungscoup schiefgegangen, und es gab einen Schusswechsel. Das würde den Tod von Ivan Danescu auf der einen und von Frank Leroy auf der anderen Seite erklären«, sagte Richard zu Lucía.

Sie riefen Evelyn in Miami an, die noch nichts davon wusste, und verabredeten, dass sie nach Brooklyn kommen würde, weil sie es nicht erwarten konnte, Frankie wiederzusehen. Bis jetzt hatte sie es nicht gewagt, Cheryl anzurufen. Lucía musste Richard davon überzeugen, dass mit Frank Leroys Tod die Gefahr sowohl für Evelyn als auch für Cheryl gebannt war und die beiden es verdient hatten, das Geschehene zu einem Abschluss zu bringen. Sie erbot sich, einen ersten Kontakt herzustellen, und getreu ihrem Motto, dass Aufschieben nichts einfacher macht, rief sie Cheryl wenig später an und bat um ein Treffen, weil sie ihr etwas Wichtiges zu sagen habe. Erschrocken legte Cheryl auf. Also warf Lucía ihr am Haus mit den Statuen einen Zettel in den Briefkasten: »Ich bin eine Freundin von Evelyn Ortega, sie zählt auf mich. Bitte empfangen Sie mich, ich soll Ihnen etwas von ihr ausrichten.« Sie schrieb ihre Handynummer darunter und steckte den Schlüssel des Lexus und den an dem goldenen Ring mit in den Umschlag. Cheryl rief noch am selben Abend an.

Eine Stunde später klingelte Lucía an ihrer Haustür, während Richard mit loderndem Magengeschwür im Auto wartete. Sie hatten entschieden, dass er besser nicht mitkam, weil Cheryl sich gegenüber einer Frau allein sicherer fühlen würde. Cheryl sah aus, wie Evelyn sie beschrieben hatte, groß, blond, fast maskulin athletisch, aber sie wirkte älter, als Lucía erwartet hatte, erheblich älter, als sie war. Angespannt, ängstlich und abwehrbereit bat sie Lucía ins Wohnzimmer.

»Jetzt sagen Sie endlich, wie viel Sie wollen, dann bringen wir das hinter uns«, presste sie heraus, ohne sich hinzusetzen, die Arme vor der Brust verschränkt.

Lucía begriff nicht gleich, wovon sie redete.

»O Gott, Cheryl, wo denken Sie hin! Ich bin nicht hier, um Sie zu erpressen. Ich kenne Evelyn Ortega und weiß, was mit

Ihrem Auto passiert ist. Ich weiß über diesen Lexus sicher mehr als Sie. Evelyn möchte selbst herkommen und Ihnen alles erklären, aber vor allem möchte sie Frankie sehen, sie vermisst ihn sehr, sie mag Ihren Jungen doch so.«

Und da beobachtete Lucía eine erstaunliche Verwandlung an ihrem Gegenüber. Als würde ihr schützender Panzer zerspringen und binnen Sekunden eine Person ohne Skelett freigeben, ohne jeden inneren Halt, nur bestehend aus Schmerz und aufgestauter Angst, so schwach und verwundbar, dass Lucía sich zusammennehmen musste, um sie nicht in die Arme zu schließen, sank Cheryl mit einem Schluchzen aufs Sofa, barg ihr Gesicht in den Händen und weinte wie ein Kind.

»Bitte, Cheryl, beruhigen Sie sich, es ist alles in Ordnung. Evelyn hat nie etwas anderes gewollt, als Ihnen und Frankie zu helfen.«

»Ich weiß ja, ich weiß. Evelyn war meine einzige Freundin, ich habe ihr alles erzählt. Sie ist verschwunden, als ich sie am meisten gebraucht hätte, zusammen mit dem Auto, ohne ein Wort.«

»Ich glaube, Sie kennen nicht die ganze Geschichte. Sie wissen nicht, was im Kofferraum war.«

»Wie sollte ich das denn nicht wissen?«

Am Mittwoch vor dem Sturm im Januar hatte Cheryl beim Sortieren der schmutzigen Sachen für die Wäscherei einen Fleck auf dem Jackettkragen ihres Mannes bemerkt. Ehe sie das Kleidungsstück auf den Haufen mit der Dreckwäsche warf, leerte sie wie üblich die Taschen und fand den Schlüssel an einem goldenen Ring. Ihr war sofort klar, dass es der Schlüssel zu Kathryn Browns Wohnung sein musste, der Verdacht gegen die beiden nagte schon länger an ihr.

Als Kathryn am nächsten Morgen ihre Übungen mit Frankie machte, erlitt der Junge einen Zuckerschock und wurde ohnmächtig. Cheryl brachte ihn mit einer Injektion wieder zu Bewusstsein, und die Werte normalisierten sich rasch. Niemand konnte etwas für diesen Zwischenfall, aber wegen des Schlüssels war Cheryl bereits gegen Kathryn aufgebracht. Sie beschuldigte die junge Frau, ihren Sohn schlecht zu behandeln, und entließ sie mit sofortiger Wirkung. »Du kannst mich nicht rauswerfen. Frank hat mich eingestellt. Kündigen kann nur er mir, und das tut er bestimmt nicht«, sagte Kathryn patzig, nahm aber dennoch ihre Sachen und ging.

Bis zum Abend wartete Cheryl angespannt auf ihren Mann, und als er schließlich heimkam, war er über die Vorfälle bereits im Bilde. Kathryn hatte ihn angerufen. Frank packte Cheryl an den Haaren, schleifte sie ins Schlafzimmer, knallte die Tür zu, dass die Wände bebten, und rammte Cheryl seine Faust in die Rippen. Als er sah, wie sie, um Luft ringend, zusammensackte, fürchtete er, er wäre zu weit gegangen, trat noch einmal nach ihr und verließ wutschnaubend den Raum. Im Flur traf er auf Evelyn, die sich ängstlich dort herumdrückte und auf den Moment wartete, Cheryl zu Hilfe zu eilen. Er stieß sie weg und verschwand in seinem Zimmer. Evelyn lief zu Cheryl, half ihr, sich aufzusetzen, schob ihr Kissen in den Rücken, gab ihr ein Beruhigungsmittel, brachte ihr Eisbeutel für die Rippen und fürchtete, dass welche gebrochen sein könnten wie bei ihr damals, als sie überfallen wurde.

Frank Leroy fuhr am Freitagmorgen sehr früh mit dem Taxi weg, als alle noch schliefen, um seinen Flug nach Florida zu bekommen. Der Flughafen sollte erst einige Stunden später wegen des Sturms schließen. Cheryl blieb den ganzen Tag im Bett, benommen von den Beruhigungsmitteln und umsorgt von Evelyn, eisern schweigend, ohne eine Träne. In diesen Stunden fasste sie den Entschluss, etwas zu tun. Sie hasste ihren Ehemann, es wäre ein Segen, wenn er mit der Brown abzog, aber das würde nicht ohne weiteres geschehen. Der größte Teil seines Vermögens lag auf Konten im Ausland, auf die sie niemals einen Zugriff gehabt hatte, aber sein gesamter Besitz in den USA lief auf ihren Namen. Das hatte er so haben wollen, als Absicherung, falls es irgendwelche Probleme mit der Justiz gab. Deshalb bestand für ihn die beste Lösung darin, sie zu beseitigen, was er bisher nur nicht getan hatte, weil es keinen unmittelbaren Anlass dafür gab. Frankie würde er ebenfalls loswerden wollen, nicht im Traum würde er sich um ihn kümmern. Er war in Kathryn Brown verliebt, und damit hatte er jetzt den Anlass. Cheryl ahnte nicht, dass es noch einen weiteren, mächtigen Grund dafür gab. Dass Kathryn schwanger war, erfuhr sie erst durch die Obduktion im März.

Sie überlegte, dass sie mit ihrer Rivalin verhandeln musste, weil es aussichtslos war, sich mit ihrem Mann zu einigen. Sie tauschten sich nur über Belanglosigkeiten aus, und selbst die machten ihn aggressiv, aber seine Geliebte würde vernünftiger sein, sobald sie begriff, welche Vorteile ihr Angebot hatte. Sie würde Kathryn ihren Mann überlassen, in die Scheidung einwilligen und ihr Stillschweigen garantieren, wenn er Frankie finanziell absicherte.

Am Samstagmittag verließ sie das Haus. Der Schmerz von dem Schlag in die Rippen und das Kopfweh, das sich als Dornenkrone in ihre Schläfen grub, hatten seit Donnerstag zugenommen, sie hatte zwei Drinks und eine Dosis Amphetamin intus. Zu Evelyn sagte sie, sie gehe zur Therapie. »Die Straßen werden gerade erst geräumt, warum bleiben Sie nicht hier und ruhen sich aus«, sagte Evelyn.

»Ich war nie ruhiger.«

Und sie fuhr mit dem Lexus davon. Sie wusste, wo Kathryn Brown wohnte.

Als sie ankam, stand Kathryns Auto auf der Straße, offenbar wollte sie demnächst wegfahren, sonst hätte sie es wegen des Schnees in der Tiefgarage geparkt. Ohne darüber nachzudenken, nahm Cheryl Franks Pistole aus dem Handschuhfach, eine halbautomatische Beretta Kaliber .32, und schob sie in ihre Jackentasche. Wie sie vermutet hatte, passte der Schlüssel in die Wohnungstür, und sie kam geräuschlos hinein.

In Sportsachen, mit einem Leinenbeutel über der Schulter, wollte Kathryn eben das Haus verlassen. Als sie plötzlich Cheryl gegenüberstand, schrie sie auf vor Schreck. »Ich will bloß mit dir reden«, sagte Cheryl, aber Kathryn stieß sie zur Tür und beschimpfte sie. Nichts lief so, wie Cheryl es sich vorgestellt hatte. Sie zog die Waffe aus der Tasche ihrer Winterjacke und richtete sie auf Kathryn, damit die ihr zuhörte, aber Kathryn wich keinen Schritt zurück, sondern lachte ihr frech ins Gesicht. Cheryl entsicherte und umfasste die Pistole mit beiden Händen.

»Dämliche alte Hexe! Glaubst du, du machst mir Angst mit deiner blöden Knarre? Wenn ich das Frank erzähle!«, schrie Kathryn sie an.

Der Schuss löste sich von selbst. Cheryl bekam gar nicht mit, wie sie den Abzug betätigte, und wie sie Lucía später versicherte, zielte sie auch nicht. »Dass die Kugel sie mitten in die Stirn traf, war Zufall, oder es stand geschrieben, war mein Karma und ihrs«, sagte sie. Alles ging so schnell, so einfach und glatt, dass Cheryl den Schuss weder hörte noch den Rückstoß der Waffe in ihren Händen wahrnahm, sie verstand überhaupt nicht, warum Kathryn nach hinten fiel und was das für ein schwarzes Loch in ihrem Gesicht war. Es dauerte ewig, bis sie zu sich kam, sah, dass Kathryn sich nicht bewegte, neben ihr auf die Knie ging und begriff, dass sie sie umgebracht hatte.

Danach führte sie jede Bewegung aus wie in Trance. Sie erinnere sich nicht genau, was sie tat, erklärte sie Lucía, dabei denke sie seit diesem verfluchten Samstag unentwegt daran. »Ich musste Kathryn unbedingt irgendwie fortschaffen, wenn Frank sie fände, würde es schrecklich werden«, sagte sie. Die Wunde blutete kaum, Flecken gab es bloß auf dem Teppich. Sie öffnete die Garage, die zum Gebäude gehörte, und fuhr den Lexus hinein. Sie hatte ihr Leben lang trainiert und Sport gemacht, Kathryn war klein, auf dem Teppich konnte sie die Leiche in die Garage schleifen und sie zusammen mit der Pistole im Kofferraum verstauen. Den Schlüssel legte sie ins Handschuhfach. Sie brauchte Zeit zur Flucht, in achtundvierzig Stunden würde ihr Mann heimkommen. Seit über einem Jahr dachte sie immer wieder darüber noch, ob sie zum FBI gehen und um Schutz bitten sollte im Austausch gegen das, was sie wusste. Wenn einigermaßen stimmte, was in Fernsehserien gezeigt wurde, dann konnte sie eine neue Identität bekommen und zusammen mit ihrem Sohn verschwinden. Vor allem musste sie sich beruhigen, ihr Herz wollte bersten. Sie fuhr nach Hause.

Während der Ermittlungen zum Tod von Kathryn Brown wurde Cheryl Leroy oberflächlich vernommen. Man konzentrierte sich auf ihren Mann, dessen Alibi, dass er in Florida beim Golfen gewesen war, nichts taugte, weil der Leichnam zu stark verwest war, um den genauen Todeszeitpunkt zu ermitteln. Geplagt von ihren Schuldgefühlen, hätte Cheryl sich wahrscheinlich verraten, wäre sie in den Tagen gleich nach Kathryns Tod verhört worden, aber es vergingen zwei Monate, bis man die Leiche im Omega Institute fand und von Kathryns Verbindung zu den Leroys erfuhr. In diesen Monaten schloss Cheryl Frieden mit ihrem Gewissen. An dem Samstag Ende Januar hatte sie sich, blind vor Kopfschmerzen, ins Bett gelegt, um zu schlafen, und war Stunden später mit der entsetzlichen Gewissheit erwacht, dass sie ein Verbrechen begangen hatte. Im Haus war es dunkel, Frankie schlief, und Evelyn war nirgends zu finden, was noch nie vorgekommen war. Die Suche nach möglichen Erklärungen für das gespenstische Verschwinden von Evelyn, dem Auto und Kathryn Browns Leiche brachte sie fast um den Verstand.

Frank Leroy kam am Montag wieder. Die beiden zurückliegenden Tage hatte Cheryl Todesängste ausgestanden, und wäre die Sorge um ihren Sohn nicht gewesen, dann hätte sie alle ihre Schlaftabletten auf einmal genommen und ihrem jämmerlichen Dasein ein Ende gemacht, gestand sie Lucía. Ihr Mann meldete den Lexus als gestohlen, um die Versicherung zu kassieren, und nannte das Kindermädchen als mögliche Täterin. Er traf seine Geliebte nicht zu Hause an und spekulierte in jede erdenkliche Richtung, nur nicht dahin, dass sie umgebracht worden war. Davon erfuhr er erst, als man die Leiche identifizierte und er unter Verdacht geriet.

»Ich glaube, Evelyn hat die Beweise verschwinden lassen, um Frankie und mich zu schützen«, sagte Cheryl.

»Nein, Cheryl. Sie dachte, Ihr Mann hätte Kathryn getötet, wäre nach Florida geflogen, um ein Alibi zu haben, und gar nicht auf die Idee gekommen, dass jemand sein Auto benutzen könnte. In der Kälte würde die Leiche sich halten, bis er am Montag zurückkäme.«

»Was? Evelyn hat nicht gewusst, dass ich es war? Aber wieso hat sie dann …?«

»Sie hat den Lexus genommen, um zur Apotheke zu fahren, während Sie geschlafen haben. Mein Lebensgefährte, Richard Bowmaster, ist ihr draufgerutscht. Dadurch sind wir in die Sache verwickelt worden. Evelyn dachte, wenn Ihr Mann heimkommt, dann kriegt er mit, dass sie das Auto genommen hat und dass sie weiß, was im Kofferraum ist. Sie hatte wahnsinnige Angst vor ihm.«

»Das heißt … Sie haben die Wahrheit auch nicht gewusst.« Cheryl war blass geworden.

»Nein. Ich kannte nur Evelyns Version. Sie dachte, Ihr Mann würde sie aus dem Weg schaffen, damit sie den Mund hält. Außerdem hatte sie Angst um Sie und Frankie.«

»Und was geschieht jetzt mit mir?«, fragte Cheryl, sichtlich aufgewühlt.

»Nichts. Der Lexus liegt am Grund eines Sees, und niemand ahnt, was wirklich passiert ist. Was wir gesprochen haben, bleibt unter uns. Ich werde es nur Richard sagen, weil er ein Recht darauf hat, es zu wissen, aber sonst muss niemand davon erfahren. Frank Leroy hat Ihnen schon genug wehgetan.«

Um neun am Morgen dieses letzten Sonntags im Mai tranken Richard und Lucía Kaffee im Bett, neben Marcelo und Dois, der einzigen von Richards vier Katzen, mit der sich der Hund angefreundet hatte. Für Lucía war es noch früh, sie sah keinen Grund, am Sonntag zeitig aufzustehen, und für Richard war es Teil der angenehmen Verlotterung durch ein Leben zu zweit. Es war ein strahlender Frühlingstag, und später würden sie Richards Vater abholen und mit ihm essen gehen. Am Nachmittag würden sie dann zu dritt Evelyn am Busbahnhof erwarten, weil der alte Joseph sie unbedingt kennenlernen wollte. Er verzieh seinem Sohn nicht, dass er ihn an der Odyssee im Januar nicht hatte teilhaben lassen. »Wie hätten wir das denn anstellen sollen, mit dir im Rollstuhl?«, hatte Richard eingewandt, aber für Joseph war das kein Grund, sondern eine Ausrede: Wenn sie einen Chihuahua hatten mitnehmen können, dann wäre das mit ihm auch gegangen.

Evelyn war zweiunddreißig Stunden zuvor in Miami aufgebrochen, wo sie sich in den vergangenen Monaten ein mehr oder weniger normales Leben aufgebaut hatte. Sie wohnte noch bei Daniela, wollte aber bald auf eigenen Füßen stehen. Sie hatte Arbeit in einem Kindergarten und kellnerte abends in einem Restaurant. Zusätzlich unterstützte Richard sie, weil Lucía der Meinung war, man solle sein Geld für irgendwas ausgeben, bevor man auf dem Friedhof lag. Evelyns Großmutter Concepción Montoya hatte das, was ihre Enkelin regelmäßig, erst aus Brooklyn, dann aus Miami, geschickt hatte, sehr klug genutzt. Sie hatte ihre Hütte durch ein kleines gemauertes Haus ersetzt und einen separaten Raum angebaut, in dem sie die gebrauchte Kleidung verkaufte, die ihre Tochter Miriam aus Chicago schickte. Sie ging nicht mehr zum Markt, um Tamales zu verkaufen, sondern nur noch, um für sich einzukaufen und mit ihren alten Bekannten zu sprechen. Evelyn schätzte sie auf ungefähr sechzig, so genau ließ sich das nicht sagen, aber durch ihre Trauer über den Tod ihrer beiden Enkel und Evelyns Fortgang war sie in den zurückliegenden acht Jahren stark gealtert, wie Evelyn an den beiden Fotos sehen konnte, die Pater Benito von ihr gemacht hatte, in ihrem Sonntagsstaat, den sie seit dreißig Jahren trug und weiter tragen würde bis zu ihrem Tod: einen dicken gewebten Rock in Blau und Schwarz, eine in den Farben ihres Dorfes bestickte Bluse, um die Hüfte ein Band in Rot und Orange und auf dem Kopf einen Turm aus schweren bunten Tüchern.

Laut Pater Benito war die Großmutter noch immer sehr rüstig, aber sie war kleiner geworden, hager und runzlig, sah aus wie ein Äffchen, und weil sie immer halblaut Gebete vor sich hin murmelte, hielt man sie für verrückt. Das hatte den Vorteil, dass niemand mehr Schutzgeld von ihr verlangte. Sie wurde in Ruhe gelassen. Alle zwei Wochen sprach sie am Handy des Paters mit ihrer Enkelin, weil sie kein eigenes haben wollte, obwohl Evelyn ihr das anbot. Das sei ein ganz gefährlicher Apparat so ohne Stecker und Batterie, der würde Krebs machen. »Komm her und leb bei mir, Mamita«, hatte Evelyn sie gebeten, aber für Concepción war das eine schreckliche Vorstellung, was sollte sie anfangen im Norden, wer würde ihre Hühner füttern und ihre Pflanzen gießen, es könnten Fremde bei ihr einbrechen und ihr Haus besetzen, da musste man aufpassen. Zu Besuch würde sie gern einmal kommen, demnächst irgendwann. Evelyn begriff, dass das niemals geschehen würde, und hoffte, dass für sie selbst ein Besuch in Monja Blanca del Valle einmal möglich sein würde, und sei es nur für ein paar Tage.

»Wir müssen Evelyn erzählen, was wirklich mit Kathryn passiert ist«, sagte Richard zu Lucía.

»Wozu alles komplizierter machen, als es ist? Es genügt doch, wenn wir es wissen. Im Übrigen spielt es sowieso keine Rolle mehr.«

»Was soll das heißen, es spielt keine Rolle? Cheryl Leroy hat die Frau umgebracht.«

»Du denkst doch wohl nicht, dass sie für ihr Verbrechen büßen sollte, Richard. Cheryl Leroy war nicht zurechnungsfähig.«

»Du hast einen schlechten Einfluss auf mich, Lucía. Bevor ich dich kannte, war ich ein ehrbarer Mann, der untadelige Herr Professor.« Er seufzte.

»Du warst ein Langweiler, Richard. Aber denk nur, ich habe mich trotzdem in dich verliebt.«

»Ich hätte nie gedacht, dass ich mal die Justiz behindere.«

»Das Gesetz ist grausam, und Justitia ist blind. Im Fall von Kathryn Brown haben wir ihre Waage nur ein bisschen zugunsten einer natürlichen Gerechtigkeit geneigt, um Evelyn zu schützen, und dasselbe müssen wir jetzt für Cheryl tun. Frank Leroy war ein Verbrecher, und er hat für seine Sünden bezahlt.«

»Schon komisch, dass man ihn für die Verbrechen, die er begangen hat, nicht hat schnappen können, und er dann wegen einem, das er nicht begangen hat, abhauen musste«, sagte Richard.

»Siehst du? Das meine ich mit natürlicher Gerechtigkeit.« Lucía hauchte ihm einen Kuss auf die Lippen. »Liebst du mich, Richard?«

»Was glaubst du?«

»Dass du mich vergötterst und dir nicht erklären kannst, wie du so lange ohne mich leben konntest, angeödet und mit dem Herzen im Winterschlaf.«

»Mitten im Winter erfuhr ich endlich, dass in mir ein unvergänglicher Sommer ist.«

»Ist dir das eben eingefallen?«

»Nein. Das ist von Camus.«

Danksagung

Die Idee zu diesem Buch entstand an Weihnachten 2015 in einem Haus aus dunklem Backstein in Brooklyn, wo wir in kleiner Runde zusammensaßen, um einen ersten Morgenkaffee zu trinken: mein Sohn Nicolás und seine Frau Lori, ihre Schwester Christine Barra, Ward Schumaker und Viviane Flechter. Jemand fragte, was ich ab 8. Januar schreiben würde, der Tag stand vor der Tür, und seit fünfunddreißig Jahren habe ich alle meine Bücher zu diesem Datum begonnen. Weil ich noch keine Vorstellung hatte, warfen sie ihre Ideen in die Runde, und so entstand das Gerüst zu der Geschichte.

Bei den Recherchen hat mir wie immer Sarah Kessler geholfen, außerdem Chandra Ramírez, Susanne Cipolla, Juan Allende und Beatriz Manz.

Roger Cukras hat die Liebesgeschichte des nicht mehr jungen Paares Lucía und Richard inspiriert.

Meine ersten Leser und Kritiker waren mein Sohn Nicolás, meine Lektorinnen Johanna Castillo und Nuria Tey, meine Agenten Lluís Miguel Palomares und Gloria Gutiérrez, der unerbittliche Lektor der Agentur Balcells, Jorge Manzanilla, mein Bruder Juan und meine großartigen Freundinnen Elizabeth Subercaseaux und Delia Vergara. Außerdem natürlich Panchita Llona, meine Mutter, die mit ihren sechsundneunzig Jahren noch immer nicht von dem Rotstift lässt, mit dem sie alle meine Bücher korrigiert hat.

Ihnen und etlichen anderen, die mich in den letzten zwei Jahren, die nicht leicht für mich waren, in meinem Leben und Schreiben unterstützt haben, verdanke ich diese Seiten.